Das Rad der Fortuna

Prolog

Ergriffen schaute Karl, Markgraf zu Mähren, erstgeborener Sohn des erhabenen Fürsten Johann, des von Gottes Gnaden erwählten Königs von Böhmen, zu den hohen Mauern des päpstlichen Palastes empor. Er stand inmitten eines gewaltigen Hofes, der von einem weihevollen Kreuzgang eingefasst war. Die Sonne stand hoch über der Stadt Avignon und ergoss ihre belebende Wärme über die Sträucher, Gräser und Blumen zu Karls Füßen. Die Farben und der Duft weckten in ihm erregende Erinnerungen. Ihm war, als sei er wieder Jüngling, als erlebe er wieder den Frühling, als spüre er wieder das Erwachen der Natur und entdecke wieder das Licht des Südens. Mit Wohlwollen nahmen seine Ohren die vertrauten Laute um ihn herum wahr. Überall in diesem Palast sprachen sie französisch. Es war jenes wohlklingende, reine Französisch, das sie auch damals, als er als Knabe erstmals die weichen fremden Laute gehört hatte, am Hofe des Königs in Paris gesprochen hatten. Während der letzten Wochen hatte Markgraf Karl oft das harte Provenzalisch der ketzerischen Bauern in der Umgebung erdulden müssen, nun blieb er von diesem unverständlichen Gekrächze jedoch verschont.

Viel hatte sich in der herrlichen Stadt Avignon verändert, seit er das letzte Mal hier verweilt hatte. Der Palast war erstaunlich gewachsen, aber trotz seiner erhabenen Größe noch immer nur eine Baustelle, die künftige Macht und Wohlstand versprach.

Als Karl vor einigen Jahren hier vom alten Papst Benedikt empfangen worden war, hatte er am selben Tag auch noch seinen Freund aus Pariser Kindertagen, den Kardinal Pierre Roger, in der Rhônestadt besucht. Der gute Mann, der dem jungen Prinzen so vieles gelehrt hatte, der ihm Mentor, Beschützer und Mitstreiter gewesen war, hatte es damals schon zu einem einflussreichen Kirchenmann gebracht. Der Franzose genoss im Umkreis des Heiligen Vaters großes Ansehen und viel Einfluss.

Bei jenem ersten Besuch des Böhmenprinzen Karls in der herrlichen Stadt Avignon, hatten sie oft zusammen gesessen im Hause des Freundes Pierre Roger, hatten dann all die Streitereien im Reich und in der Kirche, die Zwietracht zwischen Kaiser und Papst besprochen und einander ihre Hoffnungen und Visionen anvertraut, als der Franzose dem jungen böhmischen Thronerben eines Abends geweissagt hatte:
„Du wirst noch König der Römer werden."
Daraufhin hatte Karl geantwortet:
„Du wirst vorher Papst."

Waren das nur Trugbilder gewesen? Hatten die beiden Freunde im Rausch der Wiedersehensfreude sich damals zu kindischen Flausen hinreißen lassen?
Karl versuchte sich zu erinnern an diesen frohen Abend, als er plötzlich von Ferne die geliebte Stimme des Freundes hörte... Pierre Roger...sein Lehrer in Kindertagen, sein Beschützer in der Fremde, sein väterlicher Vertrauter im Knabenalter, kam voller Freude strahlend auf ihn zu gelaufen. Um ihn herum liefen aufgeregt Diener und Pfaffen. Schon rief Seine Heiligkeit Papst Klemens VI. dem Erben der böhmischen Krone zwischen den erhabenen Mauern des mächtigen Palastes erfreut seinen Willkommensgruß entgegen.
„Mein teurer Karl. Ihr seid wahrhaftig hier. Welch eine frohe göttliche Fügung, Euch hier bei mir zu begrüßen."
„Geliebter Heiliger Vater, lieber Maître Pierre Roger, welch eine Freude, dass Ihr meinen werten Vater und mich empfangen wollt."
Ergriffen kniete der junge böhmische Prinz vor dem Heiligen Vater und Freund nieder, eilig jedoch hob Papst Klemens seinen ehemaligen Schüler Karl auf.
Der alte, blinde König Johann war mittlerweile von seinem Pferd abgestiegen, wobei Diener ihn hielten und stützten. Auch den Rest des

Fußweges durch den Garten des Kreuzganges hin zum Pontifex hatte der Alte eher geführt und beinahe getragen werden müssen, als dass er die Schritte aus eigener Kraft hatte bewältigen können. Als der Böhmenkönig aber die Rede seines Sohnes vernahm, ließ er sich auf das Knie fallen und tastete suchend nach der Hand des Papstes, um sie demütig zu küssen. Klemens, der gute Mann, half dem alten, blinden König jedoch sogleich hoch und gab einigen Dienern den Befehl, die Gäste in den Palast zu geleiten.

„Ich würde Euch gerne meinen Baumeister Jean de Louvres vorstellen, aber er ist wohl wieder umtriebig auf dieser Baustelle, die mein Palast leider noch immer ist."

Damit wies er stolz auf die halbfertigen Mauern im Süden und Westen der gewaltigen Palastanlage. Verhüllt von Gerüsten, hinter massigen Stapeln von Steinquadern und Holzlatten aufragend, verkündeten diese noch unvollendeten Gebäude eine unbezwingbare und prachtvolle Zukunft des Papstpalastes in Avignon.

Ein Heer flinker Bauleute bevölkerte die Gerüste und schwirrte am Fuße der stetig wachsenden Mauern umher wie eine Armee unbeirrter Ameisen auf dem üppig fruchtbaren Boden eines kühlen Herbstwaldes.

Auch als die hochgeborenen Gäste das Innere der bereits vollendeten Teile der Palastanlage betreten hatten, hörten sie noch immer die Rufe der Maurer und Steinmetze, das Sägen und Hämmern der Zimmerleute.

Papst Klemens hatte sie in das Hirschzimmer geführt. Herrliche, lebensnahe Fresken schmückten die Wände dieses Raums. Karl hatte solch ein Farbenspiel und solche Lebendigkeit noch niemals zuvor in Bildern gesehen. Der Papst trat stolz und zufrieden lächelnd an seinen früheren Schüler heran.

„Nicht wahr, mein junger Freund, sie sind wahrhaftig das Werk eines von Gott geliebten Meisters?"

Der Thronfolger betrachtete andächtig die dargestellten Szenen. Alle Bilder zeigten Formen der Jagd, die Falkenjagd war ebenso zu erkennen wie die Jagd mit Hunden. An der Nordwand erkannte Karl einige um einen Fischweiher stehende Angler. Das eindrucksvollste Fresko jedoch entdeckte der junge Böhme an der Westseite des Saales. Dort war ein im Jagdrausch tobender Windhund abgebildet, der einen Hirsch riss. Karl erkannte, wie das angreifende Tier unbarmherzig die Zähne in sein Opfer schlug. Die Wut und der Schmerz, der Triumph und der Tod rangen so leibhaftig vor ihm, dass es dem Thronfolger schauderte.

„Es ist wahrhaftig schön, nicht wahr? Aber es ist leider nur ein kleiner Teil eines großen, noch immer unvollendeten Ganzen. Mit Gottes Hilfe aber wird das Werk gelingen, und dieser Palast wird ein gebührliches und angenehmes Haus für mich und die kommenden Pontifices."

Die Gäste nickten ergriffen, der jugendliche Markgraf Karl, weil er die Pracht dieses Raumes verinnerlicht hatte, der alte blinde Böhmenkönig Johann jedoch, um diese freundliche Vorrede des Heiligen Vaters abzukürzen und zum eigentlichen Kern ihrer Unterredung überzuleiten.

Der Pontifex teilte offenbar mit dem Alten dieses Verlangen, denn er kam nun unmittelbar auf den eigentlichen Gegenstand ihrer Verhandlungen zu sprechen.

„Wir haben aber noch ein ganz anderes Haus zu bestellen. Es stehen uns nur noch wenige Hindernisse im Weg. Sind diese mit Gottes Hilfe weggeschafft, so wird es dir gelingen, den Streit der heiligen Kirche mit dem Reiche endgültig zu beenden und die deutschen Lande vom Kirchenbann zu befreien. Dein Oheim, der Erzbischof Balduin von Trier, hat von mir die Absolution erhalten. Er hat sich von dem Thronräuber Ludwig abgewandt und ich habe ihn wieder in die heilige Kirche aufnehmen können."

Der alte König Johann nickte und murmelte einige unverständliche Sätze. Er hatte dem Erzbischof von Trier, seinem Oheim Balduin, noch nie Zuneigung oder Hochachtung entgegen gebracht. Kam die Rede auf den

Bruder seines Vaters, erwiderte Johann diese meist nur mit einem abfälligen Grunzen. Der Heilige Vater wusste um diesen Umstand und sprach daher weiter, ungerührt von den missmutigen Tönen des Böhmenkönigs.

„In einem Brief habe ich die Bitte an den Erzbischof gerichtet, er möge einen frommen, der heiligen Kirche ergebenen Mann an die Spitze des Reiches stellen, damit die Christenheit endlich von diesem Usurpator befreit ist. Karl, du bist dieser Mann, du wirst ein würdiger Kaiser werden, der die Christenheit schützt. Ludwig, dieser Bayer, muss endlich vom Thron verjagt werden. Dein Oheim Balduin wird dafür Freunde und Helfer gewinnen. Es ist sicher, dass das Band Eurer Verwandtschaft ein sicherer Grund ist, der deiner Kandidatur einen festen Halt gibt."

„Erzbischof Balduin ist ein sonderbarer Mann, Euer Heiligkeit, er kann jedem, der sich mit ihm einlässt, sehr gefährlich werden", der alte König Johann grunzte verächtlich.

„Seine Winkelzüge sind oft undurchschaubar, er ist gerissen wie ein Fuchs und geheimnisvoll wie seine Agenten, die im ganzen Reich für ihn kundschaften."

„Ich werde auf der Hut sein", Papst Klemens senkte die Stimme, als fürchtete er ungeladene Lauscher, „und ich werde mich zu verteidigen wissen. Dennoch will der Erzbischof Balduin seinen Neffen auf dem Thron sehen, nicht nur im fernen Böhmen, sondern auch im Reich. Balduin hat sich entschieden, gegen den Bayern und für dich, Karl."

Die Männer standen schweigend zusammen. Sie ahnten, welch Bürde sich vor ihnen auftat.

„Wir dürfen aber nichts übereilen. Der Bayer sitzt noch immer fest im Sattel. Seine Deutschen empören sich, sobald sie meinen, der Heilige Stuhl würde ihnen ihr Recht und ihren König streitig machen. Unsere Vorgänger im heiligen Amte haben damit viele bittere Erfahrungen machen müssen", mahnte der Papst.

„Es weilen doch noch immer Ludwigs Gesandtschaften hier in Avignon? Will er die Aussöhnung mit dem Heiligen Stuhl?"

„Mein lieber Karl. Der Bayer verfolgt ein doppeltes Spiel und auch wir üben uns tüchtig darin. Aber der Preis ist für uns ein anderer. Für Ludwig den Bayern geht es um die Krone. Wir aber kämpfen um die universale Macht Gottes hier auf Erden. Alle Obrigkeit ist von Gott. Die geistliche Macht hat die weltliche einzusetzen und ist Richterin über sie. So haben es unsere Vorgänger im Amte gehalten und so werden auch wir es halten. Alle Titel des Bayern sind nichtig, denn sie sind nicht von uns gebilligt und bekräftigt, all seine Herrschaft, sei sie in deutschen Landen, sei sie in Italien, ist grundlos und hinfällig, denn sie ist nicht durch uns verliehen. Eine Aussöhnung, wie du es zu nennen beliebst, ist gar nicht möglich. Wir werden und können diesen Ketzer auf dem Thron nicht wieder in die heilige Kirche aufnehmen. Er und seine Getreuen sind verloren und verdammt."

Der Pontifex maximus, der Diener der Diener Gottes, hatte sich in große Wut geredet. Ihm war es ernst mit dem Kampf gegen seinen standhaften Feind Ludwig, den sie am Heiligen Stuhl nur abfällig „den Bayern" nannten, dem sie aber drüben, in den deutschen Landen noch immer als König und Kaiser folgten, trotz allen päpstlichen Zorns und trotz eines seit bereits zwanzig Jahren bestehenden Banns.

Der alte König Johann aus Prag und sein Sohn Markgraf Karl, der junge böhmische Thronfolger, blieben noch einige Tage in der päpstlichen Stadt Avignon, sie genossen die Annehmlichkeiten des Palastes und verhandelten mit dem Pontifex noch viele offene Fragen, die die aussichtsreiche Wahl Karls von Mähren zum deutschen König betrafen. Dies alles trug sich zu, als man zählte nach Gottes Geburt eintausenddreihundertvierundvierzig Jahre.

Im Sommer desselben Jahres belagerte der Erzbischof Balduin von Trier die Burg Eltzau unweit der Mosel gelegen. Der Ritter Egbert von Eltzau, dessen Eigengut die Feste einst gewesen war, der nunmehr aber alle Rechte und allen Besitz an ihr verloren hatte, da er sie gegen eine große Summe Kölner Geldes an den Erzbischof Balduin verkauft hatte, verschanzte sich zusammen mit seinen zwei Söhnen, seinem Weib und einer kläglichen Besatzung von einem halben Dutzend Männern auf Burg Eltzau.

Von dem Montage nach der Osterwoche bis zum Hochfest Mariens Auffahrt in den Himmel stürmten die Truppen des Erzbischofs vergeblich die Belagerten an. Sie hatten auch ein Dorf des Ritters in der Umgebung der Burg überfallen und niedergebrannt, um Egbert von Eltzau zur Aufgabe zu zwingen. Die Bauern hatten sie erschlagen, das Vieh getötet und die Felder verwüstet. Am Abend jenes grausamen Tages waren die fruchtbaren Äcker unweit der Burg vom Blut der Bauern und des Viehs durchtränkt, es roch nach verbranntem Fleisch, abgehauene Gliedmaßen bedeckten den Boden. Trotz dieses Schadens hatte der edle Ritter Egbert und die Burgbesatzung sich jedoch nicht ergeben.

Schließlich aber gelang die Eroberung der Burg durch List und Verrat, denn ein im Diensten des Erzbischofs Balduin stehender Kaufmann aus Speyer hatte sich das Vertrauen des Ritters Egbert von Eltzau erschlichen. Durch geheime Gänge und Stollen hatte er zusammen mit Proviantboten den Belagerungsring des Öfteren durchdrungen und so von der einzigen Zugangsmöglichkeit zu der eingeschlossenen Burg erfahren. Das Wissen um diese geheimen Aufstiege, das der alte Ritter dem Kaufmann einmal in besseren Tagen anvertraut hatte, gab der verräterische Handelsmann den Belagerern denn auch unverzüglich weiter.

So ahnte der edle Ritter von Eltzau nicht, dass seine Gegner längst von dem heimlichen Schacht wussten und dass der Kaufmann, der ihm bereits seit einigen Jahren oft mit Geldzahlungen ausgeholfen hatte, ein falsches

Spiel mit ihm getrieben und seine Hilfe nur nach Weisung des Trierer Erzbischofs geleistet hatte. In seiner nunmehrigen bedrängten Lage hoffte der edle Ritter einmal mehr auf den Beistand des Kaufmanns, den er wohlwollend, beinahe wie einen Ebenbürtigen bei sich aufgenommen hatte. Dieser zeigte aber sein wahres Gesicht, als der Herr Egbert verzweifelt auf ihn zugestürmt kam und flehentlich um weitere heilsame Geldzahlungen bat, um sich und seine Besitzungen von dem Belagerer freikaufen zu können. Zerknirscht und jämmerlich weinend brachte er sein Anliegen vor, jedoch vergebens. Der Kaufmann, ein hoch gewachsener Mann, hager in seiner Gestalt und schmal im Gesicht, mit einer großen Hakennase und tief liegenden, geheimnisvoll düster blickenden Augen, hatte nur Hohn für den Edlen übrig. Er brachte einen kleinen Brief des Erzbischofs aus seiner Gürteltasche zum Vorschein. Auf dem Pergament war der Kauf der Burg Eltzau, der drei umliegenden Dörfer und des daran hängenden Hofes Schoneck an den Trierer Erzbischof Balduin beurkundet. Seine Echtheit beglaubigten sowohl das Siegel des Kirchenmannes wie auch das des Ritters Egbert.

„Oh, du abscheulicher, gottverfluchter Wurm, Lukas Cardo, du bist ein elender Verräter."

Egbert von Eltzau starrte auf den Brief, stammelte nur leise seine wütenden Flüche und als der edle Ritter den Verrat ganz begriff, stürzte er, einen Dolch in der Faust, wütend auf den Kaufmann zu. Dieser hatte einem Begleiter heimlich jedoch die Weisung erteilt, das Haupttor zu öffnen und von dieser Seite wie auch aus dem geheimen Zugang stürzten nun die Truppen des Erzbischofs herein. Zwei geübte Bogenschützen sprangen sofort dem Kaufmann bei und töteten den angreifenden Ritter als auch dessen ebenfalls herbei stürmenden Sohn.

Die Burg wurde sodann erobert, die verbliebene Burghut des Ritters gefangen genommen, jedoch gegen ein geringes Lösegeld, das die Familien der Männer, wenn auch mühsam aufbrachten, dennoch bereitwillig zahlten, wieder frei gelassen. Die Witwe des edlen Egberts wurde zusammen mit ihrem jüngeren Sohn Andres von Eltzau aber des Landes verwiesen.

Buch I

Kapitel 1

In der Stadt Eberstein am Ufer des Rheins, unweit des großen Speyers gelegen, begab sich an diesem Julimorgen des Jahres 1346 Denkwürdiges. Endlich hatte es aufgehört zu regnen. Überall wurden die Fensterläden aufgestoßen, um die klare Luft und das Sonnenlicht in die dunklen Räume zu lassen. Zögernd noch krochen einige Leute aus ihren Häusern ins Freie, setzten vorsichtig einen Fuß nach dem anderen auf die Straße und reckten ihre Nasen in den Himmel. Endlich war wieder die sanfte Wärme des durch die Wolken brechenden Sonnenlichts zu spüren. Die Luft dampfte in den Gassen, sie roch modrig und als die Tagesstunden vorangeschritten waren, legte sich eine dumpfe Schwüle über die Stadt.

Zwölf Tage lang waren die Leute Ebersteins in ihren Häusern eingesperrt gewesen, die Läden waren fest verriegelt geblieben, kein Regen und kein Sturm, aber auch kein Licht und keine Luft waren in ihre Stuben gelangt. Nur für die allerwichtigsten Gänge hatten die Menschen ihre Häuser verlassen können. Der Regen hatte die Stadt überschwemmt. Die engen Straßen hatten sich in regelrechte Schlammbäche verwandelt, in denen so manch einer bis zu den Knien versank, der es gewagt hatte, seinen Fuß vor die Türe zu setzen. Man erzählte sich sogar, dass der Rat der Stadt seine regelmäßigen Sitzungen nicht mehr abhielt, weil zu viele der edlen Ratsherren auf ihrem Weg ins Rathaus im Schlamm stecken geblieben waren.

Das Leben hatte zwölf Tage lang gestockt, aber nun begann es sich überall wieder zu rühren. Ein paar Händler öffneten ihre Buden auf dem Hohen

Markt. Im Schatten des Münsters konnte man dort schon bald einen Pfannenschmied beobachten, der sorgfältig seine Stücke darbot. Würzkrämer und Tuchhändler fanden ihre Kunden. Auf der langen Brücke, die südlich des Münsters hin zum Stephanstor führte und auf der der Fleischmarkt stattfand, errichteten die Händler auch schon wieder ihre Bänke und Stände, während ein besonders flinker Fischmenger bereits sein Verkaufsgeschick an einem vorübereilenden, vornehm gekleideten jungen Herrn erprobte.

Andres von Eltzau bemerkte die geschäftigen Bemühungen der Händler um ihn herum jedoch gar nicht. Er hatte keine Verwendung für die angebotenen Speisen, die teuren Waren. All das Zeug, die schillernden Kramwaren, die bunten Bänder, die an den Buden hingen, die blitzenden Pfannen, die auf den Bänken auslagen und die glänzenden Töpfe vor den Ständen interessierten ihn nicht. Hätte er sich auch auf den größten Marktplätzen Venedigs und Genuas befunden oder hätte er mitten auf dem prächtigsten Basar des Morgenlandes gestanden, die dort feilgebotenen Dinge hätte er nicht angesehen. Denn obwohl er noch in dem jugendlichen Alter war, in dem besonders das Bunte und Prächtige beeindrucken, blieb er allen irdischen Gütern gegenüber gleichgültig. Zwar war er in edle und farbenfrohe Stoffe gekleidet, so dass jeder, der ihn sah, etwas anderes erwartet hätte. Diese vornehme und teure Kleidung schuldete er jedoch lediglich seinem Stand und seiner edlen Geburt. Kauflust oder Eitelkeit trieben ihn nicht an den Bänken und Buden vorbei, er suchte weder Lustbarkeiten noch Genüsse. Andres suchte eine bestimmte Gestalt, ein unverwechselbares Gesicht. Er suchte einen Mann. Er horchte, spähte und argwöhnte fieberhaft. Er war wie besessen von dem Gesicht, nach dem er in jeder dunklen Gasse, auf allen Märkten entlang des Rheins Ausschau hielt, das er in jedem Mann, der vorüber eilte, zu erblicken hoffte. Seine edle Geburt zwang ihn dazu und trieb ihn weiter.

Wärmende Sonnenstrahlen erfassten die regennasse Stadt. Die dunklen Wolken rissen immer weiter auf, wie befreit von schweren Fesseln brach die Julisonne hervor und entfaltete ihre ganze Kraft. Die Sommerwärme erkämpfte sich nun Stück für Stück der frierenden und durchnässten Stadt zurück. Das Licht brach sich in den Pfützen und Bächen am Rande der Gassen, der Schlamm in den Straßen trocknete langsam und von den Dächern dampfte die Nässe in den Himmel.

Die Bäcker stellten wieder Bänke vor ihre Türen. Mit alten Holzdielen hatten sie dafür den an einigen Stellen noch immer aufgeweichten und lehmigen Boden befestigen müssen. Vorsichtig balancierten sie nun ihre Waren ins Freie, um sie in der Morgensonne auszulegen. Die ersten Käufer kämpften sich durch den Schlamm der Straßen, betrachteten die kleinen Brote, die auch auf der Bank vor Bäcker Retschelns Haus ausgebreitet lagen und zogen Kopf schüttelnd weiter. Auch die anderen Bäcker hatten nichts Besseres anzubieten. Zu klein, zu grob, schlechte Ware – so raunte es schon bald durch die Gassen der Stadt.

„Die Preise für dieses lumpige Brot sind so hoch wie noch nie", schimpfte eine dicke Magd, die unschlüssig vor den Bänken der Bäcker auf der Gasse hinter dem Kornmarkt immer wieder auf und ab ging.

„Das Korn ist fast alle", rief eine Alte ihr zu und fuchtelte dabei aufgebracht mit einem Stock herum, der genauso krumm war wie ihr Rücken.

„Bald werden die Bäcker überhaupt nichts mehr auf ihren Bänken feilbieten können. Dann werden wir richtig hungern. Wie damals, als wir vor Hunger alle fast irregeworden sind. Erst die Heuschrecken überall. ‚Da ist's, das Ende der Welt' haben sie alle geschrien. Am Tag wurde es dunkel wie die Nacht, so viele Heuschrecken waren am Himmel. Alles haben die aufgefressen. Und gestunken haben die. Und als sie weiter zogen, war alles Korn weg gefressen. Da hatten wir nichts. Die Gehängten vor der Stadt haben sie vom Galgen geschnitten und dann aufgefressen."

Mit weit aufgerissenen Augen stand die Alte da und wies mit ihrem Stock in Richtung Süden, dorthin, wo vor den Mauern der Stadt der Richtplatz lag. „Still", zischte ihr ein junger Mann zu, offensichtlich ein Handwerksbursche. Mit verächtlichem Blick kam er auf die Alte zu, die Augen drohend zusammengekniffen.

„Hör auf mit deinen Lügengeschichten. Das hat der Teufel dir eingeflüstert. Der Herr wird uns nicht allein lassen", fauchte der Bursche. Er stand ganz nah bei der Alten.

„Ach, du bist ein dummer Junge, was weißt du denn schon?" wütend drehte sich die Alte dem Burschen zu.

„Du bist ein lästerliches Weib. Wenn du nicht still bist, gehe ich zum Richter und erzähle, dass du dauernd gottlose Lügen hier erzählst. Auch schon an anderen Tagen habe ich dich lästern gehört. Dann werden sie dir endlich mal den Lasterstein anhängen."

Einiges Volk hatte sich mittlerweile um die zwei Streitenden versammelt, und alle lachten sie die Alte aus.

„Ja, den werden sie dir anhängen." Der Bursche hatte Mut geschöpft und schimpfte nun seinerseits heftig weiter.

„So ein schwerer Stein um den Hals ist ein Kleinod, um das dich sicher hier jeder beneiden wird, altes Schmähweib." Wieder lachten und johlten alle auf.

„Wenn sie's dir anhängen, wird dir dein Streiten und Lästern schon noch vergehen."

„Ha, Bürschchen, mir's anhängen lassen? Ich hab's doch gesehen. Ein junges Ding war ich damals. Und kein Teufel da. Nur Hunger", stammelte die Alte nun kaum noch hörbar für die anderen. Dann drehte sie sich ängstlich um und schlich sich weg.

Wie lange konnten sie das alles noch ertragen? Bereits das ganze Frühjahr hatte es nur geregnet. Auch in den Sommern davor hatten die Leute nur

Regen erlebt. Drüben, im Fliesertal, machten sie sich schon wieder Sorgen um die Ernte. Und hier in der Stadt, nachdem sie wie aus einem tiefen Schlaf erst gerade erwacht waren und sich endlich wieder lebendig fühlen durften, ergriff die Leute eine neue Starre. Angst griff auch hier um sich. Auf den Plätzen, vor den Häusern, sogar auf der großen Brücke blieben die Menschen beieinander stehen und überall hörte man das schreckliche Wort: Hunger. Ansonsten war es unheimlich still in den Gassen. Die nassen, voll gesogenen Mauern und der Schlamm, der die gesamte Stadt überzog, dämpften alle Geräusche. Die früher so lärmenden Menschen schienen wie betäubt, sprachen nur im Flüsterton miteinander und bewegten sich vorsichtig tastend durch die morastigen Straßen.

Plötzlich jedoch wurden sie durch hektisches Rufen aufgeschreckt. Forsch bahnte sich Hensel, der Bote des Rates, seinen Weg über den großen Hauptplatz der Stadt. Vor dem Portal des Münsters teilte er gebieterisch mit einer kurzen Handbewegung eine kleine Gruppe von Männern, die mit gesenkten Köpfen und schweigend zur Seite traten, um dem kühnen Jungen den Weg frei zu geben. Mit großen Schritten eilte der weiter die Ochsengasse vorbei bis zur Neuen Gasse, wo er endlich vor dem Haus des Krämers und Bürgers Dietrich Berlinger stehen blieb.

Einige Nachbarn konnten nun beobachten, wie Hensel recht ungestüm mit der rechten Hand an die große Tür hämmerte.

Kurz darauf drehte und bewegte es sich wie von unsichtbarer Hand in dem schwarz glänzenden schmiedeeisernen Schloss und der schwere Riegel gab ächzend nach. Dieses moderne Türschloss war der ganze Stolz des Hausherrn und die einzige schmückende Abwechslung für den Betrachter der Fassade. Der sah ein ansonsten einfaches, aber schönes Haus, das von schweren Hölzern getragen wurde. Im Obergeschoß gaben zwei kleine Fenster die Möglichkeit, Luft und Sonnenlicht in die Wohnräume zu lassen. Obwohl das Wetter nun strahlend schön war, waren sie jedoch noch immer mit Holzläden verschlossen und erinnerten an den fortwährenden Regen der vergangenen Wochen.

Endlich öffnete sich die Türe langsam und der junge Bote schritt ohne Scheu und auch ohne dem schweren Schmutz an seinen Beinen Beachtung zu schenken in die Mitte der Diele. Dort wurde er vom alten Jakob Schalkner empfangen. Der Kontordiener ließ sich weder von dem prahlerischen Auftritt des Jungen, noch von der Tatsache beeindrucken, dass auch ein recht wohlhabender Krämer wie Dietrich Berlinger nur sehr selten eine Botschaft vom Rat der Stadt erhielt. Stattdessen hörte er sich mit ungerührter Miene an, was Hensel zu vermelden hatte. Mit durchdringender Stimme verkündete der Bote seine ungeheuerliche Nachricht. Zwei Herren des Rates der Stadt seien auf dem Weg in die Neue Gasse, um dem Berlinger, Bürger Ebersteins und ehrbares Mitglied der Krämerzunft, einen Besuch abzustatten. Der alte Schalkner schaute nun doch etwas verwundert auf den Überbringer solch erstaunlicher Nachrichten und eilte dann mit behändem Schritte, den man dem Alten gar nicht zugetraut hätte, in die Rechenstube.

Derweil ereignete sich vor dem Haus auf der Neuen Gasse ein Spektakel, das die Zuschauer in erwartungsvolles Staunen versetzte. Ein halbes Duzend elegant gekleideter Diener säumte die Straße und stand Spalier für zwei hochherrschaftlich ausstaffierte Herren zu Pferde.

Bedächtig schritten die Tiere die Gasse entlang und wirkten auf ihr neugieriges Publikum sehr würdevoll, obwohl ihre Reiter mit dem verzögerten Gang lediglich verhindern wollten, im Morast stecken zu bleiben und ziemlich würdelos vom Pferd zu fallen. Langsam schob sich der prächtige Zug bis zum Haus des Krämers Dietrich Berlinger. Dort hatte die Nachricht vom herrschaftlichen Besuch sowohl die Rechenstube als auch die Wohnstube erreicht und die Bewohner in helle Aufregung gestürzt.

Der Hausherr Dietrich Berlinger stand bereits erwartungsvoll in der Diele, um die hohen Gäste zu begrüßen. Neben ihm hatte sich sein Sohn Niclas aufgestellt, dessen Körperlänge es nur noch an zwei Fingern fehlte, um das Maß des Vaters einzuholen, der aber die Würde und Autorität des Alten noch lange nicht erreicht hatte. Seine Gesichtszüge wirkten jungenhaft, jedoch auch blass und weichlich, seine zierliche Gestalt war schmal und kraftlos. Obwohl er bereits siebzehn Jahre alt war, hielt man ihn daher noch oft für einen Knaben, und nicht wenige in der Stadt waren überzeugt, dass er kränklich sei und seine Mannesjahre nicht erleben werde.

Im hinteren Teil des Raumes hatten die Frauen des Hauses Aufstellung genommen. Elsina Berlinger stand kerzengerade neben ihren Töchtern, Greda und Katherine, ihr Kinn war stolz erhoben und um ihren Mund lag der feine Schimmer eines zufriedenen Lächelns. Was Würde anging, stand sie ihrem Gatten in nichts nach. Sie war eine schöne Frau, obwohl sie nicht mehr jung war. Silberne Fäden durchzogen ihr Haar, das sie zu einem Zopf geflochten und mit einem Schleier bedeckt hatte, dessen Enden locker um den Hals gebunden waren. Ihre Haut hatte noch immer jenen elfenbeinen Schimmer, der den jungen Dietrich Berlinger vor etlichen Jahren bezaubert hatte, um die Augen aber hatten sich schon tiefe Furchen in das Gesicht eingegraben. Ihr Mund hatte auch seine frische, kräftige Farbe verloren und die Lippen waren nicht mehr so voll und sinnlich, wie in jenen jungen Tagen, als Elsina Berlinger das begehrteste Mädchen Basels gewesen war und heiratswillige Junggesellen aus den fernsten Handelstädten kamen, um sie zu freien. Wie damals war aber ihr Lachen noch genauso fröhlich und wahrhaftig, ihr Wesen noch immer so warmherzig und freundlich, und ihre Stimme noch immer herzlich und fest. Sie trug eine einfache dunkelgrüne Wollcotta, deren Oberteil und Ärmel schmal geschnitten waren und deren Rock nur wenige Falten warf. Ein Schlitz verlängerte den eng anliegenden Halsausschnitt, damit die Hausfrau das Kleid einfacher über den Kopf ziehen konnte. Es war ein genügsames Stück und für die täglichen Pflichten im Haus bestens geeignet. Ohne einen verschwenderisch weiten Faltenwurf, ohne kostbare Knöpfe oder wadenlang herabreichende Gürtel, zeugten nur die kräftige Farbe und die weiche Art des Wollstoffs, dass die Cotta der Frau Berlinger von hohem Wert war.

Auch die beiden Töchter des Hauses, Jungfer Greda und Jungfer Katherine waren in einfache, aber zur Hausarbeit gut taugende Kleider gewandet. Ohne Schmuck und lange Gürtel, wie es nun die Mode war, und ohne lange Schleppen und weite Ärmel, waren ihre Kleider eng geschnitten und betonten so jedoch umso mehr den Liebreiz und die Zartheit der beiden Schwestern.

Endlich öffneten zwei der mitgeführten Diener der Ratsherren das Haustor und die Gäste schritten ein. Walram Stüren und Berthold Finke kamen aus den ältesten und vornehmsten Familien der Stadt, sie waren reich und mächtig und Mitglieder des Rates der Stadt Eberstein. Ihre Ahnen hatten entweder im Fernhandel mit Italien und dem Orient oder in Verwaltungsdiensten für Fürsten und Könige Reichtümer und Ländereien erworben. Über Generationen hinweg hatten ihre Familien Ansehen, politischen Einfluss und diplomatische Kenntnisse gesammelt, weshalb sie jetzt als besonders geeignet für die Regierungsgeschäfte ihrer Stadt galten. Man nannte sie die Klugen, die Weisen, die Besten oder auch nur die Großen.

Da die mittägliche Sonne die regennasse Stadt mittlerweile erwärmt hatte und eine schwüle Luft in den Gassen stand, trugen die vornehmen Besucher lediglich leichte, knielange Cotten aus weich fließendem Barchent, denen kunstfertige Buntfärber ein wunderbares Leuchten in schillerndem Smaragdgrün und elegantem Nachtblau verliehen hatten. Die Halsausschnitte waren an beiden Kleidern weit geschnitten und wie die Schlitze an den Seiten mit Borten und feinen Goldstickereien verziert.

Dietrich Berlinger trat seinen hohen Gästen entgegen und sprach so formvollendet er nur konnte:

„Euer Besuch ist eine große Ehre für mein Haus. Ich bitte Euch, mir in die Stube nach oben zu folgen, wo meine Frau und meine Töchter Euch einen

Willkommenstrunk reichen können." Mit großer Geste zeigte der Hausherr auf die drei stolzen Frauengestalten hinter ihm und auf die Treppe, die in die oben gelegenen Wohnräume führte.

Leider aber achteten die beiden Herren nur halb auf die feierlichen Worte des Hausherrn, denn sie waren vollauf damit beschäftigt, die Trippen von ihren Füssen zu bekommen. Alle sechs Diener strengten sich mit ganzer Kraft an, ihren hohen Herren dabei zu Diensten zu sein und endlich das störende Schuhwerk von den herrschaftlichen Füßen abzustreifen. Diese Holzlatschen leisteten auf den schlammigen aufgeweichten Straßen der Stadt zwar gute Dienste, denn sie schonten die teueren Schnabelschuhe. Im Haus dagegen waren sie nicht nur sehr unbequem, sie waren auch sehr unfein. Wie derbe Bauernpantinen waren sie nur aus Holz statt aus edlem Leder oder Brokat, wie es sich für hohe Herren geziemte. Sie hatten auch nicht die elegante und doch extravagante Form der hochmodischen Schnabelschuhe, auf die die gesamte adlige Welt zurzeit so versessen war. Immer länger und höher wurde die Schuhspitze nach oben gezogen, dünne Fäden, die man um die Wade band, hielten den Schuhschnabel aufrecht. Walram Stüren und Berthold Finke wollten ihre Füße endlich wieder mit diesen Kunstwerken geschmückt sehen und sie daher so schnell wie möglich aus den unförmigen Trippen befreit wissen. In diesem Sinne herrschten die vornehmen Herren die sie umschwirrenden Diener mit strengen Worten an, ohne auf die Feierlichkeit der Begrüßung durch den Krämer Berlinger besonders einzugehen.

Endlich war das anstrengende Werk aber vollbracht, und die beiden Ratsherren standen hochmodisch und prachtvoll gekleidet der Familie Berlinger gegenüber.

„Wir danken Euch sehr für Eure Gastfreundschaft. Ihr habt wirklich ein gutes, festes Haus. Hoffentlich hat es während des großen Regens keinen Schaden genommen."

Mit diesen Worten folgten sie dem Hausherrn ins Obergeschoß in eine einfache, aber geräumige Stube. Eine Magd hatte die Holzläden bereits aufgestoßen und die wärmende Mittagssonne erhellte den Raum.

Die blank gescheuerten Holzdielen auf dem Boden glänzten im einfallenden Licht. Ein langer, robuster Tisch beherrschte den Raum. An ihm fand die gesamte Familie Berlinger zu den Mahlzeiten Platz, sowohl die Eltern, Kinder als auch die Bediensteten versammelten sich hier. Danach aber konnte der Tisch wieder weggeräumt werden, denn er bestand aus zwei grob beschlagenen Blöcken, auf denen eine schwere dicke Platte ruhte. So wurde die Tafel nach jedem Essen aufgehoben und Platz sparend verstaut. Als Sitzgelegenheit dienten zwei lange Bänke, die nach dem Essen an die Wand gestellt werden konnten. Eine Truhe, in der das bodenlange leinene Tischtuch, Kerzenhalter, allerlei Werkzeuge und Gerätschaften für die Handarbeiten der Frauen aufbewahrt wurden und ein prächtiger Ofen mit einer gemütlichen Bank davor sorgten für die notwendige Behaglichkeit der Stube, zwei farbenprächtige Teppiche, deren Webart und Farbenspiel auf eine fremde Herkunft verwiesen, aber waren die luxuriösen Zierstücke des Raumes, die auch sofort das Interesse eines jeden Besuches auf sich zogen.

„Welch prächtige Stücke. Das sind Teppiche, wie ich sie auch gern in meinem Hause sehe", rief Walram Stüren ehrlich erfreut.

„Ich danke Euch für Euer Kompliment. Für wahr. Ich bin sehr stolz auf diese Teppiche. Mein Schwiegervater, der Kaufmann Anton Brand aus Basel, erwarb sie vor vielen Jahren in welschen Landen. Mein Weib brachte sie dann bei unserer Heirat als Mitgift in dieses Haus."

Die Ratsherren verneigten sich bei diesen Worten sehr höflich vor der mittlerweile ebenfalls im Raum erschienenen Elsina Berlinger.

„Der gute Name der Familie Brand ist von Basel her den Rhein herunter gedrungen. Wir haben schon viel Gutes von diesen tüchtigen Kaufleuten vernommen."

Elsina Berlinger lächelte erfreut und reichte jedem der Gäste wie auch ihrem Gatten einen Becher mit dem edelsten Wein, der sich in der Eile im Vorratskeller hatte finden lassen. Greda und Katherine gingen ihrer Mutter dabei zur Hand, wie es sich für gute Gastgeberinnen geziemte. Niclas dagegen stand dicht hinter seinem Vater und beobachtete aufgeregt das Begrüßungszeremoniell. Dietrich Berlinger hatte sich bereits wieder etwas beruhigt. Der Plauderton und der gute Wein, der zu solch ungewohnter Stunde gereicht wurde, hatten die Anspannung des Hausherrn gelöst.

"Welch ein schöner Tag für einen so angenehmen Besuch. Gerade heute Morgen sagte ich zu meinen Sohn, dass der Herr uns seine Gnade nun in vielerlei Weise zeigen wird. Das Wetter wird besser, der Regen hat aufgehört. Und nun erfahren wir auch noch die große Ehre Eurer Anwesenheit."

Berthold Finke blickte seinen Gastgeber freundlich an und nickte.

„Ich glaube ebenfalls, dass Gott uns seine Gnade nicht entzogen hat, Eurer Familie nicht und auch unserer Stadt nicht. Darüber wollen wir auch mit Euch reden."

Die beiden Ratsherren schauten nun etwas fordernder. Eindringlich wandte sich Walram Stüren an den Hausherrn:

„Werter Dietrich Berlinger, wir sind gekommen, um mit Euch über das Wohl der Stadt zu reden."

Der Händler Berlinger blickte fragend drein, verstand endlich und entließ seine Familie. Eilig verabschiedeten sich die Frauen und auch Niclas verneigte sich kurz vor den hohen Gästen, um seiner Mutter und den Schwestern nach unten zu folgen, froh sich der Gesellschaft so mächtiger und vornehmer Herren entziehen zu dürfen. Unten in der Diele verharrten die Kinder des Krämers Berlinger sprachlos. Erstaunt blickten sie die hohe Decke an, die sie nun von ihren eindrucksvollen Gästen trennte. Noch wenige Stunden zuvor wäre es völlig undenkbar gewesen, dass diese hohen Herren in ihrem Elternhaus erschienen und nun berieten sie mit ihrem Vater, dem braven Krämer Berlinger, das Wohl der Stadt. Niclas und seine beiden Schwestern Katherine und Greda verstanden noch immer nicht, welcher Art das Schauspiel war, dem sie soeben beigewohnt hatten. „Seit wann verkehrt unser Vater mit diesen hochgeborenen Herren auf so freundschaftlichem Fuß, dass sie uns zu früher Stunde besuchen? Unsere Familien haben keine Bekanntschaft miteinander, wir besuchen nicht dieselbe Kirche, wir wohnen nicht im selben Viertel. Mit unseren Geschäften haben die großen Herren doch auch nichts zu schaffen, oder?"

Greda schaute ihren Bruder auffordernd an.

„Und ich habe auch noch nicht erlebt, dass der Rat zuvor unseren Vater zu Angelegenheiten der Stadt befragt hat. Warum kommen diese Herren in unser Haus?"

Ihre großen braunen Augen in dem länglichen Gesicht kannten kein Erbarmen. Fest behielten sie den Bruder im Blick, der seinerseits bereits unruhig von einem Fuß auf den anderen trappelte und ausweichend in alle Ecken des Raumes schaute. Greda jedoch ließ nicht nach, sondern setzte ihrem Bruder weiter zu wie ein Jagdhund, der auf einer Spur angeschlagen hatte. Das schlanke, hoch gewachsene Mädchen ging ruhig noch zwei weitere Schritte auf Niclas zu und blieb ganz dicht bei dem verängstigten Jungen stehen. Auf der blassen Haut seines dünnen Halses zeichneten sich nun schon rote Flecken ab, wie so oft, wenn er Seelennöte erlitt.

„Lass ab, Greda, sieh doch, er weiß auch nichts."

Katherines Worte erklangen für Niclas wie ein Engelsruf. Die geliebte Schwester schritt auf die zwei zu, gleichsam wie schwebend. Und obwohl kleiner und zarter als ihre Schwester Greda, zog sie die andere mit einem festen Griff zurück, den man dem anmutigen Geschöpf nicht zutraute.

„Was soll er dir denn sagen, wenn er es nicht weiß?"

Katherines tiefe Stimme war fest und wohlklingend und überraschte jeden, der sie zum ersten Mal vernahm. Denn bei diesem zarten Mädchen mit ihrem strahlend schönen, weißen Gesicht, den schimmernden dunkelbraunen Haaren, den zerbrechlich feinen Gliedern und dem schwebenden Gang vermutete ein jeder, der sie sah, eine Stimme so hell wie der himmlische Gesang leuchtender Seraphim. Sie war engelgleich und von zerbrechlicher Anmut, dabei aber entschlossen und zupackend.

Katherines Gestalt täuschte über ihre tatsächlichen Kräfte hinweg. Sie hatte im Haushalt ihrer Mutter schon früh gelernt ordentlich anzupacken. Auch im Lagerverschlag und in der Krame fasste die jüngste Tochter Dietrich Berlingers schon seit ihren frühen Kindertagen mit an. Und waren ihre Arme auch dünn und ihre Hände zart, so wusste das Mädchen dennoch, sie bei schwerer Arbeit zu gebrauchen.

Der Vater, der alte Krämer Berlinger, hatte früh begonnen, seine Kinder, den Sohn wie auch die beiden Töchter, in den Fertigkeiten der Krämerei zu unterweisen. Und so erlernten sie das Feilschen und Stapeln, das Kaufen und Wiegen und auch im Lesen, Schreiben und Rechnen waren alle drei geübt. Eine tüchtige Krämersfrau sollte Katherine, wie auch ihre Schwester Greda, eines Tages werden, Weib eines ehrbaren Händlers, so hoffte Berlinger. Darum rief er Gott in jedem seiner Gebete an.

Wie so oft war Katherine auch an jenem Morgen darauf bedacht, Niclas beizustehen. Was sonst noch im Hause vor sich ging, war dem Mädchen einerlei. Seit frühen Kindertagen schaute sie nur danach, wie es Niclas ging, ob er traurig war oder froh, ob er kränkelte oder fröhlich mit anderen Jungen in der Gasse spielte. Er ängstigte sich schnell und Katherine sprang ihm dann immer geschwind bei. So war es bisher gewesen, und sie betete zu Gott, dass sie auch weiter die Kraft und die Gelegenheit haben werde, ihm beizustehen.

Ihre Schwester Greda war weniger barmherzig zu Niclas. Das Mädchen war klug und wissbegierig, in ihrer Neugier jedoch oft ungeduldig und eigensinnig. Sie beobachtete gern die Menschen und deren Handeln. Oft vermutete sie dabei einen Hintersinn, der den anderen verborgen blieb. Sie liebte es, aus alten Büchern von raffinierten Winkelzügen und umsichtigen

Taten der großen Herrscher zu erfahren und durchschaute jedes Ränkespiel und jede Heuchelei. Diesmal jedoch war ihr Scharfblick nicht besonders gefordert, denn dass die beiden Ratsherren nicht allein aus Höflichkeit den Weg in das Haus Berlinger gefunden hatten, war allen Anwesenden klar.

„Ich bitte dich Niclas. Sag uns, was hier vorgeht."

„Ich weiß es nicht" gab Niclas unumwunden zu. Obwohl er jeden Tag in der Rechenstube Seite an Seite mit seinem Vater arbeitete und diesen sogar schon bei einigen kleineren Geschäften vertreten durfte, wusste er nichts über städtische Angelegenheiten. Ganz im Gegenteil. Die Welt des Handels, des Feilschen und Hökerns war Niclas vertraut. Er hatte eine gute Ausbildung als Krämer bei seinem Vater genossen. Der Krämerzunft würde er eines fernen Tages beitreten, wenn der Herrgott seinen Vater zu sich riefe und ein achtbares Erbe hier auf Erden für ihn zurück bliebe. Niclas war auch stets stolz darauf gewesen, dass zumindest seine Mutter einer so tüchtigen und ehrbaren Kaufmannsfamilie entstammte, wie es die Brands in Basel seit jeher waren. Die Politik jedoch war ein Spiel, dessen Regeln er nicht verstand, und zu dem Gott nur die Großen und Edlen im Reich bestellt hatte.

„Es geht um das Wohl der Stadt, das hast du doch gehört. Diesen Schatz zu hüten ist ganz allein die Sache des Rates. Die hohen Herren kümmern sich um diese Aufgabe und werden schon wissen, was unseres Vaters Anteil an dieser Arbeit ist. Es ist aber bestimmt keine Weibersache. Also sei still und kümmere dich nicht um Dinge, von denen du als Weib eh nichts verstehst."

Mit diesen Worten drehte er sich von seiner neugierigen Schwester weg, dass die blonden Locken, die sein schmales Gesicht einrahmten, umher sprangen. Er lief hastig durch den Raum zur Hoftüre und ließ die beiden Mädchen stehen.

Im Hof erwarteten ihn aber schon die fragenden Blicke des alten Schalkners und des Knechts Konrad. Sie hatten die vergangene Stunde damit verbracht, ziemlich umständlich einigen alten Plunder, Kisten, Seile und einen Haufen leerer Säcke aus der Hofeinfahrt in einen hinteren kleinen Verschlag zu tragen. Der junge Knecht Konrad schleppte und zog, sein massiger Oberkörper trug die schwere Last mühelos und obwohl seine Muskeln gespannt waren, war auf seinem breiten Gesicht ein so frohes Lächeln zu sehen, als wolle es die Mühen der schweren Arbeit Lügen strafen. Der alte Schalkner dagegen beschränkte sich darauf Anweisungen zu geben und hier und da ein kleines Stück Stoff oder Seil, das aus den Ballen gefallen war, mit angestrengter Geste aufzuheben. So schafften sie wertvollen Platz für neue Warenladungen und hatten außerdem bessere Gelegenheit, einen Blick auf die hohen Gäste zu werfen. Denn wenn in der Rechenstube auch eiligere Arbeit auf sie wartete, so konnten sie nur hier im Hof in Erfahrung bringen, was vorne vor sich ging.

Niclas hatte dieses offensichtliche Tun seiner neugierigen Knechte denn auch gleich begriffen und rief ihnen abwehrend zu:

„Ich weiß es nicht! Fragt mich nicht, was die Herren in unser Haus geführt hat. Geht lieber wieder hinein. Dort wartet genug Arbeit auf uns."

Etwas missmutig folgten die beiden Knechte denn auch ihrem jungen Herrn nach, der wiederum froh war, sich seinem Rechnungsbuch und den Warenlisten widmen zu können. Als die Türe ins Schloss fiel, die die drei Männer in der Rechenstube von den übrigen Räumen des Hauses Berlinger trennte, fühlte sich Niclas schon wieder etwas sicherer. Und als er an sein Pult trat, war ihm, als könnten ihm die verworrenen Läufe der Zeit mit ihren politischen Ränkespielen nichts mehr anhaben.

Niclas Berlinger stand wieder an dem Platz, den Gott ihm und seiner Familie zugewiesen hatte: in der Rechenstube. Wenn er seinen Pflichten als ehrbarer Krämer nachkam, wie es ganz offensichtlich Gottes Absicht war, so verlor vielleicht die gottlose Vermessenheit vieler Menschen dieser

Stadt ihre Gefährlichkeit. Oft hatte Niclas beobachtet, dass Nachbarn und Freunde versuchten, ihren Platz in der göttlichen Ordnung zu verlassen, dass sie nach einem höheren Stand strebten und etwas anderes sein wollten, als was Gott sie erschaffen hatte. Das war Stolz, Hoffart und eine schwere Sünde.

Und wenn jetzt die hohen Herren des Rates in ihrem Hause ein- und ausgingen, um mit seinem Vater politische Angelegenheiten der Stadt zu beraten, war das nicht auch solche Hoffart, wie sie auch die eitlen Nachbarn antrieb? Hinter solcher Anmaßung lauerte schließlich immer der Teufel.

Bei diesen Gedanken schauderte Niclas. Eiskalt lief es ihm den Rücken runter. Angst packte ihn und schnürte ihm die Kehle zu. Er spürte, wie sein Mund trocken wurde. Schnell flüsterte er ein Vaterunser und wandte sich dann einem kleinen Pergament mit engen Strichreihen und winzigen Buchstaben zu, um nicht länger müßigen Tagträumen nachzuhängen und wohlmöglich schreckensvollen Visionen zu erliegen, die ganz sicher vom Teufel ausgesandt wurden.

Versunken in seine Arbeit, bemerkte der junge Krämersohn denn auch nicht, wie die vornehmen Gäste nach fast einer Stunde das Haus wieder verließen. Auch in den übrigen Räumen des Hauses, in die sich die Frauen der Familie begeben hatten, um ihr Tagewerk zu erledigen, blieb der Aufbruch der edlen Herren unbemerkt, und schon nach kurzer Zeit war der Besuch fast vergessen. Nur in der oberen Wohnstube saß Dietrich Berlinger noch lange Zeit und hing seinen Gedanken nach. Er fragte sich, welch ein Hintersinn die edlen Ratsherren zu ihm geführt hatte. Was bezweckten sie mit ihrem Ansinnen?

Unten auf der Straße stand Andres von Eltzau, ebenso gedankenverloren, und starrte auf die schwere Tür des Berlingerschen Hauses. Über sein hübsches Gesicht hatten sich Sorgenfalten gelegt, die den jungen Mann vorzeitig altern ließen. Waren die beiden Herren des Rates, die soeben stolz dieses Haus verlassen hatten, seine Feinde? War die gesamte Stadt sein Feind? Oder gab es eine Möglichkeit diese Feindschaft abzuwenden? Die Herren des Rates waren sicher erfahren in politischen und militärischen Angelegenheiten und keine hitzköpfigen Handwerksmänner, wie sie in einigen Städten entlang des Rheins nunmehr das Stadtregiment stellten. Hier in Eberstein bestand der Rat aus edlen, alten Familien. Aber waren die Familien der Ratsmänner so edel, dass sie seine Ehre und das Recht seiner Familie verstanden? Konnte er sie als Freunde gewinnen oder stellten sie sich an die Seite seines Feindes?

Am Abend dieses denkwürdigen Tages, die gesamte Familie saß versammelt um den großen Tisch in der Wohnstube, wurden alle noch einmal an den aufregenden Besuch vom Morgen erinnert. Die Magd Anna war zusammen mit Katherine und Greda gerade damit beschäftigt, das Essen aufzutragen, als der Hausherr Dietrich Berlinger seine Stimme erhob und regungslos verkündete:
„Der vornehme Rat unserer Stadt hat mich gebeten, in seinem Auftrag Unterhändler der Städte Speyer und Straßburg zu empfangen und für einige Tage zu beherbergen. Es sind Gäste unserer Stadt. Es wird uns eine Ehre sein, sie würdig unter unserem Dach zu bewirten. Die Herren werden wahrscheinlich schon in den nächsten Tagen eintreffen." Dann erklärte er seiner Frau knapp: "Bitte sorgt dafür, dass alles Nötige im Haus für diese Gäste vorbereitet wird."
Damit wandte er sich seinem Essen zu. Sein Sohn aber erschauderte. Nach diesen Worten des Vaters konnte Niclas keinen Bissen hinunter bekommen. Seine schlimmsten Befürchtungen wurden also wahr. Der alte

Berlinger war in die Schlingen der Politik geraten. In Niclas Kopf kreisten wirr die Gedanken. Der Schimmer weltlichen Tands hatte den Vater wohl geblendet und schmeichlerische Reden hatten ihn trunken gemacht, sodass er den Lockungen erlegen war und sich auch in Hoffart über seinen Stand erhoben hatte. Niclas hatte Angst. Zwar erkannte er nicht genau, was ihn voller Furcht zusammenfahren ließ, aber er sah ganz deutlich, dass an allen Ecken der Stadt, immer öfter Falsches geschah. Alte Gewohnheiten gab es auf einmal nicht mehr, vertraute Regeln wurden durchbrochen, einige seiner Mitbürger gingen sogar so weit, die göttliche Ordnung einzureißen. Überall erschufen die Menschen Neues. Sie eiferten dem regelrecht nach. Und nun hatte diese Begierde auch sein Elternhaus erfasst.

Niclas konnte sehen, dass die Menschen es waren, die sich über Gottes Ordnung erhoben. Sie erdreisteten sich und errichteten eine neue Ordnung. Der Junge fürchtete die göttliche Strafe für diese Vermessenheit, wie er sich vor der Sünde des Stolzes und der Eitelkeit fürchtete, vor der Gier und der Ruhmsucht.

Er suchte den Blick seines Freundes. Aber der Knecht Konrad schien seine Furcht nicht zu teilen. Ruhig kaute er nach einem harten und langen Arbeitstag seine wohlverdiente Mahlzeit. Wie die anderen hing auch er seinen Gedanken nach und als das Mahl beendet war, trottete er, wie es seine Gewohnheit war, langsam nach draußen auf den Hof, um sich in der kühlen Abendluft von den Mühen des Tages zu erholen.

Niclas folgte ihm und schweigend saßen sie nebeneinander auf dem alten Baumstamm in der Ecke des Hofes. Hier hatten sie schon als Jungen zusammengehockt und sich gegenseitig von edlen Helden aus alten Zeiten vorgeschwärmt.

Der alte Kontordiener Jakob Schalkner kannte unzählige Abenteuer dieser Helden und hatte manchen Abend, oft bis die Dunkelheit das ganze Haus umschlungen hielt, ihnen die Geschichten von aufregenden Kämpfen gegen Räuber, Zwergenkönige, Ungeheuer und feindliche Ritter erzählt. Vor allem der junge Erec hatte damals die Phantasie der Jungen beflügelt. Schön, jung und tapfer wollten sie sein wie dieser umschwärmte Held, wie er wollten sie für eine schöne, hohe Dame in den Kampf ziehen und Abenteuer erleben. Aber ihre Leben hatten ganz andere Wege eingeschlagen. Konrad war noch immer der Knecht des Hauses Berlinger, als der er damals von seinem Vater hergebracht worden war. Zwar war er nicht mehr so dünn und schweigsam, hatte viel gelernt im Hause des Krämers, konnte sogar etwas lesen und rechnen, aber er war noch immer ein Knecht, ein Bediensteter, der wusste, wo sein Platz war, wann er reden sollte und wann lieber nicht.

Niclas dagegen war ein tüchtiger Händler geworden. Er eiferte mit seinem Scharfsinn und seiner Besonnenheit dem Vater nach, der ebenfalls mit Klugheit und Weitsicht ein ordentliches Geschäft aufgebaut hatte. Dietrich Berlinger aber hatte die Not angetrieben. Mit viel Geschick, Schlauheit und einer noch größeren Portion Mut hatte er aus einem kleinen Hökerstand auf dem Markt einen einträglichen Handel mit Spezereien und Kurzwaren, mit nützlichem Hausrat, feinem Schmuckwerk und auch manchem Fässchen Bier oder Honig aufgebaut. In seiner Krame konnte man Kienrauch, Seifen, Kerzen, Flachs und Sandelholz erstehen, Flämisch Garn und Nürnberger Band, seidene Hauben und gefärbte Felle hatte der alte Berlinger stets vorrätig. Von seinen regelmäßigen Fahrten den Rhein hinab brachte er große Ladungen von Gewürzen und Kräutern wie Bärlauch, Zwiebeln, Petersilie und Kerbel mit. Er kaufte aber auch, wo immer er fündig wurde guten Honig, Wein und Bier ein, manchmal hatte er sogar die ein oder andere stattliche Ladung Fisch in die Stadt gebracht. So war sein kleiner Hökerstand, der den jungen Dietrich mehr schlecht als recht ernährt hatte, bald zu einer ansehnlichen Verkaufsbude auf dem Markt herangewachsen, von dem eine Familie gut leben konnte. Weiche Lederriemen, Kämme, Seife und Garne führte die Krame des Dietrich Berlinger bald ebenso wie Öl, Wachskerzen und Talglichter. Seine Kramwaren wurden geschätzt und schließlich wuchs der Handel so gewaltig an, dass die junge Familie Berlinger sogar im Erdgeschoss ihres neuen Hauses in der Neuen Gasse eine Krame hatte eröffnen können, nicht jedoch ohne zuvor darüber quälend lange Verhandlungen mit dem Rat der Stadt und der Krämerzunft geführt zu haben. Jeder Handel in der Stadt Eberstein war geschützt und verlief geordnet nach festen Regeln und Rechten, jedoch nur solange er innerhalb des Marktbezirks stattfand. Geschäfte außerhalb dieses Marktbannbezirks bedurften der Erlaubnis des Rats und der Zunft. Die hatte Dietrich Berlinger schließlich auch bekommen, denn die Versorgung mit Welschen Gütern und Venediger Waren, die aus fernen Gegenden nach Eberstein gebracht worden waren und die den braven Handwerkern der Stadt nicht wehe taten, war dem Rat der Stadt eine Ausnahme wert. Der Krämerladen im Haus der jungen Familie wuchs und gedieh denn auch bald. Anfangs wurde er noch von Dietrichs junger Gattin Elsina geführt, sie hatte den Überblick über eingehende Waren und Verkaufszahlen, notierte die Außenstände sorgfältig und schrieb mit ihrer feinen Hand makellose Briefe an Lieferanten, befreundete Händler, Schuldner wie auch Gläubiger. Bald jedoch hatten sich ihre Mutter- und Hausfrauenpflichten so vermehrt, waren gleichzeitig die Einkünfte aber ebenfalls so angewachsen, dass sich die junge Familie Berlinger einen Handlungsdiener, eine Magd und schließlich noch einen Knecht ins Haus holen musste.

Immer hatte der Herrgott Dietrichs Tun gesegnet, hatte ihm zu seiner ansehnlichen Frau aus einer wohlhabenden Familie verholfen, ihm gute und gesunde Kinder geschenkt und den Bau eines beachtlichen, festen Hauses in einem leidlich anständigen Viertel der Stadt gutgeheißen. Der Händler Dietrich Berlinger war ein gesegneter Mann, sein Erfolg hatte ihm ein festes Vertrauen in Gott geschenkt. Ohne Furcht und Verzagtheit nahm er immer neue Geschäfte in Anlauf. Bald schon hatte er die Krame im eigenen Haus schließen müssen, war sie ihm doch zu eng geworden. Statt ihrer eröffnete er eine ansehnliche Krambude im neu gebauten Kaufhaus der Stadt

Eberstein. Die war noch besser bestückt mit guten Waren und nahe an den vielen begierigen Käufern. Die Knechte hatten ordentlich zu packen und zu stapeln. Dietrich Berlinger aber unternahm jedes Jahr zwei Handelsfahrten den Rhein entlang, um neue Kramwaren herbeizuschaffen.

Der erfahrene Krämer Berlinger kannte seine Möglichkeiten, handelte immer sicher und wagte sich nie über seine Grenzen hinaus. Diese Sicherheit aber fehlte seinem Sohn. Niclas zögerte, wo sein Vater zugriff. Deshalb war sich Dietrich Berlinger auch gewiss, dass der Sohn sein Erbe bewahren würde, ihm aber der Witz und das Gottvertrauen fehlten, es zu mehren. Nichts lag Niclas Berlinger ferner als der Abenteuersinn vergangener Kindheitsträume. Für ihn war es ein frommes Werk, das Alte zu bewahren und Gottes Ordnung anzuerkennen.

Als Niclas an diesem Abend neben seinem Freund im Hof saß, beschlich den Jungen wieder jene unheimliche Besorgnis: Neues und Fremdes werde in ihr Leben treten, die Zeit brächte Veränderungen und Wechsel, das spürte Niclas vage.

Kapitel 2

Die folgenden Tage verliefen hektisch. Die Frauen des Hauses bereiteten
fleißig den Aufenthalt ihrer Gäste vor und eilten unermüdlich zwischen
Keller, Küche und der oberen Kammer, die den Fremden als Herberge
dienen sollte, hin und her. Oft blieb ihnen kaum noch genügend Zeit, die
Messe zu besuchen. So lief die Magd Anna oft nur noch in die Kirche, wenn
die Gesänge und Gebete der Frommen bereits verstummt waren, um
wenigstens das kurze Hochheben der Hostie am Ende der Liturgie
miterleben zu dürfen. Diesen wichtigsten aller Augenblicke wollte sie um
nichts in der Welt verpassen. Allein die Töchter des Hauses, Katherine und
Greda, vermochten täglich die Gottesdienste zu besuchen.

Die Ankunft der Gäste stand unmittelbar bevor, denn seit vier Tagen war
das Wetter schön und alle Wege nach Eberstein konnten einigermaßen
befahren werden - der Rhein floss ruhig trotz der Wassermassen der letzten
Tage, und die aufgeweichten Straßen waren fast vollständig getrocknet.
Das gewohnte rastlose Treiben der unermüdlichen Händler und der
emsigen Handwerker, der fleißigen Hausfrauen, Mägde und Knechte war
wieder in die Stadt zurückgekehrt.

Auch Dietrich Berlinger nutzte die Zeit für Vorbereitungen. Eines Abends
nahm er nach dem Essen seinen Knecht Konrad zur Seite, als dieser
gerade wie gewohnt in den Hof schlendern wollte, um die Hetze des Tages
abzustreifen und auf die Ruhe der kommenden Abendstunden zu warten.
Der Bursche war gerade neunzehn Jahre alt. Als kleiner Knabe war er
bereits in das Haus des Krämers Berlinger gekommen. Sein Vater hatte den
dünnen Jungen zum Arbeiten hergebracht. Damals hatte Konrad kaum ein
Wort heraus bekommen, dass jeder dachte, er sei schwachsinnig.

„Zu harter Arbeit aber wird er taugen", hatte sein Vater erklärt, ein armer
Straßenkehrer, der nur mühselig, ohne ein Weib an seiner Seite, sein und
seiner Kinder täglich Brot verdiente.

Sogleich hatte sich der Bursche damals im Hof des Krämerhauses zu Berlingers Sohn Niclas gesetzt. Wie er war auch dieser von zarter Gestalt gewesen, mit bleichem Gesicht und traurigen Augen. Und obwohl der Knecht schwach und noch jung an Jahren war, wurde er Niclas Beschützer und Freund. Er stand ihm bei und half ihm, wenn den Krämersohn beim Spiel auf der Straße mit den anderen Jungs aus der Gasse die körperlichen Kräfte verließen. Später packte Konrad mit an und half dem Freund, wann immer der Alte seinem Sohn eine schwere Arbeit aufgetragen hatte. Die zwei Jungen redeten nicht viel miteinander, wenn sie zusammen auf dem alten Baumstamm im Hof saßen, aber sie wussten alles übereinander und verstanden einander blind.

Während Niclas jedoch schwach und bleich blieb, entwickelte sich der Knecht Konrad zu einem groß gewachsenen, hünenhaften Mann, der auch den längsten der Knechte im Kaufhaus der Stadt noch um wenigstens drei Finger überragte. Er war schlank mit schmalen Hüften und langen geraden Beinen, die unter seiner einfachen Arbeitscotta hervorblickten. Seine Schultern jedoch waren von der schweren Arbeit kräftig geworden, sein Kreuz war breit und seine Brust mit starken Muskeln bepackt, wie es bei den Packern und Trägern, den Tagelöhnern und Knechten üblich war. Konrads rundes Gesicht mit dem kantigen, breiten Kinn passte zu dem kräftigen Oberkörper. Seine dunklen, nur leicht gewellten Haare trug er aber nach Herrensitte lang bis zu den Schultern, was ihm zwar von den Jungfern und Mägden zärtliche Blicke, von den Meistern und Herren am Ort jedoch empörtes Kopfschütteln einbrachte.

Auch die Hausherrin Elsina Berlinger schalt den Knecht oft seiner Eitelkeit und seiner Putzsucht. Obwohl nur ein Knecht, ging er immer wieder zum Barbier und ließ sich die Haare bürsten und das Kinn glatt scheren. Auch in die Badestube zog es den Jungen oft. Nach Essenzen und Salben duftend kam er dann ins Haus des Krämers und musste die Vorwürfe der alten

Magd Anna über sich ergehen lassen, die zeternd erklärte, dass sich eine solche Putzsucht für einen Knecht nicht schickte.

Mit sanftem Druck schob der Krämer nun den jungen Mann in die Rechenstube, wo zu dieser Stunde bereits Dunkelheit und Stille herrschten. Herr und Knecht traten ein, Dietrich Berlinger schloss die Tür, und augenblicklich war das Getöse der Stadt und das geschäftige Treiben seines Haushaltes verbannt. Der Alte entzündete eine Kerze. Ihr matter Schein schien die friedliche Stimmung des Raumes nur noch zu vertiefen.

„Wir erwarten Gäste" hob Dietrich Berlinger an. „Ich sollte wohl eher sagen, der Rat unserer Stadt erwartet Gäste, und wir werden sie in unserem Haus beherbergen."

Konrad nickte kurz, um seinen Herrn anzuzeigen, dass er dessen Worten bisher folgen konnte.

„Sie sind unsere Gäste. Wir werden sie zuvorkommend und großzügig bewirten. Darum haben mich die ehrenwerten Herren unseres Stadtregiments gebeten."

Wieder nickte Konrad nur kurz.

„Sie baten mich aber auch, ein wachsames Auge auf ihr Treiben in unserer Stadt zu haben. Konrad, du wirst mir dabei helfen. Du wirst am Tage genau darauf achten, wohin sie gehen, mit wem sie sprechen und was sie tun. Wenn sie sich auf geheimen Wegen oder heimtückischen Pfaden in unserer Stadt bewegen sollten, möchte ich es erfahren. Du folgst ihnen überall hin, beobachtest alles, was sie tun."

Ein erneutes Nicken des Knechts beendete das Gespräch. Dietrich Berlinger löschte die Kerze und die beiden Männer traten in den Hof, um sich noch kurz an der Abendluft zu erfrischen, bevor sich die Dämmerung über die Stadt legte.

Am Tag des heiligen Arnulf, dem 18. des Monats Juli, 37 Tage nach Trinitatis, im Jahr dreizehnhundertundsechsundvierzig nach Fleischwerdung des Herrn erreichten die zwei erwarteten Reisenden endlich die Stadt. Da sie den beschwerlichen Landweg genommen hatten, hatte ihre Reise drei Tage gedauert. Immer wieder waren sie aufgehalten worden auf der Straße von Speyer nach Eberstein, denn trotz des trockenen Wetters standen noch immer die vielen Straßenlöcher voller Wasser. Holzbretter waren über einige Pfützen und Bäche gelegt worden, aber die Reisenden mussten oft ausweichen und sich durch dichtes Gebüsch und Geäst kämpfen. Eine lange Karawane zog so langsam auf der mühevollen Straße nach Eberstein und dutzende Reisende kamen ihnen entgegen, zu Fuß oder etwas bequemer auf einem Pferderücken, manche zogen einen Packgaul hinter sich, andere schoben voll beladene Karren. Viele Dutzend Leute waren unterwegs. Während der letzten Wochen waren sie in ihren Kammern und Stuben gefangen gewesen, der Regen hatte alles Leben auf den Straßen und Wegen erstickt, nun aber nutzten sie das trockene Wetter und waren wieder auf Reisen, die Händler und Pilger, die Handwerksgesellen und Studiosi. Glücksritter oder Entwurzelte allesamt.

Vor ihnen erstreckte sich entlang des Flusses eine gold und zartgrün glänzende Ebene, die im Westen und Osten begrenzt wurde von sanft aufsteigenden und dicht bewaldeten Hügeln. Wiesen und Äcker säumten die Ufer des Flusses, der schwer und breit in der ebenmäßigen Landschaft lag. Nur ganz selten unterbrachen einzelne Haine und Wäldchen das ruhige Bild.

Endlich sahen die Reisenden die Stadt. Inmitten dieser Ebene ragte sie hoch. Wie ein Edelstein an der Kette hing die Stadt an dem großen Rheinstrom. Eberstein war zwar klein. Die beiden Männer wussten es nur zu genau, denn sie waren selbst Söhne großer Städte, des stolzen Straßburgs der eine und des altehrwürdigen Speyers der andere. Sie hatten auch schon andere große Städte des Reichs bereist und kannten sogar einige der riesigen Kommunen in Frankreich und Italien. Nach über drei Tagen auf der Landstraße aber munterte der Gedanke an ein weiches Bett und eine warme kräftige Mahlzeit die Reisenden auf und was sie sahen, schien ihnen wenigstens so prächtig und verlockend wie das herrliche Byzanz. Aus einem dicht gedrängten Meer eng stehender Häuser ragte der Turm des Münsters hervor und schien sich direkt in den Himmel aufzurichten, als gemahnte er den Gläubigen so unablässig daran, wo allein sein Heil lag.

Die beiden Reisenden passierten die städtischen Befestigungsanlagen, die Gräben und Wälle vor der Stadt und hatten ihr Ziel fast erreicht, als sie wieder warten mussten. Am Stadttor herrschte aufgeregtes Gedränge. Bald würde die Dämmerung über die Ebene hereinbrechen und viele Leute versuchten noch mit ihnen durch das enge Tor in die Stadt zu gelangen. Davon völlig unbeeindruckt beschaute der Torwächter sich ruhig und sorgfältig jeden Wagen und jedes Gepäckstück und kassierte von jedem Stadtfremden die geforderte Abgabe auf mitgeführte Waren. Endlich waren unsere Reisenden an der Reihe. Sie führten nur wenig mit sich. Beide hatten sich ein kleines Bündel mit wenig Proviant, etwas Brot und Käse, umgebunden und in ihre Satteltaschen hatten sie nur einige Kleidungsstücke verstaut, ein Hemd aus feinem Leinen und ein Bruoch, eine kurze Hose an der mit Riemchen die Hosenbeine befestig werden konnten. Der Torwächter wollte sie schon wortlos weiterwinken, als sie ihrerseits den Gang verlangsamten.

„Du! Los, komm einmal her zu uns!" rief der Kleinere von beiden dem Alten zu.

„Wir sind Balthasar Brunner aus Straßburg und Lukas Cardo aus Speyer. Wir wollen zu dem Haus des ehrbaren Bürgers und Krämers Dietrich Berlinger."

Der Torwächter Herbold setzte augenblicklich ein ernstes Gesicht auf, was ihm wohl am ehesten als passend für derart hohe Gäste erschien.

„Oh, ja, sicher", stammelte er dann aber ziemlich unpassend und aufgeregt. Eilig schritt er auf einen Jungen zu, der sich die bisherige Szenerie gelangweilt angeschaut hatte, griff ihn am Kragen und zerrte ihn zu den zwei Reisenden.

„Man nennt mich Herbold der Lancksack. Dieser Bengel wird Euch den Weg zeigen. Habt ruhig Vertrauen zu ihm, das ist Jos, mein Sohn."

Balthasar Brunner und Lukas Cardo blickten in ein rundes sommersprossiges Gesicht. Der Junge grinste von einem Ohr zum anderen und seine kleine Stupsnase zog sich kraus. Trotz des rüden Tons, den der Vater dem Sohn entgegen gebracht hatte, lag im Blick des alten Torwächters liebevoller Stolz.

„Du hast doch gehört, wohin die beiden Herren wollen! Was stehst du dann noch so faul hier rum? Los, du nichtsnutziger Kerl!" fuhr der Vater den Jungen an. Der lief auch gleich los und verschwand flink hinter einer Straßenecke. Obwohl sie hoch zu Pferde einen guten Blick über die Menge hatten, konnten Balthasar Brunner und Lukas Cardo nur mit Mühe ihren Führer in dem Gewirr verwinkelter Gassen und Wege im Auge behalten. Immer wieder tauchte Jos für wenige Augenblicke aus dem Gewühl auf, dann sah man seinen lockigen Rotschopf, und seine funkelnden Augen suchten den Blick der beiden Herren. Ebenso schnell verschwand der Junge aber auch wieder, tauchte gleichsam unter in der wogenden Menge. Endlich waren sie angelangt in der Neuen Gasse und standen erschöpft und müde vor dem Haus des Krämers Dietrich Berlinger. Lukas Cardo drückte Jos einen Silbergroschen als Lohn für seine Führerdienste in die Hand. Dann drehte sich der große hagere Mann seinem kleineren Begleiter zu und gemeinsam schritten sie durch das weit geöffnete Tor. Niemand bemerkte die Gäste. Das Haus schien verwaist. Fast flüsternd rief Lukas Cardo nach einem Hausbewohner. Da öffnete sich zögernd die Tür der Rechenstube, und der Knecht Konrad kam langsam auf die beiden Fremden zu. Sein massigkräftiger Körper ließ erst gar keine Furcht vor den beiden fremden Männern, die dort plötzlich in der Diele standen, in ihm aufkommen. Arglos hatte man in diesem Haus das Tor offen stehen, um trotz der Kälte, die bereits den gesamten Juli hindurch herrschte, die letzten Sonnenstrahlen des Tages einzufangen, und ebenso arglos trat der Knecht Konrad nun den Gästen entgegen.

„Wir sind Balthasar Brunner aus Straßburg und Lukas Cardo aus Speyer. Wir sind Gesandte unserer Städte und dem Dietrich Berlinger als Gäste angekündigt. Geh, Mann, teile unsere Ankunft dem Herrn des Hauses mit!" Balthasar Brunners Aufforderung war anzuhören, dass ihm der Umgang mit Bediensteten vertraut war.

„Sehr wohl, mein Herr." Mit diesen Worten trottete Konrad zurück in die Rechenstube.

Nur wenig später stolperte der Herr des Hauses, der ehrenwerte Krämer Dietrich Berlinger, hastig in die Diele und kam kurz vor seinen hohen Gästen atemlos zum Stehen.

„Sehr erfreut. Welch große Ehre. Seid willkommen!" stammelte er, während er versuchte, wieder ruhiger Luft zu bekommen und seine aufgeregten Gedanken zu ordnen. Der Knecht Konrad war mittlerweile auch wieder aus der Rechenstube gekommen und wartete offensichtlich auf Anweisungen. Die kamen dann auch umgehend, denn mittlerweile hatte sich der Hausherr gefangen und rief dem Knecht nur kurz zu:

„Sage meinem Weib und meinen Töchtern in der Küche Bescheid! Unsere Gäste sind endlich angekommen." Dann fasste Dietrich Berlinger den kleineren von beiden am Arm und führte die Herren in die Stube im Obergeschoß.

Zur gleichen Zeit suchte der Edle Andres von Eltzau eine Bleibe für die Nacht. Er hatte fast kein Geld mehr, so dass an eine standesgemäße Unterkunft nicht zu denken war. Schließlich fand er einen Wirt in einer Spelunke mit Namen „Roter Ochs", der ihm für einen Schilling eine Schlafstatt in einer Ecke seiner Gaststube anbot. Keiner der späten Gäste wunderte sich über den hübschen jungen Mann, der, in edle Gewänder gekleidet, sich zur Nachtruhe in eine Ecke zusammenrollte. Andres von Eltzau war das ganz recht. Er war zufrieden, schließlich hatte er endlich den gefunden, nach dem er schon so lange Ausschau gehalten hatte. Endlich war die Genugtuung zum Greifen nahe. Hier in dieser Stadt würde er das erlittene Unrecht vergelten können.

Die emsigen Vorbereitungen der Frauen des Hauses Berlinger zahlten sich an diesem Abend aus. Die Magd Anna servierte ein gutes, schmackhaftes Mahl. Die Gäste ließen sich ein herrlich duftendes Rinderragout schmecken. Das Fleisch war klein geschnitten und lange gekocht worden, bevor es mit einer Condimentlin, einer Paste aus geriebenen Zwiebeln, Rotwein, Minze, viel Senf und Honig kräftig gewürzt worden war. Dazu reichte die Hausherrin ein sehr dickes Bohnenpüree, dem wiederum Zwiebeln beigemischt worden waren und das die Köchin schließlich noch mit Essig und teuren exotischen Feigen verfeinert hatte. Man aß viel Weißbrot, trank guten Wein und schließlich kamen mit Sauermilch übergossene Mandelwecken auf den Tisch.
Die Reisenden waren hungrig und langten kräftig zu. Der Hausherr Dietrich Berlinger verdrängte die Gedanken an die Kosten, die das üppige Mahl in diesen mageren Zeiten zusätzlich machte und sah voller Stolz, dass seine Gäste den Künsten seiner Hausfrau so freudig zusprachen. Er versuchte auch, ihnen während des Essens einige Neuigkeiten zu entlocken, aber die lange Reise hatte die Gäste erschöpft und sie blieben an diesem Abend wortkarg. Vor allem der lange hagere Mann aus Speyer, der den fremdländischen Namen Lukas Cardo trug, sprach kaum ein Wort und blickte seinen Wirt auch nur selten an.
Endlich waren alle gesättigt und die beiden Gäste konnten sich in einer zwar kleinen aber reinlichen Kammer erschöpft zu Bett begeben. Die Hausherrin hatte im ganzen Raum Blumen verteilt, die alle unangenehmen und sogar auch manche bedrohlichen Dünste vertrieben. So fanden die

beiden Reisenden schnell einen wohltuenden Schlaf und auch die Mitglieder des Hauses Berlinger verbrachten eine ruhige und angenehme Nacht zusammen mit ihren Gästen unter einem Dach.

Am nächsten Morgen war man schon früh auf den Beinen. Ein paar Bissen Brot, eine Schale mit eingedickter Milch und ein Becher Wasser reichten allen als Grundstock für den Tag. Schweigsam saßen die Männer des Hauses an dem großen Tisch, der sie den Abend zuvor noch zu dem opulenten Mahl vereinigt hatte, und kauten ihr karges Frühstück, als Lukas Cardo und Balthasar Brunner die Stube betraten. Einsilbig begrüßte man sich gegenseitig und wandte sich dann wieder gedankenverloren seiner Morgenspeise zu. Endlich jedoch durchbrach Dietrich Berlinger das morgendliche Schweigen.

„Ich hoffe, Ihr hattet eine angenehme Nachtruhe in meinem Haus."

Balthasar Brunner schaute seinen Gastgeber erfreut an und begann gutgelaunt und offensichtlich ausgeschlafen zu plaudern:

„Mein werter Berlinger, ich habe so gut geschlafen wie schon lange nicht mehr. Nach dem vorzüglichen Mahl, für das ich Eure Gattin nochmals danken und auch beglückwünschen will, überkam mich in Eurem herrlichen Haus ein tiefer Schlaf. Das Bett ist wirklich ganz ausgezeichnet."

Nun fiel auch Lukas Cardo in das morgendliche Geplauder ein, obwohl sein ernstes Wesen, seine hagere Gestalt und sein zurückhaltendes Benehmen Lust an Plaudereien nicht vermuten ließen.

„Nach drei Tagen im Sattel und zwei Nächten in elenden Herbergen haben wir es fürwahr genossen, uns in ein richtiges Bett zu legen, mit prallen Kissen und weichen Decken und Laken. Daran war in den Herbergen nicht zu denken. Keine Daunenfedern wie bei Euch, nein, Strohsäcke warf man uns hin! Wie weiland die heilige Jungfrau Maria, als sie unseren Herrn Christ unterm Herzen trug, keine Herberge fand in Bethlehem, konnten wir auf unserer Reise auch kein ordentliches Bett auftreiben. Alle Welt scheint in diesen Tagen auf Reisen zu sein."

Dietrich Berlinger lachte.

„Ja, das trockene Wetter treibt die Leute aus ihren Häusern."

„Ich hoffe inständig, dass die Mauern eurer Stadt keinen Schaden durch den Regen genommen haben. Als ich vor Tagen mein Straßburg verließ, fand ich unsere Mauern sehr arg brüchig und unterspült. Das Wasser wird wohl auch dieses Jahr wieder einige Türme und Mauerteile beschädigt haben. Gott steh uns bei, dass uns nicht wieder solch Unglück heimsucht wie vormals durch den Regen. Eine wahre Sintflut haben wir in Straßburg schon gesehen."

Balthasar Brunner war offensichtlich in Plauderlaune gekommen, mit müder Geste bekreuzigte er sich, dann reckte er sich genüsslich und schien keine Eile zum Aufbruch zu haben.

„Nach dem schlimmen Wasser vor drei Jahren haben wir schon einmal einen großen Schaden bei uns in Straßburg gehabt."

Dietrich Berlinger betrachtete seinen Gast aufmerksam. Mitfühlend ermutigte er ihn zu erzählen:

„Wir haben davon gehört. Eure Stadt hatte es wirklich schwer getroffen."

„Ja, es war wirklich schlimm. Wie ehedem den Mauern von Jericho erging es auch unserer Befestigung. Der Rhein war so hoch und führte so viel Wasser wie niemand, der das erlebte, je gedacht hätte. Der Fluss tat großen Schaden an der Ringmauer. Und er ängstigte die Klosterfrauen draußen vor der Stadt, sodass sie nach Straßburg hinein flohen. Sie verließen ihre Klöster und zogen zu Freunden in der Stadt. Fragt mich nicht, wer diese Freunde waren. Nur soviel, die frommen Frauen, die gelobt hatten, stets keusch zu leben, hatten so große Angst vor den Wassermassen, dass sie es sogar vorzogen, bei Fremden unterzukrauchen." Wieder bekreuzigte sich der Kaufmann Brunner.

„Einige Schwestern wohnten sogar zusammen mit fremden Männern unter einem Dach."

Die Männer saßen stumm da und schüttelten betroffen ihre Köpfe.

„Das alles geschah um Sankt Jakob, mitten in der Ernte, alles war verloren", im bitteren Ton schob Brunner die Worte seiner Erzählung hinterher. Dann folgte wieder bedrücktes Schweigen. Auch in diesem Sommer drohte der Regen die Ernte völlig zu zerstören.

„Ihr habt seit jenem schlimmen Jahr aber auch ein neues Kaufhaus, habe ich gehört." Dietrich Berlinger wollte das traurige Thema wechseln und schaute seine Gäste aufmunternd an.

„Ja, ja", Brunner war ein Mann, der sich gern und schnell aufheitern ließ. „Am Salzhof haben wir es erbaut und der Rat hat ein eigenes Recht für das Kaufhaus erlassen. Und es gilt nun ein Gesetz, das alle Kaufleute zwingt, darin ihre Geschäfte abzuhalten."

Diese Worte beeindruckten den Gastgeber und seinen Sohn Niclas sehr. Der Junge war nun auch ungezwungener geworden und beteiligte sich freudig am Gespräch:

„Dann muss es sehr groß sein. Davon sind wir hier noch sehr weit entfernt, unser Kaufhaus ist ja auch nur klein und bietet nicht genug Platz. Wir wissen Gottes Gnade zu schätzen, dass wir unsere Bude nun in dem festen Haus haben. Aber viele Händler und Handwerker müssen noch auf den Brücken und auf dem Markt vor dem Münster ihre Waren feilhalten. Bei jedem Wetter."

Da Dietrich Berlinger befürchtete, sein Sohn könne mit diesen Worten wieder auf das Wetter der letzten Jahre zu sprechen kommen, hob er die Runde kurzerhand auf.

„Wir wollen Euch aber nicht aufhalten. Ihr habt sicher dringende Geschäfte in unserer Stadt zu erledigen und seid nicht den langen Weg nach Eberstein gereist, um den Tag mit uns zu verplaudern."

„Ihr habt recht", Lukas Cardo stimmte seinem Gastgeber eindringlich zu.

„Ja, wir müssen Euer Haus nun verlassen, wenn auch nur für wenige Stunden. Die Herren des Rates Eurer ehrwürdigen Stadt erwarten uns sicher schon. Wir wollen aufbrechen, um ihnen unsere Aufwartung zu machen." Mit diesen Worten erhob sich Balthasar Brunner und auch die anderen Männer in der Runde machten sich bereit, ihr Tagewerk zu beginnen.

Der junge Niclas Berlinger dachte an diesem Morgen aber noch lange über die frühe Unterhaltung seines Vaters mit den beiden Fremden nach. Er hatte fast die meiste Zeit schweigend dabei gesessen, zugehört und die beiden Gäste aufmerksam beobachtet. An Balthasar Brunner war ihm nichts Bemerkenswertes aufgefallen, ein erfahrener Kaufmann, von eher kleinem Wuchs, dem die Jahre bereits kleinere Polster am Bauch, an den Hüften, am Nacken und am Kinn verliehen hatten. Sein Auftreten war offen und freundlich, sein Gesicht strahlte Klugheit und Besonnenheit aus, Eigenschaften, die jedem Kaufmann gut anstanden.

Lukas Cardo dagegen war unnahbar. Einsilbig hatte er am gestrigen Mahl teilgenommen und mit schleppendem Gang hatte er sich durch das Haus bewegt. Seine große schmale Gestalt und sein hageres Gesicht mit der großen Adlernase wirkten dabei unheimlich und bedrohlich. An diesem Gefühl änderte auch das vermeintlich gutgelaunte Geplauder des Fremden am Morgen nichts. Niclas Berlinger war nicht der einzige, dem das Unheimliche, das Cardo umgab, auffiel.

Auch in dessen Heimatstadt Speyer kannte man Lukas Cardo nur als einen undurchsichtigen Mann. Niemand wollte mit ihm etwas zu tun haben. Alle mieden seine geheimnisvolle und bedrohliche Gegenwart. Trotzdem schienen seine Geschäfte, die er ganz allein ohne ein Weib oder einen Gehilfen führte, ordentlich zu laufen. Die Nachbarn seines stattlichen Hauses konnten immer wieder beobachten, wie Gäste -vermutlich Geschäftspartner und befreundete Kaufleute – bei Cardo ein- und ausgingen. Auch war er selbst viel auf Reisen und kehrte oft erst nach Wochen schwer beladen mit wertvollen Waren aus fernen Ländern zurück. Seiner Geschäftstüchtigkeit taten auch die Gerüchte, die über ihn in Speyer im Umlauf waren, keinen Abbruch. Es gab einige Leute in der Stadt, die erzählten sich, Cardo sei ein Bastard, ein Bankert des alten Königs Rudolf, der im Speyrer Dom unter einer schweren Grabplatte begraben liegt. Betrachtet man dessen Grabmal, so wird auch klar, wie das Gerücht geboren werden konnte. Die Ähnlichkeit zwischen dem geheimnisumwitterten Kaufmann und dem dort abgebildeten König war erstaunlich. Beide hatten ein schmales, von tiefen Falten zerfurchtes, hageres Gesicht mit einer großen gebogenen Nase. Zwar gaben einige Einsichtige zu bedenken, dass König Rudolf und mit ihm seine Grabplatte bereits seit zwanzig Jahren im Speyrer Dom lagen, als Lukas Cardo an unbekanntem Ort von einer unbekannten Frau geboren worden war. Dennoch blieben die Gerüchte weiter lebendig. Der Nebel, der seine Herkunft umgab, und die Bedrohung, die von seinem unnahbaren Wesen auszugehen schien, speisten jedes neue Gerücht über seine Person.

Unbeeindruckt von Gerüchten und Ahnungen machten sich die beiden Reisenden Lukas Cardo und Balthasar Brunner derweil auf den Weg zum Rathaus der Stadt Eberstein, um dort einige Vertreter des Rats zu treffen und ihnen die Vorschläge ihrer Städte Speyer und Straßburg zu unterbreiten. Nur wenige Schritte dahinter folgte Konrad ihnen, so wie es die Ratsherren von Dietrich Berlinger verlangt hatten.

Man ließ die zwei Gesandten warten. Die ehrenwerten Herren des Rates wussten schon seit dem vergangenen Abend von ihrer Ankunft, sie hatten die Stunden seitdem auch eifrig genutzt, um letzte Absprachen zu treffen und das gemeinsame Vorgehen zu verabreden. Zu heikel war schließlich das Begehr der Ratsmänner in Speyer und in Straßburg an die Stadt Eberstein. So saßen Balthasar Brunner und Lukas Cardo lange Zeit in der zugigen Halle, die dem Gerichts- und Ratssaal vorgebaut war und durch Arkadengänge ringsherum begrenzt wurde. Die beiden Gesandten verstanden sehr wohl diese Botschaft der edlen Herren Walram Stüren, Berthold Finke und der anderen vornehmen Ratsherren: „Wir brauchen Euch nicht so sehr, wie Ihr uns braucht".

Balthasar Brunner und Lukas Cardo starrten auf die biblischen Figuren Adam und Eva, Kain und Abel, deren Verfehlungen von einem begnadeten Künstler geschnitzt und als Schmuck auf die schweren Holztüren gesetzt worden waren. Senkrechte und waagerechte Streben unterteilten die Türfronten in kleine Felder, von denen jedes einzelne eine kleine Szene der alttestamentarischen Geschichte um Verrat, Brudermord und das Ende des paradiesischen Lebens zeigte. Brunner und Cardo erkannten die feinen Gesichtszüge der Eva, den muskulösen Körper Adams, die Schlange und sogar einen prächtigen Apfelbaum, in dessen Krone das verlockende Obst hing. Die Bilder waren so lebensnah, dass der Betrachter, ganz in ihren Bann gezogen, sie beeindruckt anblickte und gleichzeitig erschrocken zurückwich.

Balthasar Brunner betrachtete gerade die Darstellung des von seinem Bruder erschlagenen Abels, sah nachdenklich dessen Antlitz, aus dem Schrecken und Schmerz sprachen, als sich endlich die schwere Holztüre öffnete, auf die die beiden Fremden so lange ihre Augen gerichtet hatten, und der Blick frei wurde auf einen erstaunlich großen Saal, der sich sonnendurchflutet und glänzend vor den Gästen ausbreitete. In Schwindel erregende Höhen gebaut, war der Saal erst vor wenigen Monaten fertig gestellt worden. Die gesamte Einrichtung war noch ganz neu, die Kassettendecke, die Bänke an den Wänden und die Schreibpulte rochen nach Holz und Farbe, die wunderbaren schmalen Glasfenster spielten mit dem einfallenden Licht, ganz so wie es die neueste Mode war, und warfen die Sonnenstrahlen auf einen noch frisch glänzenden Fußboden, der bisher nur wenige Füße über sich hatte ergehen lassen müssen. Das gesamte Bauwerk verhehlte vor den beiden fremden Besuchern an keiner Stelle den Reichtum, noch den Geschmack und das Selbstbewusstsein seiner Erbauer. Hier war ganz kräftig in die Geldschatulle gegriffen worden, um ein imposantes Gebäude entstehen zu lassen, das auch Städten wie Nürnberg, Frankfurt oder Regensburg gut zu Gesicht gestanden hätte. Die beiden

Gesandten machten sich aber schnell frei von dem prächtigen Eindruck und rangen um Gelassenheit.

Die ehrwürdigen Herren des Stadtrates hatten zu ihrer Begrüßung in einem Halbkreis Aufstellung genommen. Nun lösten sich zwei Edle aus der Gruppe und traten auf die Gäste zu.

„Wir, die *consules civitatis* heißen Euch willkommen in unserer Stadt. Ich bin Bürgermeister Laurentius Schottgen. Das ist der ehrenwerte Bürgermeister Sebold Kuelnbek." Dabei zeigte er zu dem Dicken, der schnaufend neben ihm stand.

„Der Rat unserer Stadt Eberstein ist erfreut über Euren Besuch und über die Neuigkeiten, die Ihr uns aus Euren Städten bringt."

Nachdem man die üblichen Nettigkeiten und Grüße ausgetauscht hatte, kamen die Gesandten auch gleich zum Kern ihres Gesuches, um nicht weiter ausschweifen zu müssen.

„Es steht nicht gut mit unserer Sache in diesen Tagen. Unser verehrter Kaiser Ludwig erfährt immer mehr Feindschaft im Reich. Dieser mährische Markgraf Karl will seine Krone und gewinnt an Unterstützer."

Mit diesen Worten leitete Lukas Cardo sein Anliegen ein und Balthasar Brunner knüpfte sofort daran an:

"Besonders im Elsass und in Württemberg zieht Gefahr herauf. Die Herren dort haben sich bereits dem in Avignon zugewandt. Vor wenigen Tagen erhielt unser Bürgermeister Gosse Sturm und der Rat unserer Stadt einen Brief unserer Eidgenossen, der beiden Bürgermeister von Mainz. Der Rat der Stadt Mainz hatte seinen Diener Heinrich nach Rens geschickt. Ihr wisst vielleicht von diesem Ort, der ebenfalls an unserem Rheinfluss gelegen ist?"

Die umstehenden Ratsherren nickten stumm, Balthasar Brunner aber fuhr mit seiner Rede fort.

„Dort hat dieser Diener Heinrich miterlebt, wie einige hochgeborene Fürsten den mährischen Markgraf Karl zum römischen König gewählt haben. Gegen unseren Herrn, gegen den Kaiser Ludwig und gegen das Reich. Die Lage ist also sehr ernst. Auch dieser Karl hat bereits unserem Rat in Straßburg von seiner Wahl geschrieben und um Unterstützung gebeten. Unser Kaiser Ludwig schickt ebenfalls Gesandte an alle freien Städte. Wolfram von Nellenburg, Hochmeister des Deutschen Ordens, war in Mainz und hat die Ratsherren dort um Treue gegenüber dem Kaiser und dem Reich ermahnt." Balthasar Brunners Stimme war ruhig und gefasst. Mit wachem Verstand versuchte er seinen Gastgebern die verworrene Lage darzulegen.

„Wie haben die Mainzer auf diese Mahnung des Kaisers geantwortet?" Die Frage des Ebersteiners Ratsherrn, eines sehr auffallend und vornehm mit einem rotblau gestreiften Cape gekleideten Herrn, durchschnitt den Raum. „Noch konnten sie den edlen Herrn von Nellenburg vertrösten. Sie sagten ihm, sie könnten nur mit denen von Straßburg und allen ihren Eidgenossen darauf eingehen, wenn alle ihre Städteboten auf einem eiligst angesetzten Tag zu dieser Sache zusammengekommen sind." Balthasar Brunner hatte den vornehm, beinahe aufreizend gekleideten Ratsherrn mit seinen Worten direkt angesprochen.

„Unsere Städte bitten Euch, in diesem Sinne zu antworten, wenn Ihr ebenfalls von einem Gesandten des Kaiser Ludwigs gefragt werdet", erklärte der groß gewachsene, hagere Lukas Cardo und wandte sich mit ernster Miene an den versammelten Rat der Stadt Eberstein.

„Wichtig ist, dass die freien Städte des Rheins, die sich bereits durch Eid an den Frieden des Kaiser Ludwig gebunden haben, mit einer Stimme sprechen und sich mächtige Eidgenossen in den anderen freien Städten des Reiches suchen, besonders in Schwaben und in Franken."

Balthasar Brunner ergriff wieder das Wort und wurde bei dieser Rede sichtlich aufgeregter.

„Zwei Herren sind in einem Land, zwei erwählte Könige streiten sich um das Reich, der Adel wird diese Lage auszunutzen wissen. Schon jetzt lungern viele Placker und räuberische Herren den Kaufleuten auf. Ihr müsst Euch den rheinischen Städten anschließen. Unser Frieden wird von den hohen Herren, den Grafen und Rittern im Reich bedroht."

„Ihr wisst, was das für uns bedeutet?" Die Frage Lukas Cardo schwebte im Raum. Die Ratsherren der Stadt Eberstein versuchten, so unaufgeregt wie nur möglich zu erscheinen.

„Hilf uns Gott, aber für uns hier in Eberstein bedeutet es wenig, so hoffen wir jedenfalls." Die Ratsmänner wurden nun etwas munterer. Sie begannen lebhaft durcheinander zu reden. Drei Männer traten vor und sprachen die zwei Gesandten an.

„Nun in unserer Stadt, werter Lukas Cardo, ist es ruhig. "

„Den Frieden in unserer Stadt werden wir beschützen."

„Wir wollen nichts wissen vom Streit und Krieg der anderen Städte und der edlen Herren."

„Der Krieg draußen auf dem Land kann leicht seine Saat auch in die Stadt bringen. Die wächst dann innerhalb der Mauern zu Streit und Missgunst heran, zu Aufruhr und Verschwörung."

„Das wollen wir hier nicht, werte Herren."

Balthasar Brunner wollte sein Anliegen aber trotz der Widerrede dieser Ratsmänner nicht so schnell aufgeben. Entschlossen erhob er nochmals die Stimme:

„Der von Württemberg führt bereits Krieg gegen die Städte. Am Rhein kämpfen unsere Bundesgenossen gegen den von Leiningen. Unsere Kaufleute werden überfallen und ausgeraubt", erklärte der Straßburger Gesandte Brunner und dachte dabei an einige ihm befreundete Händler aus seiner Vaterstadt, denen dieses Schicksal widerfahren war.

„Ihr sprecht von ‚wir' und ‚uns'?" Die Stimme klang rau und zittrig, dennoch zerschnitt sie wie ein Messer die spannungsgeladene Luft im Saal. Cardo und Brunner konnten zuerst nicht erkennen, wer ihnen die Frage entgegengeschleudert hatte, dann aber erkannten sie in einer hinteren

Ecke des großen Raumes auf einer schmalen Bank den zusammengekauerten, schmalen Körper eines Greis.

„In Euren Städten wurden Mitglieder alter vornehmer Familien aus dem Rat vertrieben", ertönte wieder die greisenhafte Stimme aus dem Halbdunkel. „Handwerker und anderer niederer Pöbel streiten ständig mit den weisen Männern Eurer Regierung. Sie wollen die Herrschaft in Eurem Straßburg und dem ehrwürdigen Speyer. Was sollen wir mit Euch gemein haben?" Der Alte schien sich gar nicht mehr beruhigen zu wollen. Nun hatte er sich endlich erhoben, ging einige wacklige Schritte auf die Gesandten zu und blickte sie feindselig an. Walram Stüren war aber mittlerweile an den Greis herangetreten und hatte ihm beruhigend den Arm um die kleine gebückte Gestalt gelegt. Noch immer voller Erregung zitternd, setzte sich der Alte wieder auf seinen Platz im Halbdunkel.

Walram Stüren jedoch drehte sich den Gästen zu und erklärte lächelnd: „Bitte verzeiht meinem Oheim die scharfen Worte."

Aus dem Schatten in der hinteren Ecke war ein lautes Knurren zu hören.

„Aber leider muss auch ich Euch sagen, dass seit langer Zeit immer wieder traurige, wenn nicht sogar erschreckende Nachrichten aus Euren Städten zu uns drangen. Streit, Aufruhr und Kämpfe - immer wieder." Walram Stürens Lächeln war plötzlich aus seinem Gesicht verschwunden.

„Wir haben große Sorge, dass dieses Unheil auch unsere Stadt treffen könnte, denn auch bei uns ist das Volk anmaßend und streitsüchtig geworden. Die Handwerker beschweren sich dauernd über irgendwelche Kleinigkeiten. Insgeheim streben sie alle die Regierung an. Sie wollen die gleichen Zustände herbeiführen, wie sie bei Euch herrschen."

„Ihr solltet eher Sorge vor den raubenden und brandschatzenden Horden der adligen Herren hier in der Umgebung haben!"

Balthasar Brunner hatte sich nach diesem unerwarteten Angriff des Greisen wieder gefangen und konnte sich nun wieder der Verhandlung mit dem Jungen zuwenden.

„Die edlen Herren auf ihren Burgen, die Ritter, draußen auf dem Lande, sie sind die große Gefahr. Wir können uns vor ihren Überfällen nur schützen in einem einig Bündnis aller Städte." Atemlos führte Balthasar Brunner seine Rede. Er ahnte, dass sein und seiner Sache Stand hier vor dem Rat der Stadt Eberstein schwierig war. Mit rotem Kopf blickte er die hohen Herren der Stadt demütig an. Einen nach dem anderen suchte sein flehender Blick. Er wusste, dass er in dieser Runde kaum Mitstreiter finden konnte, einen Bund freier Städte zu errichten, der von Schwaben den Rhein entlang bis zu den niederdeutschen Städten führen sollte. Aber nur solch ein Städtebund konnte sie retten, jetzt, da zwei Könige sich stritten um eine Krone. Nur ein Städtebund auch war, wenn er einig stand, stark genug, sich gegen die Ritterbanden und Placker zu wehren.

Da trat Lukas Cardo festen Schrittes heran. Mit ruhiger Stimme sprach er sie an:

„Seitdem einige Fürsten unserem Herrn Kaiser abtrünnig geworden sind, ist der Friede mehr denn je gefährdet. Wir können nur zusammen den Frieden und die Sicherheit im Reich bewahren. Die Städte entlang des Rheins zusammen mit den schwäbischen Städten."

„Wir haben hier keine Friedensbrecher, die uns bedrohen. Unsere Kaufleute können sicher auf den Straßen reisen. Mit dem Grafen von Leiningen verbinden uns freundschaftliche Absprachen und der Württemberger ist uns fern. Aber Streit und Aufruhr können zu jeder Stunde innerhalb unserer Mauern losbrechen."

Walram Stüren wählte seine Worte mit Bedacht, sie sollten bei den Gesandten noch nicht wie eine endgültige Absage ankommen.

Cardo hatte die zögernde Absicht des Ratsherrn jedoch erkannt.

„Ihr wollt auf keinen Fall in ein Bündnis mit uns treten, habe ich das richtig verstanden?"

Cardos Stimme war fest. Seine direkten Worte hatten ihre Wirkung auf seinen Gegenüber und die anderen Ratsherren nicht verfehlt.

„Glaubt Ihr, Ihr könnt hier sicher in Eurer Stadt sitzen, Ruhe und Ordnung erhalten, während draußen jede Ordnung zusammenbricht?"

Die Ratsherren schienen nun doch etwas unruhig zu werden. Aufgeregt prasselten ihre Stimmen aufeinander. Der Bürgermeister Laurentius Schottgen, der bisher nur zugehört hatte, erhob sich und verkündete schließlich etwas geziert:

„Der Rat der Stadt Eberstein dankt Euch für Eure freundschaftlichen Worte. Wir, die *consules civitatis*, werden nun Euer Gesuch sorgfältig überdenken und beraten. Habt Dank und behaltet Euch wohl in unserer Stadt. Bald können wir Euch sicher eine Antwort geben."

Damit waren die Verhandlungen für diesen Tag beendet und kurze Zeit später standen die beiden Gesandten auf dem großen Marktplatz vor dem Münster.

„Sie sind ängstlich und zaudern. Sie verschanzen sich und rühren sich nicht, damit das Unheil sie nicht treffe." Balthasar Brunner machte seinem Ärger über die Ratsherren lauthals Luft, so dass bereits einige Vorbeieilende aufmerksam wurden. Cardo jedoch blieb ruhig.

„Das glaube ich nicht", entgegnete er gefasst. „Sie verschanzen sich nicht. Sie sind sogar sehr zugänglich. Auch sind sie sehr eifrig und geschäftig. Bei ihrer Selbstsucht kann man sie packen. Dann springt für jeden etwas heraus."

Balthasar Brunner sah seinen Gefährten verständnislos an. Der jedoch bemerkte die Verwirrung seines Begleiters nicht, denn die letzten Worte hatte er nur für sich gesprochen.

Eine Weile standen die beiden Männer gedankenverloren auf dem Platz, während um sie herum das geschäftige Leben der Stadt pulsierte. Eilige Lastenträger und Botenjungen rempelten sie an, Hausfrauen, die noch schnell die Zutaten für das Abendessen kaufen wollten, begannen ärgerlich zu schimpfen, denn die beiden Fremden standen ihnen im Weg. Schließlich waren sie auch einigen Händlern aufgefallen, die kopfschüttelnd beobachten, wie die zwei Fremden regungslos inmitten der emsigen Menge verharrten. Etwas abseits, an eine Hauswand gelehnt, belauerte schließlich auch der Knecht Konrad die zwei Gesandten.

Balthasar Brunner erwachte als erster aus seiner Starre.

„Ich werde mir noch ein wenig die Auslagen auf diesem Markt betrachten. Der Tag ist noch jung. Nutzen wir ihn!", raunte er seinem Begleiter verlegen zu.

„Ich werde auch noch einige Besorgungen machen!" entgegnete Cardo. Blitzschnell schaute der Speyrer Kaufmann sich um, so dass Konrad sich nicht sicher war, ob der geheimnisvolle Mann ihn bemerkt hatte. Dann lenkte Cardo seine Schritte in Richtung auf das Stephanstor, durch das er und sein Mitreisender am vergangenen frühen Abend geritten waren.

Vorsichtig folgte Konrad dem Fremden mit großem Abstand.

Wie Cardo es vermutet hatte, lungerte auch an diesem Tag Jos, der sommersprossige Sohn des Torwächters, dort herum und wartete auf den ein oder anderen einträglichen Auftrag.

Cardo zog schnell ein kleines zusammengefaltetes Schriftstück aus seiner Beuteltasche, dann pfiff er den Jungen heran, der den vornehmen Reisenden vom vorherigen Abend schon längst bemerkt hatte.

„Komm, Junge. Bring das in die Schiffergasse zu Meister Gerhardt, dem Fassbinder." Der große Mann bückte sich ein wenig zu dem Jungen herunter und überreichte ihm den Brief, der mit gleich zwei Siegeln auffällig verschlossen war. Deutlich zu erkennen war das Siegelbild des Speyerer Rates und das der Speyerer Böttcher.

Geschwind rannte Jos los, Lukas Cardo aber schlenderte noch eine Weile durch die Stadt bis er am frühen Abend in der Neuen Gasse vor dem Hause Dietrich Berlingers angelangt war. Verwundert blieb er stehen, denn er sah plötzlich auf der anderen Straßenseite einen jungen Edelmann, der sich verlegen in eine Hausecke drückte. Mit seiner ritterlichen Eleganz schien er nicht in die städtische Umgebung zu passen. Sein junger, kräftiger Körper zeichnete sich deutlich ab unter der eng anliegenden Kleidung. Seine muskulösen Beine wurden in den strumpfähnlichen Hosen eher betont als verhüllt. Der knapp sitzende Rock spannte sich über seinen Oberkörper und reichte nicht einmal über die eindrucksvolle Schamkapsel. An seinem breiten Gürtel hing ein prächtiger, mit Edelsteinen verzierter Dolch. Der Betrachter erkannte in Andres von Eltzau sofort den geübten Kämpfer. Unverhohlen starrte der junge adlige Mann den großen hageren Cardo an. Unter diesem Blick voller Feindschaft wurde der Kaufmann langsam unruhig. Argwöhnisch machte er drei Schritte auf den Edelmann zu. Regungslos standen sie sich gegenüber. Konrad beobachtete aus sicherer Entfernung das seltsame Bild.

„Was wollt Ihr hier, junger Herr? Geht wieder nach Hause." Cardos Worte erklangen erstaunlich fest.

„Mein Haus ist untergegangen", rief Andres von Eltzau ungerührt über die Straße hinweg.

„Was wollt Ihr von mir?" Cardo wiederholte seine Frage.

„Ich sage dir dauernde Feindschaft an. Ich, Andres von Eltzau, und meine Familie haben durch dich, Lukas Cardo, und Euren Herrn Unrecht erlitten. Meine Feindschaft möge währen bis dieses Unrecht gesühnt ist. Bis dahin bin ich dein und deiner Helfer Feind und hiermit, mit diesen Worten bewahre ich meine Ehre."

Beinahe hätte Andres von Eltzaus zitternde Stimme bei diesen Worten ihren Dienst verweigert, Tränen rannen dem jungen Edelmann über die Wangen, als er sich wegdrehte und in der Dämmerung, die nun über die Stadt hineinbrach, unmerklich verschwand. Nur für wenige Augenblicke stand Cardo bestürzt und regungslos in der Gasse, dann jedoch gewann er seine Fassung wieder und rief mit gezwungenem Lachen dem jungen Andres hinterher:

„Sucht Euch dafür lieber einen Gleichrangigen. Ihr wisst doch zu gut, ich bin nur ein Dahergelaufener, ich gehöre nirgendwo hin. Was weiß ich vom Recht oder Unrecht?"

Ob Andres von Eltzau seine Worte noch gehört hatte? Der verstörte Cardo fragte sich dies, als er schnell ins Haus des Dietrich Berlinger rannte. Eilig durchschritt er die Diele, lief weiter auf den Hof und ließ sich erschöpft auf den Baumstamm fallen. Dort fiel er in düstere Gedanken. Vor ihm tat sich plötzlich eine infernalische Szenerie auf. Blut und Feuer rahmten das Bild vor seinem inneren Auge ein, schmerzverzerrte Gesichter sprangen ihn an, verzweifelte Schreie einer um ihr erschlagenes Kind trauernden Mutter drangen an sein Ohr. Cardo sah überall abgeschlagene Glieder, die noch in den Fetzen ärmlicher Bauernkleider steckten, sah totes Vieh, aufgeschlitzt oder verbrannt oder beides, sah die Blutströme in den morastigen Boden versickern. Schließlich war es ihm, als röche er diesen grauenvollen Gestank aus Rauch, verbranntem Fleisch und Angst, den er seit jenem Sommertag vergessen wollte, und der dennoch immer wieder aus der Hölle zu ihm aufstieg und ihn nicht vergessen ließ.

Die Besitzungen des edlen Ritters Egberts von Eltzau waren an jenem Morgen ein Raub der Flammen geworden. Lange und verbittert hatte der Edle den Kriegern des Erzbischofs getrotzt, hatte ihrer Belagerung zäh widerstanden. Cardo hatte nur die Forderungen des Kirchenmannes überbracht und dabei den alten Ritter von Eltzau mehr als einmal angebettelt die Rechte des Trierer Erzbischofs an dem gesamten Besitz, an der Burg und den Ländereien, den Dörfern und Wirtschaftshöfen, anzuerkennen. Ritter Egbert von Eltzau hatte sich jedoch gegenüber allen Abmachungen gesperrt. Das Recht war auf Seiten des Trierers und es war auf seiner Seite gewesen, das hatte Cardo oft genug versucht, dem alten Ritter von Eltzau klar zu machen. Aber seine Mahnungen waren alle vergebens geblieben und in seinem Kopf kamen die grellen Schmerzenschreie jenes Sommertages nicht zum Schweigen.

Die letzten Sonnenstrahlen trafen schon die Hofmauer als die schöne Jungfer Katherine Berlinger den Gast mit ihrer wohlklingenden Stimme sanft anrief und ihn so aus seinen Grübeleien riss.

„Ihr solltet jetzt lieber ins Haus kommen. Es wird feucht und kalt. Bitte nehmt mit uns das Abendessen ein." Erst jetzt bemerkte Cardo die hinreißende Schönheit dieses jungen Mädchens. Ihre Figur war schlank und anmutig, ihr langes, dunkelbraun schimmerndes Haar, ihre zarten Arme, ihre schmalen Hände mit den schlanken Fingern, schließlich auch ihre wohlklingende Stimme, alles an der Jungfer Berlinger mutete fein und zierlich an. Dennoch lag die Schönheit Katherines nicht in ihrer anmutigen Gestalt, sie strahlte Cardo vielmehr aus ihren großen heiteren Augen an. Ihr freundliches Gesicht wurde erhellt durch einen wundervollen Mund, der offenbar nur darauf wartete, loszulachen und den Blick auf makellos weiße Zähne frei zu geben. Katherine Berlinger strotzte voll Jugend und Schönheit, Kraft und Leben. Lukas Cardo sog diesen Eindruck tief in sich ein, damit er die düsteren Gedanken an Tod, Quälereien, Feuer und Zerstörung, die noch eben seine Wachträume bestimmt hatten, verdrängen konnte.

Kapitel 3

Auch am zweiten Abend wartete ein opulentes Mahl auf die Gäste im Hause Berlinger, das der fleißigen Hausfrau alle Ehre machte. Man ließ sich Königshühner schmecken. Dazu hatte die Köchin junge, gebratene Hühner in kleine Stücke gehackt. Frische Eier waren geschlagen, mit Anis und gestoßenem Ingwer vermischt und zusammen mit dem Hühnerfleisch in einen festen Mörser gegeben worden. Mit reichlich Salz und Safran gewürzt, wurde die Masse schließlich an das Feuer gestellt und mit ein wenig Schmalz gebacken. Dazu wurde ein würziges Linsenmus, Bohnen mit Speck und in Rotwein gedünstete Zwiebeln verspeist. Den Abschluss machte ein gebackener Colris. Das war eine süßliche Speise aus in Milch und Eigelb gekochten Brotstückchen.

In das genüssliche Schlemmen rief Konrad auf einmal hinein: "Vor unserem Haus lungert seit Tagen ein Fremder herum. Was der hier wohl will?" Alle blickten ihn fragend an.

„Er muss ein feiner Herr sein. Seine Kleidung ist elegant und sehr wertvoll. Am Gürtel trägt er einen Dolch, der ein Vermögen kosten muss. Die Edelsteine darauf habe ich noch bis auf hundert Fuß blinken gesehen." Trotz seiner redseligen Beschreibung bekam Konrad keine Antwort. Das schien ihn aber nicht zu entmutigen. Vielmehr wandte er sich nun direkt Lukas Cardo zu und richtete sein Wort direkt an den Gast.

„Ihr kennt den Burschen wohl? Ich sah vorhin, wie Ihr mit ihm gesprochen habt, werter Herr Cardo."

Augenblicklich entwich die ehedem schon blasse Farbe völlig aus Lukas Cardos Gesicht. Seine Miene wurde steinern, und er blickte den vorlauten Knecht feindselig an. Dann gewann er aber seine Fassung schnell wieder und lächelte seinen Gastgeber an.

„Euer Knecht sollte wissen, dass es ihm nicht zusteht über das Gebaren von edlen Herren zu tratschen. Außerdem kenne ich nur einen vornehmen

Herrn mit einem kunstvollen und teuren Dolch. Der steht aber nicht draußen in der Gasse, sondern sitzt hier in dieser Runde und genießt dieses wirklich hervorragende Mahl. Nicht wahr Balthasar Brunner? Eure Waffe ist wirklich ein besonders edles Stück."

Mit diesen letzten Worten wandte es sich seinem Begleiter zu, der stolz an seinen Gürtel griff und aus der dort befestigten Scheide einen prächtigen, leicht geschwungenen Dolch hervorzog.

„Mein werter Herr Cardo, es stimmt, dieses Stück ist wirklich ganz besonders und ich bin auch sehr stolz, es zu besitzen. Ein guter Freund aus Genua hat ihn mir vor einigen Jahren aus Dankbarkeit für einen kleinen Dienst, den ich ihm zu leisten die Ehre gehabt habe, vermacht."

Alle Anwesenden betrachteten ehrfürchtig den Dolch, der mehr ein Schmuckstück, denn eine Waffe war. Funkelnde meerblaue Steine und glänzendes, fein bearbeitetes Metall schmückten den Griff, die Klinge war schwungvoll gebogen. Von diesem Bild angeregt, begann man munter zu plaudern. Es wurde über wertvolle Geschenke und kunstvolle Waren aus fernen Ländern gesprochen, über Waffen und Schmuckstücke, über Freunde und Geschäftspartner. Brunner wusste von edlen Metallen und teuren Schmucksteinen zu berichten. Er hatte Italien bereist und in einigen Städten dort manch lohnenden Handel getrieben. Der edle junge Herr, den Konrad seit einigen Tagen vor dem Berlingischen Haus bemerkt hatte, war jedoch schon bald vergessen. Niemand verschwendete noch einen Gedanken an das merkwürdige Wortgefecht der beiden ungleichen Gegner, dem niederen Knecht und dem vornehmen Kaufmann. Lukas Cardo aber wusste nun ganz sicher, dass man ihn und sein Tun hier belauerte und dass Konrad alle seine Schritte beobachtete.

Kurz nachdem das Mahl beendet und die Sonne am Horizont ganz verschwunden war, verabschiedeten sich die Gäste gesättigt und erschöpft von ihrem Wirt und stiegen hinauf in ihre Kammer. Balthasar Brunner fiel kurze Zeit später denn auch in einen erholsamen und traumlosen Schlaf.

Lukas Cardo dagegen starrte in die Dunkelheit. Die Gedanken rasten wirr durch seinen Kopf und erlaubten seinem abgehetzten Körper und seiner ermatteten Seele keine Ruhe.

Zum Frühstück versammelte sich die Familie wie gewohnt um die Kochstelle in der Küche, wo bereits seit einer Stunde ein herrlich duftender, in einem riesigen Topf dampfender Milchbrei wartete.

„Wollen unsere Gäste heute den Tag verschlafen? Müssen wir sie etwa wecken, damit sie den Weg aus dem Bett finden?" fragte Dietrich Berlinger offenbar gut gelaunt in die Runde.

„Neenee" die Magd Anna drehte sich träge ihrem Herrn zu. „Sind schon ausgeflogen".

Dietrich Berlinger kannte die Alte. Sie war fleißig, hatte ein freundliches Wesen, war eine ganz hervorragende Köchin und seiner Frau eine wertvolle Hilfe, aber morgens war sie stets missgelaunt. Einsilbig stand sie wie jeden Morgen am Kessel und rührte mit düsterer Miene das dampfende Mus. Berlinger wusste, dass er nicht mehr als diese vier Worte aus ihr herausbringen würde und weitere Fragen ihre ohnehin schon schlechte Laune nur noch verschlimmern würden. Beunruhigt stellte er sich also der Vorstellung, dass die beiden Fremden bereits seit den frühen Morgenstunden heimlich durch die Stadt zogen und im Verborgenen Gefährliches treiben könnten.

Da rüttelte eine beiläufige Frage des alten Schalkners den nachdenklichen Hausherrn plötzlich auf: „Wo bleibt der Konrad heute?"

Dietrich Berlinger schaute auf. Richtig. Sein Knecht Konrad saß nicht in der Runde. Plötzlich begriff er, dass der Junge, wie ihm geheißen, den Fremden gefolgt sein musste, womöglich war er ihnen seit Sonnenaufgang schon auf den Fersen und beobachtete ihr Treiben genau.

Dietrich Berlinger hatte das Geschehen richtig erahnt. Die ersten Sonnenstrahlen hatten die Dunkelheit der Nacht durchbrochen als Konrad

Geräusche aus der Kammer der Gäste gehört hatte. Flüsternd, aber dennoch hörbar waren die Gäste am frühen Morgen die Treppe, unter der er für gewöhnlich sein Nachlager einrichtete, herunter geschlichen. Nur mit einem schwachen Talglicht ausgerüstet, waren sie dann aus dem Haus geschlüpft und der wachsame Knecht eilte ihnen sogleich nach.

Zuerst musste er sich nicht verstecken, denn die Morgendämmerung war noch zu schwach und die Reste der nächtlichen Dunkelheit verhüllten seine Gestalt. Er wandte seine gesamte Aufmerksamkeit den beiden Schatten zu, die sich flink vom Berlingschen Haus weg bewegten und ihren Weg in Richtung Rüdertor nahmen. Konrad wunderte sich sehr darüber, denn als Fremde seiner Stadt, die sich erst den zweiten Tag hier aufhielten, sollten sich die beiden Schatten nicht so vertraut und sicher in einem Viertel bewegen, das ihnen völlig unbekannt sein musste, denn es lag fern ab vom Münster, vom Markt und vom Stefanstor, durch das sie die Stadt betreten hatten.

Die beiden Fremden und ihr Verfolger waren mittlerweile in der Nähe des Flusses angekommen. Man konnte den kleinen Frachthafen riechen, die modrigen Schiffe, die feuchten Seile und Kisten. Leise war sogar das Plätschern der Wellen zu hören. Konrad musste gar nicht besser sehen können, um zu wissen, wo er war. Er erkannte auch so, wohin ihn die beiden Schatten geführt hatten. Sie waren in der Schiffergasse angekommen. Eine Straße, in der Flusskapitäne wohnten, aber auch einfache Handwerker. Die Häuser in diesem Viertel waren von leichter Bauart, meist als Fachwerk gebaut, klein und nur mit zwei Räumen. Aus dieser einfachen und ärmlichen Umgebung stach jedoch ein Haus heraus. Das Haus des Böttchermeisters Gerhardt war neu. Es hatte zwei Stockwerke und sein Fachwerk sah solide aus.

Auf dieses Haus hielten die beiden Fremden zu. Konrad musste sich nun schon etwas vorsichtiger bewegen, denn der feine Dämmerschein der aufgehenden Morgensonne hatte die Nacht fast gänzlich vertrieben. Der

Knecht drückte sich gegen Häusermauern und verbarg sich hinter abgestellten Karren, achtlos aufeinander gestapelten Kisten und etlichen Unrat mehr, dessen sich die Leute in diesem Viertel achtlos auf der Straße entledigten.

Vorsichtig kroch Konrad an den Häuserwänden entlang, den Blick angestrengt auf das Gerhardtsche Haus gerichtet. Er entdeckte eine schmale Nische zwischen zwei niedrigen Katen, in die er hastig hinein glitt. Angespannt hockte der Knecht hinter einem Haufen halbleerer Säcke, über deren übel riechenden Inhalt er in diesem Augenblick nicht weiter nachdenken wollte. Überrascht beobachtete er, wie sich die Türe des Gerhardtschen Hauses öffnete, kurz nachdem die Fremden angeklopft hatten. Vertraut begrüßte man sich und die Schatten schlüpften in das Haus hinein. Kaum war die Tür aber wieder verschlossen, eilte Konrad über die Straße, kauerte sich an die Wand, hinter der er die beiden Fremden zu solch ungewöhnlicher Zeit wähnte. Aufmerksam lauschte Konrad. Er hockte direkt unter einem Fenster, dessen Läden nur angelehnt waren. Deutlich konnte er Stimmen hören. Er erkannte Lukas Cardo und Balthasar Brunner, dann sprach ein dritter, ihm unbekannter Mann.

„Das ist sicher der Böttchermeister Gerhardt", dachte sich Konrad. Er hatte den Meister Gerhardt sofort erkannt, als dieser vorhin aus der Tür getreten war, um die zwei Kaufmänner zu begrüßen. Der Knecht erinnerte sich, was man sich in der Stadt über diesen Böttchermeister erzählte. Er sei ein echter Aufwiegler, der ständig auf dem Markt über das Regiment der Ratsherren schimpfe. Einmal sei er sogar zusammen mit anderen Meistern hinüber zum neuen Rathaus gezogen, wo sie laut schreiend Aufstellung genommen haben sollen und von den edlen Herren die Herausgabe der Stadtschatulle verlangt hatten.

Angestrengt versuchte Konrad zu verstehen, was die Männer in dem fremden Haus zu bereden hatten. Jedoch schien es dem Berlingischen Knecht, als bewegten sich die Sprecher in dem Zimmer hin und her, denn sobald Konrad die Stimmen deutlich verstehen konnte, wurden sie auch schon wieder leiser. Schließlich vernahm Konrad noch zwei weitere Stimmen. Es mussten sich also mindestens fünf Männer dort versammelt haben, allesamt mit tiefen, kräftigen Stimmen.

Konrads Beine begannen zu schmerzen. Eng zusammengekauert saß der Hüne unter dem Fenster und hoffte, dass niemand ihn in seiner unbequemen Lage entdecken würde, weder die im Haus noch die Leute auf der Gasse.

Gerade hörte der Knecht, wie eine der ihm unbekannten Stimmen laut und polternd ausrief:

„Wie könnt Ihr im fernen Straßburg uns schon helfen? Wenn es ernst wird und die Geldsäcke hier Angst bekommen, wollt Ihr dann angeritten kommen und uns den Weg in den Rat frei schlagen?"

„Ja", rief ein anderer, vermutlich der Meister Gerhardt. „Wir müssen es selber stemmen."

Die Stimmen im Haus wurden lauter. Zornig und aufgeregt riefen die Männer durcheinander. Konrad lauschte gespannt.

„Sie müssen uns sagen, wo die Gelder der Stadt hingekommen sind."

„Ja, die Reichen hier in Eberstein dürfen sich nicht mehr die Taschen mit unseren Geldern voll stopfen."

„Die fetten Pfeffersäcke drücken uns immer mehr Abgaben auf und wir müssen bluten."

„Die Männer unserer Bruderschaft müssen im Rat sitzen."

„Nur wir können über das Geld in Ebersteins Säckel wachen."

Was dann gesprochen wurde, ging in einem aufgeregten, dennoch leiser werdenden Gemurmel unter. Plötzlich jedoch war die Stimme Lukas Cardos laut und deutlich zu verstehen. Er stand offenbar direkt am Fenster, dessen Läden er aufgestoßen hatte, nur wenige Hand breit über dem lauschenden Konrad. Dem war fast so, als riefe Cardo seine Worte direkt in die

Morgendämmerung und in die erwachende Straße hinaus, statt sie zu seinen Mitverschwörern zu sprechen.

„Nehmt diese Reliquie des heiligen Thomas als Stärkung und Gruß unserer Städte. In Straßburg haben sie ihm eine Kirche geweiht und wir in Speyer verehren ihn auch sehr. Auf diesen heiligen Schatz wollen wir schwören, dass unser Bund fest und ewig währe. Der Heilige soll Euer Unternehmen segnen und Euch immer daran erinnern, dass Ihr in Speyer und Straßburg mächtige Freunde habt. Die Zünfte unserer Städte schicken Euch auch dieses Geld. In diesem Kästchen sind genug Silbermünzen aus Speyer und Straßburg. Ihr werdet sie brauchen können!"

„Ist das denn eine Falle, in die Ihr uns locken wollt?" Diese fragende Stimme hatte Konrad in seinem Versteck noch nicht vernommen. Der Knecht konnte die Anspannung und die plötzliche Gereiztheit über ihm im Haus spüren. Schließlich aber fand Cardo die Kraft um zu antworten, seine Sätze waren jedoch ungewohnt verwirrt, er stammelte die Worte hervor: „Wo denkt Ihr hin, Meister Simon?...So wahr Gott mein Zeuge ist,... wie kommt Ihr auf solch einen Gedanken?...Pflanzte Satan Euch solch ein Hirngespinst ein?"

„Ich habe von Verwandten aus Freiburg erfahren, dass ein Versprechen niedergeschrieben wurde, ein heiliger Eid geschworen wurde von den Herren von Freiburg, denen Eurer Stadt Straßburg, denen von Basel, dem Abt von Murbach und etlichen Städten des Reiches, dass aller Aufruhr der Meister, jede Empörung der Zünfte niedergerungen werden solle und dass man sich versprach, bei jedem Aufruhr gegenseitig zu Hilfe zu eilen."

„Wenn das stimmt, wieso wollen Eure Herren in Speyer und Straßburg dann, dass wir uns empören gegen unseren Rat, wenn sie so etwas versprochen haben?"

Plötzlich brach ungeduldiges Gemurmel im Raum aus. Es wurde immer schwieriger, die Stimmen zu verstehen. Mittlerweile war die Sonne bereits hoch genug gestiegen, und die geschäftigen Menschen der Stadt hatten ihr

Tagewerk längst begonnen. Immer mehr Leute waren auf die Gassen getreten, und Konrad musste sich in seinem Versteck zusammenkauern, dass seine langen Beine nur so schmerzten.

„Was ist, wenn die Straßburger und auch die Herren in Speyer unserem Rat so etwas auch versprochen haben?"

Die Stimmen der Männer oben waren nun nicht mehr zu verstehen. Große Aufregung und lautes Geschimpfe waren zu hören, bis schließlich die vertraute Stimme Balthasar Brunners das Geschrei durchschnitt.

„Sicher, Ihr habt Recht, es gibt dieses Versprechen. In vielen Städten unserer Nachbarschaft herrschen Streit und Missgunst. Wir müssen uns dagegen schützen. Wir haben bei uns auch Angst vor dem gottlosen Treiben der Juden, Ketzer und Bettler, die in unsere Städte einströmen und Elend über uns bringen wollen. Mit dem Rat Eures Ebersteins aber wollen wir einen einig Bund freier Städte, eine *coniuratio* besiegeln, die in Treue zu unserem Kaiser Ludwig steht und gegen das ketzerische Treiben dieses Hurensohns in Avignon, der sich selbst Papst nennt."

„Dafür brauchen wir Eure Hilfe. Wir wollen, dass Ihr die Geschicke Eurer Stadt bestimmt, damit wir uns gegenseitig gegen alle Feinde unseres Kaisers wehren können. Euer Beistand ist uns teurer als alle weichen Kissen unter den Ärschen Eurer edlen Herren. Ob die sicher und warm in ihrem neuen Rathaus hocken, ist uns einerlei. Es geht um die Einheit des Reiches. Um die Krone unseres Herrn, Kaiser Ludwigs. Und es geht um die Sicherheit und den Frieden im Reich. Nur die Städte können den Frieden gegen die adligen und reichen Herren sichern. Einen starken Städtebund müssen wir errichten. Auf die reichen Herren, die jetzt in Eurem Rat hier sitzen, auf die *consules* und Edlen können wir dabei nicht zählen."

Die Stimme Lukas Cardos war nun fest und deutlich, offenbar stand er wieder direkt am Fenster, so dass Konrad seine Rede gut verstehen konnte.

„Die Handwerker müssen im Rat der Stadt sitzen. Wir allein können die Geschicke dieser Stadt gut lenken. Nur wir können das Geld hier im Säckel ordentlich verwalten." Aus rauen Kehlen murmelte es lautstarke Zustimmung.

„Wenn wir die Regierung übernommen haben, treten wir dem Städtebund bei und wir werden auch immer treu zu unserem Kaiser Ludwig stehen! Unsere Einung steht. Das ist gewiss", rief eine der fremden Stimmen eines Meisters.

„Sobald wir die Regierung hier in Eberstein übernommen haben, können wir uns Eurem Bündnis der Städte anschließen."

Ein anderer rief dazwischen:

„Lasst uns schwören. Die braven Meister unserer Bruderschaft wollen einen heiligen Eid schwören auf diese Reliquien des heiligen Thomas, der uns verbindet gegen den alten Rat unserer Stadt und gegen die geldgierigen Herren hier."

„*Consules civitatis!*" brach eine dumpfe Stimme lachend hervor.

„Was faselst du da, Diettel?" fuhr eine andere heisere Stimme ärgerlich dazwischen.

„Weißt du nicht, dass die edlen Ratsherren hier nur so reden? Du bist fürwahr ein dummer Bursche, Knochenhauer Petzold! *Consules civitatis!*" Diettel, der Färbermeister, sprach die fremden Laute aufreizend langsam aus.

„*Consules civitatis*, so nennen sich die edlen Herren des Rates hier. Das ist Latein."

Alle lachten.

Wieder folgte aufgebrachtes Gemurmel. Konrads Aufmerksamkeit wurde jedoch von zwei angriffslustigen Rättinnen abgelenkt, die den Lauscher anfauchten, da er sich offenbar in ihr Revier gedrängt hatte. Angeekelt sprang er auf und wäre beinahe fortgelaufen, doch dann besann er sich. Angsterfüllt, aber trotzdem entschlossen griff er nach umher liegendem

Unrat und Steinen, schleuderte sie den Tieren entgegen und schlug sie endlich in die Flucht.

„Habt Dank für Euren Beistand, werter Herr Brunner und werter Herr Cardo. Eure kostbaren und großzügigen Geschenke werden uns ganz sicher helfen, die Geldsäcke aus der Stadt zu vertreiben und selber die Regierung zu übernehmen." Die Stimme kannte Konrad bereits. Sie schien dem Wortführer der Versammlung zu gehören. Mit dieser Rede führte Meister Gerhardt die Gäste vom Fenster weg und wenige Zeit später stand er mit ihnen in der geöffneten Tür und verabschiedete sie.

Gemächlich spazierten die beiden Fremden nun durch die Gassen der Stadt fort von diesem Ort der Verschwörung. Für Konrad war es jetzt einfacher, den beiden unbemerkt zu folgen, denn mit dem neuen Tag war auch wieder das geschäftige Leben in den Gassen erwacht. Die noch vor kurzem leeren Straßen füllten sich mit aufgeregt umherlaufenden Menschen. Aus allen Häusern strömten sie nun heraus, um ihre Arbeiten zu beginnen. In der Masse konnte sich Konrad verbergen und geschickt Brunner und Cardo nachstellen. Unwillkürlich musste der Knecht an die Erzählungen des alten Schalkners in seiner Kindheit denken, daran wie sein Held, der edle Ritter Erec den bösen Ritter Ider und dessen niederträchtigen Zwerg durch das ganze Land bis zur Burg Tulmein des Herzog Imain verfolgt hatte. Die beiden hatten Erec großes Leid und Unrecht angetan, das der Held nun rächen wollte. Er ritt in ausreichender Entfernung hinter ihnen her, so dass er sie zwar im Auge behielt, sie ihn aber nicht bemerken konnten. Die alte Ordnung und das verletzte Recht wollte Erec wiederherstellen. Der Knecht Konrad hatte schon lange nicht mehr über die alten Geschichten um den Ritter Erec nachgedacht. Schließlich erreichten die zwei Gäste das Berlingische Haus in der Neuen Gasse. Schnell und heimlich schlüpften sie hinein. Wenige Augenblicke später folgte auch Konrad ihnen unbemerkt nach.

In der Küche war das Frühstück schon beendet. Die Frauen des Hauses waren von ihrem Kirchgang bereits wieder zurück nach Hause gekehrt und bereiteten die nächsten Mahlzeiten zu, während Dietrich und Niclas Berlinger zusammen mit dem alten Schalkner auf die Rechenstube zuhielt. Als der Hausherr den Raum aufsperren und den Riegel der kleinen Tür umlegen wollte, merkte er erschrocken, dass sie nicht verschlossen war. Zögernd betrat er den schmalen Raum. Die Fensterläden waren bereits geöffnet. Das morgendliche Sonnenlicht fiel auf den Boden und auf den Knecht Konrad, der auf einem ziemlich abgenutzten Hocker saß.

„Sei vorsichtig auf dem alten Ding, Konrad. Nicht dass der Hocker unter dir zusammenbricht."

Dietrich Berlinger versuchte seinen Schreck und seinen Ärger im Zaun zu halten.

„Wo warst du? Und warum sitzt du hier heimlich herum und lauerst uns auf wie ein Dieb? Du hast uns einen gewaltigen Schrecken eingejagt."

Einsilbig sprach Konrad seinen Herrn an, ohne auf dessen Zurechtweisung einzugehen: „Herr, ich muss Euch einiges erzählen."

Sie stiegen gemeinsam die schmale Treppe hinauf in die Wohnstube, verschlossen gewissenhaft die schwere Tür und der Knecht begann mit gedämpfter Stimme, so dass nur sein Herr ihn hören konnte, von den Ereignissen des frühen Morgens zu berichten.

Als Konrad seine Geschichte beendet hatte und wieder an die Arbeit gegangen war, hatte sich Dietrich Berlinger auf der Bank zurückgelehnt. Er schloss die Augen und versuchte angestrengt, seine Gedanken zu ordnen. Es war jetzt das eingetreten, wovor die edlen Ratsherren ihn gewarnt hatten und wovor er sich gefürchtet hatte; seine Gäste spielten falsch. Sie verhandelten mit dem Rat der Stadt über ein Bündnis gegen die adligen Feinde des Kaisers und unterstützten gleichzeig im Geheimen die Handwerker, die nur darauf warteten, die Regierung in Eberstein zu übernehmen.

Dietrich Berlinger fragte sich, was Lukas Cardo und Balthasar Brunner für ein Ziel verfolgten. Wollten sie die zerstrittenen Parteien seiner Stadt gegeneinander ausspielen? Seit einiger Zeit schon bekriegten die Zunftmeister das Regiment der Ratsherren wegen der Höhe der Marktgebühren, der Warenbeschau und der Mengen an Holz und Salz, die in die Stadt geliefert werden durften. Es wurde auch gemunkelt, die edlen Ratsherren hätten die Gelder der Stadt in die eigenen Geldschatullen wandern lassen, hätten sich von den Marktgebühren und den verschiedenen Steuern der Bürger ihre prächtigen Häuser und Paläste gebaut. Viele Leute waren ärgerlich auf die edlen Geschlechter, auch wenn keiner es wagte, laut darüber zu sprechen. Auf dem Markt und im Kaufhaus konnte man den Verdruss nur spüren, offene Worte hörte man nicht.

Der Händler Dietrich Berlinger hatte auf einer seiner Reisen erlebt, wie mächtig die Zunftmeister in Straßburg waren. Sie hatten dort ein eigenes Gericht, spielten sich als Richter auf, verhängten hohe Geldstrafen, die sie sofort kassierten und unter sich aufteilten. Er hatte selbst die vernagelten Werkstattfenster eines Kannengießers in Straßburg gesehen. Der arme Tropf hatte die hohen Strafgelder nicht zahlen können und die Zunftmeister verboten ihm daraufhin jede Arbeit. Sicher träumten die Handwerker hier in Eberstein davon, ebenso als Richter, Bürgermeister oder Ratsherren wie ihre Brüder in Straßburg zu Gericht zu sitzen, Maße und Gewichte festzusetzen und Abgaben zu kassieren.

Dietrich Berlinger musste schmunzeln, als er sich vorstellte, wie lächerlich es aussehen würde, säßen statt der eleganten und vornehmen Herren diese grobschlächtigen Handwerksmeister in ihrer schmutzigen Arbeitskluft in dem schönen neuen Ratssaal. Sicher würden sie nach wenigen Tagen gar nicht mehr kommen, denn die Politik würde sie langweilen. Ihre Arbeit würden sie auch nicht so lange liegen lassen wollen. Wahrscheinlich schickten sie schon nach den ersten zehn Tagen ihre Weiber als Vertretung. Das wäre dann ganz sicher ein närrisches Regiment.

Der alte Berlinger ließ seine Gedanken weiter schweifen. Er dachte an seine Fahrten den Rhein hinauf, an die vielen Geschichten über Kämpfe und Streitereien, von denen er überall hören konnte. In den Städten stritten sie um Macht und Geld, und auf den Straßen und Flüssen wurde man überfallen von habgierigen und kriegslüsternen Rittern.

Welche Rolle spielten Brunner und Cardo in diesem Durcheinander? Dem Krämer wurde es immer unbehaglicher. Er begriff, dass er sehr tief in ein politisches Wirrwarr geraten war. Er fühlte sich wie ein gefangenes Insekt, das sich in einem Spinnennetz verheddert hatte und zu klein war, seine Falle zu überblicken. Er konnte seine Hilflosigkeit nur erahnen.

Der Hausherr schlug die Augen auf und sah in das verwunderte Gesicht seiner Frau.

„Ihr schlaft am helllichten Tag? Seid Ihr krank?"

Erschrocken sprang Berlinger auf.

„Nein, nein, geht lieber selbst an Eure Arbeit. Ich fühle mich sehr wohl."

Hastig stieg er hinunter und schlüpfte in seine Rechenstube.

Seine Frau aber sah ihm kopfschüttelnd hinterher.

„Er ist alt geworden", sagte sie zu sich.

Das Hochamt war schon lange gesungen und es ging bereits auf die Mittagsstunde zu, da verließen Lukas Cardo und Balthasar Brunner das Haus in der Neuen Gasse und machten sich auf den Weg zum Ratssaal. Auch heute ließ man sie wieder warten. Als man sie rief, gaben ihnen die edlen Ratsherren noch einmal Gelegenheit zu erklären, worin der Nutzen einer Einung aller rheinischen und schwäbischen Städte liege. Man begann über Zuständigkeiten und Verpflichtungen innerhalb dieses angestrebten Bündnisses zu streiten und die Ratsherren versuchten vor allem zu erfahren, welche Kosten auf ihre Stadt zukämen.

Nach langem hitzigem Streit verabredeten beide Parteien, am nächsten Tag nochmals zu verhandeln und dann eine endgültige Entscheidung treffen zu wollen. Walram Stüren geleitete die beiden Gesandten bis zur Tür. Die Mienen aller Anwesenden schienen heute etwas gefälliger. Als bereits alle notwendigen Freundlichkeiten zum Abschied gesprochen waren, drehte sich Cardo nochmals zu dem Ratsherrn um.

„Ich will hoffen, dass Ihr Eure Entscheidung über ein starkes Bündnis der Städte nicht abhängig macht von Eurer Furcht vor den streitenden Handwerkern in Eurer Stadt. Es darf nicht sein, dass ein einfacher Böttchermeister, wie dieser Gerhardt, über das Wohl einer Stadt wie Eberstein entscheiden darf."

Walram Stüren schmunzelte.

„Zweifelt nicht an unsrer Lauterkeit und Stärke, ungläubiger Thomas!"

„Den ungläubigen Thomas oder auch nur eine Reliquie dieses heiligen Mannes, der über manche Schwurgemeinschaft wacht, werdet Ihr bei mir nicht finden. Da müsst Ihr wohl in ganz anderen Häusern dieser Stadt suchen."

Mit diesen Worten verabschiedeten sich die Männer nun endgültig für diesen Tag und die beiden Gesandten machten sich wieder auf den Weg in die Neue Gasse. Konrad, der den gesamten Nachmittag auf dem Marktplatz ausgeharrt hatte, nicht weit entfernt von der neuen Ratshalle, folgte den Gästen mit gebührendem Abstand und, endlich zuhause angekommen, konnte er beobachten, wie die beiden Männer flink in ihrer Stube verschwanden.

Da es noch zwei Stunden war, bis die Dämmerung über die Stadt hineinbrach, machte sich Konrad schnell daran, seine liegen gebliebene Arbeit aufzunehmen. Balthasar Brunner und Lukas Cardo hatte er bald vergessen. Es war ihm fast, als sei alles wieder so wie vor ihrer Ankunft. Gedankenverloren stapelte er schwere Säcke voller Zwiebeln, Schwefel und Sandelholz auf den Handkarren, verstaute noch einige Honigtöpfe, ein halbes Duzend Kisten voll Flachs und zwei kleine Fässer Öl, breitete darüber eine derbe Leinendecke aus, um die wertvollen Waren sowohl vor unzulässigen, dennoch begehrlichen Blicken als auch vor den Launen des nasskalten Wetters zu schützen.

Wie so oft begann er schließlich, sich auch an diesem Abend die Arbeit damit zu versüßen, das schöne Gesicht Katherines in seiner Erinnerung wachzurufen. Bald schon war es ihm, als höre er ihre bezaubernde Stimme. Und während er eines der letzten Fässer Bier aus dem Keller herauf wuchtete, meinte er beinahe, ihr liebenswürdiges Lächeln und einen ihrer fröhlichen Blicke auf seinem Rücken zu spüren.

Als er sich umdrehte stand dort aber nur der alte Schalkner.

„Sind das die Waren für Morgen?" fragte er den Jungen und wies mit einem kurzen Kopfnicken zu dem Handkarren hin.

„Ja, soll ich sie heute noch zum Kaufhaus bringen? Dann kann Niclas die Sachen gleich morgen früh in unserer Bude einordnen?"

„Du wirst wohl morgen wieder etwas Besseres zu tun haben als deine Arbeit? Oder wieso willst du Niclas sich abplacken lassen?"

Der alte Schalkner grinste den Knecht listig an. Die erhoffte Antwort erhielt er aber trotz seines Rüffels nicht. Zu gerne hätte er gewusst, weshalb sich der Knecht seit zwei Tagen vor jeder Arbeit drückte, vom frühen Morgen an in der Stadt herumtrieb und der Herr nichts dagegen einzuwenden hatte. Fast schien es, als lungerte Konrad auf Geheiß des alten Berlingers den ganzen Tag nur herum.

„Es wird Zeit, dass der Herr wieder auf Reise geht. Der Honig ist alle. Die letzten Zwiebeln sind vergammelt und Leinwand ist auch alle."

„Lass das mal meine Sorge sein. Ich weiß sehr wohl um unsere Lagerbestände. Und der Herr Berlinger weiß auch ganz gut, wann er neue Waren einkaufen muss."

Dem alten Schalkner gefielen die Heimlichkeiten, die neuerdings in ihrem Haus vor sich gingen, überhaupt nicht. Er war es nicht gewohnt, außen vor gelassen zu werden und gegenüber einem einfachen hergelaufenen Knecht das Nachsehen zu haben.

Wortlos drehte er sich ab und überließ Konrad seiner Arbeit und seinen umherschwirrenden Gedanken.

Der stemmte ein letztes Fass Bier auf den Wagen, verärgert über den Schalkner und darüber, dass ihn der Alte von den angenehmen Tagträumen abgelenkt und an seine verwerflichen Spitzeldienste erinnert hatte. Morgen musste er wohl wieder in aller Herrgottsfrühe den beiden Fremden durch die ganze Stadt nachlaufen wie ein räudiger Köter, musste wie ein Strauchdieb schleichen und sich verbergen. Die Nachbarn zu belauern, ehrbare Bürger zu belauschen, war ihm besonders widerwärtig. Konrad tröstete sich damit, dass die beiden Fremden wahrscheinlich etwas Unrechtes im Schilde führten und jeder, der sich mit ihnen einließ, wohlmöglich ebenfalls nicht ganz unschuldig war.

Das war aber nur ein schwacher Trost. Glücklicherweise erschien Greda im Hof, um ihn zum Abendessen zu rufen und Konrads Stimmung hob sich bei dem Gedanken an all die guten und auserwählten Speisen, die die Berlingersche auftischte, seit die Gäste im Haus waren.

Konrads Hoffnung wurde auch an diesem Abend nicht enttäuscht.

Aus der Küche kamen gebackene Fladen aus gekochtem und klein geschnittenem Fleisch vom Bauch, von Rippchen und Hühnern. Der Knecht liebte diese Speise ganz besonders. Leider kam sie nur zu besonderen Anlässen auf den Tisch der Berlingers, denn solche Mengen an Fleisch, wie sie hierfür benötigt wurden, die vielen Eier und der gute Käse, der unter die Fleisch-Ei-Masse gerührt werden musste, waren selbst für einen wohlhabenden Bürger wie den Krämer Dietrich Berlinger ein teures Vergnügen.

Kapitel 4

Balthasar Brunner nahm jedoch von diesem köstlichen Mahl kaum Notiz. Ihm gingen die Worte, die Lukas Cardo und Walram Stüren beim Abschied gewechselt hatten, nicht aus dem Kopf. Weshalb hatte sein Begleiter den Ratsherrn auf Gerhardt, den Böttchermeister, aufmerksam gemacht? Wieso hatte er den heiligen Thomas erwähnt? Ihr Treffen am Morgen mit den Handwerkern musste doch unbedingt geheim bleiben. Der Rat der Stadt Eberstein durfte nicht erfahren, dass sie und die unzufriedenen Zunftmeister einen Aufstand verabredet hatten und dass die dazu notwendigen Geldmittel aus Speyer und Straßburg kamen. Schon seit einiger Zeit versuchte die Stadtregierung Ebersteins Gerhardt und seinen Freunden eine Verschwörung gegen die Obrigkeit nachzuweisen, um sie leichter dem Henker übergeben zu können. Mit dem Hinweis auf Gerhardt und den heiligen Thomas spielte Cardo den Ratsherren direkt in die Hände. Er brachte aber nicht nur die verschworenen Handwerker in Gefahr, er riskierte auch, dass ihr Plan von einem starken Städtebündnis scheiterte. Diese verzagten und engstirnigen Ratsherren hier würden sich nie einem Bund der Städte anschließen. Sie scheuten sich vor solch einer Einung gegen adlige Räuber und papsttreue Fürsten. Die Handwerker aber hatten bei allen Heiligen versprochen, hätten sie erst einmal das Regiment in Eberstein in ihren Händen, so folgten sie den befreundeten Städten Straßburg und Speyer in ihrer Politik.

Nach dem Essen stiegen die beiden Gäste wortlos die Treppe in ihre Stube hoch. Lukas Cardo hatte ihren Gastgebern erklärt, dass der folgende Tag entscheidend für die Verhandlungen mit dem Rat werden könnte und sie deshalb früh zu Bett gehen wollten.

Kaum waren sie aber allein in dem kleinen Raum, dessen einzige Möblierung aus einem großen Spannbett und einem niedrigen Schemel bestand, konnte Brunner seine Bedenken nicht länger für sich behalten und stieß aufgeregt hervor:

„Cardo, Ihr habt mit Euren Worten unsere gesamte Unternehmung gefährdet."

Behäbig wandte sich der Speyrer seinem Gefährten zu, lächelte sanft und erwiderte im ruhigen Ton:

„Ich weiß nicht, wovon Ihr redet, werter Balthasar Brunner."

„Wie konntet Ihr vor dem Ratsherrn über Meister Gerhardt und den heiligen Thomas reden? Niemand darf wissen, dass wir uns kennen."

„Hab ich das? Das tut mir leid. Es ist mir gar nicht aufgefallen, dass ich sie erwähnt habe."

„Ihr habt den Meister Gerhardt damit in große Gefahr gebracht. Und uns wohlmöglich auch. Wenn die hier erfahren, dass wir den Verschwörern helfen, können wir auch beim Henker enden."

„Brunner, Ihr seht alles immer nur schwarz. Ihr habt Euch sicher verhört. Ich habe doch nicht unseren Freund verraten."

„Ich weiß, was ich gehört habe, Cardo. Ihr habt diesem Ratsherren Stüren den Namen Gerhards laut und deutlich genannt, und Ihr habt von der Reliquie des heiligen Thomas gesprochen, von dem Schutzheiligen unserer Schwurgemeinschaft. Ich verstehe nur nicht, weshalb Ihr Euch so verhalten habt."

Lukas Cardo drehte sich lächelnd ab.

„Ach, wer weiß, was Ihr gehört habt."

In Brunners Kopf drehten sich die Gedanken wild umher. Ihm wurde ganz schwindlig. Hatte er sich wirklich verhört? Hatte Cardo vielleicht versehentlich den Namen Gerhardts genannt? Auf welcher Seite stand Cardo?

„Ihr seid zu klug und zu bedacht, um ohne Plan etwas leichtfertig daherzureden, Cardo."

„Was wollt Ihr damit sagen?"

„Ihr habt Meister Gerhardt absichtlich dem Rat dieser Stadt verraten. Und Ihr habt dem Stüren das Zeichen unseres Bündnisses verraten. Wenn sie die Reliquie bei den Handwerkern finden, werden sie sie sicher mit uns in Verbindung bringen."

„Euch ist wohl der Wein des Herrn Berlinger zu Kopfe gestiegen, dass Ihr solch wirres Zeug redet. Oder seid Ihr von bösen Dämonen besessen, die Euch Eurer Sinne berauben? Wenn wir belauscht worden wären und der Rat der Stadt einen Zeugen für unser Treffen mit den Verschwörern auftreiben könnte, wären die Handwerksmeister sicher in Gefahr. Aber uns wird doch in dieser gastfreundlichen Stadt niemand belauern."

Brunner wusste darauf keine Antwort. Mit schmeichelnder Stimme redete Cardo auf seinen Gefährten ein.

„Ihr habt Euch verhört, Ihr seid müde und solltet Euch zur Ruhe begeben. Morgen wird das Morgenlicht Eure verwirrten Sinne erhellen und vieles, was für Euch jetzt im Dunkeln liegt, erstrahlt dann in Eurem Geiste klar und deutlich."

„Ganz und gar nicht, Lukas Cardo, ich weiß jetzt, dass wir auf feindlichen Seiten stehen. Ich habe nur noch nicht erkannt, wessen Mann Ihr seid. Den Rat Eurer Stadt habt Ihr ebenso verraten wie die große Einung aller Städte und die Zunftmeister Ebersteins. Aber für wen arbeitet Ihr? Für die papsttreuen Fürsten, die unsere Städte bedrängen und unseren Herrn, den Kaiser, bekämpfen?"

Cardo hatte sich bereits auf seine Seite des Bettes gelegt. Auf dem kleinen Schemel brannte nur noch schwach eine Kerze, deren Schein aber gerade noch zwei Hand breit reichte. Der Rest des Raumes war schon ganz von der anbrechenden Nacht in Besitz genommen worden. Das Dunkel hatte die gesamte Gestalt Lukas Cardos eingehüllt. Balthasar Brunner schleuderte seine wütende Rede in die Dunkelheit. Dass er seinen Gegner nicht sah, ihm nicht Aug in Aug gegenüber stand, machte ihn immer kühner.

„Ihr habt mich hintergangen und auch die braven Ratsherrn Speyers und Straßburgs. Ihr habt sogar unseren Herrn Kaiser Ludwig betrogen. Wer steht hinter Eurem falschen Spiel? Dieser wollüstige Hurensohn in Avignon, der sich selbst Papst nennt und alle frommen Männer unseres Herrn Kaiser Ludwig verflucht hat?"

Nun erhob sich Cardo. Mit langsamen Bewegungen kam er auf seinen Feind zu. Irrte sich Brunner oder sah er wirklich für einen kurzen Moment die Augen des anderen wie Rubine rot aufblitzen?

„Ihr seid wirklich sehr verwegen, solch eine Rede zu wagen."

Diese Worte Lukas Cardos schienen aus den Tiefen der Hölle empor zu dröhnen. Balthasar Brunner war es plötzlich, als umwehte ihn ein eisiger Luftzug.

Am nächsten Morgen saß Balthasar Brunner mit schmerzendem Kopf und schweren Gliedern auf dem alten Baumstamm im Hof des Hauses Berlinger. Er hatte nur ein paar Bissen Hirsebrei als Morgenimbiss genommen und sich dann an die frische Luft geschlichen. An einigen Stellen war der mit schweren dunklen Wolken verhangene Himmel aufgerissen und hatte ein paar Sonnenstrahlen aufblitzen lassen. Balthasar Brunner reckte gierig seine Nase dem wärmenden Licht entgegen. Nach dem nasskalten Wetter der letzten Tage genoss er den wohltuenden Sonnenschein.

Greda war mittlerweile zusammen mit ihrer Schwester aus dem Haus getreten, um das Geschirr in einer großen Schüssel im Hof abzuspülen und dabei ebenfalls das Wetter zu genießen. Ohne Scheu rief das groß gewachsene Mädchen mit dem klugen Gesicht ihrem Gast quer über den Hof zu:

„Ich hoffe es geht Euch wohl, werter Herr Brunner. Ihr habt heute nicht viel gegessen."

„Ach, werte Jungfer Greda. Ich habe eine schlechte Nacht hinter mir. Ich habe wohl zu viel vom guten Essen, das Ihr uns bereitet habt, gestern noch zu später Stunde genommen. Das Wams wurde mir bald zu eng. Abends drückten mich erst der Bauch und dann ein schrecklicher Alb. Mir träumte, der Leibhaftige sei mir erschienen."

Erschrocken bekreuzigten sich die beiden Mädchen.

„Heilige Maria, Mutter Gottes, beschütze uns und unser Haus vor dem Bösen."

„Entschuldigt. Ich wollte Euch nicht ängstigen. Es waren nur die nächtlichen Geister, die einen oft im Schlaf plagen und einem die schrecklichsten Dinge vorgaukeln. Vor dem Leibhaftigen ist Euer Haus sicher. Glaubt mir."

„Heiliger Cyriacus und heiliger Bartholomäus. Steht uns bei und helft uns gegen böse Dämonen und Geister."

Zitternd rang Katherine die Hände und streckte sie gen Himmel.

„Oh, Ihr Heiligen rettet uns vor dem Satan und seiner bösen Brut."

Der angsterfüllte Ausruf des Mädchens war bis ins Haus hinein zu hören. Dietrich Berlinger kam zusammen mit Lukas Cardo auf den Hof gelaufen.

„Wieso rufst du die Schutzheiligen an, Katherine? Wenn du Sorge hast vor teuflischen Mächten, Feuersbrunst oder Krankheiten, laufe in die Kirche und bete. Aber schreie hier nicht herum wie eine Besessene."

Dietrich Berlingers Angst vor satanischen Mächten und der Gegenwart des Leibhaftigen war mindestens so groß wie die seiner Tochter, und er wurde jedes Mal von Schrecken erfasst, wenn einer der vielen Namen des Teufels in seinem Haus genannt wurde. Der Hausherr hoffte nun, mit dieser Ermahnung alles Gerede von teuflischen Machenschaften beendet zu haben und lenkte vorsichtshalber das Gespräch in eine ganz andere Richtung.

„Wie stehen Eure Geschäfte, werte Herren? Sind die Verhandlungen mit unseren edlen Ratsherren für Euch erfreulich?"

„Wir warten den ganzen Morgen bereits auf eine Nachricht Eures Rates. So oder so fällt wohl heute eine Entscheidung. Ob sie erfreulich sein wird, entscheiden nun ganz Eure edlen Ratsherren. Wie sich die Dinge auch gestalten, es liegt wohl letztlich alles in Gottes Ermessen."

Beruhigt über diese tröstende Anrufung göttlicher Allmacht nickte der Hausherr Dietrich Berlinger, als plötzlich Hensel, der Ratsbote, aufgeregt in den Hof gelaufen kam.

Er baute sich vor dem Hausherrn auf und verkündete:

„Die edlen und hoch verehrten Herren Walram Stüren und Berthold Finke bitten den werten Dietrich Berlinger unverzüglich vor ihnen zu erscheinen. Wenn Ihr die Gnade hättet und mir sogleich folgen würdet?"

Dietrich Berlinger spürte eine plötzliche Trockenheit in seinem Mund, hastig versuchte er zu schlucken. Er lief in seine Rechenstube, griff nach seinem Mantel und warf ihn sich um die Schultern. Obwohl mitten im Sommer, fröstelte dem alten Berlinger. Als er nun dem Ratsboten durch die Stadt in Richtung Münster und Markt hinterher eilte, überlegte er, ob es an dem eisigen Wind lag, der plötzlich aufgekommen war und tiefdunkle Wolken von Osten herantrug, dass er so fror, oder ob der Gedanke an die Stadtoberen, denen er gleich entgegentreten musste, seinem gebeugten Körper kalte Schauer einjagte. Was könnten die Herren nur von ihm wollen? Hensel führte den Krämer nicht in den neuen Ratssaal, sondern brachte ihn zu einem kleinen Haus, das unscheinbar am Markt lag und von dem Berlinger wusste, dass es einst die Wohnung des städtischen Henkers gewesen war, bevor die Bürger der Stadt sich geweigert hatten, mit einem so anrüchigen, fürchterlichen und unehrlichen Gesellen in ihrer Mitte zu leben. Der Henker erhielt eine neue Behausung am Rande der Stadt neben dem Spital, und das kleine Haus am Markt, vor dem Dietrich Berlinger nun stand und das trotz allem noch den Namen Bluthaus trug, diente nun als Lagerstätte für die bürgerlichen Waffen, die aber nur im Kriegsfall an ihre Besitzer ausgegeben wurden. Dietrich Berlinger erinnerte sich, schon einige

Male hier gewesen zu sein, wenn er seinen Wachtdienst für die Stadt abgeleistet und dabei auch den Zustand der Waffen begutachtet hatte. Für den Wehrdienst war er mit seinen fast vierzig Jahren nämlich mittlerweile schon zu alt.

Auch der Nachtwächter, der Stadtbüttel, die beiden Stadtärzte und auch der Henker und sein Folterknecht - Dietrich Berlinger gelang es trotz aller Anstrengung nicht, den Gedanken an diese schaurigen Gestalten zu unterdrücken - hatten in dem kleinen Haus Räume vom Rat überlassen bekommen, wo sie ihre Gerätschaften unterstellen und sich für ihren Dienst vorbereiten konnten. Hensel ging eine schmale Treppe empor und Dietrich Berlinger folgte dem Ratsboten zögerlich. Weshalb schickte man nach ihm? Weshalb bestellten die edlen Herren ihn an solch garstigen Ort?

Schließlich standen sie oben vor einer verschlossenen Tür, die der Krämer noch nie zuvor bemerkt hatte. Hensel klopfte drei Mal an und ein riesiger Kerl öffnete. Der Hüne konnte sich nur langsam und bedächtig bewegen. Ein dickes ledernes Wams behinderte den Kerl bei jeder Bewegung wie er ihm gleichermaßen aber auch im Kampfe Schutz bot unter einem Kettenhemd. Der Krieger verbeugte sich und wies mit seinem muskelbepackten Arm in einen kleinen Raum hinein. Dietrich Berlinger musste gegen das einfallende Sonnenlicht blinzeln, um die anderen im Raum anwesenden Männer erkennen zu können.

Berthold Finke kam lachend auf ihn zu.

„Werter Berlinger. Wir freuen uns, dass Ihr den Weg zu uns gefunden habt. Verzeiht den wenig bequemen Ort unseres Treffens, aber es sollte wirklich so wenig wie möglich Volk von unserer Unterredung erfahren."

Walram Stüren war mittlerweile zu den beiden Männern hinzugetreten.

„Wie wir erfuhren, haben sich Eure Gäste wirklich unschicklich und unredlich gegen unsere Stadt benommen. Was könnt Ihr uns darüber erzählen?"

Die Worte des Ratsherrn klangen streng und gebieterisch. Dietrich Berlinger blickte Stüren erschrocken an und erkannte in dessen Haltung und Stimme, dass der edle Herr entschlossen war und dem Krämer kein Entkommen gewährte. Die Gedanken begannen in Berlingers Kopf umherzuwirbeln. Er dachte an Konrad, wie er vor ihm auf dem kleinen wackligen Schemel in seiner Rechenstube gesessen hatte und von den beiden Fremden erzählte. Berlinger schloss die Augen, und plötzlich sah er Konrad unter dem Fenster des Böttchermeisters Gerhardt kauern. Die Worte seines Knechts hallten in seinen Ohren wider:

„Die Geldsäcke vertreiben" - „die Regierung übernehmen" - davon hatten die Männer in Meister Gerhardts Haus gesprochen und Konrad hatte alles mit angehört. Dietrich Berlinger konnte es bezeugen.

Er kannte den Böttchermeister Gerhardt, schoss es ihm durch den Kopf. Vor einigen Jahren hatte sich der Böttcher Matthias, bei dem Berlinger sonst immer seine Warenfässer bestellte, den Arm bei der Arbeit schlimm verletzt und Gerhardt hatte dessen Aufträge übernehmen dürfen. Der Krämer Berlinger war zweimal in der Werkstatt des jungen Fassbinders gewesen. Er erinnerte sich an eine sehr schmale Frau, die ein kleines Mädchen an der Hand geführt und ihm schüchtern zugelächelt hatte.

Die herrische Stimme des Walram Stüren donnerte durch die Stube.

„Wir wissen von der Falschheit Eurer Gäste. Sie sind Feinde unserer Stadt. Macht Euch nicht mit solch einem Lumpenpack gemein." Die Warnung des Ratsherrn klang ernst. Der Riese, der die Tür geöffnet hatte, trat nun zwei Schritte hervor und baute sich vor Berlinger auf. Der Händler Berlinger erkannte ihn erst jetzt. Der hünenhafte Kerl gehörte der bewaffneten Eskorte an, die sich der edle Ratsherr Walram Stüren leistete und die ihn bei jedem öffentlichen Umritt in prächtiger Rüstung begleitete.

„Ihr seid ein geachteter Bürger Ebersteins. Eure Familie und Euer Geschäft sind bedeutende Teile unserer Stadt. Ihr könnt nicht zulassen, dass es

Feinden von außen gelingt, mit Verrätern zusammen hier Unfrieden zu stiften."

Dietrich Berlinger schwirrte der Kopf. Er hörte die Worte des edlen Ratsherrn Stüren wie von Ferne. Bisher hatte er nur geahnt, dass er in ein gefährliches Ringen um Herrschaft und Macht geraten war, bei dem nicht klar war, wer die eigentlichen Streiter waren und wer von ihnen am Ende als Sieger hervor gehen sollte. Sich jetzt bereits, wenn der Kampf noch im vollen Gange war, auf eine Seite zu stellen, könnte ein verhängnisvoller Fehler sein. Er wusste aus anderen Städten, dass sich in ähnlichen Kämpfen das Blatt oft wenden konnte, und manch einfacher Mann dabei seinen Kopf verlor.

„Meine Familie kann Euch nicht helfen. Wir haben die Fremden doch nur bewirtet, wie es frommen Christen wohl ansteht und worum Ihr uns gebeten habt."

Das Flehen Berlingers blieb ungehört. Die Ratsherren verzogen keine Miene. Der Riese blieb regungslos vor dem Händler stehen. Mit zittriger Stimme versuchte Dietrich Berlinger dennoch sich aus seinem Unheil herauszuwinden.

„Niemand in meinem Haus ist etwas Besonderes aufgefallen. Die Fremden waren sehr selten dort. Von uns hat niemand etwas gesehen."

Endlich hatte Berthold Finke ein Einsehen mit dem verzweifelten Mann. Mit gönnerhaftem Lächeln kam er auf Berlinger zu.

„Euer Knecht Konrad hat sehr wohl einiges gesehen und gehört. Er weiß Bescheid über die Verschwörungen im Hause des Meisters Gerhardt. Wir wissen, dass er Euren Gästen überall hin gefolgt ist, ganz so wie wir es Euch aufgetragen haben. Er hat Cardo und Brunner beobachtet. Bald wird auch er hier sitzen, um uns alles zu berichten. Er war ein wirklich fleißiger Späher und ein zuverlässiger Zeuge, aber das Zeugnis eines Knechts hat vor dem Stadtgericht nicht solch Gewicht wie das Wort eines ehrbaren Bürgers wie Ihr es seid."

Dietrich Berlinger begriff sofort. Es war zwecklos den Ratsherren auszuweichen und alles zu bestreiten, denn sie wussten von den Heimlichkeiten seiner Gäste. Nun konnte er nur noch versuchen, sich so teuer wie möglich zu verkaufen. Er zwang seine Stimme:

„Der Meister Gerhardt ist auch ein Bürger. Wie ich hat auch er Euch den Eid geleistet. Die Handwerker sind achtbare Männer, sie sind starke Pfeiler unserer Stadt. Es fällt nicht leicht, gegen so brave Männer vor dem Stadtgericht auszusagen."

„Es soll auch nicht zu Eurem Schaden sein. Eure Familie hat der Stadt wertvolle Hilfe geleistet und sie soll auch ihren gerechten Lohn dafür erhalten." Diese Worte des Walram Stüren ließen den Krämer Berlinger erschaudern. Dann aber verstand er, dass der Ratsherr es ehrlich meinte.

„Für ein Geschäft wie das Eurige ist es unerlässlich, dass Ihr die besten Handelstechniken und die neuesten mathematischen Kenntnisse anwendet. Aus den großen Städten kommen reiche Kaufleute mittlerweile den Rhein entlang auch in unser Gebiet. Sie kommen sogar aus dem fernen Welschenland und aus Flandern. Glaubt Ihr, Euer Sohn wird dem Druck standhalten können, wenn er mit Händlern aus fernen Ländern um die Geschäfte hier ringen muss?"

Dietrich Berlinger kannte seinen Sohn, er wusste um dessen Wesen und auch um dessen Fähigkeiten. Das Geschäft, das unter der Rigide des Alten stetig angewachsen war, würde der Junge nur leidlich führen können, jedoch nicht erweitern und gegen fremde Konkurrenz verteidigen.

„Ihr könnt nicht weiter mit dem Kerbholz in der Hand Eure Geschäfte machen. Für jede Lieferung eine Kerbe schlagen ins Holz, wiewohl auch für Eure Einnahmen und Schulden. Auch mir ist das feilschen mit dem Kerbholz vertraut."

Walram Stüren sah ihn wohlwollend an.

„So konntet Ihr hökern, großer Handel aber braucht Bücher. Die ordentlich zu führen, solltet Ihr lernen. Vor allem aber sollte Euer Sohn das Rechnen in den Büchern verstehen. Er ist doch Euer Erbe und soll Euer Geschäft weiterführen?"

Dietrich Berlinger nickte zögerlich. Er suchte schon seit langem nach einem Ausweg. Mit seinen Hökergeschäften und seinem Krämerstand im hiesigen Kaufhaus war auf Dauer kein üppiger Haushalt zu führen, wie sehr er und seine Gehilfen sich auch abmühten jeden Tag. Nur der große Handel mit teuren und seltenen Waren aus den fernen Ländern brachte genug Gewinn. Den aber traute er seinem Sohn Niclas nicht zu. Angst umklammerte sein Herz, sooft Dietrich Berlinger an die Zukunft dachte. In jenen bangen Augenblicken betete er, der Herr möge Hilfe schicken. An diesem denkwürdigen Morgen sollten seine Gebete also endlich erhört werden, als die beiden hohen Herren des Rates der Stadt Eberstein vor ihn traten, um ihm einen vorteilhaften Handel anzutragen. Der Krämer erkannte den Ausweg, den der Herrgott ihm wies.

„Die Familie meines Vetter unterhält eine Niederlassung in Welschbern", hob Walram Stüren an.

„Es sind brave, tüchtige Leute, die viel vom Handel verstehen. Bei Ihnen wird Euer Sohn alles lernen, was er über Geschäfte wissen muss. Die Welschen sind die Könige des Handels. Ihr wisst selbst, dass Kaufleute in welschen Landen riesige Geldvermögen verdienen können. Wenn Ihr Euren Sohn nach Welschbern schickt, wird es Eurem Geschäft und Eurer Familie zum Vorteil gereichen."

Der Gedanke, den einzigen Sohn in die Ferne ziehen zu lassen, auf dass er dort die Kaufmannschaft erlerne, war dem einfachen Krämer Dietrich Berlinger nie zuvor gekommen. Sicher würde er sich erst langsam daran gewöhnen können.

„Ihr wollt, dass ich meinen einzigen Sohn in das ferne welsche Land schicke?" Dietrich Berlinger sah die Ratsherren fragend an.

„Sicher, eine bessere Schule gibt es nicht. Er könnte die Sprache lernen."

„Er könnte lernen, wie man Warenladungen ordert und bezahlt ohne Verlustrisiko", fiel ihm Berthold Finke ins Wort.

Dietrich Berlinger fasste sich ein Herz. Er stellte sich vor die zwei edlen Herrn hin:

„Wenn mein Knecht Konrad vor dem Stadtgericht aussagen muss, dann soll er den Niclas auch nach Italien begleiten."

Der Krämer hatte diese Worte mit lauter Stimme heraus geschrieen. Jetzt, als sie zwischen den Männern standen, begriff Berlinger, dass es nicht an ihm war, irgendwelche Bedingungen zu formulieren. Er hatte seinen Ausruf auch gar nicht bedacht, die Folgen für seine Familie und sein Geschäft nicht überlegt.

„Könnt Ihr denn lange Zeit auf zwei Arbeitskräfte verzichten?"

Berthold Finke schaute den Krämer verwundert an.

Berlinger konnte auf diese Frage nur zögerlich antworten und tief in Gedanken versunken murmelte er:

„Sicher, sicher. Meine Frau, meine Töchter und der alte Schalkner. Wir können alle mit anfassen."

„Dann ist der Handel abgemacht?" Walram Stüren streckte dem Berlinger die Hand entgegen. Zaghaft schlug der ein und erzählte den beiden edlen Herren alles, was Konrad ihm über das belauschte Treffen im Hause des Meisters Gerhardt berichtet hatte.

Als Dietrich Berlinger endlich wieder vor seinem Haus in der Neuen Gasse stand, hatte er die Worte der beiden Ratsherren sorgfältig durchdacht.

Seine Befürchtungen hatten sich gelegt und er hatte beschlossen, mit dem Ergebnis der Unterredung zufrieden zu sein. Sein Sohn würde in einer der reichsten und angesehenen Handelsstädte in die Lehre gehen, er würde kostbare Kontakte knüpfen können, die wichtigste Handelssprache lernen, würde Einblicke in das Geschäftsgebaren wohlhabender Kaufleute aus ganz Europa gewinnen. Was war dagegen eine unangenehme Aussage vor dem Stadtgericht?

Der Händler Berlinger schritt durch sein Tor und rief seinen Knecht herbei. Doch anstelle Konrads kam der alte Schalkner auf ihn zu.

„Der Konrad ist ausgeflogen. Kaum ward Ihr weg, kam der Hensel zurück und überbrachte den beiden Fremden eine Nachricht. Der Lange lief dann sofort aus dem Haus."

„Du meinst den Cardo?" unterbrach Dietrich Berlinger seinen Handelsdiener.

„Ja, genau den meine ich. Und unser Konrad ist dem gleich hinterher." Der ärgerliche Ton des Alten blieb Berlinger nicht verborgen. Der Handlungsdiener hieß es offensichtlich nicht gut, dass der Knecht so einfach kommen und gehen durfte, wie es ihm gefiel.

Kapitel 5

Die dunklen Wolken rissen unvermittelt auf, und silbern glänzende
Sonnenstrahlen trafen die regennasse, frierende Stadt. Konrad hatte Mühe
gegen das blendende Licht zu schauen und musste seine Augen
zusammenkneifen, um die hagere Gestalt des Lukas Cardo im dichten
Gewühl der umhereilenden Leute nicht aus seinem Blick zu verlieren.
Nachdem Hensel im herablassenden Ton den beiden Fremden mitgeteilt
hatte, dass der Rat der Stadt weitere Verhandlungen für nicht mehr
notwendig erachte und ein weiterer Aufenthalt der beiden Fremden somit
auch nicht länger erforderlich sei, war Cardo aufgesprungen und hatte das
Berlingersche Haus unmittelbar hinter dem jungen Ratsboten verlassen.
Zielstrebig hatte er sogleich seinen Weg in Richtung Westen zum
Stephanstor gelenkt und Konrad hatte keinen Augenblick gezögert, dem
Fremden auch dieses Mal zu folgen.

Als sie am mächtigen Stadttor ankamen, konnte der Knecht überrascht
beobachten, wie Cardo kurz dem Torwächter zunickte und nach diesem
stummen Gruß eilig aus der Stadt schlüpfte. Konrad drückte sich in den
kurzen Schatten des Tores, aber eine Atempause war ihm nicht vergönnt.
Mit langen Schritten lief Cardo flink die Straße entlang, vorbei an den
beiden Warttürmen der Stadt und dem sich stolz den regenschweren
Wolken entgegen reckenden Schlagbaum, der den umher reisenden
Kaufleuten eine stumme Aufforderung zum Besuch des städtischen Marktes
war und nur den Feinden Ebersteins eine Schranke bedeutete. Konrad fiel
es nun schwerer, ungesehen hinter dem Fremden herzulaufen. Die
Mittagsstunde war überschritten und nur noch wenige Menschen waren auf
dem Weg in die Stadt. Die leere Straße bot dem Verfolger kaum noch
Deckung und so sprang er in den dichter werdenden Stadtwald, an dem die
Straße mittlerweile entlang führte, um sich hinter Bäumen und Büschen zu
verbergen.

Plötzlich blieb Cardo stehen. Konrad hockte wenige Schritte entfernt von ihm unter einem Busch und erkannte dessen Gestalt und Gesicht durch das dichte Blätterwerk nur undeutlich. Angespannt versuchte der Knecht seinen schweren Atem zu unterdrücken und sich mit keinem Laut und keiner Bewegung zu verraten. Cardo blickte sich suchend um. Konrad konnte nun beobachten, dass der Fremde misstrauisch in seine Richtung sah. Cardo hatte seinen Blick verengt und lauschte aufmerksam. Dann setzte er sich wieder in Bewegung, aber langsamer und wachsam. Konrad konnte nicht erkennen, in welche Richtung Cardo lief. Hatte er ihn entdeckt und wartete nun nur darauf, dass der Knecht seine Deckung verließ?

Konrad kauerte regungslos hinter dem Busch. Schließlich fasste er sich ein Herz, kroch hervor und sah, wie die hagere Gestalt des Lukas Cardo bereits etliche Fuß entfernt mit gesenktem Kopf am Straßenrand stand. Der Fremde schien etwas zu rufen, aber Konrad war zu weit zurückgeblieben, um die Worte verstehen zu können. Nun beugte sich Cardo etwas nach unten. Vor ihm lag ein schwarzes, unförmiges Bündel, das er unsanft mit dem Fuß anstieß. Der Knecht, neugierig geworden durch das seltsame Gebaren des Fremden, schlich sich vorsichtig heran und verbarg sich hinter der mächtigen, mit Moos und Buschwerk zugewucherten alten Wurzel eines vor Jahren umgestürzten Baumes. Er war jetzt nahe genug, um ein leises Wimmern hören zu können, das aus dem Bündel am Boden kam.

„Avanti, che c' è? Alto, alto! "

Auch wenn Konrad die Worte des Fremden nicht verstand, so begriff er trotzdem, dass sie nicht freundschaftlich gemeint waren.

Das Bündel bewegte sich zaghaft und schließlich lugte ein zerzaustes Büschel Haare hervor, aber außer einem weiteren Wimmern und schließlich einem krächzenden Grunzen gab es keinen Laut von sich. Lukas Cardo schüttete trotzdem einen Schwall fremd und grob klingender Worte über das Bündel aus, bis Konrad plötzlich ein Gesicht erkennen konnte. Die Haut glänzte vor schwarzem Dreck, der Mund war schief, unter den Augen leuchteten rote Pusteln, und es war ein Kindergesicht. Konrad erkannte sofort, das Bündel war ein Kind von vielleicht acht Jahren.

Als Cardo verstummt war, röchelte das Kind einige unverständliche Worte und krabbelte dann wie ein Tier auf allen Vieren davon in den dichten Wald. Konrad drückte sich mit aller Kraft gegen die Baumwurzel, denn er wusste, dass Cardo sich nun auf den Rückweg in die Stadt machen würde und dabei direkt an ihm vorbei laufen musste. Der Knecht hielt den Atem an. Nur wenige Ellen entfernt strich der Fremde an ihm entlang. Aber der unheimliche Mann schien den jungen Knecht nicht wahrzunehmen. Tief in Gedanken versunken schritt er auf die Stadt zu. Konrad folgte ihm im gebührenden Abstand.

Die Sonne hatte die dunkle Wolkenwand endlich verdrängt und schenkte der Stadt noch einige wärmende Abendstunden. Die Familie Berlinger versammelte sich allmählich im Haus, hungrig und müde, begierig die Eindrücke des Tages mit den anderen in gefälliger Plauderei zu bereden und Neuigkeiten zu betratschen.

Balthasar Brunner hatte zusammen mit Niclas Berlinger das Haus betreten. Der Gast war, nachdem er die enttäuschende Botschaft des Rates erhalten hatte, ziellos durch Eberstein gezogen, um schließlich vor dem schmucklosen Bau des städtischen Kaufhauses zu stehen. Er hatte keinen Augenblick gezögert, sondern war rasch eingetreten, zufrieden, sich wieder in gewohnter kaufmännischer Umgebung zu bewegen und die gefahrvolle Welt der Politik mit ihren Finten und Täuschungen verlassen zu haben. So schlenderte er nun von Stand zu Stand, von Bude zu Bude, ohne jedoch den feilgebotenen Auslagen besondere Aufmerksamkeit zu schenken. Er versuchte, die sich in seinem Kopf überschlagenden Gedanken zu verdrängen, er wollte nicht länger über seinen Auftrag nachdenken, und er wollte vor allem alle Ratsherren, die in Eberstein und die in seiner Vaterstadt Straßburg, vergessen. Er sog die Gerüche von Früchten,

Gewürzen, frisch gegerbtem Leder und geräucherten Würsten ein, die Stimmen um ihn herum, das Feilschen und Rufen machte ihn fast schwindlig und er genoss das bunte Treiben hier, in diese geschäftige Menschenmenge tauchte er, Ruhe suchend, ein.

„Seid Ihr nicht wohl?" Die vertraute Stimme Niclas Berlingers drang zu Balthasar Brunner durch. Er blickte suchend umher, und endlich erkannte er den Sohn seines Gastgebers vor einer reich mit köstlich aussehenden Waren besteckten Verkaufsbude, Fässer voller Bier, Heringen und eingelegten Kohl stapelten sich mannshoch, pralle Säcke voller Flachs und Barchent, und ganze Bündel glänzenden Schwarzbands und gefärbter Wolle rahmten zu beiden Seiten die Verkaufsbank ein. Die ganze Krame machte auf Brunner sofort einen gut geordneten und reinlichen Eindruck, so dass dem erfahrenen Kaufmann das Herz aufging. Strahlend ging er auf den jungen Berlinger zu.

„Ich wähnte Euch im Rathaus bei wichtigen politischen Verhandlungen mit dem ehrenwerten Rat. Was kann unser kleines Kaufhaus Sehenswertes bieten für Euch, der doch schon die Märkte der großen Städte in welschen Landen und in Flandern besucht hat?" Niclas Berlinger blickte seinen Gast freundlich an.

„Ihr solltet nicht so bescheiden sein, auch wenn Bescheidenheit eine Tugend ist, die jedem, vor allem aber jungen Leuten zur Zier gereicht." Balthasar Brunner trat näher an die Auslagen der Berlingischen Bude heran, befingerte einige Lederriemen, betrachtete den Grünspan, der aus einem Säckchen quoll und überschlug mit geübtem Blick den Umfang der Ölfässer.

„Das Kaufhaus Eurer Stadt bietet vielerlei Köstlichkeiten und Spezereien. Euere Verkaufsbude, werter Berlinger ist vortrefflich sortiert."

Beide verloren sich in einem angeregten Gespräch über Preise, Waren und Handelsfahrten, so dass der alte Schalkner die Kunden, die sich so spät am Tag noch in das städtische Kaufhaus verirrt hatten, allein bedienen musste.

Als der Markttag beendet war, legte auch Balthasar Brunner beim Einpacken der Waren und Verschließen der Bude mit Hand an. Der alt gediente Kaufmann war eine willkommene Hilfe. Ihm jedoch war die gewohnte Arbeit inmitten der lärmenden Händler und Diener, der feilschenden Mägde und der laut ihren Fuhrwerken zurufenden Knechte eine Wohltat. Hier endlich konnte Brunner seine enttäuschende Mission, die abweisenden und dünkelhaften Ratsherren und schließlich auch seinen unheimlichen Mitreisenden Lukas Cardo vergessen.

Noch immer lebhaft über Kaufmännisches, aber auch über Alltägliches debattierend trafen sie unmittelbar nach Lukas Cardo und dem Knecht Konrad im Berlingerschen Haus ein und nur kurze Zeit später saß die Familie zusammen mit beiden Gästen beim Essen. Der Hausherr Dietrich Berlinger aber hörte weder auf die angeregte Plauderei um ihn herum, noch achtete er auf das herzhaft, opulente Mahl, das die Frauen auch an diesem Abend aufgetragen hatten und das er bis auf wenige Bissen jedoch verschmähte.

Früh begab er sich zur Ruhe an jenem Abend, dennoch fand er keinen Schlaf. Schwitzend und stöhnend wälzte er sich auf seinem Nachtlager umher. Durst quälte ihn und seine Glieder schmerzten. Erst als die Finsternis der Nacht begann vor den ersten Sonnenstrahlen zu fliehen, fiel Dietrich Berlinger in einen traumlosen Schlaf. Nach jener schweren Nacht erschien er daher am Morgen auch spät. Seine Gäste jedoch hatten das Haus bereits verlassen und waren längst auf dem Weg nach Speyer.

Walter, den alle nur Weckefraß nannten, und Friczo der Sweiger hatten schon vor Anbruch der Morgendämmerung ihre Höfe in dem kleinen Dorf Taningen verlassen und sich gemeinsam auf den Weg in die Stadt Eberstein gemacht.

Die Felder und Äcker entlang zogen sie ihren Handkarren, auf dem ein kleines Bündel mit einem Kanten Brot, ein Schlauch Wasser und ein halbes

Dutzend Laibe junger Käse verstaut waren, die Friczo auf seinem Sweighof in den letzten Wochen hergestellt hatte und die sie nun auf dem Markt in Eberstein verkaufen wollten. Mühevoll zerrten und schoben sie ihren Wagen, denn obwohl das Land flach war und ihr Weg sie nur durch Wiesen und Äcker führte, brauchten sie doch ihre ganze Kraft, um den Karren über die holprige Straße zu bewegen. Als sie an einem kleinen Wäldchen ankamen, streckte sich ein vom Sturm gefällter Baum vor ihnen aus. Ärgerlich hielten sie den Wagen an und begannen hektisch an den Ästen zu zerren. Der erzwungene Halt konnte für die beiden Bauern sehr gefährlich werden, denn sie waren immer noch im Gebiet des Leiningers. Diesen mächtigen Herren und seinen fürchterlichen, erbarmungslosen Knechten und Rittern waren sie wehrlos ausgeliefert, sollte es dem allmächtigen Gott gefallen, dass sie ihnen in die Arme fielen. Wie zum Spiel und zur Erheiterung konnten die edlen Herren ihnen ihr Hab und Gut oder auch ihr Leben nehmen; alles so, wie es Gott und den Herrschaften in dieser Gegend gefiel.

Walter und Friczo liefen die Schweißtropfen in die Augen, ihre kalte Haut war unter dem rauen Stoff der Hemden nass geschwitzt. Mit hastigen Griffen zerrten sie an den Ästen des umgestürzten Baumes und wuchteten den massigen Stamm schließlich mit vereinter Kraft an den Straßenrand. In ihren Rücken spürten sie die drohende Gegenwart der Feste Weißenstein. Sie schauten nicht hoch, und dennoch wussten die beiden Bauern um die gefahrvolle Nähe dieser Burg, die versteckt in den bewaldeten Hügeln hinter der Ebene lauerte. Die Grafen von Leiningen hatten sie vor zwei Menschenleben erbaut, nun saß dort der Ritter Gerlach aus der Familie der Stolzehut. Als dieser die Burg von dem Grafen vor einigen Jahren als Lehen übertragen bekommen hatte, hatte er ihm gelobt, keinen anderen Herrn zu nehmen als den Leininger und dessen Erben. Seitdem waren die beiden edlen Herren fest miteinander verbunden, Dienst und Treue, gegenseitige Hilfe und ein Eid ketteten sie aneinander. Dabei war Gerlach der Stolzehut ein echter Placker, der schon einige umherziehende Händler und Bauern überfallen und ausgeraubt hatte.

Friczo der Sweiger stieß seinem Gefährten den Ellenbogen in die Seite und wies mit einem kurzen Nicken des Kopfes in die Richtung der Feste Weißenstein. Der Weckefraß verstand sofort. Auch in ihr Dorf war die Kunde von dem schrecklichen Ritter Gerlach gedrungen.

Endlich hatten Walter und Friczo die Straße frei geräumt. Ungeduldig hasteten sie aus dem kleinen Wald heraus und erreichten schließlich die Ländereien vor den Mauern Ebersteins. Diese Felder und Äcker waren in Besitz einiger edler Familien aus der Stadt. Nun waren die zwei einigermaßen sicher, denn hier galt die Banngewalt des Rates.

Auch wenn sie nur einfache Bauern waren, so wussten sie doch um den herrschenden Frieden zwischen der Stadt Eberstein und den umliegenden edlen Herren. Kein Placker, kein hochgeborener Strauchdieb würde es wagen, diesen Frieden grundlos zu brechen und damit einen Flächenbrand städtischer Vergeltung loszutreten. Im Schutz der städtischen Mauer ließen sich die beiden Bauern am Straßenrand nieder und verspeisten ihre Wegzehrung.

Ein Quäntchen bäuerlichen Argwohns gegenüber herrschaftlichen Absprachen hatte sie aber zuvor noch ihren Karren hinter einer Hecke verstecken lassen. Walter und Friczo hatten früh gelernt, dass sowohl bei Feindschaft als auch bei Frieden zwischen den Herren der Bauer immer der Leidtragende war.

Nun kauten sie stumm den zerteilten Kanten Brot und schauten auf die Ebene, die sich entlang des Rheins vor ihnen ausbreitete. Die Morgensonne gewann an Kraft und wärmte die Erde. Ein leiser Wind zog über die Äcker, die kümmerlichen Ähren, denen die Stürme und Regenfluten der letzten Tage kaum Gelegenheit zum Reifen gegönnt hatten, wiegten sich hin und her und der Fluss glitzerte wie ein kostbares Geschmeide. Walter der Weckefraß musste an den Gottesmann denken, der vor einiger Zeit durch ihr Dorf gezogen war und von der Schönheit Gottes und seiner Schöpfung gepredigt hatte. Nun erst begann Weckefraß zu verstehen, was diese Worte meinten.

In der Ferne erkannten sie das prächtige Eberstein, die Dächer der Häuser wurden von der sie umschließenden Mauer eng aneinander gedrängt. Die beiden Bauern erblickten auch das gewaltige Stadttor, das sich zu dieser frühen Stunde bereits weit geöffnet und einladend, dennoch menschenleer darbot. Auch auf der Straße, die sich aus der Stadt heraus durch die Felder und Wiesen wand, war noch keine Seele unterwegs.

Plötzlich jedoch tauchten auf halber Strecke zwei Reiter auf. Weckefraß und der Sweiger konnten die beiden Gestalten deutlich erkennen, auch wenn diese noch ein gutes Stück entfernt waren. Die Pferde und ihre gute Kleidung, die zwar aus teuren, weichen Stoffen genäht schien, ohne jedoch mit verschwenderischen Luxus zu prahlen, wiesen die beiden fremden Reiter als Stadtbürger, wahrscheinlich als reisende Kaufleute aus. Die zwei Bauern blieben hinter ihrem Karren hocken und warteten ab. Nur ab und zu lugte Weckefraß ängstlich hervor, Friczo der Sweiger jedoch heftete seinen Blick auf die Reisenden in der Ebene.

Plötzlich beobachtete er aus seinem Versteck heraus zwei Recken, die aus den Büschen am Straßenrand vor die Reiter sprangen. Die Reisenden hielten sofort an. Der größere von beiden, ein hagerer, noch nicht ganz alter Mann stieg als erster vom Pferd. Ihm folgte sein kleinerer, dicklicher Gefährte. Nun konnte Friczo deutlich erkennen, dass die vier Männer aufgeregt miteinander stritten, sie standen beisammen und fuchtelten mit den Händen, als einer der beiden Recken sich zur Seite stahl, sich bückte und aus dem hohen Gras am Straßenrand einen schweren Knüppel aufhob. Den schwang er und zog dem kleinen Dicken über den Kopf.

Wie vom Donner geschlagen wankte der Getroffene, hielt sich den Kopf mit beiden Händen, schaute kurz gen Himmel und sank auf die Knie. Der Angreifer schwang den Knüppel nochmals mit großem Schwung nach oben und ließ ihn wieder auf den Kopf des Kleinen niederfahren. Der kippte wie ein geschlagener Baum nach vorn über und blieb regungslos liegen. Wieder fuhr der Knüppel durch die Luft und traf den Kopf des am Boden ausgestreckt liegenden Mannes, immer wieder bis der Angreifer von seinem Opfer abließ, seine Waffe weit von sich warf und sich seinem Gefährten zuwandte.

Der zweite Reiter aber schien von diesem Angriff weder erschrocken noch verängstigt. Ruhig griff der große hagere Mann nach dem Pferd seines am Boden liegenden Mitreisenden und reichte dem Angreifer die Zügel. Dann bedeutete er den beiden Recken aufzusitzen und weg zu reiten. Die zwei machten jedoch abwartende Gesten und bückten sich über den Erschlagenen. Friczo war vor Schrecken wie erstarrt. Er rührte sich nicht, wagte weder zu atmen noch zu blinzeln.

Mit weit aufgerissenen Augen konnte der Sweiger erkennen, wie die beiden Recken den leblosen Körper des Reisenden befingerten auf der Suche nach Kostbarkeiten, als plötzlich der niedergestreckte Leib anfing zu beben und ein letzter Funken Leben alle Kraft erfasste und zusammenzog. Der Verletzte schnellte vor, sein Angreifer sackte wie tot zusammen und der zweite Recke sprang erschrocken auf. Friczo der Sweiger konnte die Angst in dessen noch jungem Gesicht deutlich erkennen. Dann hörte er nur noch aufgeregtes Rufen und sah zwei Reiter, den großen hageren Reisenden und den zweiten Recken, an ihm in wilder Flucht vorüber galoppieren.

Beinahe hätten die zwei Männer auf ihrem eiligen Ritt noch einen Kaufmann umgeworfen, der mit zwei Packgäulen und einem von Knechten gezogenen Karren voller Stoffballen auf dem Weg in die Stadt Eberstein war.

Der Bauer Friczo kroch verängstigt noch tiefer in das Gebüsch, wo schon sein Gefährte Walter hockte und sich mit beiden Händen das Gesicht verbarg. Still betete Friczo der Sweiger, dass sie nicht entdeckt würden, weder von den teuflischen Totschlägern noch von dem reisenden Kaufmann und dessen Knechten. Die hatten mittlerweile den Ort der schrecklichen Tat erreicht und blickten starr auf das grausige Bild vor ihnen.

Zögernd schritt der Kaufmann auf die zwei leblosen, mit Blut überströmten Körper. Ein leises Röcheln und ein kurzes Stöhnen konnte er aus diesem unheimlichen Haufen verkrampft ineinander verschlungener Körper heraushören. Dann war wieder nur Stille um den Reisenden. Ein Knacken in den Ästen am Straßenrand lenkte die Aufmerksamkeit des Kaufmanns ab. Suchend blickte er sich um, schaute fragend seine Knechte an, die verängstigt bei den Packgäulen standen und hilflos die Achseln hochzogen. In die Stille hinein rief der Kaufmann die beiden Bauern an.

„Kommt heraus. Los. Ihr braucht keine Angst zu haben."

Er konnte nur ahnen, dass sich im Gebüsch jemand verbarg, und er wusste nicht, ob sich ein verängstigtes Tier oder ein Mensch dort verkrochen hatte. Auf seinen Reisen hatte er oft Todesängste bekämpfen müssen, diese Kraft half ihm auch jetzt. Nochmals rief er laut.

„Gottloses Pack. Kommt heraus, sonst holen wir euch."

Verzagt krochen Walter Weckefraß und Friczo der Sweiger wie furchtsame Hunde aus ihrem Versteck und schauten den Kaufmann misstrauisch an. Dann jedoch sprudelte es aus ihnen hervor. Aufgeregt riefen sie wirren Zeugs durcheinander, schrieen und jammerten.

„Zwei Männer kamen und erschlugen ihn."

„Mit einem Knüppel auf den Kopf."

„Der große Reiter zusammen mit den Männern."

„Sie sind ganz schnell weg geritten."

„Der eine ist einfach zusammengebrochen."

„Wie tot."

Der Kaufmann schüttelte nur ratlos den Kopf. Wieder hörte er ein leises Stöhnen aus dem Haufen blutüberströmter Körper vor ihm.

„Packt den einen Kerl da auf Euren Karren und folgt mir in die Stadt. Den anderen lade ich auf. Wir können einen verletzten Christenmenschen nicht so am Straßenrand liegen lassen, dass er ohne Sakramente stirbt."

Er musste plötzlich daran denken, dass er selbst einmal knapp einem Anschlag räuberischer Totschläger auf der Straße nach Mainz entgangen war. Als Kaufmann lebte man gefährlich, man war viel mit Fremden unterwegs und führte oft kostbare Waren mit sich.

Zögernd, aber gehorsam, wie es sie das Leben gelehrt hatte, packten die beiden Bauern den leblosen Körper des Totschlägers auf ihren Karren. Die Knechte des Kaufmanns luden den verletzten Balthasar Brunner auf und gemeinsam machten sie sich auf den Weg in die Stadt Eberstein.

Kapitel 6

Mit dem neuen Tag war auch das geschäftige Treiben der umher eilenden Einwohner Ebersteins angebrochen. In den Gassen der Stadt drängten sich die Menschen und es bereitete große Mühe, den beiden Karren mit den geschundenen und blutüberströmten Leibern einen Weg durch die Menge zu bahnen. Als der fremde Kaufmann zusammen mit Friczo dem Sweiger und Walter Weckefraß das Münster erreicht hatte, konnten sie sich von ihrer anstrengenden Reise aber nur kurz erholen. Während ein Knecht des Kaufmanns in die Kirche eilte und einen Gottesmann um die Sakramente für den Sterbenden auf dem Karren bat, erregte die ungewöhnliche Fracht der erschöpften Reisenden vor dem hohen Kirchenportal bereits großes Aufsehen. In kurzer Zeit hatte sich eine große Menschenmenge um die zwei Karren herum gebildet, die ihrerseits weitere Neugierige anzog. Auch Andres von Eltzau hatte sich zwischen die Gaffer geschoben.

Aufgeregt stürzte endlich der Knecht des Kaufmanns aus der Kirche, einen Bettelmönch in brauner Kutte am Arm hinter sich her zerrend. Der Ordensbruder war ein hoch gewachsener, breitschultriger Mann von ungefähr dreißig Jahren. Sein braungebranntes Gesicht zeugte mit der rauen Haut und den tiefen Einkerbungen um Augen und Mund herum von einem entbehrungsreichen Leben voller schwerer körperlicher Arbeit und Mühsal, wie es sonst nur unfreien Bauern auf dem Lande auferlegt war. Als der fremde Kaufmann den sanft daher schreitenden Bettelmönch erblickte, sprang er erregt auf und schimpfte.

„Keinen Mönch! Wir brauchen einen ordentlichen Priester, der die Sterbesakramente erteilen kann."

Der große Ordensbruder lächelte milde und entgegnete dem Vorwurf mit einer tiefen wohlklingenden Stimme: „Mein Name ist Ulrich. Ich gehöre dem Orden des heiligen Franziskus an. Aber ich habe auch die Priesterweihe empfangen und stehe also als ein ordentlicher Priester vor Euch. Außerdem werdet Ihr in dieser Stadt, die in fester Treue zu unserem Kaiser Ludwig steht, keine reiche Auswahl an Pfaffen haben, fürchte ich. Einige von ihnen sind zusammen mit den Diakonen aus diesem Sprengel in papsttreue Gefilde entwischt. Andere wurden von den braven Bürgern hier vertrieben, als sie die niederträchtigen Anklagen des Papstes gegen unseren Kaiser verlesen wollten. Ihr müsst Euch also mit mir begnügen."

„Genug mit dem Gewäsch", der fremde Kaufmann wurde langsam ungeduldig und seine Stimmung war gereizt. Barsch fuhr er den Ordensmann an:

„Seht, der Mann hier ist schwer verletzt. Er wird bald sterben, waltet Eures Amtes und steht ihm bei."

Der Franziskanermönch kniete nieder und verharrte im Gebet, er sprach flüsternd Worte zu dem nur noch schwach röchelnden Balthasar Brunner, als der Sterbende sich plötzlich noch einmal mit letzter Kraft aufrichtete. Sein eingeschlagener Kopf war völlig verformt, Blut und Haare verklebten sein Gesicht, dass man kaum seine Züge erkennen konnte. Nur seine weit aufgerissenen Augen waren noch zu erkennen in dieser unförmigen Masse aus Fleisch, Blut, Knochen und Haaren, die einmal sein Kopf gewesen war.

„Cardo, Cardo… der Teufel, Cardo… Mörder".

Das waren die letzten Worte des Balthasar Brunner. Mit schwacher Stimme hatte er sie heraus gestoßen, dann starb er auf einem Kaufmannskarren vor dem Münster der Stadt Eberstein.

Andres von Eltzau war unterdessen an den zweiten Karren herangetreten und betrachtete das Gesicht des leblosen Recken. Der Körper war zwar blutüberströmt, schien aber unversehrt, erst als der Edelmann ihn kraftvoll auf den Bauch drehte, wurde ein großer, rotbrauner Blutfleck auf dem Rücken sichtbar, in dessen Mitte ein glänzender Dolch steckte.

Der Franziskanermönch Ulrich erhob sich und betrachtete nachdenklich das Tun des Andres von Eltzau.

„Kennt Ihr die Toten?" rief der Ordensmann den Edlen an. Dieser schüttelte aber nur den Kopf und trat scheu einige Schritte vom Bauernkarren weg. Der Franziskaner ließ den jungen Edelmann nicht aus den Augen, bis dieser schließlich dem forschenden Blick des Mönchs nicht mehr standhalten konnte.

„Ich kenne den hier", stotterte Andres von Eltzau und wies mit dem Kopf auf den Leichnam des Totschlägers. „Er ist ein Söldner des Erzbischofs."

„Von welchem Erzbischof sprichst du, mein Junge?", fragte der Bettelmönch verwirrt.

„Ein Söldner des Erzbischofs von Trier." Der Edle von Eltzau schleuderte dem Mönch die Antwort wie einen Donnerschlag entgegen.

„Der Erzbischof Balduin von Trier?" Die Frage des vornehmen Ratsherrn Jakob Starke tönte durch den hohen Raum der Klosterkapelle vom heiligen Cyriacus, wohin der Ordensmann die zwei Leichname hatte bringen lassen. Ein halbes Dutzend armer, vor dem Münster nach Almosen bettelnder Insassen des kleinen Spitals der Stadt hatte geholfen, die Toten auf Holzbahren zu legen, mit einem Leinentuch zu bedecken und sie in die Kapelle des Franziskanerklosters zu tragen. Dem Zug hatten sich dann wie bei einer feierlichen Begräbnisprozession auch rasch weitere Bewohner des Spitals angeschlossen: Bettler und stadtbekannte Findelkinder. Ihnen war das Totengeleit eine vertraute Übung, die sie, wann immer es nötig war, als Gegenleistung für einige kümmerliche Almosen und die Obhut der Franziskaner ableisteten. Nun standen sie draußen vor dem niedrigen Portal der Franziskanerkapelle und warteten auf einige Kanten Brot aus der Klosterküche als Lohn für ihre Dienste. Sie hatten verwundert mit ansehen können, wie schon kurze Zeit nach ihrer Ankunft am Kloster einige hohe Herren des Rates in die kleine Kapelle stürzten.

Die edlen Ratsherren jedoch hatten die kümmerlich gebückten Gestalten in ihren düsteren, stinkenden Lumpen überhaupt nicht bemerkt, denn vor jedem Kirchenportal hockten sie, die Kranken, Verkrüppelten, in Decken gehüllten Bettler, die den Gläubigen stumm ihre Schalen entgegen hielten, ohne es aber zu wagen, ein Wort oder einen Blick an die Spender zu richten. Sie gehörten zu einem Portal wie die herrlichen Bilder aus Stein, die vom Leben und Leiden Christi erzählten, und wie die kunstvoll verzierten Pfeiler und Säulen, an denen man zwar jeden Tag vorbei eilte, an deren Anblick man sich jedoch mittlerweile gewöhnt hatte.

Im Innern der Kapelle debattierten die Ratsherren nun lauthals und aufgeregt, ohne sich auch nur zu bemühen, ihre Stimmen angesichts der Gegenwart zweier Toter und des Allerheiligsten zu dämpfen. Ein Überfall auf reisende Kaufleute vor den Mauern Ebersteins war ein ernst zu nehmender Zwischenfall, der die Sicherheit der gesamten Stadt, die ihrer Kaufleute, aber auch ihres Marktes erschüttern konnte. Gerade hatten die hohen Herren das Ansinnen der Städte Speyer und Straßburg abgewehrt und gegen ein gemeinsames Bündnis der rheinischen Städte zum Schutz vor Räubern, Plünderern und unrechtem Zoll entschieden. Ihre Straßen seien sicher, hatten sie stolz diesem Brunner erklärt. Vor ihren Mauern hätten Kaufleute nichts zu befürchten, mit diesen Worten hatte Bürgermeister Sebold Kuelnbek das Werben Balthasar Brunners abgewiesen und nun lag der Straßburger Kaufmann erschlagen vor ihm.

„Der Erzbischof Balduin von Trier?" Die Frage des Jakob Starke echote durch den Raum und ließ die anderen Ratsherren verstummen. Der Name des Kirchenfürsten war allen geläufig, aber kaum einer wusste genaues über den mächtigen Herrn zu sagen.

„Was hat ein Mann des Bischofs hier bei uns zu suchen? Trier ist weit", gab Johannes Klüpfel, ein noch junger Ratsherr, zu bedenken.

„Balduin von Trier ist der Bruder des Kaisers!" wies der greise Ratsherr mit krächzender Stimme den Jungen zurecht.

„Nein, Oheim", sagte Walram Stüren, trat vor und lächelte den Alten mitleidig an.

„Balduin von Trier war der Bruder unseres großen Kaisers Heinrich. Der ist aber schon lange tot. Jetzt heißt unser Kaiser Ludwig. "

„Kein rechter Kaiser, kein rechter Kaiser!" murmelte der greise Ratsherr in sich hinein, ohne auf die Belehrungen seines Neffen zu achten.

„Wenn auch der alte Kaiser Heinrich schon lange tot ist, der Balduin ist ein mächtiger Mann im ganzen Reich. Er besitzt viele Burgen und Städte, er hat auch die Bischofswürde in Mainz, Speyer und Worms inne."

Jakob Starke, ein großer, breitschultriger Ratsherr, war wieder hervorgetreten und hatte seine Rede mit donnernder Stimme vorgetragen. „Der Erzbischof von Trier hat schon immer im Reich großes Ansehen genossen. Er ist sogar einer der Königswähler und Ratgeber des Kaisers."

„Werter Freund", Walram Stüren wandte sich dem Hünen zu, „auch wenn Ihr immer gut bescheid wisst über die Zeitläufe und alle Geschehnisse im Reich kennt, diesmal irrt Ihr, Erzbischof Balduin hat schon vor einigen Jahren dem Druck aus Avignon nachgegeben und die Bischofswürden in Mainz, Speyer und Worms niedergelegt. Dennoch stimme ich Euch zu, er ist ein mächtiger Mann."

„Es gibt einige Leute, die behaupten sogar, er hätte die Seiten gewechselt und stünde nun mit dem gottlosen Papst in Avignon gegen unseren Kaiser Ludwig", erstmals hatte auch Berthold Finke das Wort ergriffen, „vielleicht wird es ihm auch glücken, diesen unseligen Streit zwischen unserem Kaiser und dem Papst zu beenden."

Wieder drängte der Greis hervor. „Wir brauchen einen ordentlichen Papst in Rom, der die sündigen Pfaffen zur Ordnung ruft. Das ist keine rechte Welt mehr, in der wir jetzt leben. Ohne rechte Kirche und ohne einen rechten Papst in Rom", kreischte er.

Die anderen Ratsherren schwiegen betroffen. Nur der Bettelmönch Ulrich, der einige Schritte abseits gestanden und das Gespräch mit angehört hatte, erhob streng seine Stimme:

„Was streitet Ihr hier über Politik? Lasst uns besser überlegen, was wir mit diesen zwei Leichnamen machen."

„Ja", stimmte ihm Jakob Starke zu, „Ihr habt Recht. Wir müssen aber auch in Erfahrung bringen, was vor den Toren unserer Stadt vorgefallen ist. Und welchen Anteil der Erzbischof von Trier daran hatte."

„Nach seiner Kleidung scheint der hier ein Kaufmann gewesen zu sein", sagte der junge Ratsherr, der nach der Rüge des Alten nun wieder etwas mutiger geworden war, und zeigte auf den Erschlagenen.

„Das stimmt sehr wohl." Berthold Finke trat einen Schritt heran. „Erkennt ihn denn keiner von Euch? Es ist Balthasar Brunner, der Gesandte aus Straßburg."

Die anderen Herren nickten andächtig. Dann stürzte es aus Jakob Starke heraus:

„Dieser prächtige Dolch, der im Rücken dieses armen Tropfes steckt, mit den tiefblauen Steinen", der Hüne wies mit einem leichten Kopfnicken auf den zweiten Leichnam, „trug doch dieser Brunner am Gürtel, erinnert Ihr Euch?"

„Doch, ja. Die Steine, die so blau funkeln wie das Meer. Der Brunner hat den armen Schlucker mit diesem Dolch erstochen. Der hat sich dann gewehrt und hat auf seinen Angreifer eingeschlagen", erklärte nun kühn der junge Ratsherr Klüpfel.

Der Bettelmönch drängte sich entschlossen in die Runde und schüttelte heftig den Kopf.

„Werte Herren", sagte der Ordensmann, „haltet ein. Schont Euch und ereifert Euch nicht, auf dass Ihr kein falsches Zeugnis ablegt. Der Teufel lässt oft vieles nicht so scheinen, wie es ist. Er vernebelt und vertauscht die Dinge, auf dass wir nicht mehr klar erkennen können. Drüben in der Klosterküche sitzen zwei Bauersleute. Sie warten bei einer Schüssel Mus darauf, Euch zu berichten, was geschehen ist, denn sie haben alles mit angesehen."

„Hoffen wir, dass der Teufel nicht auch ihren Blick getrübt hat", sagte Jakob Starke. Diesen Einwand aber hörte der Bettelmönch schon nicht mehr, denn er war bereits auf dem Weg in die Klosterküche um Walter Weckefraß und Friczo den Sweiger in die Kapelle zu holen.

Zögernd traten die beiden Bauern vor die fünf versammelten Ratsherrn. Sie zitterten am ganzen Körper und der Franziskanermönch fragte sich, ob die Kälte, der Schrecken des Erlebten oder die Angst vor den hohen Herren den Schauder in ihre Glieder jagte.

Keiner der beiden Bauernburschen brachte einen Ton heraus. Sie standen nur da und starrten ängstlich auf den Boden vor ihnen.

Da ergriff endlich Walram Stüren das Wort.

„Kommt näher. Ihr sollt nicht da stehen und schweigen. Erzählt uns, was geschehen ist. Ihr braucht keine Angst zu haben."

Die zwei Bauern aber rührten sich noch immer nicht. Der Ratsherr wurde langsam ungeduldig.

„Du, komm einmal näher", barsch wies Walram Stüren den Friczo Sweiger an.

„Wie nennt man dich?"

„Friczo den Sweiger", kam mit schwacher Stimme die Antwort des Bauern.

„Nun denn, den Namen schuldest du wohl deinem Handwerk. Um deiner Fertigkeit, Käse zu machen, nennt man dich doch wohl den Sweiger?".

Friczo nickte eifrig dem Ratsherrn zu.

„Du sollst deshalb aber nicht hier stehen und schweigen. Mach den Mund auf! Sprich, wir haben nicht den ganzen Tag Zeit", sagte Walram Stüren streng.

Erst zaghaft, aber dann immer munterer begann Friczo der Sweiger zu erzählen, was er am Morgen vor dem Tore der Stadt Eberstein gesehen hatte. Er berichtete von den zwei vornehm gekleideten Reitern und von den zwei Recken, die plötzlich aus dem Gebüsch gesprungen kamen und schließlich von dem Angriff auf Balthasar Brunner.

„Sag an, Friczo Sweiger, der zweite Reiter, der so groß und dürr war, mit einer großen Hakennase im Gesicht, wurde er von den Schurken nicht angegriffen?" fragte Jakob Starke in nachdenklichem Ton.

„Nein, Herr, es schien mir eher, als sei er der Herr der zwei Totschläger gewesen, so als habe er ihnen Anweisungen und Befehle gegeben."

„Obwohl du nur ein Bauer bist, hast du einen erstaunlich wachen Geist. Dein Bericht war klar und verständlich. Geh mit deinem Gefährten nochmals in die Küche und holt euch noch einige Essensreste als Belohnung ab", mit diesen Worten führte der Bettelmönch die zwei sanft aus der Kapelle hinaus.

Als die Ratsherren nun allein mit den zwei Leichnamen in der Kapelle standen, wandten sie sich den nüchternen Pflichten zu, die der Tod ihnen auferlegt hatte.

„Diesen Strauchdieb werden wir wohl draußen auf dem Galgenberg vor der Mauer verscharren", erklärte Walram Stüren bestimmt und schaute voller Abscheu auf den leblosen Körper des Totschlägers.

„Den Leichnam Balthasar Brunners werden wir nach Straßburg zu seiner Familie schicken, auf dass er bei seinen Heiligen bestattet werden kann. Das Totengedenken soll in seiner Kirche stattfinden. Mehr können wir nicht für ihn tun."

Die edlen Herren nickten stumm und als sich der Bettelmönch Ulrich wieder in ihrer Runde einfand, berieten sie zusammen die Vorbereitung des Leichenzugs Balthasar Brunners nach Straßburg.

Walram Stüren aber zog Berthold Finke an die Seite und raunte ihm zu: „Was werden wir der Familie dieses armen Mannes, dieses Balthasar Brunners, Gott sei seiner armen Seele gnädig, schreiben? Wie sollen wir seinen Tod erklären? Sie werden auf Rache sinnen und von dem Schuldigen eine angemessene Sühne fordern." Berthold Finke sprach so leise, dass selbst Stüren seine Worte nur erahnen konnte.

„Ja, sie werden Cardo vor unser Gericht zerren und von Erzbischof Balduin eine ordentliche Wiedergutmachung verlangen."

„Wir haben uns doch aber schon vor Zeiten auf die Seite des Erzbischofs gestellt. Cardo ist unser Helfer. Er hilft uns diese ehrlosen Zunftmeister loszuwerden. Er hat für uns alles eingefädelt. Bald sitzt diese ruchlose, arglistige Verschwörerbande in unseren Verliesen, da können wir nicht zulassen, dass man ihn mit dem Toten hier in Verbindung bringt."

„Deshalb wird die Familie des Balthasar Brunners in Straßburg auch nichts erfahren. Wir schreiben ihnen, er sei von Wegelagern, räuberischem Gesindel hier aus der Gegend überfallen worden. Die anderen *consules* werden schon Ruhe geben. Wir beide müssen dafür sorgen. Cardo ist unser Mann!" zischte Walram Stüren bestimmend. Berthold Finke nickte schnell.

Die Sonne schob sich schon hinter die Hügelketten im Westen, als Lukas Cardo die Halle der Feste Weißenstein betrat, sich an der gedeckten Tafel niederließ und einen kräftigen Schluck Wein nahm. Er lehnte sich in einem Sessel mit kunstvoll geschnitzten Armlehnen zurück, streckte genüsslich seine langen Beine aus und schloss die müden Augen.

„Ihr seid spät, werter Cardo", erklang eine donnernde Stimme in Cardos Rücken.

Erschrocken fuhr der Speyrer Kaufmann um und sah die massige Gestalt eines ritterlichen Herrn aus dem Dunkel treten. Sein Gastgeber stellte sich hünenhaft vor Cardo auf, sein vom Kampf gestählter aber auch gezeichneter Körper überragte sogar den lang gewachsenen Kaufmann aus Speyer. Über seine breiten Schultern und seine kräftigen Arme spannte sich ein enger Rock, der kurz unter der Scham endend den Blick frei machte auf muskelbepackte schöne Beine, die nach der Mode in engen, geschlitzten Hosen steckten. Zwei längliche Narben zierten sein Gesicht. Sie verliefen nebeneinander über die gesamte linke Gesichtshälfte, ein Auge war blind, die Pupille darin grau und starr, die Nase von zahlreichen Brüchen nur noch ein kleiner Knorpel und der Mund, den der Ritter in diesem Augenblick lachend aufriss, beherbergte nur noch ein halbes Dutzend brauner Zähne.

„Edler Herr Gerlach"; Lukas Cardo erhob sich sogleich von seinem komfortablen Sitz und verneigte sich ehrerbietig vor dem Burgmanne. Gerlach von Stolzehut kam mit festem Schritt, sich seiner ritterlichen Würde und Pracht bewusst, auf den Gast zu. Auf seinem kantigen Gesicht lag ein freundliches Lächeln. Er schien aufrichtig erfreut, den Speyrer Kaufmann begrüßen zu können.

„Nehmt bitte wieder Platz, Ihr müsst müde sein von Eurer beschwerlichen Reise und den aufreibenden Geschäften der letzten Tage", sagte der Ritter Gerlach und wies dem Gast mit einer verhaltenen Geste an, sich wieder zu setzen und sich mit den aufgetragenen Speisen zu stärken, während er selbst sich ebenfalls auf einem Sessel niederließ und einen prächtig glänzenden Becher ergriff. Eilfertig sprang ein Diener aus dem Dunkel einer Ecke hervor und goss seinem Herrn herrlich dunkelrot schimmernden Wein ein.

Belustigt erkannte der Ritter zu Füßen des Gastes ein kauerndes dunkles Bündel, an dessen rechter Seite zottelige Büschel schwarzer Haare hervor standen. Ab und zu tätschelte Cardo das Bündel oder warf ihm einen Brocken Brot oder Fleisch hin. Gierig machte es sich dann über die Happen her, so dass der eilige Betrachter denken musste, ein Hund hocke bei Cardo.

Ritter Gerlach jedoch wusste, dass hier ein menschliches Wesen auf ein Zubrot wartete. Er wusste, dass es ein Kind war, ein Knabe, den Cardo von einer seiner Reisen aus Italien mitgebracht hatte und den Gott weder mit Verstand noch mit Sprache gesegnet hatte. Er war seinem Herrn ausnahmslos und ganz und gar ergeben.

„Ich danke Euch, dass Ihr mir und meinen Leuten Unterkunft gewährt. Gyselbrecht wird gleich morgen in aller Frühe weiter nach Trier zu meinem

Herrn, dem Erzbischof reisen. Die Geschichte mit Brunner und der Tod seines Bruders haben ihn sehr betrübt. Wir dachten es wird eine ganz einfache Sache. Dass Brunner sich aber so wehren würde und nochmals mit diesem verfluchten Dolch auf den armen Jungen einstechen würde, hatten wir nicht erwartet."

Der Körper des Speyrer Kaufmann war zusammengesackt. Müde saß er mit krummen Rücken am Tisch und schüttelte traurig den Kopf, dann warf er ihn aber trotzig in den Nacken, atmete tief durch, straffte seinen Leib und betrachtete seinen Gastgeber mit weit aufgerissenen Augen.

„Wir zwei werden Euch keine Mühe machen. Ein einfaches Bett und einige Happen Brot genügen uns. Bitte macht Euch wegen uns keine Umstände", Cardo tätschelte bei diesen Worten dem Kind den zerzausten Kopf.

Gerlach von Stolzehut machte aber nur eine abwehrende Geste und lachte laut polternd, so dass sich das kindliche Bündel laut wimmernd unter dem Tisch verkroch und zitternd liegen blieb.

„Pacato, Sandro, pacato…bene, bene", mit sanfter Stimme redete Lukas Cardo auf das zitternde Bündel unter dem schweren Tisch ein.

„Er hat mir auch hier in Eberstein gute Dienste geleistet. Als ich merkte, dass Brunner mein kleines Spiel durchschaut hatte, musste ich schnell handeln. Gut, wenn man solch einen ergebenen Diener wie Sandro hat, der eine ganze Tagesstrecke läuft, um wackere Kämpfer zu holen, die mich mit einem einfachen Holzknüppel auf einer verlassenen Landstraße von der lästigen Bürde des Balthasar Brunners und seinen Fragen erlösen", die zwei Männer sahen sich belustigt an.

„Wird die Familie dieses Tropfs nicht auf Rache sinnen?" Der Ritter sah den Gast mit besorgter Miene an.

„Seid ohne Furcht, es hat uns niemand gesehen, keine Seele war da, als die beiden Recken ihr Werk vollbrachten und den Knüppel schwangen. Wenn ich wieder einmal in Straßburg sein werde, besuche ich die leidvolle Witwe Brunner und erzähle von dem fürchterlichen Überfall auf ihren Mann, dem ich nur mit Gottes Hilfe entgehen konnte. Die in Eberstein werden uns auch nichts anhängen. Ich habe dort zwei treue Herren im Rat sitzen, die unserer Sache ergeben sind. Die brauchen uns noch. Wisst Ihr, der Handel ist meine Professio. Ich gebe, um zu nehmen. Tue ich denen einen kleinen Dienst, werden sie auch mir beistehen." Lukas Cardo lächelte sanft auf den Jungen hinab.

„Er hat etwas Ruhe verdient. Eure prächtige Burg wird uns eine hervorragende Herberge sein, um etwas Kraft zu finden", sagte Cardo mit sanfter Stimme.

„Ich habe die Burg in meiner Hut. Seid also ohne Furcht, solange ich und meine Reisigen hier wachen, wird die Feste Weißenstein eine friedvolle Herberge für Euch sein."

Beide Männer tauschten noch einige Höflichkeiten aus, plauderten schon bald lebhaft und anscheinend völlig zwanglos miteinander und gingen schließlich zu einem freundschaftlich, vertrauten Ton über.

„Die Stadtleute drüben in Eberstein werden wieder voller Angst und Schrecken wie aufgeschreckte Hühner umherlaufen, wenn sie Euren erschlagenen Gefährten entdecken. Sie fürchten doch nichts so sehr, wie Raub und Überfall, und dass ihnen jemand ihre wertvollen Waren abspenstig machen könnte", sagte der Edelmann und grinste verächtlich.

„Sicher haben sie ihn schon längst in ihrem Münster aufgebahrt und verhandeln über ihre weiteren Schritte. Ihr braucht aber keine Sorgen zu haben, der Rat der Stadt wird still halten und die Sache auf sich beruhen lassen. Auch Euer Herr, der Graf von Leiningen, braucht keine weitere Feindschaft zu fürchten, die Ebersteiner werden sich keiner Einung und keinem Bund gegen uns anschließen, dafür habe ich gesorgt."

Lukas Cardo stierte bei diesen Worten in das rotschwarze Innere seines Weinbechers, als erblickte er dort direkt den finsteren Höllenschlund.

„Seid doch nicht so bitter, werter Freund. Der Graf von Leiningen, Herr dieser Burg und mein Lehnsherr, wird sich dafür dankbar erweisen. Denn das Bündnis seiner Feinde entlang des Rheins nimmt immer größere Formen an. Erst vor wenigen Tagen schickte Euer Herr, der werte Erzbischof Balduin von Trier, einen Brief an die Städte dort, worin er sie ermahnte, von ihrer Feindschaft gegen meinen Herrn abzulassen."

Gerlach von Stolzehut erhob sich langsam und trat an ein schmales Fenster. Er schaute auf die Ebene unterhalb der Burg, in deren Mitte sich die Stadt Eberstein erhob und die durchzogen wurde vom großen Rheinstrom. Der Kaufmann trat an seine Seite.

„Hätten wir einen neuen König, der von allen Großen, den Fürsten, Bischöfen und Grafen anerkannt würde und der auch den unseligen Streit mit dem Papst beenden könnte, die Städte hielten wieder Frieden", Lukas Cardo flüsterte die Worte eher leise vor sich hin, als dass er sie für seinen Gastgeber sprach.

„Vor zwei Tagen kam ein Bote meines Herrn. Der berichtete, dass Karl, der Sohn des Königs von Böhmen von fünf Fürsten gegen Ludwig zum römischen König gewählt worden sei. Jetzt scharrt er seine Anhänger um sich und auch die Städte am Rhein werden aufgerufen, ihm Treue zu schwören", Gerlach betrachtete seinen Gast neugierig. Er fragte sich, wie der Agent des Erzbischofs von Trier diese Neuigkeit aufnehmen werde. Die Augen des Ritters waren fest auf Cardos Miene gerichtet. Die entspannte sich jedoch bei den Worten Gerlachs, ein feines Lächeln blitzte auf seinem Mund auf und die Augenlider fielen müde hinab. Statt einer Antwort nickte der Speyrer nur und grinste wissend.

Enttäuscht musste der Ritter feststellen, dass Cardo offensichtlich über die Gegenwahl des Markgrafen Karl von Böhmen bereits bestens Bescheid wusste.

Eine kurze Pause entstand. Beide Männer schauten gedankenverloren auf die Ebene unter ihnen. Während der Ritter jedoch über den Anteil des Erzbischof Balduin von Trier am großen politischen Geschehen im Reich nachdachte und die Macht des Lukas Cardo abschätzte, den er wohlmöglich mehrere Tage unter seinem Dach zu beherbergen hatte, trug der in der Abenddämmerung schillernde Rhein die Gedanken des Kaufmanns nach Norden, die sattgrüne Ebene entlang, in die sich der Fluss ausstreckte, hinab zu den großen Städten, den mächtigen Fürstentümern und den vielen kriegslüsternen kleinen Ritterherrschaften.

„Die Königswahl ist eher gelungen, als wir zuerst gedacht hatten. Auch Eberstein wird dem erwählten König Karl seine Treue nicht versagen und ihn nicht vor verschlossenen Toren stehen lassen. Schließlich haben uns die Ratsherren das zugesagt. Mein kleines Spiel mit den Zunftmeistern der Stadt wird diesem ganzen Handwerkerpack zwar schlecht bekommen, aber es sichert uns die Treue der Ratsherren hier als Gegenleistung. Die Krone indes ist für unseren neuen König Karl noch in weiter Ferne. Weder der Bannspruch des Papstes, noch die Feindschaft einiger hoher Fürsten im Reich haben bisher diesen Ludwig zur Herausgabe der Krone und der Königsinsignien bewegen können, da fürchte ich, dass auch der neu gewählte Karl wenig ausrichten kann. Was meint Ihr, Herr Gerlach?".
Statt einer Antwort starrte Gerlach von Stolzehut seinen Gast jedoch nur erschrocken an.

Die nächsten Tage brachten weitere große Aufregung nach Eberstein. Auf dem Markt und im Kaufhaus machte das Gerücht von einem neuen Gegenkönig die Runde. Mit besorgter Mine beredeten die Leute die Niedertracht des Papstes in Avignon, der den Kaiser Ludwig und dessen treue Anhänger gebannt hatte, und die Zuchtlosigkeit der Kirchenmänner, die lieber dem lasterhaften Ausschweifungen in Frankreich nachgingen, als sich um das Seelenheil der frommen Christen in Deutschland zu sorgen. Die Kaufleute besprachen untereinander, welche Straßen noch sicher zu befahren seien und welche Gegenden noch treu dem Kaiser anhingen. Ihr Nachbar, der Graf von Leiningen, hatte sich früh gegen den Kaiser Ludwig gestellt, das wusste jeder in Eberstein. Keiner vermochte aber zu sagen, wie er sich gegenüber der Stadt verhalten würde, wenn diese weiterhin auf kaiserlicher Seite stehen sollte. Manch ein Einwohner der Stadt schaute ängstlich zum Münster hinüber, in dem seit dem Prozess des Papstes gegen den Kaiser Ludwig kein ordentlich geweihter Kirchenmann mehr die Messe gesungen hatte. Die Franziskaner versahen zwar regelmäßig den Gottesdienst und spendeten die Sakramente, aber konnten sie wahrhaftig das ewige Seelenheil sichern und den Zorn Gottes abwenden?

In diese besorgte Stimmung der Ebersteiner hinein brach eine weitere unerhörte Neuigkeit.

„Die Meister der Zünfte wollten einen Aufruhr", so schallte es nur drei Tage, nachdem der Leichnam des Balthasar Brunners gefunden worden war, durch die Gassen der Stadt.

Bald schon überschlugen sich die Nachrichten. Es schien, als wüsste jedermann in Eberstein etwas zur Revolte der Handwerksmeister zu sagen. Die Schergen des Rates hatten am Tag des heiligen Jakobus, dem 25. des Monats Juli in aller Frühe die Meister Gerhard, Erhard und Simon aus der Zunft der Fassbinder, den Kettenschmied Kornelius und den Fleischhauer Peter aus ihren Häusern gezerrt und in die dunklen Verliese des hohen Turmes am Stephantor geworfen. In dem fensterlosen, feuchtkalten, vor Ungeziefer starrenden Gefängnis harrten die Männer drei Tage aus, bis sie endlich vor das Stadtgericht geführt wurden und sich vor dem Richter des Rates zu verantworten hatten.

Mit strengem Blick saß der Richter auf seinem erhöhten Stuhl, den Stab hielt er für alle sichtbar als Zeichen seines ehrenvollen Amtes und der Rechtmäßigkeit dieses Stadtgerichts in der Hand, neben ihm zu beiden Seiten saßen sich gegenüber auf langen Bänken je drei Beisitzer. In ihrer Mitte, auf einem niedrigen Tisch, stand für alle sichtbar das kleine Reliquienkästchen aus edlem, tiefschwarzem Holz, geschmückt mit einem haselnussgroßen gelben Stein auf dem Deckel und elfenbeinen Intarsien an den Seiten. Jeder wusste, dass sich im Innern des Kästchens ein in ein kleines Leinentuch gehüllter Knochen des heiligen Thomas befand, und jeder der Schöffen wusste auch, dass diese Kostbarkeit den angeklagten Handwerkern von Lukas Cardo geschenkt worden war und die Richtigkeit der Anschuldigungen bewies.

Als die fünf gefesselten Angeklagten von Gerichtsbütteln herbeigeführt wurden und vor den Urteilern Aufstellung nahmen, war kein Laut im Gericht als auch unter der Zuhörerschaft zu hören. Die Ratsherren hatten im Vorfeld des Prozesses die Anschuldigungen zusammengetragen und dem Stadtgericht vorgelegt, nun verlas ein Gerichtsbüttel sie allen Anwesenden mit lauter und geübter Stimme.

Vor allem warf man den Zunftmeistern vor, sich durch Eid gegen die Ratsherrschaft miteinander verschworen zu haben. Auch wurden die Handwerker beschuldigt, mit ihren Kumpanen von außerhalb zusammen Absprachen getroffen und von ihnen Geld, Waffen und Kostbarkeiten empfangen zu haben. Schließlich hätten sie die gewaltsame Vertreibung der Ratsherren und deren Familien geplant und ihre eigene Herrschaft in Eberstein begründen wollen.

Zwei Tage dauerte der Prozess, in dessen Verlauf einige Zeugen aussagten, unter ihnen der alte Torwächter Herbold Lancksack und sein Sohn Jos wie auch der Bürger und Krämer Dietrich Berlinger und sein Knecht Konrad.

Der sommersprossige Junge des Torwächters trat als erster vor die Schranken des Gerichts. Das fröhlichfreche Lachen war aus seinen Zügen fortgewischt. Er kniff die Augenbrauen zusammen und riss die Augen auf. Jeder konnte sehen, dass er kurz davor war in Tränen auszubrechen. Unruhig sprang sein Blick zwischen dem Richter und den Schöffen hin und her.

„Sag an, Junge. Die Kerle hier", mit einer kurzen Geste wies der Richter zu den Angeklagten hinüber, „kennst du sie?"

Jos nickte nur stumm und senkte dabei den Blick, während der Richter ihn wütend anfuhr.

„Nun sprich, du unwürdiger Bengel, sag uns, kennst du die da?"

„Es sind Meister hier am Ort. Dem einen hab ich 'nen Brief gebracht. Der reiche Herr hat's mir aufgetragen."

„Weiter, Bursche, weiter", ungeduldig wedelte der Richter mit seinem Stab umher.

„Der Kaufmann, der lange, der mit der großen Nase. Der gab mir 'nen Brief mit großen Siegeln dran. Sollte ich zum Böttchermeister Gerhardt bringen, in die Schiffergasse."

„Was waren das für Siegel?"

„Das eine hatte 'ne Kirche drauf. Mit vielen Türmen und war ganz groß."

„Das Siegel war ganz groß?" ging der Richter dazwischen.

„Nein, die Kirche auf dem Siegel, war die Mutter Gottes mit dem Jesuskind davor. Auf dem anderen war es schwerer, was zu erkennen. War, glaub' ich, ein Fass drauf."

„Gut. Also das Siegel der Stadt Speyer und der Zunft der Fassbinder…" murmelte der Richter beinahe tonlos und zögerte nachdenklich einen kurzen Augenblick, um sogleich jedoch mit starker Stimme sein Verhör fortzuführen.

„Du hast gesagt, der große Kaufmann gab dir den Brief und er hat gesagt, du sollst ihn zum Meister Gerhardt bringen?"

„Ja, Herr, das hat er gesagt. Ich hab aber nichts Schlechtes getan, hab ihn nur hingebracht. Das Weib vom Gerhardt war da. Da hab ich ihn ihr gegeben und bin gleich wieder fort. Herr, ich schwöre bei allen Heiligen, ich hab nichts Schlechtes getan."

Nun rannen dem Jungen die Tränen über das Gesicht. Der Gerichtsdiener trat auf ein verstecktes Zeichen des Richters vor und packte ihn am Arm. Dann führte er den Verzweifelten vom Gericht fort und ließ ihn mitten auf dem Marktplatz stehen. Der Büttel musste sich sputen, denn das Gericht wartete auf die nächsten Zeugen.

Nun führte er ziemlich atemlos den Krämer Dietrich Berlinger und dessen Knecht Konrad vor die Schranken des Stadtgerichts.

Die berichteten von dem nächtlichen Ausfluge der Gäste. Während Dietrich Berlinger auf das kleine verzierte Kästchen starrte, das vor dem Richter auf dem Tisch stand, erzählte sein Knecht mit trockener Stimme, wie er den beiden Kaufleuten zum Hause des Meisters Gerhardt gefolgt war. Mit knappen Worten wiederholte er das in jener Nacht Belauschte: „Die reichen Geldsäcke vertreiben... Die Männer unserer Bruderschaft müssen im Rat sitzen... Nur die Meister können über das Geld in Ebersteins Säckel wachen... Unsere Einung steht, das ist gewiss."

Konrad gab all die verhängnisvollen Worte jener Nacht genau wieder. Dann schlich er mit gesenktem Kopf und verkniffenem Mund von der Urteilerbank fort.

Schließlich wurden auch die Geständnisse der fünf Angeklagten vom Gerichtsdiener vorgelesen. Darin hatten die Handwerksmeister, knapp und ohne weitere Ausführungen zur Sache zu machen, die ihnen angelasteten Punkte bestätigt.

Auf die Reliquien des heiligen Thomas, die dort im Kästchen vor dem Stadtgericht lagen, hätten sie in jener Nacht ihre Hände gelegt und den Bund gegen den Rat der Stadt Eberstein geschworen.

Regungslos und schweigend hörten die Angeklagten die Ausführungen der Zeugen und des Gerichtsbüttels an, alle fünf Männer standen mit gesenkten Köpfen und schlaff herunter hängenden Schultern, die Hände auf den Rücken mit dicken Seilen gefesselt, vor den Urteilerbänken. Plötzlich sackte der Färbermeister Diettel in sich zusammen, stürzte, wohl von der Folter geschwächt auf den Boden und riss dabei den neben ihm stehenden Knochenhauer Petzold mit. Augenblicklich brach ein aufgeregtes Schreien und Rufen unter den Zuschauern aus. Nur mit größter Mühe gelang es dem

Gerichtsbüttel, wieder Ruhe, Ordnung und den Gerichtsfrieden herzustellen.

Alle Einwohner der Stadt nahmen regen Anteil an der Verhandlung, aber nur wenige Bürger fanden Platz in der von Arkaden umrahmten Vorhalle des neuen Rathauses, wo das Stadtgericht tagte, und daher war die Bevölkerung Eberssteins angewiesen auf deren Berichte und Erzählungen vom Verlauf des Prozesses.

„Der Berlingische Knecht hat alles genau gehört, dieser finstere Kerl aus Speyer hat dem Meister Gerhardt wertvolle Reliquien geschenkt."

„Und viel Geld hat er ihm gegeben, damit er Waffen gegen den Rat kaufen kann."

„Die Handwerker wollten einen Aufstand gegen die Herrschaft des Rates, der Berlinger hat es genau gesehen".

„Unfrieden wollten die in Eberstein säen."

„Die ganze Ordnung auf den Kopf stellen, das will dieses gottlose Pack. Handwerker in der Ratsregierung, wohlmöglich auch noch Gaukler im Kloster und eine Frau als Papst – verkehrte Welt, so nenne ich das. Das ist gegen den Willen und den Plan Gottes."

„Mit Geld kann man viel aus der Ordnung Gottes bringen."

„Die Reliquien des heiligen Thomas und ganz viel Geld haben die Schergen im Haus des Gerhardt gefunden. Die hat er von diesem Cardo, so hat es der Berlinger gesagt."

„Nein, der Konrad hat es gesagt."

„Das Geld kann der Gerhardt doch von irgendeinem haben."

„Ja, aber die Reliquien, die hat er von diesem Cardo, das hat der Berlingische Konrad doch genau gehört."

„Auf die Reliquien des Heiligen haben sie geschworen, dass sie alle Reichen aus der Stadt jagen wollten."

„Der Cardo soll ja ein ganz gemeiner Totschläger sein."

„Ein Mann des Erzbischofs von Trier ist der."

„Diese edlen Herren und Fürsten wollen immer nur Krieg mit den Städten."

„Wenn einer Macht und Geld hat, will er uns arme einfache Leute bekriegen."

„Der Rat unserer Stadt wird schon für Ordnung und Ruhe sorgen."

„Hauptsache, die edlen Herren unseres Rates stellen sich nicht auch gegen uns."

So oder so ähnlich verliefen die Gespräche auf dem Markt, im Kaufhaus und in den Tavernen der Stadt während der zwei Verhandlungstage. Viel Wahres wurde da gesprochen, aber oft ließen die Leute auf der Straße auch nur ihrer blanken Wut und ihren dumpfen Ängsten freien Lauf.

Als das Urteil über die fünf Meister gefällt wurde, kam es für niemanden überraschend, weder für die Bürger der Stadt, noch für die Verurteilten und auch nicht für die Ratsherren, die von ihren Bänken aus am Rande des Saales den Prozess verfolgt hatten.

Auf seinem erhöhten Stuhl thronend hatte der Richter zum Ende des Verfahrens den Stab hochgehalten und ihn vor der atemlos blickenden und gespannt lauschenden Menge zerbrochen. Alle Zuschauer verstanden diese Geste sofort: Die Fassbinder Gerhardt, Adam und Simon, Diettel, der Färbermeister und der Knochenhauer Petzold wurden zum Tode verurteilt, ihre gesamte Habe fiel an den Rat und ihre Familien wurden aus der Stadt gewiesen.

Noch am selben Tag wurde das Todesurteil vollstreckt. Die Gerichtsbüttel banden die gefesselten Füße der Handwerker mit starken Tauen an die Geschirre von fünf bereit stehenden Pferden, die die Verurteilten auf ein Rufen des Richters hin zur Richtstätte vor den Mauern der Stadt schleiften. Mitleidige Bürger, die den grausamen Zug der Tiere begleiteten, hielten den Männern für wenige Schritte die Köpfe oder gar, wenn es kräftige Mannsbilder waren, die ein Erbarmen mit den Gequälten hatten, den Oberkörper. Dennoch kamen die Geschändeten eher tot als lebendig auf dem Richthügel an. Doch weder der Galgen dort noch der Rabenstein, wie der Richtblock allgemein genannt wurde, harrte ihrer. Vielmehr lautete der Spruch des Gerichts auf Vierteilen der verurteilten Verschwörer. Als man den ersten der todgeweihten Handwerksmeister auf den Boden legte und an jedes seiner Gliedmaßen ein starkes Tau band, durchfuhr ein schreckliches Schreien, ein Heulen wie aus den Tiefen der Hölle, das angespannte Murmeln und Flüstern der Zuschauermenge.

Clara, die Frau des Fassbinders Gerhardt stieß spitze, grelle Schreie aus, als sie sah, wie ihr Mann mit Händen und Füßen an vier Gäule gebunden wurde. In wenigen Augenblicken würden die Tiere in alle Windrichtungen auseinander hetzen und ihn zerreißen. Die Frau hielt es nicht länger aus. Sie drängte durch die Menge und stürzte auf den benommenen Körper ihres Mannes zu. Da trat ihr eine riesige, düstere Schattengestalt Ehrfurcht gebietend in den Weg - der Scharfrichter, der Henker, der Blutvogt oder Dallinger. Er hatte viele Namen, und trotzdem wollte keiner ein Wort an ihn richten. Er war mit magischen Kräften gesegnet, davon war jeder der Anwesenden überzeugt. Sein Geschäft war ein Gott gefälliges Werk, denn er strafte die Sünder um ihrer Sünde willen, damit der Zorn Gottes versöhnet werde. Dennoch war der Henker unter den unehrlichen Leuten der Unehrlichste, und schon die Nähe zu ihm konnte Makel und Befleckung bedeuten. Er war ein fürchterlicher Mann.

Vor Angst erstarrt hielt Clara inne, wimmernd sank sie zu Boden und kroch zurück in die gaffende und erschaudernde Zuschauermenge. Clara hatte längst die Besinnung verloren und lang regungslos am Rand des blutgetränkten Platzes, fernab des entsetzlichen Spektakels und der erschaudert faszinierten Menge, als die vier Pferde los galoppierten und der geschundene Körper des Handwerksmeisters Gerhardt in Stücke gerissen wurde. Auch das Sterben der vier anderen Verurteilten erlebte Clara nicht mit. Barmherzige Nachbarn halfen der Frau aufzustehen und brachten sie zur Wohnung ihres Bruders, wo sie bis zu ihrer Ausweisung Unterschlupf fand.

Andres von Eltzau war müde. Er war schon den halben Tag auf dieser Straße entlang dem Rhein nach Norden gelaufen, jetzt sehnte er sich nach einer ruhigen Schlafstatt, nach Wärme und Geborgenheit, nach den zarten Fingern eines liebevollen Mädchens, das ihm die fieberheißen trockenen Lippen mit herrlich frischem Quellwasser benetzte. Er ließ sich am Straßenrand fallen und lag erschöpft im Gras. Als er seinen wohlgeformten Kopf zur Seite neigte, fielen ihm einige blonde Haarlocken ins Gesicht, klebten auf der schweißnassen Haut und hingen vor seinen schönen grünen Augen. Mit fahriger Geste wischte er die Haare weg und starrte in den dunkelvioletten, wolkenverhangenen Abendhimmel, in den die untergehende Sonne dicke blutrote Streifen gemalt hatte. Andres wendete seinen Blick zur anderen Seite, nach Osten wollte er jetzt ziehen. In Thüringen lebten Verwandte seiner Mutter. Bei denen wollte der junge Edelmann Kraft und Ruhe finden, um seinen tödlichen Streit eines fernen Tages ehrenvoll beenden zu können.

An diesem Abend hatte der Scharfrichter noch lange auf dem Richthügel vor den Mauern der Stadt zu tun. Die alten Zauberweiber warteten bereits darauf, dass der grässliche Geselle und seine Helfer durch das Tor schlüpften und sie sich ungesehen über die Leichenteile hermachen konnten. Jede von ihnen hoffte, die besten Stücke für sich zu ergattern. Die Daumen und Knöchelchen Hingerichteter waren begehrte Glücksbringer und konnten den Frauen gutes Geld bringen. Zusammen mit seinem Gehilfen vertrieb der Scharfrichter die Weiber und begann dann, die einzelnen Leichenteile aufzusammeln und in einer Grube zu verscharren. Dann suchten die beiden dunklen Gestalten die Köpfe der Hingerichteten zusammen, trennten sie säuberlich von den Rümpfen ab und nagelten die Schädel mit dicken Eisennägeln auf die mannshohen Holzpfosten, die den dreiseitigen Galgen rahmten. Jeder Reisende, den sein Weg zum Stephanstor führte, musste diese Stätte passieren. Die aufgestellten Schädel der Hingerichteten würden ihm vor dem Betreten der Stadt eine eindringliche Warnung sein.

Die Dunkelheit war bereits über die Stadt hinein gebrochen, als die beiden unheimlichen Gesellen mit ihrer Arbeit fertig waren und durch eine kleine Pforte durch die Mauer neben dem Stephanstor in die Stadt schlüpften.

Lukas Cardo schlief in dieser Nacht unruhig. Vor seinem Bett in der kleinen Kemenate, hoch oben auf der Feste Weißenstein, kauerte der stumme Sandro auf einer Strohmatte am Boden und betrachtete ängstlich seinen Herrn, der sich wie im Fiebertraum stöhnend hin und her warf. Wortfetzen und elendig hinaus gestoßene Sätze des Schlafenden erreichten das Ohr des Jungen, ohne jedoch den Verstand des Schwachsinnigen zu berühren. „Blutzoll …Blut…Opfer… Gerhardt ein Opfer… In die Falle gegangen… alle in der Falle… alle in die Falle gegangen…Konrad hat alles gehört… gehört…gehört…hat alles gesagt…gehört …gehört…vor dem Richter gesagt…so wie wir es wollten…Gott…Gott…"

Kapitel 7

Langsam kam das Haus des Dietrich Berlingers in der Neuen Gasse wieder zur Ruhe. Greda und die Magd Anna beeilten sich das Bettzeug aus der kleinen Kammer, die den Gästen drei Nächte lang Herberge gewesen war, zu räumen. Wortlos richteten sie alles wieder so, dass nichts mehr an die unheimlichen Fremden erinnerte. Von da an erschauderten die Frauen nur noch selten, wenn sie an der Gästekammer vorbeieilten.

Die Männer konnten sich nun endlich wieder ihren Geschäften mit voller Aufmerksamkeit zuwenden. Die Vormittage über standen Niclas und Konrad in ihrer Verkaufsbude im städtischen Kaufhaus, in den frühen Abendstunden aber hatten sie in der heimischen Rechenstube, im Warenkeller und im Hof jede Menge zu tun.

Sie zählten die noch übrigen Flachssäcke, die noch nicht verkauften Kisten mit Stockfisch und die Fässer mit einfachem Tresterwein, die Dietrich Berlinger auf seiner letzten Fahrt zu einem sehr guten Preis gekauft hatte, nun aber leider weder in seiner Krambude noch in den Tavernen der Stadt an den Mann bringen konnte. Diese Altwaren mussten nun verstaut werden und Platz machen für neue Waren. In der Rechenstube schrieben Niclas und der Handelsdiener Schalkner bis zum Anbruch der Dämmerung Listen und Briefe. Diese Geschäftigkeit der Männer des Hauses Berlinger hatte einen guten Grund: es stand eine neue Handelsfahrt des Hausherrn an. Zusammen mit dem Knecht Konrad würde Dietrich Berlinger einige Wochen lang über Land fahren und all die guten Köstlichkeiten kaufen, nach denen die Stadt so sehr verlangte.

Am Laurentiustag des Jahres dreizehnhundert und sechsundvierzig nach Menschwerdung des Herrn, fünf Tage vor dem Fest Mariä Himmelfahrt und am 10. Tag des Monats August, waren die Vorbereitungen abgeschlossen. Für die Bauern war nun der erste Herbstbruder gekommen, der Tag, an dem sie mit dem Anbau der herbstlichen Feldfrüchte begannen. Die Winzer brachten an diesem Morgen Sankt Laurentius ihre Erstlingstrauben dar und in Eberstein waren zahlreiche Einwohner zum Kloster gezogen, um dort von den Franziskanermönchen den Laurentiussegen zu erbitten, der sie vor Feuersbrunst, aber auch vor den brennenden Qualen der Seele bewahren sollte.

Den ganzen Tag über schauten die Leute sorgenvoll zum Himmel, ob sich das sonnige milde Wetter hielte, oder ob nicht wie so oft in den letzten Monaten plötzlich schwere dunkle Wolken über die Ebene zögen und eisige Regenfluten sich über das Land ergössen, denn von ihren Eltern hatten sie gelernt, ist Laurentius im Sonnenschein, wird der Herbst gesegnet sein.

Am späten Abend, nach dem Nachtmahl folgte Dietrich Berlinger seinem Sohn in den Hof und legte ihm seinen Arm vertraut um die Schultern, dann führte er ihn sanft in die Rechenstube, eine Geste, die der Alte in den vergangenen siebzehn Jahren so sparsam gebraucht hatte, dass man die Male leicht an einer Hand abzählen konnte. Dort standen bereits der alte Jakob Schalkner und Konrad. Ihre überraschten Blicke und ihre angespannte Haltung verrieten dem Beobachter der Szenerie sofort, dass sie ungeduldig der Dinge harrten, die da kommen sollten, ohne sie jedoch auch nur im Geringsten zu erahnen.

„Bevor ich morgen früh abreise, mein Sohn, muss ich dir noch einiges sagen", begann Dietrich Berlinger sofort ohne Umschweife. „Schalkner und Konrad sollen auch hören, was ich dir zu sagen habe, denn es geht sie genauso an."

Niclas Berlinger wurde es langsam in seiner sonst so geliebten Rechenstube unbehaglich zumute. Sie war immer der Ort gewesen, an dem er sich sicher und geborgen fühlte. Nun aber spürte er ausgerechnet hier etwas Fremdes, Neues und Bedrohliches auf ihn zukommen.

„Du und Konrad werdet in ein paar Wochen zu einer Reise in die welschen Lande aufbrechen. Dort werdet ihr im Haushalt einer sehr angesehenen Kaufmannsfamilie wohnen und lernen."

Dietrich Berlinger war anzumerken, dass er froh war, diese wenigen Sätze herausgebracht zu haben und machte bereits Anstalten sich erleichtert und eiligen Schrittes zu entfernen. Es war alles gesagt, die Jungen wussten nun Bescheid. Aber obwohl sie eine so ungeheure Nachricht an diesem Abend erhalten hatten, sagten sie keinen Ton und zeigten keine Rührung, weder Begeisterung noch Überraschung.

Der Alte war ein unerschrockener, erfahrener und weit gereister Händler. Als Hausherr hatte er beinahe unbeschränkte Verfügungsgewalt über die Familienmitglieder, trotzdem konnte er mit dem Schweigen seines Sohnes nichts anfangen. In solchen Momenten war er ratlos und unentschlossen. Er wollte nicht in Zwietracht am nächsten Morgen von seinem Sohn scheiden und auf eine lange Fahrt gehen, deren Risiken und Verlauf nur Gott allein kannte. Ungeduldig wartete er auf eine Regung, ein Wort oder auch nur einen Blick seines Sohnes. Der aber starrte leer an seinem Vater vorbei auf das kleine Tintenfass, das neben seinem Stehpult auf einem Tisch stand. Endlich hob der Junge seinen Kopf und schaute seinem Vater gerade in die Augen. Mit ruhiger, aber stockender Stimme fragte er: „Könnt Ihr mir sagen, wer diese angesehene Familie ist?" Niclas Worte durchschnitten das angespannte Schweigen.

Eindringlich und bestimmt erklärte Berlinger den beiden Jungen die Umstände ihrer Reise nach Verona, in die Stadt, die alle nur Welschbern nannten.

Nun fühlte er sich leichter. Seit jenem Morgen, als die hohen Herren des Rates in seinem Haus erschienen waren mit jenem Ansinnen, das aus Angst und Niedertracht, aus Argwohn und Falschheit geboren war, hatte eine unsichtbare Last, wie ein Mühlstein so schwer, seine Seele bedrückt. Das Begehr der Stadtoberen hatte für ihn und den Knecht Konrad Heimlichkeit und Täuschung bedeutet. Jetzt aber würde sein Sohn den Lohn für den Spitzeldienst einfordern können. Diese Aussicht linderte die Qualen des alten Berlingers. Wie oft hatte ihn der Gedanke in den letzten

Tagen getröstet, dass er den Anordnungen der Mächtigen gefolgt war und damit ein gottesfürchtiges Werk getan hatte, wofür er keine Höllenstrafen zu fürchten brauchte. Auch sein Knecht hatte folgsam erfüllt, was ihm aufgetragen worden war. Die Meister der Stadt waren es gewesen, die beabsichtigten die göttliche Ordnung niederzureißen. Die Mächtigen und ihre Helfer aber wollten sie bewahren und der alte Berlinger hatte seinen Anteil an diesem frommen Werk. Dennoch bedrückte es ihn, lastete wie Sünde auf seiner Seele.

Er erzählte seinem Sohn von der Verwandtschaft ihrer Gastgeber mit der Familie Stüren und dem Zweck seines Aufenthaltes in den welschen Landen. Lediglich seinen Handel mit den Ratsherren verschwieg er ihnen und auch, dass er als Einsatz dabei die Aussagen vor dem Stadtgericht geleistet hatte.

Es war vereinbart, dass sich Dietrich Berlinger und sein Knecht Konrad einer Schar von Krämern aus Eberstein anschlossen und gemeinsam mit diesen erfahrenen Männern die Reise zu den Märkten der Nachbarstädte entlang des Rheins unternahmen. Sie hatten auf ihrem Weg zahlreiche Herrschaften zu durchqueren, überall lauerten räuberische Schurken, angelockt von den Geldbeuteln und den kostbaren Warenladungen, die die Händler mit sich führten. Auch mussten sie etliche Zollstationen, rechtmäßige und willkürliche, passieren. Daher war es ratsam gemeinsam zu reisen, so wie die Händler seit alters her in Scharen und Gilden auf Fahrt gingen.

Vier Krämer der hiesigen Zunft hatten sich zusammengeschlossen, neben Dietrich Berlinger kamen auch Gerlach Grin, Kaspar Rincklin und Tobias Thorn mit auf die Fahrt. Zusammen mit ihren Knechten und den für die Reise bestellten Lohndienern zählte die Händlerschar ein Dutzend Männer. Solch eine große Reisegruppe kam zwar auf den holprigen, oft schadhaften und immer beschwerlichen Straßen nur langsam voran, dafür war sie aber einigermaßen sicher vor räuberischen Überfällen. Drei Tage zuvor hatten sich die vier Händler bereits früh am Morgen in der Franziskanerkapelle Sanctus Cyriacus getroffen, hatten sich gegenseitig Hilfe versprochen, hatten geschworen, sich bei Rechtsstreitigkeiten in der Fremde und im Falle eines Überfalls gegenseitig beizustehen. Schließlich hatten sie sich mit Tobias Thorn einen erfahrenen Führer gewählt. Dann hatten sie einer besonders feierlichen Messe beigewohnt. Der Priester hatte mit ihnen die Heiligen angerufen, um sie gemeinsam um Schutz vor Gefahren anzuflehen, die Händler hatten Opferkerzen gespendet und gelobt, dem Franziskanerkloster bei einer erfolgreichen Heimkehr den Gottespfennig und großzügige Almosen zu geben. Schließlich hatte der Priester mit der Heiligen Schrift im Arm ihre Unternehmung gesegnet.

Nun hatte Dietrich Berlinger alle notwendigen Vorkehrungen getroffen. Sogar sein Testament hatte er sich nochmals hervorgeholt. Behutsam hielt er den bedeutsamen Brief in den Händen, andächtig blickten seine Augen auf die sorgfältig ausgeführten Buchstaben, dann führte er das kostbare Pergament näher an die schon etwas schwachen Augen und begann die Verfügungen über seine irdische Habe zu lesen. Leise formten seine Lippen die Worte.
„In Gottes Namen, Amen. Allen, denen, die diesen Brief ansehen, lesen oder hören, verkünde ich, Dietrich Berlinger, Bürger zu Eberstein, dass ich mit gesundem Leib und überlegtem Geist, frei und ohne Zwang dieses Vermächtnis geordnet und geschaffen habe, um meines Seelenheil willen und das Seelenheil meiner Vorfahren…"
Es war alles bestens geregelt. Seine Kinder, sein Weib und seine Verwandten waren zu gleichen Teilen bedacht. Fast seine gesamte Habe war unter ihnen aufgeteilt worden. Auch der heilige Franziskus und dessen braven Mönche, die bereits zu seinen Lebzeiten die Sorge um Dietrich Berlingers Seelenheil übernommen hatten, sollten nach seinem Tode

großzügig belohnt werden für ihre guten Gebete zu seinem Gedenken. Die Schwestern von Marienau draußen im Fliedertal hatte Dietrich Berlinger mit zwei Schilling bedacht. Ulrich, Kaplan der Franziskaner und sein Beichtiger sollte zwei Pfund Pfennige erhalten. Seinen Mantel mit dem schwarzen Pelzkragen aber sollte Berthold der Startz bekommen, mit dem er in jungen Jahren manch gewinnbringende Fahrt übers Land gemacht hatte und der wie er ein angesehener Krämer in Eberstein geworden war. Die Aussätzigen vor den Mauern der Stadt sollten ebenfalls mit zwei Schilling bedacht werden, ferner auch die Armen, die vor der Franziskanerkapelle des heiligen Cyriacus saßen und der Leutpriester in Greuningen, der damals noch in jungen Jahren seine Ehe gesegnet hatte, sollte, wenn er denn noch lebte, den silbernen Becher bekommen. Ulrich, der Kaplan der Minoriten von Sankt Cyriacus und der Mönch Johannes waren damals, als der alte Berlinger dieses Vermächtnis aufgesetzt hatte, als Zeugen zugegen gewesen und Bernhard Schöpflin, Amtmann der Krämerzunft, hatte sogar sein Siegel an das Schriftstück angebracht, damit es gültig bliebe bis in alle Ewigkeit. Früh am nächsten Morgen, noch bevor er mit seinen Fahrtgenossen aufbrechen würde, wollte er das kostbare Pergament mit seinem Vermächtnis hinüber bringen zu den Brüdern des heiligen Franziskus, damit sie es verwahrten.

An jenem Morgen nach Sankt Laurentius trafen sich die Reisenden am Hafen an den Ufern des Flusses, man reiste mit Planwagen und Lastkarren, die gezogen wurden von starken und gesunden Gäulen. Anderthalb Monate Reisezeit waren veranschlagt worden. Sollten es die Händler eher schaffen, ihre Wagen mit guten Waren voll zu bepacken, wäre es ein besonderer Segen Gottes und der Gottespfennig würde aus Dankbarkeit bestimmt sehr reichlich geraten. Bestimmt aber würden die vier Händler viele Wochen unterwegs sein, immer wieder von mächtigen Herren der Gegend gezwungen, Umwege zu nehmen und auf Strassen auszuweichen, die sie zwar von ihrem eigentlichen Reiseweg abbrachten, für die sie dennoch

Wegegelder zahlen mussten. Oder fremde Städte hinderten die Ebersteiner daran, sie zu umfahren. Vielmehr nötigten sie die Reisenden anzuhalten und dort auf den Märkten ihre gerade erst erworbenen Waren feilzubieten. Vielerlei Gefahren und Drangsale lauerten dort draußen auf sie, das zugesicherte Geleit der Herren, für das sie teuer bezahlten, taugte in diesen unsicheren Zeiten auch nichts mehr und dennoch ersehnten die Händler die Abfahrt. Endlich wieder den Wert ihres Geldes spüren, endlich wieder neue, verlockende Waren entdecken, endlich wieder mit anderen Händlern feilschen und um die besten Stücke wetteifern.

Der Händler Dietrich Berlinger und seine Gefährten waren bereits seit mehr als drei Wochen unterwegs, als ein Bote aus dem fernen Kolmar nach Eberstein kam und die edlen und weisen Herren des Rates über neue und gewichtige Ereignisse im fernen Frankreich unterrichtete, die auch für die Geschicke der Städte hier in deutschen Landen von Belang werden konnten. Der gesamte Rat hatte sich in der großen Halle des Rathauses versammelt, um den Boten anzuhören und anschließend gemeinsam über die Neuigkeiten zu streiten und sie zu beratschlagen.

Die Kolmarer hatten einen noch jungen Mann von etwa achtzehn Jahren geschickt, mit roten Haaren und heller Haut, auf seinen Wangen zeichneten sich rote Flecken ab, als er atemlos und dennoch mit kräftiger Stimme seinen Bericht vortrug, den er zuvor in Schlettstadt, Straßburg und Hagenau hergesagt hatte.

„Am Nachmittag des 26. des Monats August stieß nahe der Stadt Crecy im Norden des Königreichs Frankreich ein Heer des englischen Königs auf das riesige Aufgebot des Königs von Frankreich. Schon nach dem ersten Aufeinandertreffen der feindlichen Armeen flohen die auf Seiten des französischen Königs kämpfenden Genueser Armbrustschützen vom Schlachtfeld. Trotz der Drohungen des französischen Königs, sie mit Waffengewalt dem Feind entgegen zu treiben, weigerten sich die Welschen, sich zurück in die Reihen zu stellen und zu kämpfen, wohl auch, weil ihre regendurchnässten Waffen keinen Dienst mehr taten und die mitgeführten Pavesen im Tross geblieben waren. Ohne diese Holzschilder waren sie aber schutzlos dem Pfeilhagel der englischen Langbogenschützen ausgeliefert. Die Ritter des französischen Königs und seine Verbündeten versuchten in mehreren Angriffen bis zu den Linien der Feinde vorzustoßen, immer wieder ritten sie gegen den englischen Pfeilhagel an. Nur wenige kamen durch bis zu den gegnerischen Linien, dort wurden sie sofort von den abgesessenen englischen Rittern getötet oder zurückgeschlagen. Das weit größere Heer der Franzosen griff die Flanken oder das Zentrum der englischen Feinde an, aber sie errangen keinen Sieg, sondern erlebten nur eine große und fürchterliche Niederlage. Auf Seiten des französischen Königs kämpften sehr viele edle und hohe Herren und fanden dabei den Tod, edle Ritter und hohe Fürsten wie der Graf von Flandern, der Herzog von Lothringen und der König Johann von Böhmen starben. Dieser alte und blinde Ritter hatte sich von seinen Getreuen in die Schlacht führen lassen, angekettet an einen seiner Gefolgsleute, da er ohne Augenlicht seine Feinde und das tödliche Geschehen um sich herum nicht erkennen konnte. Tapfer ritt er seinem Tod entgegen, hieb einige abgesessene feindliche Ritter nieder, bis auch er schließlich fiel. Sein Gegner, der Sohn des englischen Königs, den alle ob seiner düstern schillernden Rüstung den schwarzen Prinzen nennen, fand die Leiche des Königs Johann auf dem Schlachtfeld und bahrte sie, gerührt von der Ritterlichkeit dieses Todes, in seinem Zelt auf.

Es kämpfte auch der Sohn des Königs Johann von Böhmen, Karl von Mähren, auf der Seite der Franzosen. Er hatte aber das Schlachtfeld schon verlassen, noch bevor der Kampf vollends entbrannt war, unerkannt und ohne großes Aufsehen zu erregen. Einige sagen, er sei von zwei Pfeilen leicht verwundet worden. Nun ist er wohl auf dem Weg zurück ins Reich.

Sein mächtiger Verbündeter, der König von Frankreich, ist jedoch von den englischen Truppen niedergerungen worden."

Aufmerksam hatten die edlen Herren des Rats die Rede des jungen Boten aus Kolmar angehört. Mit nachdenklichem Gesicht und schwerem Schritt trat Jakob Starke aus dem Kreis der edlen Ratsherren auf den Jungen zu. Der Bote reichte ihm, sichtlich erleichtert, einen Brief, den die Herren in Kolmar aufgesetzt hatten und in dem der Bericht des Jungen nochmals nachzulesen war. Die beiden Bürgermeister Ebersteins, Laurentius Schottgen und Sebold Kuelnbek, erhoben sich und verabschiedeten den Boten mit einigen kurzen Grußworten an den Rat der Stadt Kolmar, dann wandten sie sich den edlen *consules civitatis* zu. Schweigend saßen die Herren in ihren Bänken und hingen ihren Gedanken nach. Frankreich war weit weg und dennoch berührte der Krieg zwischen französischen und englischen Rittern auch ihre Geschicke.

Die Familien einiger der vornehmen *consules* trieben einträgliche Geschäfte mit großen Gesellschaften in Paris oder waren beteiligt am Handel in der Champagne. Wohlmöglich drohten ihnen nun hohe Verluste. Aber auch für die Politik der Stadt war die Niederlage der Franzosen bedeutsam. Mit ihnen hatten der alte blinde Böhmenkönig Johann und sein Sohn Karl von Mähren als treue Verbündete gekämpft und mit ihnen waren sie auch schmachvoll von den Engländern besiegt worden. Eben jener Karl von Mähren, Böhmenprinz und Enkel eines Kaisers, den einige Fürsten erst wenige Wochen zuvor zum König gewählt hatten, war angesichts der bitteren Niederlage vom Schlachtfeld geflohen. Er hatte Hals über Kopf seinen toten Vater und die Getreuen hinter sich gelassen und war nach Osten entwichen, zurück ins Reich, dessen Krone weiter denn je für ihn entrückt war und weiter nach Böhmen, dessen raue Gefilde allein ihm noch Schutz boten.

Vor wenigen Tagen hatten die edlen Herren des Rates zu Eberstein nach eifrigem Zureden des Herrn Walram Stüren und des ehrenwerten Herrn

Berthold Finke beschlossen, Kaiser Ludwig nicht länger treu zu sein und statt seiner der Anhängerschaft des neu zum König gewählten Karls von Mähren zu folgen. Sie hatten alle Einladungen und Briefe der rheinischen Städte abgelehnt, einem Bund beizutreten, der den Frieden gegen die adligen Fürsten und Herren schützen sollte und dem Kaiser Ludwig treu ergeben sein wollte. Nun aber bot sich ihnen ein ganz neues Bild. War es klug gewesen, auf diesen Karl zu setzten? Vielleicht waren seine Niederlage und der Tod seines Vaters ein Gottesurteil.

Walram Stüren schwieg als alle anderen edlen Ratsherren begannen, hitzig miteinander zu streiten. Wieder spürte er dieses steinschwere Gewicht auf seiner Brust, das ihn niederzog. In seinem Bauch verkrampften sich die Eingeweide, er fühlte seine Körpersäfte innerlich brodeln, der Schweiß stand ihm auf der kalten Stirn und das Rauschen in den Ohren übertönte das Rufen und Zetern der edlen Herren. Walram Stüren kannte diese Schmerzen, sie kamen nun immer öfter. Er hatte Angst vor ihnen, noch mehr aber ängstigte ihn seine Ohnmacht, ihnen zu trotzen. Er wollte keinen langen Kampf mit dem Tod führen. Er wollte überhaupt nicht mehr streiten und kämpfen, nicht um gute Geschäfte und auch nicht mehr über politische Bündnisse und Privilegien, nicht über weitere Arglisten oder Abmachungen. Seit einigen Wochen spürte er, sobald er sich dem Rathaus näherte, wie dieses felsenschwere Gewicht auf seine Brust drückte. In seinem Kopf schien es ihm, als donnerten riesenhafte Hämmer. Wenn die Last zu groß zu werden drohte, zog ihn eine unsichtbare Hand zum Franziskanerkloster, dort, in der Kapelle Sankt Cyriacus oder im Kreuzgang der Mönche fand er Ruhe.

Walram Stüren hatte sich auf einen einfachen Hocker fallen lassen und saß nun zusammengesunken in Mitten der streitenden Herren. Keiner achtete auf ihn. Er hatte die Augen geschlossen und hörte nur noch auf das Rauschen in seinen Ohren. Plötzlich sah er vor sich den sonnendurchfluteten Garten des Klosters, der Duft der blühenden Obstbäume schien ihm in die Nase zu steigen. Walram Stüren spürte die Wärme und die Ruhe des Klosters. Gottes Nähe innerhalb dieser geheiligten Mauern gab ihm Trost und Hoffnung. Nur hier spürte er, dass er trotz seines Reichtums und seiner weltlichen Macht auch Hoffnung auf Erlösung nach dem Tode haben könne. Er war noch nicht zu ewigen Höllenqualen verdammt, so hoffte er, wenn er vom Frieden dieses Ortes umschlossen wurde und die Gebete der Bettelmönche aus der Kapelle des heiligen Cyriacus zu ihm hinüber drangen. Die Brüder des Franziskanerordens lebten nach dem Vorbild Christi in Armut und Demut. Ihre Gebete und die Reinheit ihres Glaubens überstrahlten alle frommen Versuche der anderen Pfaffen und Mönche in den Klöstern und Kirchen, die den ketzerischen Papst anhingen. Sie waren umgeben vom Glanz des wahren Glaubens, innerhalb ihrer Klostermauern konnte Walram Stüren diesen Glanz spüren, wenn er vom Kreuzgang aus in den Garten schaute und die Sonnenstrahlen beobachtete, die sich in den Ästen und dem Blätterwerk brachen, wenn er die Vögel betrachtete, wie sie emsig umherschwirrten. Ihnen hatte der heilige Franziskus so ergreifend gepredigt.

Aber plötzlich dachte er auch an die Franziskanerbrüder, die ihn, sobald er Zuflucht in ihren Mauern suchte, mit weiteren politischen Bittgesuchen angingen. Die Stadt war den Bettelmönchen zu großem Dank verpflichtet für ihre Dienste in diesen schweren Zeiten. Seit Eberstein sich zusammen mit anderen Städten des Reiches die Feindschaft des Papstes zugezogen hatte, waren die Franziskaner die einzigen, die sich um das Seelenheil der Leute kümmerten. Die Treue zum Kaiser Ludwig und der Streit mit dem Papst verband sie miteinander.

„Politik, alles ist nur noch Politik", dachte Walram Stüren verbittert. Selbst die Sorge um sein Seelenheil im Jenseits war mittlerweile zu einem bloßen Stein in einem unüberschaubaren politischen Ränkespiel geworden. Kalte

Angst packte das Herz des Walram Stüren. Wenn der Tod nun schon käme, wäre seine Seele darauf genügend vorbereitet? Konnten die Gebete der Bettelmönche seine Erlösung erwirken, trotz des Banns durch den Papst? Aus seinem zusammengesunkenen Körper, der dort unbeachtet auf dem Hocker kauerte, stieß plötzlich ein unwirkliches Stöhnen hervor. Einige Ratsherren bemerkten nun den Leidenden. Diener eilten herbei und stützten ihn. Dann stemmten sie seinen kräftigen Körper hoch und führten ihn aus dem Raum.

Noch am selben Abend verstarb der edle Ratsherr Walram Stüren, frommer *consul* der Stadt Eberstein und gesegneter *mercator* in seinem Bett, gequält von schrecklichen Visionen des jüngsten Gerichts und der ewigen Verdammnis.

Die Angst, für seinen Reichtum schwere Strafen beim letzten großen Gericht auferlegt zu bekommen, begleitete ihn vom Leben hinüber in den Tod. Obwohl er die Augen bereits fest verschlossen hielt, sah sein sterbender Geist im diesseitigen Leben noch letzte klare Bilder, die jedoch schon aus jenseitigen Sphären zu ihm krochen und seine um Erlösung flehende Seele umklammerten. Inmitten eines Kreises elender und verdammter Sünder erkannte er sein Ebenbild, geschoren und geschunden, sich placken mit den immer gleichen Lasten, die er wie die anderen Sünder in jenem grausigen Kreis mit der Brust voran wälzte, immer rundherum, ohne Anfang und ohne Hoffnung auf ein Ende. Er erkannte die Verdammten um ihn herum in diesem Zirkel nicht, aber dennoch wusste Walram Stüren, dass sie allesamt *mercatores* waren wie er, Geldsäcke, Wucherer und Pfennigfuchser, die ein Leben voller Gier und Völlerei geführt hatten.

Als er seinen letzten Atemzug tat, verkrampfte sich sein ganzer Körper, nackte Angst vor der Verdammnis umklammerte ihn, packte seine Seele und sein Herz kalt an und schüttelte seinen Leib.

Der Rat der Stadt Eberstein hatte mit Walram Stüren einen wichtigen politischen Kopf und Führer verloren. Besonders in diesen verworrenen

Zeitläufen fehlte er bei den Beratungen. Boten der rheinischen und der schwäbischen Städte reisten durchs Land, um das vereinte Vorgehen der Bürgerschaften auszuloten. Gemeinsam wollten die Regierungen der Städte vor den Kaiser Ludwig treten und ihm ihre Treue versichern. Die Ebersteiner waren in eine Zwangslage geraten, über die nun jeden Tag heftig im neuen Rathaus beraten wurde. Seit sein Mitstreiter Walram Stüren von seinem Herrn heimgeholt worden war, stritt Berthold Finke einsam, aber tapfer für die Sache des Gegenkönigs Karl. Zu sehr war er dem Erzbischof Balduin und dessen Agent Lukas Cardo verpflichtet, als dass er es nun zulassen durfte, dass seine Stadt sich wieder in die Reihe der kaiserlichen Anhänger stellte. Er und Walram Stüren hatten sich verpflichtet, dass der Rat der Stadt Eberstein sich von Kaiser Ludwig lösen würde und sich auch allen Städtebünden widersetzte, die sich gegen die adligen Herren richteten und dem bayerischen Ludwig in Treue anhingen.
Die Herren des Rates jedoch zauderten, sie lauschten mit ängstlichem Herzen und verzweifeltem Geist den Erklärungen des Herrn Finke. Keiner von ihnen wollte ihm folgen auf seinem eindeutigen Weg. Keiner wollte sich auf eine Seite stellen und Partei ergreifen in dem verworrenen Kampf um die ferne Macht im Reich.

Im Hause Dietrich Berlingers bekam man von diesen politischen Wirrungen allerdings nichts mehr mit. Die Frauen versorgten den Haushalt, und zusammen mit dem Handelsdiener Schalkner kümmerte sich Elsina Berlinger in Vertretung ihres Mannes auch um die dringlichsten Geschäfte in der Rechenstube und im Kaufhaus. An manchen Abenden saß sie beim trüben Schein eines Talglichts über Briefe und Listen gebeugt, und das Krächzen ihres Federkiels war noch lange in die Dämmerung hinein zu hören.
Der Tod des edlen Ratsherrn Walram Stüren sorgte im Hause Berlinger dagegen für tiefe Bestürzung, denn mit ihm hatte die Händlerfamilie einen

wichtigen Gönner verloren. Niclas Reise nach Verona schien ernsthaft gefährdet, das begriff Elsina Berlinger sofort. Daher machte sie sich noch am Vorabend des Begräbnisses auf den Weg in das prächtige Haus der Stürens am Markt, um der Familie ihre Trauer auszusprechen und dem Erben des alten Herrn ein Versprechen abzuringen.

Sie wartete besorgt einige Zeit in der hohen Diele im Erdgeschoß. Die Decke war getäfelt und auch der Boden war mit Holzdielen ausgelegt. Die Wände aber schmückten anmutige Malereien. Elsina Berlinger konnte Bilder einer heiteren Jagd erkennen. Vornehm gekleidete Damen winkten den Herren der Jagdgesellschaft keck und ohne Scheu zu. Die Händlerfrau konnte ihren erstaunten Blick nicht von den herrlichen Wandmalereien abwenden. Sie hatte solch eine bunte Pracht in einem Wohnhaus noch nie gesehen.

„Nur kurz, werte Frau", im Vorübergehen rief Moritz Stüren seinem Gast die Worte zu. Die Besucherin folgte dem jungen Hausherrn in eine kleine Stube, die direkt an die Diele im Erdgeschoß grenzte. Die niedrige Decke war wie der Boden und auch die Wände mit schönem glänzendem Holz getäfelt. Außerdem stand in der Ecke des Raums ein kleiner Ofen, der auch jetzt im Sommer eine wohlige Wärme verströmte.

Elsina Berlinger stand einem schönen jungen Mann gegenüber, der etwa zwanzig Jahre zählte. Er war von gradem, hohem Wuchs, seine Haut war leicht gebräunt und spannte sich mit jugendlicher Frische über das kantige, klar geschnittene Gesicht. Seine rotblonden Haare waren leicht gelockt, einige Strähnen fielen dem jungen Stüren frech in die Stirn. Mit einer eleganten Geste strich er sie wieder zurück und warf dabei kurz den Kopf in den Nacken. Das schönste an ihm aber waren die weißen, regelmäßig gewachsenen Zähne. Elsina Berlinger konnte sich nicht erinnern, jemals ein solch tadelloses Gebiss gesehen zu haben. Moritz Stüren lächelte freundlich, aber müde, und zwei lückenlose Reihen weißer, gerader Zähne blinkten Elsina Berlinger entgegen.

„Der Tod Eures Vaters schmerzt mich und meine Familie sehr. Mein guter Mann, der Händler Dietrich Berlinger ist leider zur Zeit auf Handelsfahrt, daher ist es an mir, Euch unser Beileid auszusprechen." Elsina Berlinger neigte ehrerbietig ihren Kopf und beide schwiegen andächtig. Dann fuhr die Besucherin fort:

„Wie Ihr vielleicht wisst, war Euer Vater mit meinem Mann übereingekommen, eine Reise unseres Sohnes Niclas und unseres Knechts Konrad zu Euren Verwandten nach Welschbern zu veranlassen." Ungeduldig blickte die Händlerfrau den jungen Kaufmannserben ins Gesicht.

„Er hat das gleiche Alter wie ich, Euer Sohn?" fragte Moritz Stüren scheinbar ohne auf die Worte der Besucherin einzugehen.

„Er ist fast achtzehn Jahre, unser Niclas", entgegnete Elsina Berlinger irritiert.

„Nun, dann habe ich ihm bereits drei Jahre und die Abenteuer einer Reise in die welschen Lande voraus. Die Kenntnisse, die ich damals dort gewonnen habe, sind mir jetzt in dieser schrecklichen Lage, wo mein Vater uns verlassen hat, unsagbar wichtig. Er ist zwar schon etwas alt für eine Lehre in welschen Landen, aber trotzdem. Ich finde, auch Euer Sohn muss lernen. Ich werde alles Notwendige veranlassen."

Seine Stimme klang fest und entschlossen, er drehte sich seiner Besucherin zu, schaute sie milde lächelnd an, und Elsina Berlinger konnte die Tränen sehen, die in seinen Augen standen.

Dankbar verabschiedete sie sich von dem jungen Herrn. Als sie wenige Augenblicke später wieder auf dem Markt vor dem prächtigen Haus der Stüren stand, atmete sie erleichtert durch. Das war ein schwerer Gang gewesen. Bedrückten Herzens hatte sie vorhin dieses Haus, das schon eher ein Palast war, betreten, hatte die hohe prunkvolle Diele mit den schweren Truhen, den herrlichen Malereien an den Wänden und den zahllosen Leuchtern überall auf den Tischen bewundert. Was würde ein junger, unerfahrener Herr, der in tiefer Trauer über den Tod seines Vaters war, dem Besuch einer ihm völlig unbekannten einfachen Frau entgegnen? Sie hatte mit Wut, Ärger oder auch Missachtung gerechnet. Nur die Sorge um das Wohl ihres Sohnes und ihres Geschäfts hatte sie in die Höhle des Löwen getrieben.

Ihrem Vater, dem alten Anton Brand, einem angesehenem Kaufmann in Basel, war es damals nicht recht gewesen, dass sie den einfachen Höker Berlinger mit seiner armseligen Bude zum Mann genommen hatte. Gott lob, hatten ihre Schwestern bessere Partien machen können, so dass der Vater bald seinen Ärger vergaß und sie nach Eberstein ziehen ließ. Die ersten Jahre waren auch mühevoll gewesen. Viel Arbeit hatte es gekostet, bis sie mit Gottes Segen und dem Geschick ihres Mannes eine ordentliche Krame aufgebaut hatten. Dietrich Berlinger war ein guter Mann gewesen, ein fleißiger Händler und ein treusorgender Vater. Zusammen hatten sie es weit gebracht. Und nun sollte ihr Sohn sogar nach Italien reisen, Niclas sollte lernen, wie die großen reichen Kaufleute dort Handel trieben, er sollte die mächtigsten Männer Veronas treffen, ihre Sitten und Gebräuche erlernen, in ihren Palästen ein- und ausgehen und ihre Sprache sprechen.
Aber Elsina Berlinger wollte nicht, dass er ging. Sie drückte ihn ganz fest an sich und vergrub ihr Gesicht in seiner Brust. Ihre Tränen sickerten in den weichen Wollstoff seines Mantels. Sie fasste seinen Kopf mit beiden Händen und betrachtete noch einmal seine hellen Augen, seine schmale Nase, seinen Mund. Dann überschüttete sie dieses geliebte zarte Gesicht mit Küssen. Nein, sie wollte nicht dass er jetzt ging, sie wollte ihn nicht verlieren. Obwohl er an Jahren schon ein Mann war, so war er doch noch immer ihr Junge. Er sah so zerbrechlich und bleich aus, war weder stark noch groß gewachsen. Ihr einziger Trost war Konrad. Er war ihrem Sohn schon immer ein verlässlicher Freund und Beschützer gewesen, hatte ihn schon im Knabenalter um einige Haupteslängen überragt und war ihm

immer an Muskelkraft und Schnelligkeit überlegen gewesen. Dabei hatte er ihm aber stets mit Herzenswärme angehangen, hatte dem unterlegenen Niclas nie seine Stärken fühlen lassen, sondern immer zu kleinen Erfolgen im Klettern und Rennen, Raufen und Springen ermuntert. Wehmütig dachte Elsina Berlinger nun an diese frohen Tage zurück.

Die Abreise ihres Jungen war so schnell gekommen. Die letzten Wochen hatte sie in ihrer Angst vor dem Abschied gar nicht richtig wahrgenommen. Dietrich Berlinger trat an ihre Seite. Mit sanftem Druck löste er ihre Hände von den Schultern des Sohnes. Sein Mund war trocken und das Herz pochte schwer in seiner Brust.

Nun verabschiedeten auch die zwei Schwestern den Bruder, schlossen ihn in die Arme und küssten ihn traurig. Katherine drehte sich auch dem Knecht Konrad zu, der einige Schritte abseits wartete.

„Hab gut Acht auf ihn, Konrad. Er ist schwach, das weißt du nur zu gut", flüsterte sie ihm zu.

„Ich flehe dich an, bringe ihn wieder wohlbehalten zurück."

Ihre kleinen, schlanken Finger umschlossen seine massigen Hände mit einem ehernem Griff. Wie zwei Verschwörer blickten sie einander für Augenblicke fest an. Dann lächelten sie einmütig und Konrad nickte kurz.

Dieser Abschied war schmerzlich für die gesamte Familie. Die Frauen weinten, und auch für den erfahrenen Händler Dietrich Berlinger war es eine sorgenvolle Stunde, als der Sohn das Haus verließ, denn die Zeiten waren so unsicher wie noch nie zuvor. Gefahren und Hindernisse lauerten nun im ganzen Reich auf die Reisenden, Kriege verheerten die Länder in Europa, überall traf man auf Hunger und Not.

„Herr im Himmel, wende dich nicht ab von uns, verschone uns, strafe uns nicht, sondern beschütze uns." Dieses Gebet hörte man zu jener Zeit sehr oft und auch die Familie Berlinger sprach es, als ihr Sohn Niclas und der Knecht Konrad im Oktober 1346 nach der Stadt Verona in Italien aufbrachen.

Buch II

Kapitel 1

Der Monat Dezember ist ein rauer und grausamer Reisegefährte, dachte sich der erwählte und gekrönte König der Römer, Karl von Mähren aus dem Hause Luxemburg, als er seine durchnässten Kleider auszog und sich das vorgewärmte Fell, das ihm sein Diener reichte, um die schmalen Schultern legte. Sie hatten heute sieben Stunden im Sattel gesessen und dennoch kein allzu großes Stück ihres Weges nach Böhmen zurückgelegt. Schneidender Schneeregen und ein eisiger Wintersturm rüttelten an den Holzläden, als ersuchten sie verbissen Einlass in den geheizten Raum. Das Feuer in dem großen Kamin kämpfte gegen die Kälte, die durch die vielen Ritzen und Löcher in den Fensterläden und Türen kroch. Nur unmittelbar vor dem Kamin schien dieser ungleiche Kampf zugunsten der wohligen Wärme gewonnen, daher drängelten sich die Männer schweigend um das Feuer, sie reckten ihre blassblau gefrorenen Hände den Flammen entgegen und horchten angestrengt auf das Knacken der brennenden Scheite, damit sie nicht länger mit anhören mussten, wie mit grausamen Heulen der Sturm draußen nach ihren Seelen rief.

Karl hatte sich zwischen seine Männer dicht an das Feuer gestellt, aber statt Wohlbehagen verursachte die Wärme peinigende Schmerzen in seinen erfrorenen Füßen. In den Zehen spürte er das Stechen unzähliger Nadeln eines boshaften Teufels. In den Waden, so schien es ihm, bissen hunderte kleiner finsterer Dämonen ihre spitzen scharfen Zähne hinein und auch die Kälte, die seit Tagen seinen Körper umklammert hielt, wollte nicht weichen, obwohl er endlich der nassen und gefrorenen Kleider ledig war. Wie in heißen Wellen durchflutete sie seinen Körper, nun noch stärker, so schien es ihm, als noch vor einer Stunde, als er schon beinahe bewusstlos in seinem Sattel hing, starr, abgestumpft und unsagbar müde.

Ihr Ziel war noch weit, sie hatten noch einen langen Weg vor sich, umgeben von Feinden mussten sie sich durchschlagen durch das Elsass, durch Schwaben und Bayern bis sie endlich in das heimatliche sichere Böhmen kämen. Bis dahin durfte kein Mann erkennen, wer dort eigentlich unterwegs sei. Karl hatte seinen Männerbart abgenommen und das Gesicht glatt rasiert, so dass jeder ihn für einen Jüngling halten musste. Seine Kleidung war einfach, Beinlinge und Oberhemd waren aus groben Leinen, ein kurzer Wollmantel mit langen Ärmeln und einer einfachen angenähten Kapuze reichte ihm bis unter die Knie. Wer den gewählten und gekrönten König der Römer so erblickte, musste ihn für einen einfachen Schildträger und Edelknappen halten. Niemand erkannte König Karl, den edlen Spross des Hauses Luxemburg, Enkel Kaiser Heinrichs und Sohn des tapferen König Johann von Böhmen, der so ritterlich bei Crecy gekämpft hatte.

Wieder floh Karl vor seinen Widersachern, wich den Gegnern der heiligen römischen Kirche und den gebannten Feinden des Papstes aus, ein weiteres Mal versteckte er sich vor den Anhängern dieses ketzerischen Ludwigs von Wittelsbach, der sich den Titel Kaiser gegen jedes Recht angeeignet hatte.

„Der Bayer!" Beinahe angeekelt presste Karl das Schmähwort heraus. Erneut stahl er sich heimlich davon, wie vor Monaten, als er unerkannt das Schlachtfeld von Crecy verlassen hatte, noch bevor der Kampf entbrannt war. Das Dröhnen der Hufe unzähliger dampfender und schreiender Streitrösser spürte er auch an diesem Winterabend in dem armseligen Haus irgendeines elsässischen Edelmannes im Rücken, das Klirren der Schwerter und Rüstungen klang noch immer in seinen Ohren. Er hatte den Leichnam seines Vaters zurückgelassen. Erst später erfuhr er, dass einige gegnerische englische Ritter ihn geborgen hatten, um ihn aufzubahren und ihm die Ehre zu erweisen, die ihm als böhmischer König und untadeliger Ritter zustand.

„Wo sind wir hier?" Die Frage hatte Karl mit fester Stimme an seine Mitstreiter gerichtet. Obwohl er sie dabei aber nicht anblickte, sondern weiter dumpf ins Feuer stierte, hatte er plötzlich die Aufmerksamkeit aller auf sich gezogen.

„Ein Lehnsmann des Grafen von Leiningen hat uns hier in seiner Burg aufgenommen. Wir sind gar nicht weit entfernt von der Stadt Hagenau."

„Der Rhein ist direkt unter uns. Wir können morgen übersetzen."

Die wenigen noblen Mitstreiter des Luxemburgers beeilten sich mit ihren Antworten. Niemand von ihnen wollte den erst jüngst gekrönten König verärgert oder entmutigt sehen, jeder wollte in der Huld eines siegreichen Herrscher Karls stehen. Sie alle setzten ihre Hoffnungen auf König Karl, den Freund und Weggefährten des Papstes in Avignon, den großen Widersacher des selbsternannten Kaiser Ludwigs. Wenn jemand diese erbärmlichen und frevlerischen Zustände im Reich beenden konnte, dann war es dieser Karl. Sie wollten nicht länger den machthungrigen Bayern ertragen, der sich und seinen sündigen Söhnen eine Herrschaft nach der anderen ergaunerte.

Karl, der Enkel Kaiser Heinrichs, Markgraf von Mähren und Anwärter auf die Krone Böhmens, gewählter und gekrönter König der Römer, hing aber wieder schweigend seinen düsteren Gedanken nach, die auch der belebende Feuerschein, in den er seinen Blick fest gerichtet hielt, nicht erhellen konnte.

Mein Vater, der ruhmreiche König von Böhmen, der vorbildliche, untadelige Ritter Johann starb in der von Regen und Blut aufgeweichten Erde Frankreichs. Meine Männer nennen mich König, aber das wahre Abzeichen königlicher Macht und Herrschaft hält noch immer dieser frevelhafte Bayer in den Händen. Meine Krone ist nur falscher Tand, die man mir in diesem jämmerlichen Städtchen Bonn auf das Haupt setzen musste, da der Pöbel in Aachen, der altehrwürdigen Krönungsstadt Karls des Großen, noch immer auf der Seite dieses Ludwigs steht und uns nicht in seine Mauern hinein ließ. Nun sitz ich auf dieser kargen Burg, irgendwo fern ab von Böhmen, umzingelt von Städten und mächtigen Fürsten, die meine Königsherrschaft nicht anerkennen, sondern treu der gegnerischen Seite anhängen. Ist meine Königsherrschaft Teil der göttlichen Vorsehung? Was hat Gott der Allmächtige mit mir vor? Wird mein Herr Jesus Christus für mich und meine Sache streiten? Werden wir siegreich sein und dieser gottlose Bayer eines Tages stürzen?

Der Herr stehe mir bei.

Kapitel 2

Niclas Berlinger genoss diese winterlichen Tage bei seiner Familie in Basel. Fürwahr, er kannte die stolze Geburtsstadt seiner Mutter von früheren Besuchen. Aber damals war er ein kleines Kind gewesen, an der Hand seiner Mutter war er durch die Straßen gezogen, ohne die überwältigende Pracht der Häuser zu erkennen. Später war er als Knabe stundenlang durch die Gassen gestromert, hatte Kurzweil gesucht und den Anblick der fremdartig schillernden Waren auf den üppig sortierten Marktbänken und im städtischen Kaufhaus genossen. Es gab sogar eigens Häuser für die lombardischen Kaufleute und andere Gäste, wo sie ihre Ballen, Packen und anderes Gut entladen konnten, um es feil zu halten.

Der Junge hatte damals darüber nur staunen können, nun aber begann der Wohlstand der Basler Kaufleute die Aufmerksamkeit des jungen Mannes zu wecken.

Basel war imposanter und reicher als Eberstein, für Niclas war es eine segensreiche Stadt für Händler oder Kaufleute. Der ärmliche Mief kleiner Handwerker und Tagelöhner wehte hier nur in versteckten Vierteln am Rande der Stadt, im kleinen Eberstein dagegen stieß man an jeder Ecke auf dreckiges und armseliges Gesindel.

Bei aller Begeisterung für die Stadt Basel sehnte Niclas Berlinger dennoch ungeduldig das Ende dieses harten Winterwetters herbei. Erst wenn die Stürme sich legten und die frostige Kälte nachließ, war an eine Weiterreise in die welschen Lande zu denken. Dort, so hatte man ihm berichtet, seien die Städte noch prächtiger, die Kaufleute noch mächtiger und reicher, der Luxus ihrer Paläste unbeschreiblich und die Auswahl ihrer Waren einzigartig. Aus aller Herren Länder trafen Kaufleute in den welschen Städten zusammen, und bald würde Niclas Berlinger Teil dieses einzigartigen Spiels um Warenfuhren und Geld, Preise und Kredite sein. Er war nicht länger verzagt und furchtsam wie noch in Eberstein, je näher er dem Herzstück des Handels kam, desto freudiger wurde sein Sinn.

Der frische Schnee wehte durch die Gassen, aber Niclas zog weiter durch die Stadt, achtete nicht auf die weißen Flocken, die sich auf seiner Nase und seiner Kapuze schwerelos niederließen, sondern staunte über die herrlichen Auslagen auf dem Markt und dachte über die fernen Länder nach, aus denen all die Kostbarkeiten stammten.

„Niclas, komm endlich rein, es wird bald dunkel." Die vertraute Stimme riss ihn aus seinen Tagträumen. Konrads Cappe, ein aus gewalkter Wolle geschneiderter Reisemantel, war über mit Schnee bedeckt. Sie reichte ihm bis zu den Knöcheln, hatte lange Ärmel und schützte ihn bei jedem Wetter. Die angesetzte Kapuze hatte der Knecht tief ins Gesicht gezogen. Den rechten Ellbogen hielt er sich schützend vor die Augen, denn die Schneeverwehungen wurden immer heftiger und nahmen den beiden jungen Männern sowohl die Sicht als mittlerweile sogar die Luft zum Atmen. Niclas nickte nur kurz und gemeinsam machten sie sich auf zum Hause der Familie Brand. Sie sprachen nicht miteinander, denn der Sturm zerschnitt jäh ihr Gespräch, jedes Wort riss er gnadenlos ab und trug es fort.

Im Hause seines Großvaters schälten sie sich mühevoll aus ihren schneenassen Mänteln heraus. Es empfing sie ein herrlicher Duft von gekochtem Rindfleisch, Bohnen und allerlei Kräutern, die die Köchin sicher auch heute wieder zu einem wunderbar schmeckenden Ragout oder einer herzhaften Suppe vereinigen sollte. Bereits an den vorherigen Tagen hatten die jungen Gäste das vortreffliche Essen im Hause Brand genießen dürfen. Jeden Tag wurden edle Köstlichkeiten aufgetischt: stattliche Braten vom Kalb oder Lamm mit köstlichen Soßen, Spieße voller duftendem Hühnerfleisch, mit Rosinen, Datteln und Dörrzwetschgen oder mit grüner Salsen von Knoblauch, Koriander Zimt und Nelken, dicke, wohlschmeckende Eintöpfe mit fetten Würsten und zum Abschluss jeder Mahlzeit eine kräftige Suppe, die den Magen zu versöhnen und die

Verdauung anzuregen hatte. Anton Brand der Jüngere stand einem sehr wohlhabenden Haushalt vor und leitete ein blühendes, sehr einträgliches Handelsgeschäft, wie die jungen Gäste zu jeder Mahlzeit feststellen konnten.

Während Niclas sich der hinteren Treppe zuwandte, verschwand Konrad in die Küche. Dort gab es sicher eine gute Arbeit für ihn zu verrichten. Bei dem Schneesturm draußen hatten die Knechte der Familie Brand im Hof und im Lager nur wenig zu tun, es kamen oder gingen kaum neue Fuhren und die Vorräte waren wetterfest verstaut. Daher suchte sich jeder Knecht im Haus eine Beschäftigung und Konrad fand diese gerne in der Nähe der jungen Küchenmagd Ida. Die hockte in einer Ecke der Küche und schälte Rüben. Als der Knecht eintrat, schaute sie kurz hoch, murmelte barsch einige Worte zu ihm hinüber und beugte sich dann wieder über ihre Arbeit. Konrad konnte daher auch nicht sehen, dass sich ein glückliches Strahlen auf ihr Gesicht gelegt hatte.

„Du schwatzt seltsames Zeug, Weib. Kannst du nicht reden, dass man dich versteht?"

Das Mädchen hockte jedoch noch immer über ihrer Arbeit. Schließlich regte sie ihren Kopf in die Höhe und lachte den Knecht munter an.

„Du kannst jedenfalls nichts anderes als schwatzen. Komm lieber her zu mir und hilf mir mit den Rüben. Die müssen gerieben werden...und die Zwiebeln hacken. Wenn du weißt, wie das geht."

„Ich weiß noch ganz andere Sachen..."

„Hohoho, du bist ein frecher Bursche, das hab ich gleich gemerkt. Nun zeig, ob du auch ein tüchtiger Bursche bist, der einem Mädchen nicht nur mit leerem Gewäsch den Kopf ganz schwindlig macht."

So ging das muntere Geplänkel in der Küche zwischen Konrad und der Magd Ida immer weiter.

Niclas stampfte derweil die Treppe hinauf in die wohlig geheizte kleine Stube. Der alte Brand saß auf seinem liebsten Platz, einer kleinen Bank am

Ofen. Eingewickelt in eine schwere Wolldecke genoss er die wohltuende Wärme. Als er den schnaufend eintretenden Jungen hörte, schauten seine blinden Augen vergeblich suchend durch die Stube. Trotz seines hohen Alters hörten seine Ohren noch sehr scharf, was im Hause vorging, vielleicht weil sie seit Jahren schon sein schwächer werdendes Augenlicht ersetzen mussten.

„Niclas! Niclas? Wo bist du, mein Junge? Sag, ist's noch immer so ein dichtes Schneetreiben?"

„Dankt den Heiligen, dass Ihr nicht draußen umher laufen müsst, Großvater."

Der junge Mann trat milde lächelnd auf den Alten zu und streckte seine Hände dem Ofen entgegen. Die Familie hatte einmal diesen Mann gefürchtet, sein Wort hatte hier im Haus alles beherrscht und auch innerhalb der Stadt Basel war sie von einigem Gewicht gewesen. Nun aber beachtete keiner mehr den kauzigen Alten. Niemand im Haus hielt es für nötig, seine ständigen Fragen nach dem Wetter und dem Gang der Geschäfte zu beantworten. Die Mägde schoben ihm sein Essen hin und rückten ihn an den Ofen, dessen wohlig warmes Feuer die Knechte sommers wie winters nicht erlöschen lassen durften. Einzig Niclas mochte den Alten, schon immer hatte ein herzliches Band den Jungen mit seinem Großvater verbunden. Denn obwohl Anton Brand es nie verwinden konnte, dass seine jüngste, und auch schönste Tochter, einen geringen, mittellosen Krämer aus einer kleinen unbedeutenden Stadt zum Manne genommen hatte, hatte er doch ihren Sohn sofort ins Herz geschlossen. Er liebte den zarten, milchhäutigen Jungen mit den langen Locken, die sanft auf die schmalen Schultern fielen, seit er ihn im Alter von drei Jahren das erste Mal erblickt hatte. Seitdem hatte er es immer wieder eingerichtet, den Enkel zu sehen. Der Rhein war ihre Nabelschnur geworden, auf der sie hin und her reisten, um sich gegenseitig zu besuchen.

Plötzlich hörten sie schwere Schritte auf der Treppe, die Tür öffnete sich und vor ihnen stand die massige Gestalt des jetzigen Hausherrn. Anton Brand der Jüngere war ein eindrucksvoller Mann von bereits fünfundvierzig Jahren, der das selbstsichere Gebaren seines Vaters geerbt hatte. Jede seiner Gesten, jeder Blick und jedes Wort zeigten allzu deutlich, dass den Anweisungen des jüngeren Anton Brand nicht widersprochen wurden.

„Es sind Briefe für dich aus den welschen Landen angekommen."

Seine Sprache war knapp, nie verlor er sich in zielloser Plauderei, immer setzte er seine Worte sicher und auf den Punkt genau.

Eine Magd hatte ihrem Herrn in der kleinen Stube einen Imbiss aufgetragen, den er ohne Anzeichen eines Genusses stehend verspeiste. Anton Brand der Jüngere hatte es sich zur Gewohnheit gemacht, mehrere Tätigkeiten gleichzeitig zu erledigen. So nutzte er den Besuch bei seinem Vater, um sich nach dessen Befinden zu erkundigen, somit seinen Pflichten als Sohn zu genügen, sich für die weitere Arbeit zu stärken und gleichzeitig seinen Neffen etwas auszuhorchen. Denn ein guter Kaufmann, so mahnte er unaufhörlich, rechnet nicht nur mit Waren und Geld, Preisen und Gewichten, sondern auch mit der Zeit, wenn er einen guten Gewinn verbuchen wolle.

„Nehme an, es geht um deine Reise. Sind denn schon Nachrichten aus Eberstein gekommen?"

„Nein, Oheim, noch habe ich nichts vom Vater gehört."

„Das ist sicher ein gutes Zeichen. Dann haben sich die Dinge in deiner Vaterstadt wohl wieder etwas beruhigt."

„Ich versteh nicht, wovon Ihr sprecht, Oheim."

„Die Kunde von einer Verschwörung gegen den Rat eurer Stadt ist bis zu uns nach Basel gedrungen, mein Junge", Anton Brand der Jüngere wandte sich seinem Neffen nun mit ungeteilter Aufmerksamkeit zu, drohend erhob sich seine Stimme. Niclas Blick sprang Hilfe suchend zwischen seinem Großvater und dem Oheim hin und her.

„Dein Vater war wohl an der ganzen Geschichte nicht ganz unbeteiligt? Er musste vor dem Stadtgericht aussagen, habe ich gehört?"

„Das war gar nichts. Eigentlich wusste er nichts, wirklich. Nichts." Niclas konnte in seiner bedrängten Lage nur noch stottern.

„Aber die Verschwörer haben doch im Haus deines Vaters gewohnt, oder? Ich habe auch etwas von einem Totschlag gehört. Was war das für eine Sache?"

Niclas schaute abermals kurz zum Großvater hinüber. Dann polterte die strenge Stimme des Familienoberhauptes wieder durch die Stube.

„Sag an, Niclas, hat dein Vater Schwierigkeiten mit der Obrigkeit eurer Stadt? Hat er Schimpf und Schmach über seine Familie gebracht? Ist das der Grund, dass du zu den Welschen reist? Du, der Sohn eines kleinen Krämers? eines Käskrämers, eines Hökers…"

Vor Wut und Zorn donnerte nun die Stimme des jüngeren Anton Brand auf den geduckt ausharrenden Niclas herab.

„Gehst auf große Fahrt wie ein *mercator*! Ja, so nennen wir Kaufleute uns in Briefen. Aber der Sohn eines kleinen Krämers kann das nicht wissen."

„Halt ein, Sohn! Es ist genug!" Zitternd zwar, aber noch immer gebieterisch und mit der Würde vergangener Zeiten fiel der Alte dem jetzigen Hausherrn, seinem Sohn, ins Wort.

„Vater, Ihr wisst doch selbst, es geht hier auch um die Belange unserer Familie!" ärgerlich, und dennoch gehorsam mäßigte Anton Brand der Jüngere seinen Ton. Entschuldigend hob er die Hände, wandte sich wieder seiner kleinen Mahlzeit auf dem schmalen Tischchen neben dem bullernden Ofen zu und flüsterte nur noch:

„Immerhin ist deine Mutter eine Brand aus Basel, die Tochter eines angesehenen Kaufmanns."

Der Hausherr gönnte sich noch wenige Bissen, dann schob er die nur halb geleerte Schüssel beiseite und verließ mit verärgerter Miene die Stube. Dank seines aufbrausenden Gemüts hatte er nichts über die undurchschaubaren Ereignisse in Eberstein und den Anteil seines Schwagers daran in Erfahrung bringen können.

Niclas aber ließ sich neben seinem Großvater auf der schmalen Bank nieder, erleichtert dem gnadenlosen Verhör seines Oheims entkommen zu sein.

„Ihr wollt über das Gebirge? Das wird wohl noch einige Wochen dauern, bis die Pässe wieder frei sind. Jetzt kommen nur noch ein paar Boten durch, mehr nicht. Die Säumer sitzen in ihren Hütten und warten, dass der Schnee und die Kälte sich verziehen und dass der Sturm sich legt. Bei solch einem Wetter gibt es keine Fuhren über die Pässe."

Der Alte verstummte und hing seinen Gedanken nach, wohl kamen seinem greisen Geist Erinnerungen an eigene Abenteuer auf den vereisten und verschneiten Passwegen, die den erschöpften Saumtieren kaum noch Halt geboten und manch Fuhre gefährdet hatten.

„In meiner Jugend haben wir oft viel gewagt, sind bei Schnee und Glätte über den Septimer gegangen und der Herrgott musste uns oft retten aus manch gefährlicher Situation. Weißt du, mein Junge, wenn die Wege nass oder vereist sind, ist das gar nicht so schlimm, denn die Saumtiere haben Ochsenschuhe an, damit können die Viecher gut laufen."

Der Alte genoss es sichtlich, die alten, fast vergessenen Bilder aus seiner Erinnerung wieder lebendig werden zu lassen. Ein entspannter Ausdruck legte sich über sein raues, von Falten gefurchtes schmales, beinahe abgemagertes Gesicht. Seine blinden Augen schlossen sich, als müsse der Alte die Bilder der Gegenwart ausblenden, um sich auf die Vergangenheit besinnen zu können.

„Über den Septimer und den Maloja sind wir oft gegangen. Das waren gute Wege. Ich war in Mailand, Como und viele Male auch in Genua." Der Alte hielt noch immer die Augen geschlossen. Ein scheues Lächeln strich über seine trockenen, zerfurchten Lippen.

„Wart Ihr auch in Venedig, Großvater?"

146

„Ja, mein Junge. Das ist die Perle." Der alte Brand nickte.

„Venedig ist die prächtigste Stadt, die du dir denken kannst." Anton Brand der Ältere suchte mit seinen krummen Fingern die Hand des Enkels. Als er sie nicht fand, streichelte er hilflos und fahrig den Arm, den Oberschenkel und die Haare des Enkels.

„Die Häuser stehen im Wasser, aber sie versinken nicht, mein Junge, denn die besten Baumeister errichteten sie. Auf Pfählen haben sie die Stadt im Meer gebaut. Ein wahres Wunderwerk. Und diese Häuser sind so gewaltig und prächtig, mit Zinnen bekränzt, die Tore mit Säulen und Rundbögen geschmückt. Sie spiegeln sich im Wasser und die ganze Stadt funkelt und blitzt wie ein Edelstein. Und Märkte gibt es dort. Wahrhaft riesengroß. Tausende von Händlern kann man dort sehen aus den entferntesten Winkeln der Erde."

Niclas strahlte seinen Großvater begeistert an.

„Erzählt doch weiter, bitte, Großvater."

„Ich habe dort Menschen gesehen, die hatten eine kohlschwarze Haut, als seien sie verbrannt. Man sagte mir, dass dies sehr wohl so sein kann, denn diese schwarzen Männer kamen aus Afrika, wo die Sonne sehr heiß brennt. Dann habe ich Kaufleute mit langen schwarzen Haaren gesehen, die zu vielen kleinen Zöpfchen geflochten waren, länger als unsere Weiber sie hier tragen. Diese Kaufleute trugen auch seltsame Hüte aus Pelzen. Und sie waren auch sonst sehr fremdartig. Sie trugen lange Dolche an ihren Gürteln und wenn sie wähnten, jemand habe sie betrogen oder beleidigt, stachen sie sofort denjenigen nieder. Ihre Sprache war rau und dauernd brüllten sie einander an. Aber sie brachten kostbare Waren nach Venedig. Schöne Pelze, Edelsteine und Seidenstoffe."

Der Alte war ob der Wucht der schönen Erinnerungen an seine früheren Reisen ganz aufgeregt und frohgemut. Wieder huschte ein Lächeln über die blinden Augen und den greisen Mund. Aber so plötzlich diese Regung auch über sein Gesicht flog, ebenso schnell verhärmte sich sein Ausdruck auch wieder. Die Lippen wurden zu einem schmalen, dünnen Strich, das Kinn zitterte unmerklich, die blinden Augen rissen auf und starrten erschrocken auf einen unsichtbaren, weit entfernten Punkt.

„Aber wie habe ich zu meinem Herrgott und allen Schutzheiligen gebetet, als wir einmal von einer Lawine verschüttet worden waren? Die Ochsen schrieen vor Angst, und ich glaubte, der Gevatter Tod wolle mich holen, da kurz vor dem Malojapass. Ich lag tief unter dem Schnee begraben, wie in einem Grab lag ich da. Alles war dunkel um mich herum. Auch hatte ich kaum Luft zu atmen, mit jedem Zug atmete ich Schnee in meine Brust hinein, der wie dutzend Messerstiche schmerzte. Ich betete mit ganzer Kraft, dass mich mein Herrgott retten möge, ich betete zur Jungfrau Maria und zum heiligen Christophorus. Dann fing ich wie wild an zu graben mit meinen Händen und Füßen, obwohl ich überhaupt nicht wusste, wo der Himmel und wo die tiefen Abgründe der Hölle lagen. Aber alle Mühe war vergebens. Der Schnee lag schwer auf mir. Meine Beine konnte ich bald nicht mehr bewegen, ich spürte weder meine Füße noch meine Knie. Auch die Arme wurden mir schwer, und ich bekam keine Luft mehr, denn der Schnee drückte auch auf mein Gesicht. Da gelang es mir, mit einer Hand mein Gesicht etwas zu schützen. Ich lag nur noch da in diesem Schneeberg, der um mich herum war, mich gefangen hielt. Immer schwerer lag der Schnee auf mir, wie ein mächtiger Fels, und ich konnte mich bald nicht mehr bewegen, er schnürte mich geradezu ein. Die Allmacht unseres Herrn Jesu Christi hat mich dann gerettet."

Der Alte bekreuzigte sich heftig und Niclas tat es ihm ergriffen nach, aber als sein Großvater daraufhin in betrübtem Schweigen verharrte, forderte der Junge ihn ungeduldig auf weiter zu erzählen.

„Wie seid Ihr da heraus gekommen?"

Der Greis schreckte zusammen, offenbar war er in Gedanken weit zurück an diesen Schreckensort in den Alpen gereist, wo er als junger Mann dem Tod hatte entwischen können. Nun entsann er sich wieder.

„Ach Niclas, mein guter Sohn. Ja, ich wurde gerettet. Einer der Säumer hat meine Schreie gehört und mich befreien können. Er zog mich heraus. Gott der Allmächtige hat mich aus meinem Grab erlöst."

Niclas blickte den Alten fragend an, doch der lehnte seinen gebeugten, schmerzenden Rücken an den Ofen an, schloss wieder die Augen und verschränkte die Arme über der schmalen eingefallenen Brust. Der junge Berlinger erkannte, dass sich sein Großvater allein in Gedanken auf die Reise in vergangene Zeiten und an entlegene Orte machen wollte. Er überließ den Alten seiner Grübelei, schob die kalten weißen Hände mit den krummen Fingen des Greis unter die schwere Wolldecke und schlich fast lautlos aus der Stube. Da war der alte Anton Brand aber schon eingeschlafen.

Als Niclas das Kontor des Hauses Brand betrat, war er noch immer in Gedanken bei seinem Großvater. Der Alte hatte viel erlebt, als er noch jung an Jahren in die fernsten Länder gereist war. Der junge Berlinger mochte diese Geschichten von fremden Märkten und Basaren, von unbekannten Gewürzen, teuren Stoffen und geheimnisvollen Kaufleuten, deren Sprachen unverständlich waren und die nicht an Gott und die heilige Kirche glaubten. Als sein Oheim ihn ansprach, sah sich Niclas zwischen den vielen Schreibpulten und Büchertischen erschrocken um. Nun kam es ihm wieder in den Sinn, dass er hinunter ins Kontor gekommen war, um die Briefe aus Italien zu holen.

„Sie liegen dort, neben den anderen."

Sparsam an Worten erteilte Anton Brand der Jüngere auch diesmal Anweisungen. Beinahe ein Dutzend Schreiber und Gehilfen war um ihn herum. Einige standen an den Pulten und schrieben in riesige Bücher mit feiner Schrift unendliche Zahlenreihen, andere trugen sorgfältig verschnürte Päckchen voller Briefe durch den Raum. Ganz dicht hinter Niclas Rücken, neben einem Schreibpult, stand ein etwas älterer Gehilfe, der einem jungen Schreiber einen Brief diktierte. Keiner der Männer schien Niclas Berlinger aus dem kleinen Eberstein zu bemerken. An der Längsseite des Raumes erstreckte sich eine lange Bank, auf der eine eindrucksvolle Reihe schwerer Bücher lag. Dem jungen Krämersohn wurde ein weiteres Mal bewusst, dass von diesem Kontor weit beträchtlichere Geschäfte getätigt wurden, als von der kleinen Rechenstube seines Vaters. Hatte der ein Buch, in das er alle Eingänge und Ausgaben schrieb, so benötigte man hier zahllose Register, Listen und Rechnungsbücher, um die Warenmengen zu erfassen.

Der alte Anton Brand hatte ihm in diesem Kontor schon einiges gezeigt und ihm erklärt, dass sein Sohn mit zahlreichen Kaufleuten in fremden Städten in Verbindung stand, gemeinsam wickelten sie oft ihre Geschäfte ab und regelten vor Ort die Angelegenheiten des anderen, besonders in Gelddingen war eine Zusammenarbeit oft sehr einträglich. Hatte Anton Brand der Jüngere dort bei seinen Geschäftsfreunden Außenstände, so wurden sie alle sorgfältig in dem blau eingebundenen Buch verzeichnet. Auch wusste Niclas, dass die Agenten seines Oheims hauptsächlich Barchent und Leinen in der Umgebung Basels aufkauften, das Anton Brand dann nach Italien transportieren ließ, um es in Mailand oder Genua weiter verkaufen zu lassen. Von dort brachten seine Männer auf dem Rückweg vor allem kostbares Tuch mit, Brokat, Seide und edle Perlenstickereien, die er den edlen Herren und Damen auf ihren Burgen entlang des oberen Rheins, den Grafen und Rittern, und oft auch einigen Bischöfen und Prälaten verkaufte.

Als Niclas das erste Mal die kostbare Seide aus Lucca gesehen hatte, war es ihm gewesen, als trügen ihn seine Augen. Wie Edelsteine glänzte der feine Stoff. Ohne es zu berühren erkannte der junge Mann, dass dieses Tuch sanft die Haut berührte, sie streichelte und umschmeichelte. Die Farben waren kräftig, dennoch lag ein feiner Schimmer auf der Seide, der die Augen blendete und sie gleichzeitig im Bann hielt. Er starrte wie verzaubert auf die kostbare Fracht. Schmunzelnd hatte sein Oheim einen weiteren Ballen hervorgeholt. Die Verzückung des Jungen hatte seinen

Stolz geweckt. Vorsichtig hatte der Kaufmann den sorgfältig verschnürten Packen gelöst, die schützenden Wolltücher abgewickelt und einen herrlich glänzenden, nachtblauen Samet zum Vorschein gebracht. Auch dieser Stoff war in Lucca aus feinster Seide gewoben worden, feine Goldfäden durchzogen das Tuch und glitzerten wie Sterne.

Ein edler Herr hatte sicher später seinem Oheim sehr viel Geld dafür bezahlt, und eine anmutig schöne Dame trug vielleicht nun einen prächtigen Mantel aus eben diesem Samet. Niclas aber konnte nur an diese verlockende Stadt in Italien denken, aus der dieser Samet zu ihnen gekommen war. Wie herrlich musste Lucca sein, wenn sie solch Kostbarkeiten hervorbringen konnte?

Der junge Niclas Berlinger aus Eberstein sehnte den Tag seiner Weiterreise nun immer glühender herbei. Er schaute flehend zum Himmel empor und hinüber zu den Gipfeln des fernen Gebirges, das ihn von jenen begehrten Orten trennte, von denen sein Großvater so berückend erzählen konnte. Sobald der Sturm sich legte, sobald keine Lawinen die Reisenden mehr gefährdeten, sollte Niclas endlich aufbrechen können, um Mailand, vielleicht auch Lucca, bestimmt aber Verona zu sehen.

Kapitel 3

Der Aufenthalt der jungen Gäste aus Eberstein in Basel hatte sich bis in den Februar hinein gezogen. Die Luft war zwar noch immer kalt, aber sie hatte schon jenen frischen, süßen Duft, der das Nahen des Frühlings verkündete, und die Menschen spürten allmählich in jeder Brise die sanfte Milde um ihre Köpfe wehen, die schließlich auch in diesem Jahr den rauen Winter vertreiben sollte. Niclas Berlinger und sein Gefährte, der Knecht Konrad, bestiegen am Morgen des 12. Februars, am Vortag der Fastnacht des Jahres 1347, einen Kahn an einem eher abgelegenen Pier, nahe der Mauern Basels und nahmen ihre Reise von dort wieder auf.

Sie fuhren den Rhein aufwärts, passierten Rheinfelden, Laufenburg und Diessenhofen und machten zwei Tage Halt in Konstanz. Dort schlossen sie sich einer Händlerschar an, die ihre Waren nach Mailand und Genua bringen wollte. Zusammen mit den erfahrenen Kaufleuten überquerten sie dann den großen See in Richtung Lindau und Fussach, um von dort den Weg über das große Gebirge hinüber ins welsche Land zu nehmen. Auf Lastkarren und Packgäulen wollten sie auf der Straße weiterreisen, zuerst nach Feldkirch und Vaduz, von dort weiter nach Chur und schließlich wollten sie über den Septimerpass hinüber in die welschen Lande ziehen, geführt von Männern dieser Gegend, den Säumern, die die Waren der Kaufleute auf Ochsen, Pferde und Esel luden und sie alle sicher über die riesigen, schneebedeckten Gipfel bringen konnten.

So hatte Dietrich Berlinger es Monate zuvor in Eberstein vorbereitet. Zahllose Briefe, in denen alles so abgesprochen worden war, hatte er nach Basel, Konstanz, Chur und auch zu dem Gastgeber seines Sohnes nach Verona in Italien geschickt.

Aber Gottes Wille war ein anderer.

Niclas und Konrad saßen müde in einer Taverne nahe dem Seeufer in der Stadt Lindau. Sie hatten an diesem Tag den großen See auf einem Lastenkahn überquert und, da dies ihre erste Schiffsreise über solch ein großes Wasser gewesen war, litten sie beide an schrecklicher Übelkeit. Bisher waren sie nur auf Kähnen den Rhein entlang gefahren, das Ufer immer in sicherer Nähe.

Keiner wollte etwas essen, beiden schmerzten die Köpfe. In ihren Bäuchen rumpelte und polterte es noch immer. Sie wollten sich aber auch noch nicht auf ihre Nachtlager begeben, denn mit Schrecken dachten sie an den kommenden Morgen, an dem sie die letzte Strecke auf diesem gewaltigen See hinüber nach Fussach setzen sollten.

„Na, ihr beiden? Freut ihr euch schon auf unsere Seefahrt morgen früh? Wird ja leider nur eine kurze Freude, aber vielleicht ist unser Herr Jesus Christus so gut und schickt uns mal ein ordentliches Lüftchen. Heute, das war ja nichts. Der Kahn hat sich kaum bewegt. So ein richtiger Sturm, das ist das richtige!" rief Berthold Bachscherr und sein tiefes Lachen dröhnte durch die Taverne, die zu dieser frühen Abendstunde nicht sehr voll war. Neben der Tür saßen zwei Männer und tranken aus hohen Bechern verlockend schäumendes Bier. Die Händlerschar, der sich Niclas und Konrad in Konstanz angeschlossen hatten, saß an einem langen Tisch an der hinteren Wand des Schankraums. Ihre schon leer gegessenen Schüsseln standen vor ihnen, aber in den Bechern schäumte noch das Bier. Berthold Bachscherr war ein stämmiger Mann von dreißig Jahren und der unbestrittene Anführer der Gruppe. Er war erfahren, besonnen und gutmütig, dabei ließ er sich jedoch von keinem hintergehen, er kannte alle Schwindel und die Säumer achteten ihn und seine Klugheit. Gutmütig klopfte er dem jungen Berlinger auf die Schulter.

„Lass man gut sein. Das wird schon wieder, wenn du etwas Ordentliches isst, dann ist dir auch wieder besser. Ein Bursche wie du muss doch etwas Kräftiges im Bauch haben." Bachscherr lachte wieder dröhnend, griff sich seine Schale und ging, um sich einen Nachschlag zu holen, noch einmal zu dem großen Kessel, der in der Mitte des Gastraumes hing und in dem ein milchiggelbgrauer Mus dampfte.

Auf diesen gut gemeinten Rat konnte Niclas aber nichts mehr erwidern. Erschrocken sprang er auf, sein Gesicht hatte jene grau-grüne Farbe, die schlimmste Übelkeit verrät. Er schaffte noch vier Schritte zur Tür, aber kurz vor der Schwelle erbrach er sich.

Laut schimpfend kam eine alte ‚dicke Magd aus der Küche gelaufen, sie stieß einige Verwünschungen in einer dem Ebersteiner unverständlichen Sprache aus und holte einen Eimer Wasser und einige Lappen, kniete umständlich nieder und begann zu wischen.

Niclas aber wankte nach draußen. Die Dunkelheit war schon über die Stadt hinein gebrochen, die fremden Gassen lagen in völliger Finsternis vor ihm. Daher blieb er nach wenigen Schritten stehen, obwohl er große Lust verspürte zu laufen und sich in der kalten, reinen Luft zu bewegen. Ihm war noch immer, als läge ein tonnenschwerer Felsblock auf seinem Kopf. Er fühlte sich schmutzig, die schlechte Luft aus der Taverne steckte noch in seinen Kleidern, er hatte sie noch in der Nase und sie umnebelte seinen Geist. Begierig sog er die kühle Abendluft ein, von fern hörte er die Wellen des Sees an das Ufer schlagen, als eine Stimme hinter ihm kaum hörbar flüsterte:

„Die Obere Straße ist ein schlechter Weg in diesen Zeiten.“

Niclas Augen suchten in der Dunkelheit.

„Geht besser nicht über den Septimer. Die Obere Straße ist zu gefährlich.“

Wieder zischte die unheimliche Stimme aus der Dunkelheit.

Der Himmel war zwar klar, aber der Mond hing nur als schmale Sichel über der Stadt. Sein spärlicher Schein glitzerte auf den Wellen des Sees. Die finsteren Gassen der Stadt aber, die sich vor ihm ausstreckten, verschluckten das bleiche Mondlicht gänzlich. Erschrocken drehte sich Niclas um, als er angestrengtes Atmen neben sich spürte. Da erst sah er die Umrisse eines Mannes. Nur zwei Ellen weit stand der Fremde von ihm entfernt. Niclas fuhr der Schreck in alle Glieder. Seine Übelkeit und seine Schmerzen waren jäh verflogen.

„Wer seid Ihr? Was wollt Ihr von mir?"

Wie sein ganzer Körper zitterte auch seine Stimme, sei es vor Schrecken oder aus Angst. Er hörte seine Zähne laut aufeinander schlagen und das Blut in seinen Ohren rauschen. Dann kam wieder diese fremde Stimme aus der Dunkelheit.

„Verzeiht mir, ich wollte Euch nicht ängstigen. Es war falsch, Euch hier in der Dunkelheit anzusprechen. Aber ich hatte Sorge, Ihr würdet hinaus laufen, um durch die Gassen der Stadt zu ziehen. Das ist sehr gefährlich. Ihr seid doch fremd hier?"

Nun bemerkte Niclas, dass die Stimme nicht unfreundlich klang. Der Fremde mochte so alt sein wie sein Vater und auch dessen Gestalt haben.

„Ich komme aus Eberstein."

„Ich hörte drinnen Eure Gefährten laut reden. Ihr wollt über den Septimer? Da rate ich Euch, nehmt einen anderen Weg. Viele Überfälle sind auf der Oberen Straße über den Septimer in der letzten Zeit geschehen. Die Placker in den Bergen rauben beinahe jeden Warenzug, der über den Pass kommt, aus."

„Wer seid Ihr? Woher wollt Ihr davon wissen?" Niclas hatte sich mittlerweile beruhigt und seine Stimme war wieder etwas fester geworden.

„Erlaubt, dass ich mich vorstelle, ich heiße Abraham Simoni. Ich führe Waren hinüber in die welschen Lande. Wir sollten aber nicht so lange in der Kälte stehen. Kommt wieder hinein. Ihr seht elend aus."

Der Fremde fasste Niclas mit sanftem Druck am Ellenbogen und führte ihn wieder ins Gasthaus hinein. Kaum waren sie durch die Tür getreten, sprang Konrad auf sie zu.

„Wo bist gewesen? Bist du etwa in die finstere Kälte hinaus gelaufen?"

„Nun bleibe ruhig, Konrad. Der Herrgott wacht über mich. Er hat mir auch diesen freundlichen Helfer geschickt. Lass uns durch, ich will ihn zu Bachscherr bringen."

Die drei gingen zum Tisch an der hinteren Wand, an dem die Händlerschar zuvor noch übermütig gespeist hatte, den nun aber die meisten Männer der Fahrtgemeinschaft schon müde verlassen hatten. Sie hatten sich erschöpft die Treppe hinauf in den Schlafsaal geschleppt und waren dort wie tot auf ihre einfachen Nachtlager gefallen. Berthold Bachscherr aber saß mit noch zwei weiteren Gefährten unten und starrte in seinen Becher. Als er Niclas und Konrad zusammen mit dem Fremden kommen sah, spannten sich seine bereits schon erschlafften Gesichtszüge und sein müde gebeugter Körper richtete sich auf.

„Warst du etwa noch in der Stadt unterwegs? Es ist bereits spät und dunkel, Niclas!"

Obwohl seine Worte an den jungen Berlinger gerichtet waren, schauten seine Augen fragend auf den Fremden.

„Dieser Mann hat Neuigkeiten für uns, Berthold Bachscherr. Ich denke er sollte dir sagen, wie es um unseren Weg über das Gebirge steht." Niclas schob den fremden Mann nach vorn, so dass er dicht bei dem Anführer der Händlerschar stand.

„So, Ihr wollt mir etwas erzählen, wie? Wer seid Ihr überhaupt?"

Der Fremde machte eine demütige Verbeugung und trat einen Schritt zurück. Offenbar war er gewohnt, anderen in unterwürfiger Haltung zu begegnen, obwohl er ein freier Mann zu sein schien.

„Werter Herr, mein Name ist Abraham Simoni. Ich komme aus Regensburg, aber jetzt habe ich eine kleine Hütte in einem Dorf in der Nähe von Lindau. Ich verfrachte Waren für einen angesehen Kaufmann meiner Vaterstadt über die Berge nach Mailand und Genua."

Bachscherr lehnte sich zurück und starrte den Fremden ernst an.

„Ein Jude also?"

„Ja, mein Herr. Mein Vater war der angesehene Elieser ben Mosche Simoni." Wieder verbeugte sich der Fremde.

„Weshalb lebt Ihr dann hier? Weit weg von Eurer Familie? Euren Leuten?" Bachscherrs Blicke schienen den Fremden zu durchbohren.

„Er weiß wichtige Neuigkeiten über die Pässe, die wir nehmen wollen", stieß Niclas dazwischen.

„Nun gut, erzähl, Jude."

Berthold Bachscherr zog dem Fremden einen Hocker heran und wies ihn mit knapper Geste sich zu setzten. Wieder verbeugte sich Abraham Simoni und begann zu erzählen.

„Ich bringe Waren für den ehrenwerten Regensburger Kaufmann Herbold Zössener über die Obere Straße von Chur nach Chiavenna und dann weiter nach Mailand. Die Säumer übernehmen meist in Lenz die Ballen und laden sie auf ihre Tiere, von da an bringen sie die ganze Fuhre über den Septimerpass. Viele Jahre war der Weg leidlich sicher. Der Bischof von Chur besitzt das Geleitrecht auf dieser Straße und die edlen Herren, die Grafen und Ritter, haben das auch meist geachtet. Nur selten geriet ich in einen Hinterhalt räuberischer Placker. Diese Überfälle hat der Herr Bischof dann meist streng bestraft. Dafür hat ihn mein werter Herr Zössener ja auch immer gut bezahlt. Aber in letzter Zeit ist die Obere Straße gefährlicher geworden. Ich bin zwei Mal überfallen worden. Sie hatten schwere, gute Schwerter und schnelle, kampfgeübte Rösser. Einmal, kurz vor Lenz, stahlen sie uns die gesamte Warenfuhre. Ein anderes Mal schlugen sie zwei Säumer nieder und nahmen uns wieder die ganze Fracht. Das war kurz nachdem wir die Stadt Chur hinter uns gelassen hatten. Auch haben uns bewaffnete Reiter auf der Straße zwischen Feldkirch und Vaduz aufgelauert. Das war drei Tage nach Epiphania Domini, wie Ihr wohl sagt, meine werten Herren."

Abraham Simoni hielt kurz inne. Die Bilder jenes schrecklichen Geschehens stiegen in seiner Erinnerung wieder auf. Die Magd hatte vor ihm einen

Becher Bier gestellt. Begierig griff er nun danach und ließ den Trunk mit eiligen Schlücken durch die Kehle hinunter fließen. Mit dem Handrücken strich er sich über den Mund und hob wieder an zu erzählen:

„Sie haben wild um sich geschlagen. Drei Packgäule gingen uns durch. Es war ein fürchterliches Geschrei. Sie hieben auf die Tiere ein, auf die Warenballen, sie zerschlugen alles, was sich ihnen in den Weg stellte. Wir waren ein halbes Dutzend Männer, alle im Auftrag großer Kaufmänner aus Regensburg. Sie schlugen uns nieder, einige bluteten so stark, dass sie mehr tot als lebendig am Straßenrand lagen. Ich selbst bekam von einem grausamen Reiter, der rasend auf mich zugestürmt kam, einen Schlag gegen den Rücken, der mir die Luft abschnitt und mich niederfällte wie einen Baum. Ich sah noch, wie er meinen Sohn packte, dann bekam ich einen weiteren Schlag gegen den Kopf und alles um mich herum war dunkel."

Der Fremde hielt inne.

„Als ich erwachte, lagen zwei meiner Gefährten tot neben mir und mein Sohn und der Regensburger Bürger Heinrich der Wolfegger waren fort. Die Grafen von Werdenberg haben dem Rat meiner Vaterstadt einen Brief übersandt. Sie fordern nun ein hohes Lösegeld für die beiden."

„Die Grafen von Werdenberg haben Euch überfallen?" fragte Berthold Bachscherr erschrocken.

„Ihre Söldner. Die machen auch wieder die Obere Straße unsicher. Sie sind es, die mich überfallen und ausgeraubt haben. Deshalb sage ich Euch, meidet diesen Weg. Nehmt die Untere Straße über den Splügenpass oder den San Bernardino."

Berthold Bachscherr nickte gedankenverloren.

„Hinter Feldkirch sind die Straßen neuerdings wieder voller Räuber und Diebe, Söldner und Herumtreiber. Es sind wahre Placker allesamt und sie stehen im Dienst der Grafen, wie damals, als der große Krieg war zwischen denen von Werdenberg und denen von Montfort. Nun ist wieder Unfriede zwischen ihnen ausgebrochen."

Der Fremde redete aufgebracht und mit lauter Stimme.

„Ja, ja, Jude, ich weiß davon. Aber es ist dauernd Streit und Krieg entlang der Passwege. Der edle Herr Donat von Vaz führte seinerzeit eine fürchterliche Fehde mit dem Bischof von Chur, wenn Ihr Euch erinnert?"

Berthold Bachscherr richtete seine Frage an alle Männer, die noch in der kleinen Runde verblieben waren. Alle nickten müde und betroffen.

„Die Waren der Kaufleute sind schon von jeher die Beute der Placker hier gewesen. Nennen sich edle Ritter und sind doch nur Strauchdiebe."

„Ich habe Euch gewarnt. Die von Werdenberg wollen die Säumer und die Kaufleute zwingen, ihre Straßen zu nehmen. Die Waren sollen auf der Unteren Straße über den Splügen oder den San Bernhard. Sie wollen dem Bischof von Chur das gute Geschäft mit der Oberen Straße abnehmen. Auch haben sie einen großen Streit mit dem Grafen von Montfort hier auf der Burg. Es sind schlimme Zeiten, schlimme Zeiten sind das."

Abraham Simoni richtete sich behäbig auf, schaute Niclas lange mit sehnsüchtigem Blick an, stumm trauernd und das Bild des eigenen Sohnes vor Augen, zuckte dann hilflos mit den Schultern und schlurfte bedrückt zur Tür, mit gebeugtem Rücken und schweren Beinen, die nur noch langsam und kraftlos den abgezehrten Körper trugen. Die Erinnerung an den Sohn hatte ihn jäh altern lassen.

„Wir werden uns nun schlafen legen. Morgen werde ich, Gott stehe mir bei, eine Entscheidung gefällt haben."

„Aber ich verstehe dich nicht, Berthold Bachscherr, der Jude hat uns doch gesagt, welchen Weg wir nehmen sollen!"

Niclas Berlinger starrte den erfahrenen Kaufmann fassungslos an. Peter der Wipflin, ein großer hagerer Mann, der bisher schweigend neben Bachscherr gesessen hatte, erhob seine dünne, schrille Stimme, dass es wie aus einem Weibermund tönte:

„Nun dieser Jude ist bei Gott ein seltsamer Gast. Ich habe noch nie einen Juden gesehen, der weit ab von seinen Leuten wohnt."

„Da hast du ganz recht gesprochen, Peter, er ist fürwahr seltsam. Nun, ich habe mich von den Juden immer fern gehalten. Ich kenne mich mit denen nicht aus, aber sie sind allesamt unheimlich. Weiß der Teufel, was sie da treiben in ihren Tempeln. Dauernd schließen sie sich ein, sitzen da alle zusammen bei einem schwachen Talglicht und treiben geheime Sachen." Die Rede des Berthold Bachscherr hatte den Wipflin ermutigt, noch einmal die Rede keck zu führen.

„Sie essen nicht unsere Speisen, beten nicht mit uns in unseren Kirchen und sprechen auch ganz fremd. Sie sind allesamt ein verfluchtes Volk." Peter Wipflin bekreuzigte sich hastig, die anderen taten es ihm nach.

„Wie dem auch sei, ich entscheide, welchen Saumpfad wir nehmen werden. Gottes Beistand wird uns auf dem richtigen Weg geleiten." Berthold Bachscherrs Worte hingen wie bleierne Gewichte über den Köpfen der Männer. Wieder bekreuzigten sie sich, dann erhoben sie sich schweigend und stiegen hoch in den Schlafsaal, wo sie sich wortlos zur Nachtruhe niederlegten.

Konrad, der Knecht, hatte auch die Rede des Juden mitangehört und lag nun noch lange wach. Sein Körper fühlte sich schwer an wie ein massiger Fels, regungslos drückte er sich auf den Boden, unter sich nur eine dicke, filzige Wolldecke. Seine Beine schmerzten vor Müdigkeit, verworrene Gedanken aber kreisten durch seinen Kopf und ließen keinen Schlaf zu. Die Worte des Juden echoten in seinen Ohren. Auf dieser Reise lauerten vielerlei Gefahren auf sie, Konrad wusste es nur zu gut. Immer wieder betete er zu den Schutzheiligen, erflehte ihren Beistand und sooft er konnte, betete er auch seinen Herrgott an, damit dieser über ihn und Niclas Berlinger wachen möge.

Am frühen Morgen, die Sonne war noch nicht über die Berggipfel gekrochen, brachen die Reisegefährten auf. Die Kahnfahrt über den großen See hinüber nach Fussach war auch an diesem Wintermorgen ruhig, dennoch erlitten Niclas und Konrad wieder schreckliche Qualen. Der Knecht wunderte sich, dass wie Tags zuvor sich auch heute bei dem sanften Schaukeln seine Innereien ebenso zusammenzogen, der kalte Schweiß auf seine Stirn trat und sein Kopf anfing zu pochen. Als ihr Kahn die Mitte des Sees erreicht hatte, konnte er aber schon kleinen klaren Gedanken mehr fassen. Nur der eine Gedanke, dass sich unter ihm ein Abgrund voller Wasser befand, gefährlich wie der Höllenschlund, der gierig seiner Seele auflauerte, wirbelte unablässig durch seinen Kopf. Als Konrad und Niclas endlich wieder das feste Land betraten, hatten ihre Gesichter noch immer jene grüngräuliche Verfärbung einer wahrlich fürchterlichen Seekrankheit, und ihre Knie zitterten bedrohlich. Niclas war sich sicher, den entsetzlichsten Teil ihrer Reise hinter sich gebracht zu haben. Konrad aber fürchtete, dass noch weitere Schrecknisse ihrer harrten.

Sie verluden schnell die Waren auf Packgäule und Lastkarren und machten sich auf den Weg entlang des Flusses nach Feldkirch. Auf der Straße trieben sie die Tiere immer wieder lautstark an, denn sie hatten eine lange Strecke an diesem Tag vor sich und mussten eilen. Die Dämmerung hing schon bedrohlich über der Stadt, als die Reisenden endlich in der Herberge ankamen. Müde verstauten sie die Waren und versorgten die Packtiere, ohne auf die Häuser und Gassen Feldkirchs zu achten.

Auch am nächsten Morgen ging es eilig weiter, schon früh bei Sonnenaufgang saßen sie in den Sätteln und trieben die Tiere von neuem an. Konrad blinzelte noch verschlafen in das frische morgendliche Glitzern der über die Hügel vor der Stadt aufsteigenden Sonne, als sein Blick auf die stolze Burg fiel. Sie war eingefügt in die Stadtmauer, ihre Mauern fügten sich ein in die mächtige Stadtbefestigung, ein ansehnlicher Bergfried erhob sich in den tiefblauen Himmel, neben dem sich wie eine schlaftrunkene

Braut ein eleganter Palas erstreckte. Die gesamte Anlage versprach den in ihrem Schatten lebenden Leuten Schutz und Schirm, allen feindlich gesinnten Angreifern aber Wehrhaftigkeit und Stärke.

Konrad war an diesem Morgen frohen Mutes. Vielleicht belebten ihn die golden hinab scheinende Sonne und der klare blaue Himmel, vielleicht hatte der Anblick der prächtigen Schutzburg in Feldkirch den jungen Knecht ermutigt. Er saß auf einem der Lastkarren und hielt die Zügel der Ochsen mit beiden Händen. Keine fünf Ruten von ihm entfernt ritt Niclas hinter ihm. Es war kalt, aber die Berge hoben sich in unbegreiflicher Schönheit und Klarheit vom tiefblauen Himmel ab, dass Konrad sich an dem Anblick nicht satt sehen konnte. Er wusste, dass der Weg über diese Gipfel beschwerlich und gefährlich werden würde, aber diese Pracht verstand er als ein Zeichen von Gottes Gegenwart, die ihm Sicherheit und Schutz versprach.

Die Männer waren alle sehr still, sie hingen noch müde ihren Gedanken nach, versuchten die wärmende Sonne zu spüren und warteten, dass sie die bleierne Kälte aus ihren Gliedern vertrieb. Plötzlich war es Konrad jedoch, als hörte er ein seltsames Flüstern, ein befremdendes Zischen. Die sonderbaren Laute kamen aus dem dichten Gestrüpp am Rande der Straße. Noch während eines Wimpernschlags kam es dem Knecht zu Bewusstsein, dass dieses Rascheln und Tuscheln nicht von einem Tier stammen konnte und dass sich in dem undurchlässigen Wald entlang der Straße eine teuflische Gefahr verborgen hielt, wie sie einzig aus den Schluchten der Hölle aufsteigen kann, um das Menschengeschlecht zu verderben und hinab zu reißen.

Die Erkenntnis war dem Knecht just gekommen, da sprang er auch schon vom Karren herab, lief zu Niclas hinüber, packte den wie erstarrt in seinem Sattel verharrenden Freund und schleuderte ihn in den Graben am Rand der Straße. Dann sprang er hinterher, beide rollten einen Abhang hinunter und blieben regungslos liegen. Um sie herum war mittlerweile grausames Geschrei ausgebrochen. Metall stieß klirrend aufeinander, die Tiere brüllten vor Angst und Schmerz, Holz brach berstend auseinander, es waren Rufe und Schreie zu hören. Konrad lag über dem zitternden Leib des Freundes, beide drückten ihre Körper in die kalte, nasse, aufgeweichte Erde. Der Boden war noch gefroren, aber an der Oberfläche hatte die Morgensonne schon das Eis und den letzten Schnee zerschmolzen, die schwarze Erde vermengte sich mit den verwelkten Blättern des letzten Herbstes. In diesem Morast lagen die beiden Jungen, sie rührten sich nicht, sie wagten keinen Atemzug und keine noch so winzige Bewegung. Die Stunden verstrichen. Schon seit Ewigkeiten, so schien es Konrad, lagen sie regungslos. Er lauschte angestrengt, aber kein Laut war zu hören. Die Schreie und das Stöhnen, das grauenhafte Knarren der splitternden Wagen und der berstenden Glieder, das Schnaufen der Gäule und die stampfenden Schritte über ihren Köpfen, all das war verklungen. Es war nur Stille. Konrad hörte nichts, weder den Flügelschlag eines aufgeschreckten Vogels, noch den Wind in den kahlen Zweigen des Waldes.

Die Sonne näherte sich dem Horizont im Westen, als Konrad es wagte, seinen Kopf zu heben, nach den Reisegefährten zu sehen und schließlich aus der Deckung am Straßenrand heraus zu kriechen. Wie lange er und Niclas wohl im eisigen Waldmorast gelegen hatten? Der Tag dämmerte bereits. Er schüttelte unzählige Nadeln und Blätter aus seiner Kleidung und seinen Haaren, stolperte den Hang hinauf zur Straße und erschrak. Zuerst sah er, über die ganze Straße ausgebreitet, das weiße Linnen der Konstanzer Kaufleute. Ehemals sorgfältig verstaute, wertvolle Ladung, lagen die Ballen nun achtlos hingeworfen und aufgerissen auf der Straße, das feine Tuch wehte im Wind. Dazwischen glänzten einige Rollen Kupferdraht, anscheinend letzte Reste der Beute, die die Räuber nicht mehr hatten wegschleppen können und daher verschmähen mussten. Konrad blinzelte, es war ihm, als erstrecke sich vor ihm ein großes Wasser, ähnlich dem mächtigen Rheinstrom daheim in Eberstein, und ähnlich dem großen See, an dessen Ufer sie noch vor drei Tagen gestanden hatten, dessen berauschendes Glitzern und dessen muntere Wellen sie bestaunt hatten. Das Linnen strahlte weiß, es wogte hin und her und der Kupferdraht glitzerte dazwischen wie einzelne kleine Sternschnuppen.

Als Konrad jedoch einige Schritte näher kam, bemerkte er die dunklen Flecke. Zuerst sah er nur wenige, einzelne auf dem feinen Tuch, auf den noch verschnürten Ballen und auf den Resten des dahin geschmolzenen Schnees. Es waren Flecke einer dunklen rotbraunen Farbe wie von rostigem Gerät. Er trat noch einige Schritte näher und erkannte das Blut, überall war es plötzlich zu sehen, die Tuche waren bespritzt, befleckt, mit Blut durchtränkt.

Mit der Fußspitze schob er die Linnentuche auseinander. Darunter lagen die Körper seiner Reisegefährten. Arme und Beine der entseelten Leiber waren grausam verrenkt, die Köpfe zertrümmert, von Blut und Eingeweiden, die heraus quollen, überströmt.

„Konrad, Konrad!", der Knecht hörte das atemlose Rufen seines Freundes. Geschwind stürzte Konrad auf ihn zu und führte ihn fort, er wollte nicht, dass Niclas diesem Unheil und dieser Bluttat ansichtig wurde. Der Junge war von je her verzagt und ängstlich, in ihrer jetzigen verzweifelten Lage durfte er sich nicht verloren geben. Tröstend sprach der Knecht auf seinen Freund ein:

„Der Herr sei ihrer armen Seele gnädig. Sie sind nun erlöst, aus ihrem Kerker befreit, schauen sie längst Gottes Herrlichkeit."

Aber Niclas war mittlerweile an Konrads Seite getreten, er ließ sich nicht abdrängen. Gemeinsam beteten sie für die Seelen ihrer Reisegefährten, die ein grausamer und plötzlicher Tod ereilt hatte. Kein Sakrament war gespendet worden in ihrer Todesstunde, kein Gebet gesprochen und kein frommer Gedanke hatte die Sterbenden hinüber in den Tod geleitet.

Unerwartet und erbarmungslos war der Tod an diesem Morgen gekommen.

Konrad las einige nützliche Gerätschaften auf. Sie waren nun allein und schutzlos in dieser Wildnis, fernab jeder menschlichen Siedlung.

„Wir werden diesen Weg zurückgehen müssen. Der Herr verschone uns und verhänge sein Strafgericht nicht auch über uns."

Der Knecht hatte unter einer dicken Plane auf einem der Lastkarren ein unbeschädigtes Bündel gefunden. Schnell riss er es auf und zum Vorschein kamen edle, langhaarige Felle, die wohl aus dem fernen Norden stammten und die einer der Kaufleute in den welschen Landen für viel Geld hatte verkaufen wollen. Hastig griff Konrad danach. Niclas schaute ihn tadelnd an.

„Diese Felle sind uns von Gott geschickt, wir brauchen sie, um in dieser Ödnis und der Kälte zu überleben.

Konrad und Niclas fanden auch etwas Zehrung in den Beuteln der Toten und machten sich dann auf den Weg zurück.

Der Weg zurück nach Feldkirch war schwer und lang. Bis in die Dunkelheit hinein waren Niclas und Konrad gelaufen, erst als sie nichts mehr hatten sehen können, erst als die Schwärze der Nacht sie völlig eingehüllt hatte, ließen sie sich am Wegesrand erschöpft nieder. Sie hatten keine Hoffnung, diese Nacht in der Wildnis und der erbarmungslosen Kälte zu überleben.

„Es geht nicht weiter."

Niklas murmelte einige unverständliche Worte als Antwort und zog seinen Reisemantel fester um die schmalen Schultern. Dann begann er leise zu beten und sein Freund fiel mit ein.

Beide lehnten sich an etwas großes, hölzernhartes, das sie zwar nicht sehen konnten, das ihre suchenden Finger aber als einen mächtigen umgestürzten Baum erkannten. Eingehüllt in die Felle, die Konrad auf dem Karren gefunden hatte, zu erschöpft, um noch angsterfüllten Gedanken nachzuhängen an die wilden Tiere in den dichten Wäldern um sie herum, fielen sie in tiefen Schlaf.

Das erste fahle Morgenlicht belebte als Vorbote der sich noch immer hinter den Gipfeln des Gebirges verbergenden Sonne den Himmel. Niclas und Konrad erwachten nur zögerlich, sie konnten weder ihre Beine noch ihre Hände spüren. Nach dieser Nacht in eisiger Kälte waren ihre Körper mehr tot als lebendig. Sie stützten sich gegenseitig, um sich wieder aufrichten zu können und auf ihren tauben Beinen vorwärts zu stolpern. Der Weg nach Feldkirch, den sie tags zuvor geschwind zurückgelegt hatten, erstreckte sich nun endlos vor ihnen. In ihrer verzweifelten und aussichtslosen Lage kamen sie nur langsam voran. Ohne Hoffnung auf Rettung wankten sie kraftlos voran, mittlerweile hatten ihre Füße begonnen zu schmerzen. Niclas und Konrad war es, als liefen sie über glühende Kohlen, ihre Hände fühlten sich an, als wenn hunderte scharfer Messer und Klingen sie zerschnitten.

Als sie endlich völlig entkräftet in Feldkirch angelangt waren, wankten sie zitternd in die Herberge, in welcher sie noch zwei Nächte zuvor mit ihren Reisegefährten in sorglosem Schlummer gerastet hatten. Ohne einen Bissen genommen und ohne einen Schluck getrunken zu haben, kletterten sie mit letzter Kraft hinauf auf den Boden der Herberge und ließen sich auf die dort ausgebreiteten Decken und Strohsäcke fallen.

Zwei Tage hatten sie nahezu nur geschlafen, selten waren sie aufgewacht, meist wenn die Magd des Hauses zu ihnen empor gestiegen kam, um einen Trunk und eine kleine Mahlzeit zu bringen. In den späten Stunden des 24. Februars, am Tag des heiligen Apostel und Märtyrers Matthias, kamen jedoch zwei Söldner in die Herberge, reisige Knechte der Besatzung oben auf der Schattenburg. Ihrem Herrn, dem Grafen von Montfort, war das Gerücht von einem furchtbaren Überfall auf einen Kaufmannszug nahe seiner Stadt und innerhalb seiner Herrschaft, zu Ohren gekommen. Diesen unerhörten Vorfall aufzuklären war ihr Auftrag und daher verlangten sie, die beiden jungen Reisenden aus Eberstein zu sprechen.

Sie ließen sich die ganze Geschichte des Überfalls erzählen. Dann erhoben sich die beiden Männer und verließen wortlos die Taverne. Der Wirt des Hauses hatte mit sorgenvoller Miene diese Gäste betrachtet und als sie zur Tür hinaus getreten waren, setzte er sich erleichtert an den Tisch der beiden Jungen aus Eberstein.

„Ihr habt schlimme Sachen erlebt. Nehmt noch einen guten Schluck Bier, damit Ihr wieder zu Kräften kommt. Es ist heut eine böse Sache mit den Strauchdieben auf unseren Straßen. Die Kaufleute reisen in gefährlichen Zeiten. Die Geschichte ist aber auch für uns hier furchtbar. Der Überfall ist wohl noch auf dem Gebiet unseres Grafen geschehen, kurz bevor die Herrschaft der Grafen von Werdenberg beginnt?"

Konrad schaute den Wirt fragend an.

„Das klingt beinahe so, als wüsstet Ihr, wer unsere Gefährten erschlagen und ihre Waren geraubt hat?"

„Ich weiß überhaupt nichts, mein junger Freund. Aber schon seit Jahren gibt es einen großen Streit zwischen unserem Grafen oben auf der Burg und denen von Werdenberg. Es ist auch immer wieder Krieg und Unfriede zwischen den Herren und ihren Burgmannen. Der von Werdenberg will wohl noch einige Stückchen von der Herrschaft unseres Grafen Rudolf. Aber Gott ist mein Zeuge, ich weiß von gar nichts." Damit erhob sich der Wirt und trat an einen anderen Tisch, dessen Gäste bereits mehrmals misstrauisch zu den beiden Jungen hinübergeblickt hatten.

„Kannst du dich noch an den Juden erinnern, Konrad? Der hat auch von einem Streit zwischen dem Grafen von Montfort und dem von Werdenberg erzählt? Vielleicht sind wir in eine Fehde geraten?"

Konrad nickte stumm, dann sprach er mit kraftloser Stimme:

"Was soll's? Wir sind jetzt allein, ohne Schutz. Wenn wir uns nicht bald einer Gruppe reisender Händler anschließen können, sind wir verloren."

„Du hast Recht, Konrad. Allein kommen wir nie über die Pässe in die welschen Lande."

„Wir kommen allein auch nicht mehr nach Hause zurück, du hast doch erlebt wie unsicher und friedlos die Straßen hier sind."

Beide Jungen starrten in das Talglicht, das vor ihnen auf dem Tisch stand. Dann erhoben sie sich, um sich oben auf dem Schlafboden zur Nachtruhe zu begeben.

„Es hilft nichts. Morgen werden wir uns umhören. In der Stadt muss es doch einige Kaufleute geben, denen wir uns anschließen können. Wohin auch immer sie reisen mögen, wir müssen fest auf Gottes Fügung vertrauen. Er wird uns schon recht leiten."

Konrad presste die Worte hinaus, und Niclas schaute seinen Freund dabei unschlüssig an. Dann jedoch nickten beide, um sich Mut zu machen und stiegen hinauf.

Konrad hatte dem Wirt drei der wertvollen Pelze gegeben und dafür hatte dieser sie noch einige Tage in der Herberge wohnen lassen. Am ersten Tag des Monat März, des Lenzmonat, trafen sie dann endlich den Gesandten eines Ravensburger Handelsherrn, der eine große Warenfuhre nach Italien geleiten sollte.

„In drei Tagen gehen wir weiter. Über den Arlberg nach Innsbruck und weiter nach Padua. Wenn ihr kräftig mit anpacken könnt, dann kommt beide mit. Wenn ihr mir aber ein Klotz seid, dann lass ich euch zurück." Der Mann lachte polternd auf.

„Geht Euer Weg auch durch das Gebiet des Grafen von Werdenberg?" fragte Niclas den noch immer munter lachenden Mann aus Ravensburg.

„Nein, Gott bewahre, nein. Wir reisen durch die Grafschaft Tirol, wenn euch das genehm ist. Mein Name ist im Übrigen Ulrich Diebold. Wir treffen uns in der Frühe, vor Sonnenaufgang, unten vor dem Sautor, in drei Tagen."

Wieder lachte der Mann, drehte sich um und verschwand in einer einfachen

Kate an der Ecke einer dunklen schmalen Gasse, nicht weit von der hohen Stadtmauer entfernt, in die sich die stolze Schattenburg des Grafen von Montfort einbettete.

Kapitel 4

Ulrich Diebold war zwar nicht größer als Niclas Berlinger, und Konrad überragte ihn um mehr als eine Hauptes Länge, dennoch wirkte der Kaufmann auf jeden, der seiner ansichtig wurde, riesenhaft und eindrucksvoll. Auch war er nicht auffallend dick oder gar fett. Dennoch stand er auf der Mitte des kleinen Platzes vor dem Stadttor wie ein Fels, den Kopf hoch erhoben, das freundliche, bartlose Gesicht von einem munteren Lachen aufgehellt, die Arme auf die Hüften gestemmt und die Beine leicht gespreizt, dass niemand ihn übersehen konnte. Neben ihm, beinahe von seiner Gestalt verdeckt, wartete eine junge Frau, die ihren festen, dicken Wollmantel eng um ihren schmalen Körper gezogen hielt, um dem morgendlichen eisigen Wind zu trotzen. Obwohl sie klein und sehr zierlich war, und obwohl auch kein Laut aus ihrem Munde drang, zog sie sofort die Blicke der beiden Jungen auf sich. Überrascht betrachteten sie dieses wunderbare Weib.

Die Haare hielt sie unter einer sehr eleganten Haube verborgen, deren Stoff offenbar sehr kostbar und edel war, ohne jedoch damit zu protzen. Keinerlei glitzernde Steine, keine Goldfäden und kein Schmuck waren an dieser berückenden Frau zu entdecken, die einzig durch ihre erhabene zarte Gestalt und eine beinahe unwirkliche Zerbrechlichkeit betörte. Niclas konnte seine Augen nicht von dem Weib lassen. Als Ulrich Diebold dies gewahr wurde, lachte er wieder polternd auf.

„Nicht wahr, mein junger Freund? Sie ist ein schönes Weib? Mein Weib Giselda. Und diese da", er winkte zwei Jungen zu, die auf dem Platz umherliefen und versuchten, einander zu fangen, „dies sind meine Söhne." Ein halbes Dutzend Fuhrknechte war schon eifrig damit beschäftigt, Stoffballen und einige kleine Fässer auf Lastgäule, Planwagen und Karren zu laden, als Ulrich Diebold lautstark in die Hände klatschte und munter auf die beiden jungen Reisenden Niclas und Konrad zukam.

„Was steht ihr hier so faul und nichtsnutzig rum? Los, packt mit an, oder wollt ihr hier bleiben?"

Dann machte er kehrt und ging wieder zu seiner jungen Frau hinüber. Die trug ihren Kopf hoch erhoben, was aber nicht etwa auf ein unchristliches Maß an Stolz zurückzuführen war, sondern diese erhabene Haltung schuldete sie eher ihrer Kopfbedeckung. Über der weißen feinen Haube, die wie ein kleines Säckchen die Haare umfasste, hatte sie mehrmals ein, vermutlich aus feiner Seide gearbeitetes Band gebunden, das unter dem Kinn, über die Ohren und den Kopf lief und seitlich mit einer feinen Nadel befestigt worden war. Auf dem Kopf war ebenfalls aus feinem Stoff ein Stirnband gewickelt. Diese Tracht zwang die junge Frau in ihre so starre und zugleich würdevoll anmutende Haltung.

Als kurz darauf die Knechte mit ihrer Arbeit fertig waren, verabschiedete sich Ulrich Diebold von seinem Weib, hob die beiden Jungen hoch und setzte sie lachend auf den Kutschbock eines Lastkarrens. Als sein Weib ihn jedoch mit leiser Stimme und liebevoll sanftem Blick ermahnte, ließ der Vater von seinem Treiben ab, drückte die Knaben noch einmal an sich und ließ sie hinunter. Dann wurden die Tiere angetrieben und der Zug setzte sich Bewegung.

Der Weg über den Arlbergpass würde lang und beschwerlich sein, niemand konnte wissen, welche Unwägbarkeiten und Bedrängnisse ihrer harrten. Es blieb Niclas Berlinger und dem Knecht Konrad nichts anderes übrig, als im festen Vertrauen auf Gottes barmherzige Fügung die Reise anzutreten.

Vier Tage waren sie mittlerweile schon mit Diebold unterwegs. Nun saßen sie an einem kalten, klaren Morgen vor einer kleinen Hütte unterhalb eines felsigen Bergkammes, in der sie auf Strohsäcken um ein kleines Feuer herum genächtigt hatten, und schauten den Säumern dabei zu, wie die mit geübter Hand die Waren von den Karren auf die Bastsättel der Ochsen hinüber luden. Die Lasten wurden den Saumtieren auf Tragegestelle gepackt und dabei achteten die Säumer gewissenhaft darauf, dass die Gewichte gut verteilt waren, jeweils ein Ballen Tuch auf jeder Seite. Für die Fuhrknechte, die Ulrich Diebold in Feldkirch angemietet hatte, gab es nun nichts mehr zu tun. Sie warteten mit ihren Karren und Gäulen auf eine neue Fuhre für den Rückweg. Von nun an führten die Säumer den Zug über den Passweg, Ulrich Diebold, sein Knecht Bertschin, Niclas Berlinger und Konrad ritten auf Packgäulen neben her.

Sie redeten nicht viel miteinander auf ihrer Reise, sie benötigten all ihre Kraft, die des Körpers wie die des Geistes, für den beschwerlichen Weg. Oft versperrten von Windböen aufgetürmte Schneemassen den Saumpfad, dann konnten nicht einmal die Tiere noch sicher treten und die Männer mussten absitzen und die Strecke räumen. Endlich hatten sie den Arlbergpass überwunden und bald schon sahen sie unter sich den Inn. Die Burg Landeck sah Niclas jedoch nur seltsam entrückt und eigenartig verzerrt in der Ferne hin und her schwingen, als rissen und stießen bösartige Dämonen an ihr herum, auf dass sie die schneebedeckten Berge empor taumelte. Der junge Berlinger hatte hohes Fieber bekommen und vermochte sich kaum noch im Sattel zu halten. Immer öfter verlor sich sein Blick in dichten grauen Schwaden, die vor seinen Augen nieder zu gehen schienen. Die Stimmen der Gefährten, die Rufe der Säumer kamen zu ihm wie von weit entfernt. Dann schloss er erschöpft die Augen und lockerte den Griff, mit dem er sich in der Mähne seiner Stute festgekrallt hatte. Ob er bewusstlos niedersank oder die Reise fortsetzte war ihm mittlerweile einerlei.

Auch Konrads Kräfte schwanden langsam. Er achtete schon lange nicht mehr darauf, welchen Weg sie nahmen oder wie die Orte genannt wurden, die sie hinter sich ließen. Die Säumer waren bereits umgekehrt. Konrad überlegte angestrengt, wann diese fremdartigen Männer, die sie über die schmalen Bergpfade geführt hatten, sie verlassen hatten. Zuerst hatte er sich vor ihnen gefürchtet, vor ihren finstren Gesichtern, wettergegerbt, mit langen, dichten Bärten und dunkler Haut, hatte sich vor ihrer krächzenden, unverständlichen Sprache erschrocken. Misstrauisch hatte er sie beobachtet, wie sie die Führung des Zuges übernommen hatten, wie sie sich Anweisungen zugerufen hatten, die er nicht verstand, und sicheren Tritt auf den schmalen Bergpfaden fanden, die er nicht erkennen konnte. Schließlich aber gewöhnte er sich an die fremdartigen Führer. Die Müdigkeit legte sich über seine Augen und sein Körper sank in eine vertrauensvolle Reglosigkeit. An einer Hütte hatten die Fremden schließlich die Waren wieder von ihren Ochsen hinunter geladen und auf Karren geladen, dann waren sie verschwunden. Die Reisenden mussten nun wieder ihren Weg allein finden, auf ihre eigenen Kräfte und die Erfahrung des Ulrich Diebold gestellt.

Niclas war dort schon sehr schwach gewesen und saß vom Fieber gepeinigt am Wegesrand. Konrad mühte sich, aber auch er bewegte sich nur noch langsam.

„Ihr seid mir keine brauchbaren Hilfen. Was soll ich bloß mit euch beiden machen? Ihr kennt wohl nur das feine Leben in eurem behaglichen Städtchen?" Diebold lachte. Er und sein Knecht Bertschin schienen überhaupt nicht angestrengt von der langen Reise zu sein. Sie machten Späße, als ginge ihnen die Arbeit ganz leicht von der Hand.

Niclas Berlinger riss die Augen auf. Eine wohlige Wärme umhüllte ihn, ein köstlicher Duft stieg ihn in die Nase. Hatte er geschlafen? Es war ihm eher als sei er vom Tode wieder ins Leben zurückgekehrt. Er wusste weder, wo er war, noch was geschehen war.

Als sich Niclas aufrichten wollte, dröhnte eine tiefe Frauenstimme an sein Ohr:

„Na, na, na..." in einem freundlichen Lachen gingen die weiteren Worte der Fremden unter. Niclas verstand kein Wort. Dann erblickte er aus dem Dunkel der Stube eine große massige Frauengestalt heraustreten und auf sich zu kommen. Ihr Gesicht war so rund wie der Mond, sie hatte große braune Augen, und eine kleine stupsige Nase. Ihre ganze Haut war mit Sommersprossen bedeckt, nicht nur im Gesicht, sondern auch an den Armen, die nackt unter dem gekrempelten dunklen Wollstoff ihrer Cotta heraus schauten.

Sie war wenig älter als er, lächelte ihn an und brachte wieder einen Schwall unverständlicher Worte hervor. Nun entdeckte Niclas auch die kräftige Gestalt des Ulrich Diebold. Mit einem Becher in der Hand kam er auf Niclas zu.

„Na, schau an. Der junge Gimpel. Ist wieder lebendig." Diebold reichte ihm den Becher mit herrlich frischem Wasser. Gierig schüttete Niclas es die Kehle hinunter. Erst jetzt bemerkte er seinen Durst. Wie Tausend Nadeln hatte er seine Kehle gepeinigt. Dann stand Konrad plötzlich neben seinem Bett. Der sagte kein Wort, sondern blickte nur müde auf ihn hinab.

„Die Heiligen sind meine Zeugen, Niclas, was bin ich dankbar, dass du lebst. Ich hatte solche Angst. Dein Fieber war gar schrecklich. Mit letzter Kraft haben wir dich hierher gebracht."

„Das ist wahr, dein Freund hat hier gesessen und gebetet, fast die ganze Zeit." Diebold schaute milde von Konrad zu Niclas.

„Wir sind jetzt in der Stadt Innsbruck, in meinem Haus. Mein Weib, die Hille, hat dir eine gute Mahlzeit zubereitet, die wird dir wieder neue Kräfte geben." Diebold wies mit einem Nicken zu der runden, stattlichen Frau mit den Sommersprossen.

Konrad setzte sich zu seinem Freund und als dieser das heiße Mus der Hausfrau löffelte, dazu eine Brühe vom Huhn mit reichlich Karotten und anderem Gemüse schlürfte, ließ er sich von ihm die Ereignisse der letzten Tage erzählen.

Sie hatten Niclas für die letzten Tage der Reise hinten auf einen Planwagen gelegt. Furchtbare Fieberträume, die von einer wilden Horde satanischer Dämonen geschickt schienen, hatten ihn gequält. Endlich hatten die

Männer mit den voll beladenen Wagen und Karren die Stadt Innsbruck erreicht, wo Ulrich Diebold ein kleines niedriges Häuschen sein Eigen nannte. Darin wohnte er mit seinem Weib, der sommersprossigen Maid, die Niclas bereits kannte, und einem kleinen Kind von nicht einmal einem Jahr.

Hier hätte Niclas ganze zwei Tage geschlafen und Konrad war die ganze Zeit nicht von seiner Seite gerückt.

Niclas hatte die Schale beinahe leer gegessen. Nun sank er erschöpft auf sein Lager zurück.

„Konrad, ich verstehe nicht, weshalb hat Diebold hier auch ein Weib?"
Teils aus Schwäche, teils aus Scheu flüsterte der Kranke nur zögerlich die Worte dem Freunde zu, der wie die Tage zuvor an seinem Bette saß.

„Ich habe sogar noch ein Weib in Ravensburg. Leider hat Gott diese aber nicht mit Kindern gesegnet." Ulrich Diebold war unbemerkt aus der Dunkelheit der hinteren Stubenecke getreten, um sich am Kessel, der in der Mitte des Raums über einem Feuer hing, noch eine Kelle voll Mus aufzutun. Er schien nicht verärgert, er lachte vielmehr vergnügt und setzte sich dann mit einer dampfenden Schale in den Händen wieder hinten auf die Bank.

Niclas hörte ihn reden, hörte das tiefe Lachen der jungen Frau und das gurgelnde Grunzen des Knechts Bertschin. Darüber schlief er wieder ein.

Den letzten Teil der Reise konnte Niclas mit neuen Kräften und gestärktem Mut aufnehmen. Oft wurde die Ladung umgepackt, von den Karren und Wägen wieder auf Ochsen und Esel, denn die längste Strecke des Weges mussten Saumtiere die Waren in ihren Lastsätteln tragen.

Ulrich Diebold war immer froher Stimmung, oft sang er lauthals vor sich hin. Aber waren dies Lieder, die die beiden Jungen aus Eberstein noch nie gehört hatten. Auch die Sprache, in der er sang, war ihren Ohren fremd und klang sehr grob.

„Das ist fürwahr ein seltsamer Klotz", rief Konrad eines Abend seinem Freunde zu, als er mit angehört hatte, wie Diebold in einer fremden und sehr derben Sprache Verfluchungen ausgestoßen hatte, die gegen den Lastsattel eines Saumtieres gerichtet waren, der offenbar in einem schmalen Felsweg am Tage Schaden genommen hatte.

„Ich versteh nicht, was du meinst, Konrad. Er hat mich, als ich krank war, in seinem Haus aufgenommen. Sein Weib hat mich gepflegt. Ich denke, er ist ein wahrer, guter Christenmensch."

„Sein Weib? Du hast doch gehört Niclas, er hat einige davon. Was ist das für eine sündige Weise?"

„Das ist fürwahr seltsam. Aber dann ist er halt ein Schwerenöter. Die Weiber werden ihm schon ordentlich einheizen, wenn sie davon erfahren. Aber deshalb kann er doch trotzdem ein frommer, guter Mann sein."

„Es ist mehr sündig an ihm, als seine vielen Weiber. Mir ist's, als sei er ein Frevler, ein Gotteslästerer."

„Konrad, du irrst. Du darfst über den guten Mann nicht so einfach urteilen."

„Aber von den Pfaffen will er auch nichts wissen. Immerzu verflucht er die Kirchenmänner, wo er einen sieht. Niclas, das ist nicht recht."

„Viele Pfaffen sind ja auch im Bund mit dem Bösen, das weißt du so gut wie ich, Konrad. Sie leben in Sünde und Hurerei. In der Hurenstadt Avignon, bei diesem Ketzer, der sich selbst Papst nennt, soll es besonders doll zugehen. Du weißt doch, was man sich erzählt."

„Trotzdem, der Diebold ist ein seltsamer Klotz. Seine Flüche sind anders. Er ist gegen alles, was recht und geordnet ist, scheint es mir. Er will nichts mit der Kirche zu tun haben, die Heiligen verlacht er." Der Knecht schaute Niclas eindringlich an.

„Mir ist's, als sei er gegen die Ordnung. Aber die Ordnung ist doch von Gott."

Dann sprach er im Flüsterton eher zu sich als zu dem Freunde: „Die Sakramente und Kirchengesetze hätten keine Gültigkeit, das hat er so gesagt. Ich habe es gehört, Niclas."

Konrad hatte nicht bemerkt, dass Diebolds Knecht Bertschin keine fünf Schritte entfernt stand und alles mit angehört hatte. Nun sprang dieser Konrad wütend an die Kehle und fauchte ihn ins Gesicht:

„Du hast gar nichts gehört, verstehst du? Gar nichts! Mein Herr Diebold ist kein Ketzer! Er kennt viele Sprachen und ist ein kluger Mann. Er hat viel gesehen in seinem Leben und hat schon mit vielen weisen Männern gesprochen, kennt lauter Doctores und Scholaren. Er ist kein Ketzer! Verstehst du, was ich sage? Er ist kein Ketzer."

Bertschin fuchtelte mit seinen Fäusten vor Konrads Nase herum. Es war eindeutig, was er dem jungen Knecht damit sagen wollte.

Am 14. des Monats März, dem Lenzemonat, drei Tage nach Letare und am Mittwoch bevor man singe Judica, erreichte der Zug des Ulrich Diebold die Stadt Trient.

Sie war voller Menschen, überall schrieen Fuhrleute und Pferdeknechte auf den engen Gassen einander an, es war ein lärmendes Wirrwarr, fremdartige Laute waren zu hören, es wurde in groben Worten gepoltert, dazwischen waren aber auch jene geschmeidigen, die Ohren sanft berührenden Sätze zu vernehmen, die den Menschen in dieser Gegend so munter und entspannt von der Zunge zu gehen schienen.

Es fielen besonders die vielen edlen Herren auf, die in den Gassen der Stadt unterwegs waren. Man konnte bunte, teure Stoffe bewundern, die zu modisch aufgehübschten Gardecorps und Tasselmänteln gearbeitet waren, von denen manche sogar mit wertvollem Pelz gefüttert waren, der vorn und hinten an den Reitschlitzen hervorschaute. Die langen Ärmel dieser Gewänder reichten bei einigen Herren sogar bis zu den Knöcheln, waren aber so großzügig geschlitzt, dass sie die Unterarme frei gaben. Einige feine Herren trugen kunstvoll gebundene Kopfbedeckungen. Man sah Gugeln, deren eingerollte Ränder die edlen Gesichter würdevoll umrahmten und deren Zipfel entweder keck in die Stirn hingen, oder hoheitsvoll in

Falten auf der Kapuze lagen. Einige spitze Filzhüte und sogar einen mit Pfauenfedern prächtig geschmückten Hut sah Niclas sich durch die laute Menge bewegen.

Ulrich Diebold drehte sich zu Niclas um. Ein jeder der Männer führte einen Lastkarren, voll befrachtet mit Ballen und Fässern, vorn an der Spitze ihres Zuges aber saß Bertschin auf dem Bock eines schwer beladenen Planwagens. Er kam nur langsam voran, denn immer wieder wogte eine Menge bunten Volkes wie eine mächtige Meereswelle vor den Wagen und versperrte den Weg.

„Wir brauchen's wohl nicht erst in einer Herberge zu versuchen. Die Stadt ist voll mit fremdem Volk."

Niclas nickte Diebold nur zu, die Stimme zu erheben in diesem Gebrüll, das sie umgab, war beinahe aussichtslos.

Sie folgten dem Planwagen durch zahllose Gassen bis in ein abgelegenes Viertel der Stadt und machten endlich vor einem niedrigen Haus halt, das gänzlich aus Holz gebaut war und auf dessen Dach einige schwere Steine lagen, so wie Niclas es noch nie zuvor gesehen hatte.

Ein alter Mann öffnete ihnen. Die Helligkeit des Tages blendete ihn, als er aus der finsteren Stube heraustrat. Misstrauisch kniff er die Augen zusammen und blinzelte die Männer an. Erst als er Bertschin eingehend beäugt hatte, hellte sich seine Miene auf.

Es ergoss sich ein Schwall unverständlicher, dennoch wohlklingender Laute aus seinem zahnlosen Mund. Seine von Falten zerfurchten Lippen standen nicht mehr still. Auch als er die Männer in seine karge Stube schubste, redete er ohne Unterlass in seiner so munter klingenden Sprache. Nur kurz hielt er inne und gab Diebold die Möglichkeit auf eine Frage zu antworten. Niclas konnte seinen und Konrads Namen aus der Rede der beiden heraushören und meinte einmal das Wort „Eberstein" verstanden zu haben. Der Alte stellte einen Tisch in der Mitte seiner Stube auf und verschwand dann in einer dunklen Ecke, wo er wohl das Essen an einem niedrigen Herd bereitete. Unterdessen brachten die Reisenden die Karren und den Planwagen mit samt der wertvollen Ware in einem Schuppen am Ende der Gasse unter. Dort breitete Bertschin, als sie alles verstaut hatten, seine Decken aus und ließ sich behaglich auf seine Lagerstatt fallen. Er würde die ersten Stunden ihrer Rast hier wachen.

Die drei anderen Männer gingen wieder in das kleine Haus ihres Gastgebers zurück. Der erwartete sie bereits mit einem runden Brot in den Händen und wies sie damit zu Tisch. Er reichte den Gästen einen wohlschmeckenden, jedoch auch recht scharfen Käse und stellte schließlich noch eine große Schüssel mit einer recht breiigen Suppe in die Mitte des Tisches, zu der er auf einem Holzbrett Ecken einer festen Fleischpastete reichte. Der Geschmack der Suppe war den zwei Jungen fremd und ungewohnt. Gewürze oder Gemüse schienen darin verarbeitet, die sie aus Eberstein her nicht kannten. Nachdem sie scheu die ersten Bissen gekostet hatten, fanden sie beide aber Gefallen an der ungewohnten Kost und ließen es sich schmecken. Auch das Brot war von ganz fremder Art, dennoch griffen die Jungen auch hier tüchtig zu. Die Fleischstücke aber wiesen sie verwundert ab. Waren sie nicht in der Fastenzeit? Fleisch war ihnen verboten.

„Nein, danke. Das wäre doch eine schwere Sünde." Niclas schaute seinen Gastgeber verlegen an.

Der Alte lachte nur und wandte sich dann wieder Ulrich Diebold zu. Die beiden Männer hatten offenbar viel zu bereden. Plötzlich drehten sie sich den Jungen zu und schauten sie belustigt an. Niclas hob hilflos die Schultern. Er hatte kein Wort von ihrer Rede verstanden.

„Il re. Konig. Konig. Hier in Trento. Konig Carolo. Il gobetto."

Diebold und der Alte fielen wieder in polterndes Lachen.

Besonders das Wort „*il gobetto*" löste einen wahren Schwall dröhnenden Gelächters bei den beiden aus.

„Il gobetto…gobetto. Du sagst wohl Buckelchen zu Carolo." Der Alte lachte lauthals über seine Worte und auch Diebold fiel abermals mit ein.

„Wir werden heute hier nächtigen. Der Schuppen wird uns eine bequeme Schlafstatt sein." Ulrich Diebold sprang scheinbar mühelos von einer Sprache in die andere.

„Die ganze Stadt ist voller Fremde. Der alte Kristan sagt, Karl von Mähren, der sich selbst König der Römer nennt, ist hier. Und all die Bittsteller und Schmarotzer, die noch vor nicht allzu langer Zeit auf der Seite Kaiser Ludwigs standen, kommen nun zu diesem neuen König Karl gekrochen." Dann grinste Diebold den Wirt an und prustete abermals los: "Buckelchen! Ein guter Name. Fürwahr, er ist wirklich schaurig krumm gewachsen. Il gobetto. Das passt auf diesen böhmischen Hund!"

Ulrich Diebold lachte und wischte sich den fetttriefenden Mund mit dem Handrücken ab, doch die Soße und der Geifer liefen weiter sein Kinn und seinen Hals entlang.

Konrad und Niclas erwiderten nichts auf diese abfälligen Worte ihres Führers und nickten nur stumm kauend.

Diebold und der alte Kristan aber schmausten und palaverten ungezwungen weiter.

In der Nacht kamen ein großer Regen und ein wütender Sturm über das Land. Und der Regen war auch noch den ganzen Tag und die ganze Nacht. Die Menschen fürchteten, Gottes Zorn träfe sie und ein himmlisches Strafgericht erginge über ihre sündigen Seelen. Sie sangen und beteten viel. Nach zwei Tagen ließ der Regen nach. Die Bäche aber traten über die Ufer und die Wasser des Flusses ergossen sich in die Häuser, die an seinem Ufer gebaut standen. Die Plätze und Gassen hatte er in wilde Schlammbäche verwandelt. Die Straße ins welsche Land war nicht zu befahren.

Am Freitag vor Judica, um die Mittagsstunde, das Hochamt war schon gesungen, gingen Konrad und Niclas zu der großen Bischofskirche über dem Grabe des heiligen Vigilius. Auf dem Platz vor dem prächtigen Portal dieses Gotteshauses hofften sie auf weit gereistes Händlervolk zu treffen und Neuigkeiten zu erfahren.

Suchend ließen sie ihre Augen über die Menge wandern. Das Hochwasser hetzte die besorgten Leute in die Gassen und auf die Plätze, die etwas höher lagen, die Fremden suchten neue Herbergen oder einen Führer, der sie sicher aus der Stadt hinaus führen könnte. Ruhelos lief das Volk an den beiden Jungen vorbei, als Konrad plötzlich seinen Gefährten unsanft am Arm packte und ihn hinter eine kleine Mauer zog, die eine Treppe hinab zu einem Seitenportal der Kirche einfasste. Sie kauerten mit geducktem Kopf, Konrad presste seinem Freund die Hand auf den Mund. Niclas riss die Augen weit auf und starrte den Knecht erschrocken an.

„Ich habe ihn gesehen. Leibhaftig. Er steht dort drüben."

Konrad konnte vor Aufregung die Worte nur stammeln. In den Ohren hörte er seine Körpersäfte rauschen, eine unsichtbare Hand schien ihm die Kehle zuzudrücken.

„Wen? Wen?" Niclas Worte waren nur undeutlich unter Konrads starkem Griff zu hören.

„Den Diener des Leibhaftigen. Den Bösen. Lukas Cardo steht dort drüben."

Die Gefährten starrten einander an. Nur langsam lockerte Konrad seinen Griff und ließ den Mund seines Freundes frei.

Sie drückten sich verängstigt gegen die niedrige Mauer.

„Du irrst auch nicht?" Niclas Stimme war schwach, seine Frage war nur ein Flüstern.

„Ich bin dieser Ausgeburt der Hölle viele Tage lang durch unser Eberstein gefolgt. Ich habe gelernt seine Gestalt in der Menge der Leute zu finden. Sein Kopf, sein Gang, seine langen Beine, sein schmaler Körper, das alles erkenne ich."

Niclas nickte dem Gefährten zu. Sie warteten ängstlich. Niclas versuchte sich an den unheimlichen Gast in seinem Vaterhaus zu erinnern. Sicher hatte er ihn nicht so deutlich vor Augen wie sein Gefährte Konrad. Aber der junge Berlinger sah doch noch immer im Geiste die hagere Gestalt des Lukas Cardo, der so schleppend durch ihr Haus in Eberstein gegangen war, dass es einem schauderte, an sein gräulich zerfurchtes Antlitz mit der großen Hakennase und dem verdrießlichen, teuflischem Blick.

„Wenn er uns bemerkt, ergeht es uns sicher so wie ehedem dem armen Balthasar Brunner. Du erinnerst dich, was man sich erzählte?"

Wieder nickte Niclas stumm.

„Cardo ist ein Totschläger. Auch wenn es wahr ist, was sich die Leute bei uns erzählt haben. Ob die Mörder nur auf sein Geheiß hin den armen Brunner erschlagen haben oder er selbst auf den armen Kerl losgegangen ist, er ist ein schändlicher Totschläger."

Sie wagten nicht, aus ihrem Versteck hinaus zu kriechen. Schließlich äugte Konrad vorsichtig über die Mauer. Wenige Ruten entfernt, nicht mehr als ein halbes Dutzend, stand der gefürchtete Mann. Konrad hörte dessen Lachen, einige seiner Wortfetzen trug der Wind zu ihm hinüber. Lukas Cardo stand bei einem höfisch vornehm gekleideten Herrn, der mit geneigtem Kopf der Rede des unheimlichen Kaufmanns aus Speyer lauschte.

Vorsichtig stahlen sich die jungen Gefährten die Mauer entlang, verbargen sich hinter einem Verkaufsstand in der Nähe, auf dem glänzendbraune Wecken von einer jungen dicken Magd mit fremd klingender, lauter Rede feilgeboten wurden. Sie schlichen weiter und ließen sich von der bunten Menge hitzig polternder und grölender Leute einhüllen. In deren Schutz streiften sie durch die Gassen, bis sich das Wasser des Flusses ihnen in den Weg stellte. Zu ihrer Herberge war kein Durchkommen mehr. Sie suchten verwirrt einen Weg zu der kleinen Holzkate des wunderlichen Alten, der ihnen Speise und Obdach geboten hatte, wie es jedem Christenmenschen gut anstünde. Aber sie kannten sich nicht mehr aus.

Neben einer Hütte, die arg von den Wassermassen des Flusses verwüstet worden war, saß auf der Erde ein alter Mann. Als der hörte, dass sie aus deutschen Landen kamen, rief er Konrad und Niclas zu:

„Die Fische sind alle tot. Überall schwimmen tote Fische. Oben auf dem Fluss. Das ist ein fürchterliches Zeichen. Die Hölle wird sich auftun. Das Strafgericht Gottes wird über uns ergehen. Der Antichrist wird kommen und die sündigen Seelen holen. Er schickt uns zuvor diese Zeichen."

Niclas ging einige Schritte auf den Alten zu.

„Zeichen? Wovon sprichst du?"

„Ach, mein Junge. Hast du sie nicht gesehen? Tote Fische schwimmen mit dicken Bäuchen oben auf den tosenden Wassern des Flusses."

Die Jungen traten an die Fluten heran, die sich nun, ruhiger geworden und auch nicht mehr so angeschwollen von den Regenmassen, einen Weg durch die Stadt suchten. Da sahen es auch die beiden Gefährten. Überall trieben tote Fische auf der Wasseroberfläche.

Dann aber stand jäh Ulrich Diebold hinter ihnen und schalt den Greis ob seiner kleinmütigen Worte.

„Der Herr wird sich nicht abwenden von seinen Kindern, er ist in uns und wir sind in Gott. Ihr braucht nichts zu fürchten. Es gibt kein Fegefeuer und keine Hölle. Das sind nutzloser Tand der noch immer sündigen und reuelosen Pfaffen."

„Schweig du nur besser still, Ulrich Diebold. Du warst schon immer ein Ketzer und wirst auch immer einer bleiben." Der Alte funkelte ihren Führer feindselig an, während Konrad und Niclas erschrocken zur Seite sprangen.

„Der Alte ist ganz wirr im Kopf."

Diebold drehte sich lachend ab und führte die beiden Jungen durch die verwinkelten Gassen Trients zur Scheune ihres Wirts am anderen Ende der Stadt.

Sie erreichten ihre Schlafstatt, als die Abenddämmerung sich bereits über das Tal legte. Die beiden Jungen und ihr Führer legten sich nieder, der

Knecht Bertschin aber würde auch in dieser Nacht die erste Wache übernehmen.

„Was hat Lukas Cardo hier in Trient zu schaffen?" flüsterte Niclas seinem Freund zu, als die Nacht schon längst über sie hinein gebrochen war.

„Hier kommen doch nur Freunde und Helfer dieses falschen Königs Karl zusammen."

„Ja, Niclas, ich verstehe es auch nicht. In Eberstein wollte er doch unsere Ratsherren in eine Einung mit dem Kaiser drängen. Warum ist er nun hier, in der Nähe dieses mährischen Grafen Karls, der unserem Kaiser die Krone rauben will?"

In ihre Gedanken versunken, schwiegen die beiden Gefährten eine Weile.

„Die Verschwörung mit Gerhardt und den anderen Meistern in unserer Stadt geschah auch nur um dieser Einung mit dem Kaiser willen, gegen diesen Karl und dessen Helfer", flüsterte Konrad seinem Freund zu.

„Ich habe es doch selber gehört. Die Meister hatten versprochen, dass sie den Bund eingehen, wenn sie die Herrschaft über Eberstein in ihren Händen hielten. Mit meinen eigenen Ohren habe ich es gehört."

„Aber weshalb wurden er und Brunner uneins? Sie waren beide treue Anhänger des Kaisers." Konrads Frage durchschnitt die Stille.

„Das sind Angelegenheiten der hohen und weisen Herren, die die weltlichen Geschicke in den Händen halten. Wir können das nicht begreifen… Wir sollen wohl auch nicht."

„Helfe uns Gott, dass Cardo uns nicht entdeckt. Konrad, wir müssen ihm aus dem Wege gehen. Er ist ein Handlanger des Teufels."

Nach einiger Zeit des Schweigens, Konrad war beinahe schon eingeschlafen, raunte Niclas dem Knecht leise zu:

„Ich habe damals in Eberstein sogar Leute gehört, die haben erzählt, der Cardo sei ein Mann des Erzbischofs von Trier."

„Wann hast du das gehört?" Konrad blinzelte den Freund mit schläfrigen Augen an.

„Gleich nachdem sie den toten Brunner gefunden hatten. Einiges Volk vor unserem Münster hat das gesagt... Ja, der Cardo sei ein Mann des Trierer Bischofs."

Kapitel 5

Am Freitag vor Palmsonntag des Jahres dreizehnhundertundsiebenundvierzig war die Reise des Niclas Berlinger und des Knechts Konrad zu Ende. Es war ein klarer Morgen, der Himmel strahlte in einem kräftigen Blau, die Luft duftete nach Frühling, erste Blüten hatten sich am Wegesrand durch die nur noch spärlich mit Schnee bedeckte Erde gedrängt. Seit Stunden riefen und sangen die Vögel bereits ihre Lebenslust hinaus und vor den Reisenden erstreckte sich wie ein Juwel an einer kostbar glänzenden Kette hängend die Stadt Verona am Flusse Etsch. Schwer und satt lag sie unter ihnen in der Ebene. Die dicken, hohen Mauern ihrer Häuser und Türme strotzten voller Kraft, Reichtum und Macht. Hier schien es keine niedrigen, schiefen Katen aus brüchigem Holz zu geben wie in den deutschen Städten, keine krummen Gassen, die kaum einem Handkarren Platz boten. Hier war alles stark und riesig. Die Mauern waren aus dicken Steinquadern errichtet, von denen zwei übereinander getürmt eine Mannshöhe erreichten.

Verona war unter den Städten Italiens führend und auch jenseits der Alpen, in den deutschen Ländern war es berühmt und geschätzt. Vor allem bewunderte man sie, weil sie als Stadt des Helden Dietrich galt. Das welsche Bern, so wurde sie mit Ehrfurcht genannt.

Die beiden Jungen kamen zu einer prächtigen Brücke. Mit gewaltigen Bögen spannte sie sich von einem Ufer der Etsch zum anderen. Sie war ganz aus Stein errichtet, der jedoch von unterschiedlicher Farbe war, so dass sie ganz seltsam bezaubernd wirkte. Als die Reisenden näher kamen, erklärte Ulrich Diebold, die Brücke sei aus Marmor errichtet, den man in der Nähe der Stadt abbaute. Nun war es Zeit voneinander Abschied zu nehmen. Ulrich Diebold und sein Knecht Bertschin wollten mit ihrer reichen Warenladung von hier weiter nach Padua reisen. Niclas und Konrad aber hatten das Ziel ihrer Reise erreicht. Sie schritten, ergriffen von dem Reiz und der Stärke des Bauwerks, über die marmorne Brücke hinüber zu dem anderen Ufer, unter ihnen stürzten und brausten die Wassermassen der Etsch tosend um die mächtigen Pfeiler. Schließlich gingen die zwei jungen Reisenden durch einen sich vor ihnen erhaben aufrichtenden Wachturm, dessen Untergeschoss nicht nur die Gestalt eines Stadttores hatte, sondern auch dessen Aufgabe versah.

Sie hatten die Stadt betreten.

Nun mussten sie ihren Gastgeber finden, mussten sich inmitten des fremd sprechenden Volkes allein zu Recht finden. Niclas zog ein kleines Stück Papier aus seiner Tasche, die er fest gebunden am Gürtel seines Gardecorps trug. Darauf hatte der junge Moritz Stüren den Namen ihres Gastgebers geschrieben. Auf der Rückseite dieses Briefes aber hatte er einige Zeilen an seinen Oheim mitgeschickt.

Niclas entzifferte die feine Schrift und dann formten seine Lippen erst vertraute Laute und lasen dann mühevoll den welschen Namen:

„Johann Stüren ... G i o v a n n i   S t i r a."

„Was hat das zu bedeuten, Niclas?"

„Die Welschen hier nennen den werten Herrn Stüren wohl Stira ... Giovanni Stira. Es geht ihnen der deutsche Name nicht so gut von der Zunge. So ähnlich tat es jedenfalls der werte Herr Moritz Stüren dem Vater kund, als er ihm diesen Brief aushändigte."

Sie fragten sich durch die Gassen der fremden Stadt, sprachen Markthändler an, zeigten den Brief umher und überall, wo sie um Auskunft baten, wiesen hilfsbereite Arme ihnen fleißig den Weg.

Sie durchschritten die Stadt, kamen an erhabenen Kirchen, steinernen Palästen und längst verfallenen Mauern aus alten Zeiten vorbei.

Schließlich langten sie in einer schmalen Gasse an, unweit eines riesenhaften runden Theaters aus alten Zeiten gelegen.

Ihr letzter Führer, ein junger Mann mit kurzen schwarzen Locken und einem von der Sonne braun gegerbten Gesicht, den die zwei deutschen

Reisenden auf einem lebhaften Markt mit dem Brief in den Händen angesprochen hatten, hatte sie zu einem vornehmen steinernen Haus geführt. Es war stattlicher als Niclas Elternhaus in Eberstein, kleiner jedoch als viele Häuser, die sie bereits in welschen Städten gesehen hatten.

Die vielen Fenster und das einladende Portal waren von zierlichen Säulen eingefasst und folgten einer anmutigen, nach oben hin spitz zu laufenden Bogenform. Niclas stieg die zwei niedrigen Stufen zum Tor hinauf und klopfte beherzt an. Nur langsam öffnete sich die Tür und ein kahlköpfiger Diener schaute sie fragend an. Niclas war sich zwar gewiss, dass der Mann seine deutsche Sprache nicht verstehen konnte, dennoch sprach er ihn unverzagt an:

„Mein Name ist Niclas Berlinger, ich komme aus der Stadt Eberstein in deutschen Landen. Wir kommen auf Fürsprache des Walram Stüren und seines Sohnes. Euer Herr erwartet uns sicher schon."

Wortlos wies der Diener den zwei Gästen den Weg ins Innere des Hauses, murmelte einige unverständliche Worte und bedeutete ihnen schließlich in dem einer Diele ähnlichen Raum zu warten, während er hinter einem schweren Vorhang verschwand.

Nach geraumer Zeit erschien ein kleiner rundlicher Mann, der sofort zu reden anfing und dabei die Hände aufgeregt vor dem Kopf herum wirbelte. Zuerst schleuderte er den Gästen unverständliche Sätze entgegen, als er jedoch ihre ausdruckslos fragenden Blicke gewahr wurde, lachte er, schüttelte den Kopf und hob an, in deutscher Sprache, jedoch mit einem fremden Klang zu sprechen.

„Isch eiße Matteo. Bin Schreiber in Kontor von Seniore Stira. Komme Se, komme se mit."

Er brachte Konrad zu einem großen Schlafraum direkt neben den Ställen, wo die Knechte und Mägde, die Stallburschen und die Küchenmädchen ihre Strohsäcke und Decken ausgebreitet hatten. Dann wies er ihm die erste Arbeit an. Eine große Fuhre aus Fässern war am Morgen auf vier Wagen angekommen. Sie musste gelöscht und in der großen Lagerhalle verstaut werden. Drei Knechte hatten mit dieser mühsamen Arbeit bereits begonnen und Konrad schloss sich ihnen sogleich an. Niclas dagegen wurde von Matteo herumgeführt. Mit eiligen Schritten liefen sie nebeneinander über den Hof, von dem man zu den Ställen und Lagern gelangte und traten wieder ins Haupthaus ein. Es war ein festes großes und sehr vornehm errichtetes Gebäude, außen geschmückt mit schlanken Säulen zu beiden Seiten des Tores und mit einem Zinnenkranz auf dem Dach, innen bot es eigene Schlafräume für die Hausbediensteten, die Kontordiener und die Familie, die neben dem Hausherrn noch dessen Frau Margarete und zwei kleine Kinder, Anna und Guido umfasste. Mit sichtlichem Vergnügen zeigte der kleine dicke Mann dem jungen Ankömmling den Schlafraum für die Kontordiener, wo auch Niclas bereits eine Hälfte eines geräumigen Spannbettes zugedacht war. Dann gingen die beiden wieder hinunter. Die Eingangshalle war eindrucksvoll weit und wurde vom Anblick einer kunstvoll verzierten schweren Holztür beherrscht, die, als der Dicke sie angestrengt öffnete, den Weg des Gastes ins Kontor freigab.

Anders als Niclas erwartet hatte, war es nicht etwa größer oder betriebsamer als die Schreibstube des Onkels in Basel. Es ähnelte dieser sogar, wie der junge Gast erstaunt feststellte. Matteo führte ihn zu einem vornehm in teures Tuch gekleideten Herrn, der leicht gebückt an einem Pult stand, seinen Kopf neigte er über ein Pergament. Seine Arme hatte er krampfhaft vor der Brust verschränkt, seine Stirn war in tiefe Furchen gelegt, die Augen waren zu schmalen Schlitzen zusammen gekniffen, fast meinte man, der Herr habe sie geschlossen. Gerade als der Dicke Niclas bis auf drei Schritte an ihn heran geführt hatte, schoss sein Oberkörper kerzengerade in die Höhe, er schüttelte seinen beinahe kahlen Kopf und begann zu lachen. Zuerst nur verhalten, dann jedoch lauter und heiser. Vor dem jungen Ankömmling und seinen Führer ragte die hünenhafte Gestalt des Johann Stüren empor, der alle anderen Männer hier im Raum um wenigstens zwei Köpfe überragte.

Ohne auf die zwei Männer zu achten, die demütig wartend vor ihm standen, rief der Herr halb lachend, halb schimpfend Sätze in jener unverständlichen Sprache hervor, deren Klang Niclas mittlerweile kannte und deren Melodie er bereits lieben gelernt hatte.

Matteo wartete anscheinend, bis der Herr seine Anweisungen hinaus gerufen hatte, dann wandte er sich, Niclas noch immer in seinem Schlepptau an den Herrn Stüren, oder wie die Welschen sagten: an Giovanni Stira.

Offensichtlich hatte sein Führer ihn vorgestellt. Der Herr Stüren war ein beeindruckender und auch ein wenig beängstigender Mann, umso erleichterter war Niclas, als sein Gastgeber auf die wortreiche Erklärung des kleinen, dicken Matteo nur mit einem kurzen Nicken antwortete und sich dann wieder dem Pergament widmete.

Nun machte Niclas jedoch noch eine weitere, weitaus erfreulichere Bekanntschaft. Der Schreiber Matteo führte den Ankömmling zu einem Jüngling, der an einem Pult in der hinteren Ecke des Kontors stand und mit eifriger wie auch geschickter Hand einen Brief kopierte. Sein Führer wies auf den jungen Schreiber und stieß Niclas an, sich diesem zu nähern. Er selbst jedoch eilte mit beherztem Schritt, den man ihm kaum zugetraut hätte, aus dem Kontor hinaus.

Niclas fasste Mut und sprach den Jüngling an. Dieser schien zuerst ärgerlich, da die Worte ihn aus seinen Gedanken und aus seiner Arbeit gerissen hatten, dann jedoch, nach nur dem Bruchteil eines Augenblicks entspannte sich der Jüngling und er schaute erfreut auf.

„Ich heiße Anton Risz. Ich komme aus Nüremberg. Bisher war ich der einzige Teutonicus hier, oder wie die Welschen auch sagen: ein *tedesco*. Wirst du länger bleiben?" Bei der Frage durchzog ein breites Grinsen das Gesicht des Schreibers, das an die Miene eines Knaben erinnerte, der mit seinen Streichen und Bosheiten die Nachbarn erzürnt und der mit seinem hübschen Kindereien, seinem artigen Spiel und seinem anmutigen Wesen diese dann wieder für sich zu gewinnen weiß.

Anton Risz war noch keine siebzehn Jahre alt, dennoch war er bereits vor über einem Jahr bei Johann Stüren in die Lehre der Kaufmannerei gekommen. Sein Vater war ein angesehener *mercator* im ehrwürdigen Nüremberg, des Reiches freie und prächtigste Stadt.

Der junge Anton Risz sollte Niclas und Konrad ein guter Freund und eine Stütze im fremden welschen Land werden. An seiner Seite sollten die jungen Männer aus Eberstein die Sprache und die Bräuche, aber auch die hübschen Mädchen und den guten Wein der Stadt kennen und genießen lernen. Zusammen mit einigen anderen Kaufmännern aus deutschen Städten, die sich alle in Verona nieder gelassen hatten und dort gutes Geld verdienten, saßen sie oft in den Tavernen zusammen, tranken und redeten über die welschen Bräuche und die Nachrichten aus den deutschen Landen. Sie besuchten aber auch zusammen regelmäßig die Messe, verehrten gemeinsam den heiligen Christophorus, den sie sich als Patron in der Fremde erwählt hatten, beschenkten die Armen mit Almosen und die heilige Kirche mit Stiftungen, vor allem aber standen sie sich mit Rat und Hilfe bei, sobald einer aus ihrer Mitte, ein *tedesco*, wie man sie hier nannte, in Not geraten war.

So zogen sie manchen Abend durch die engen Gassen, sangen lauthals ihre Lieder in der derben Sprache, die den Ohren der Welschen so schmerzte, und entdeckten manch verborgenen Winkel der alten Stadt. Sie staunten gemeinsam über die prächtigen Palazzi der reichen Kaufleute, die mit Säulen und Zinnen verziert wie kleine Burgen aussahen. Manche hatten Türmchen, zierliche Balkone oder breite Treppen, die zu gewaltigen Portalen emporführten.

Besonders beeindruckt waren die *tedeschi* aber von den vielen Kirchen. Einige drängten sich in den Gassen zwischen die Häuser der Bürger, andere lagen auf weitläufigen Plätzen wie riesige Löwen träge in der Sonne, breit und hoch und mächtig. Oft erhob sich neben den eindrucksvollen Kirchenschiffen ein schlanker Turm in den Himmel. Die Leute hier nannten solch einen Turm *campanile*, das lernte Niclas wie die vielen anderen welschen Wörter recht schnell.

Solch stolze Bauwerke wie in Italien kannte er nicht aus den deutschen Landen. Immer wieder betrachtete er sie ganz ergriffen. Besonders eine Kirche im Westen der Stadt hatte es dem jungen Krämersohn angetan. San Zeno lag unweit vom rechten Ufer des Flusses entfernt auf einem ausgestreckten Platz. Sie war schon alt und reich geschmückt mit Bildern, außen wie innen. Auf den Türen zeigten riesige Bronzeplatten Darstellungen aus dem alten Testament. Die glänzten in der Sonne und waren von solch einer Lebendigkeit, dass es Niclas schauderte, wann immer er in ihrem Anblick versank. Wenn er dann wieder zu Bewusstsein kam, musste er oft schmunzeln über die Armseligkeit in seiner Vaterstadt. Offenbar hatte ein weitgereister Schnitzer daheim diese prächtigen Bronzebilder zum Vorbild für die Rathaustüren von Eberstein genommen, aber, verglichen mit dieser Kunst hier, wie bescheiden war sein Werk ausgefallen?

Auch das Innere der Basilika San Zeno raubte Niclas jedes Mal den Atem, wenn er durch das Portal schritt. Einige Stufen führten hinab und der Fremde fand sich vor langen Reihen von Säulen und Pfeilern wieder, die das Innere des Gotteshauses in fünf Räume einteilten. Sein Blick konnte die Weite des langen Mittelschiffes kaum erfassen, in Schwindel erregende Höhen erstreckten sich die Kirchenschiffe, das Sonnenlicht flutete durch unzählige Fenster und gab jedem Gläubigen die Gewissheit, Gottes Haus betreten zu haben, das allein in solchem Glanze erstrahlen konnte. Jedoch streifte Niclas nur an besonders heißen Tagen durch die Kirche, bestaunte die bunten Fresken, die hohen Bögen und Pfeiler und betrachtete das große Taufbecken. Meist blieb er auf dem Platz vor dem Portal stehen und bewunderte die Basilika, wie sie mächtig vor ihm aus dem Boden emporragte.

Ein alter Mann beobachtete ihn dabei und kam schließlich lächelnd auf ihn zu.

„Ein grose Kirche? Äh? Schone Kirche? Du kommst von deutschen Land? *tedesco*, si?"

Erschrocken fuhr Niclas herum. Unter einer einfachen Leinenhaube, die zu groß für den kleinen Kopf des Greises war, schaute ihn ein freundlich lächelndes Gesicht entgegen. Kluge, helle Augen überstrahlten die dunkle, wettergegerbte, runzlige Haut des Alten. Er trug einen leichten Mantel aus feiner Wolle, der ihn eine Hand breit über die Knie reichte, ein Pelzkragen umschmeichelte den faltigen dünnen Hals des Greis. An dieser wertvollen Kleidung erkannte Niclas sogleich, dass er einen wohlhabenden Mann vor sich haben musste.

Der Krämersohn war mittlerweile schon einigermaßen in der welschen Sprache geübt, um dem Alten mit einfachen italienischen Worten antworten zu können.

„Ja, sehr schön. Ich komme aus deutschen Landen, aus Eberstein."

„Oh, das habe ich mir schon gedacht, dass Ihr ein *tedesco* seid. Eberstein? Dort war ich oft gewesen, als ich als junger Mann auf Reisen war. Den Rhein hinab, bis nach Holland bin ich gekommen. Ich hatte gehofft, endlich wieder Eure schöne Sprache sprechen zu dürfen, aber ich höre schon, Ihr seid selbst wohl geübt im Italienischen."

Verlegen hielt Niclas inne. Als ihm jedoch gewahr wurde, dass es nicht der guten Sitte entsprach, schweigend neben dem Alten zu stehen, richtete er erneut das Wort an ihn.

„Ihr seid ein Kaufmann, ein *mercator*, si?"

„Si, si, aber Geschäfte mache ich keine mehr. Meine Söhne Giulio und Niccoló kümmern sich nun um alles. Darf ich mich vorstellen? Mein Name ist Giuliano Scandola."

„Mein Name ist Niclas Berlinger."

Wieder schwiegen sich beide an, schließlich überwand der Jüngere jedoch seine Verlegenheit und richtete eine Frage an den Alten.

„Verzeiht, aber sicher wisst Ihr, welch Bedeutung die Figuren dort über dem Portal haben?"

Niclas wies mit der rechten Hand hoch zu dem Fenster, das die Form einer Rose hatte. Kreisrund und mehr als vier Armlängen im Durchmesser, zog dieses Fenster die Blicke der Gläubigen auf sich. Unterteilt wurde das außergewöhnliche Stück von zierlichen Säulen, die wie die Strahlen der Sonne aus der Mitte nach außen trieben. Im Rahmen der Fensterrose jedoch konnte man sechs kleine Figuren erkennen, ob der Höhe, in der der Steinmetz sie gemeißelt hatte, aber nur sehr undeutlich.

„Sicher weiß ich das, mein Sohn. Das sind arme Sünder, Christenmenschen wie wir alle welche sind, auf dem Rad der Fortuna. Ja, das Glücksrad der Fortuna dreht sich sehr schnell. Den einen trägt es hinauf, der andere aber wird hinabgerissen."

"Ich kenne solch ein Rad. In der Geburtsstadt meiner Mutter, in Basel, am Münster hab ich es schon gesehen. Da stürzten auch die Menschen hinab, andere krochen hinauf. Aber eine Fortuna sah ich nirgends."

Niclas war nun ganz erregt. Der Alte lächelte noch immer milde auf den Jüngling hinab.

„Seht Ihr, das ist das Leben. Fortuna ist eine fleißige Dienerin Gottes. Sie hebt hoch, beschenkt und belohnt. Sie kann aber auch grausam sein und strafen."

Niclas schaute Giuliano Scandola verwirrt an. Der meinte, von dem fremden Jüngling nicht verstanden worden zu sein und versuchte es mit anderen Worten zu erklären.

„Schaut, mein Sohn. Dort oben ist eine Schrift, man kann sie von hier nicht sehen, aber ich kenne diese Kirche besser als mein eigenes Haus, ich bin keine drei Gassen von hier geboren, in dieser Kirche wurde ich getauft.

Also, dort steht:

En ego fortuna moderor mortalibus una,

elevo, depono, bona cunctis vel mala dono

induo nudatos, denudo veste paratos.

In me confidit si quis, derisus abibit.“

„Verzeiht, mein Herr, aber ich verstehe nicht.“

„Lasst es mich in die Volkssprache übersetzen, mein Sohn, dann werdet Ihr verstehen:

Ich allein, Fortuna, lenke… nein“,

der Alte machte eine Pause und suchte nach einem passenden Wort, dann versuchte er es erneut:

„Ich Fortuna, herrsche über die Sterblichen,

ich erhöhe sie, ich stoße sie hinab.

Ich gebe Gutes und Schlechtes.

Ich kleide den Nackten an und entblöße den, der Kleider am Leibe trägt.

Wer auf mich setzt, ist der Lächerlichkeit anheim gefallen.

Vielleicht ist es nicht ganz genau übersetzt“, der Alte hob entschuldigend die Schultern, „aber es ist doch wahr.“

„Es ist furchtbar.“ Niclas riss bestürzt die Augen weit auf.

„Ich meine, wenn diese Fortuna wirklich Gottes Ordnung niederreißt, dann ist sie des Teufels. Ein böser Dämon über einer Kirchenpforte. Das ist Gotteslästerung, eine Entehrung der heiligen Stätte.“

Giuliano Scandola lächelte erneut milde auf den Jüngling hinab, der zwar zierlich von Gestalt war, dennoch in seiner Erregung um die vermeintliche Gotteslästerung ein lebhaftes und auffahrendes Gemüt offenbarte.

„Seid ruhig, mein Lieber, Fortuna ist kein böser Dämon, den die Hölle schickt. Sie ist eine brave Dienerin Gottes, die nach seinem Willen ihr Rad lenkt. Das Alte vergeht, Neues entsteht. Das ist das Leben, mein Sohn, jetzt wohl noch mehr als in früheren Zeiten. Ihr werdet erkennen müssen, dass sich vieles verändern wird. Wenn Ihr so alt seid, wie ich es bin, wird nichts mehr so sein wie heute, Ihr werdet nichts Gewohntes mehr finden. Aber das ist gut so, das ist Gottes Wille."

„Aber Gott hat die Welt erschaffen, wie sie ist. Und so ist sie gut. Weshalb sollte er sie niederreißen wollen?"

„Ich weiß es nicht, mein Sohn, aber ich weiß, dass er es tun wird. Alles wird sich wandeln, verändern, Neues wird emporkommen, Altes wird vergehen."

Behutsam tätschelte Giuliano Scandola dem jungen Krämersohn Niclas Berlinger die Schulter und wandte sich ab. Langsam schritt er über den weiten Platz und verschwand in einer der engen Gassen. Niclas aber stand wie erstarrt vor dem Portal von San Zeno und hatte den Blick fest auf die Fensterrose geheftet. Mit einem Mal schien es ihm, als bewegten sich die zarten Säulen, die das Fenster wie Radstreben unterteilten, als drehte sich das Rad der Fortuna. Erst langsam, bald aber schneller. Niclas wurde es schwindlig, dennoch konnte er den Blick nicht abwenden von dem Rad, das sich nun immer heftiger zu drehen schien. Er sah, wie die steinernen Figuren stürzten, sie zappelten und verdrehten die Glieder, um Halt zu finden. Aber das Rad drehte sich erbarmungslos weiter.

Endlich wurde Niclas schwarz vor Augen. Er stürzte zu Boden. Hastig rappelte er sich wieder hoch und stolperte fort von der mächtigen Kirche. Er rannte über den Platz, zurück zum Hause des Johann Stüren. Die Angst schnitt ihm die Kehle zu, sein Hals brannte und sein Mund war trocken. Immer wieder musste er heftig husten, aber er rannte weiter. Die Dämmerung brach bereits über die Stadt hinein, als er endlich wieder im Kontor seines Gastgebers stand. Er zwang sich ruhig zu atmen und seine Tränen vor den neugierigen Blicken der Schreiber zu verbergen. Allmählich fühlte er das wärmende Gefühl der Geborgenheit wieder in seinem Körper aufsteigen, das schließlich die kalte Angst völlig verdrängte. Die Basilika San Zeno jedoch besuchte der junge Krämersohn nie wieder.

An der Seite des Anton Risz lernte Niclas im Kontor seines Gastgebers schnell und viel. Die Stunden in der Rechenstube waren von je her für Niclas mehr kurzweiliger Genuss denn Mühsal gewesen, die Tage im Kontor jedoch erlebte der junge Berlinger bald schon in einem wahren Taumel von erfreutem Staunen und glückseligem Eifer.

Vor allem das Rechnen, das Zusammenzählen der anfangs noch so fremden arabischen Ziffern fiel ihm leicht. Er verstand sich auch bald darin, die verschiedenen Einträge in den einzelnen Büchern des Geschäfts auseinander zu halten. Ausgänge, Außenstände, Einnahmen und Rücklagen, damit hantierte Niclas bald sehr vertraut. Am meisten aber schrieb er Briefe. Stundenlang wiederholte er die immer gleichen Sätze in den Papieren, die an die Partner in fernen Ländern geschickt werden sollten. Er orderte, stornierte, dirigierte und mahnte, ganz so wie seine Vorlagen es verlangten oder wie Matteo ihn angewiesen hatte. Niclas Schrift war ordentlich, darauf hatten seine Eltern immer großen Wert gelegt, und diese Fertigkeit brachte ihm bald Anerkennung bei den älteren Schreibern und Handelsdienern des Kontors. Sie leiteten ihn gerne an, denn er war gelehrig und ordentlich. Vor allem Matteo nahm sich seiner an und erklärte ihm die vielen fremden Wörter, deren Sinn sich ihm aber oft auch in seiner deutschen Sprache nicht gleich erschloss. Langsam aber begriff Niclas, was *Konto*, *Saldo* und *Brutto* meinte.

Die Abende jedoch verbrachte Niclas zusammen mit Anton Risz in den Tavernen Veronas, und als es wärmer wurde, wandelten sie gemeinsam mit anderen Jungen der *tedeschi* in den Gassen der Stadt auf der Suche nach Zerstreuung und hübschen Mädchen. Konrad begleitete die Jungen oft. Obwohl nur ein einfacher Knecht, schätzten die Kaufmannssöhne ihn und duldeten ihn in ihrer Runde, denn er war stark, klug und besonnen, und er war der Freund des Niclas Berlinger. Die Gemeinschaft der *tedeschi* konnte einen so guten Gefährten hier in der Fremde nicht entbehren.

Dennoch ließ der Knecht seinen Freund nun auch manchen Abend allein ziehen, denn eine wonniglich liebreizende Jungfer, eine Magd aus dem Nachbarhause hatte ihm schöne Augen gemacht. Einige Male hatte sie ihm zugelächelt. Wenn er sie vor ihrem Haus auf der Gasse traf, reckte sie ihr Kinn empor und öffnete einladend ihren sinnlich roten Mund. Ihre einfache Cotta spannte sich über ihre Brüste und über ihre Hüften, die sie aufreizend hin und her schwank, als sie mit glucksendem Lachen ins Haus schlenderte. Er schlich sich in der Dämmerung manchmal hinüber in ihren Garten und traf sie hinter einem alten knochigen Apfelbaum, der ihre Küsse vor den Augen der Herrin verbarg. Dort lagen sie dann oft bis zur Morgenstunde beisammen, in einem Bette aus geknickten Blumen und Gräsern.

Mittlerweile waren die Abende milder und heller geworden und brachten nach heißen Nachmittagen erfrischende und belebende Luft in die Stadt. Die Jungen waren immer sehr aufgewühlt und auch etwas erregt, wenn sie ihre abendlichen Ausgänge auf die Brücken und Plätze verabredeten. Die Süße der Sommerluft stieg ihnen in den Kopf, das Dämmerlicht, das sich auf die Dächer legte, betörte ihre Sinne und der laue Wind streichelte ihre bebenden Körper und prickelte in ihren feinfühligen Gemütern.

Auch Niclas spürte, wie anders der Sommer sich in der welschen Stadt anfühlte. Immer schaute er sich suchend um, wenn er in den Gassen umherging, immer war ihm, als hielten die Tage für ihn etwas Besonderes bereit. Neues würde entstehen, hatte der Alte auf dem Platz vor der Basilika San Zeno gesagt. Und die alte Ordnung würde vergehen. Der Gedanke machte ihm noch immer Angst, gleichzeitig hoffte er, dass es gut sein würde, was Gott neu entstehen lassen würde. Er tröstete sich mit dieser Hoffnung. Nachts lag er schlaflos auf seinem Lager, starrte in die Dunkelheit, lauschte auf das gleichmäßige Atmen der anderen Männer und wartete; auf den nächsten Morgen, auf das Besondere, auf das Schöne, nach dem es ihm so stark verlangte.

Niclas erblickte Antonella auf der marmornen Brücke, die ihn am ersten Tag in die Stadt geleitet hatte. Es war noch früh am Abend gewesen. Die Kühle der heranziehenden Nacht hatte noch nichts gegen die Schwüle des heißen Sommertages ausrichten können. Dennoch hatten einige Mädchen aus den edlen Familien der Stadt die spätere Stunde zu einem Spaziergang im Schutze der abendlichen Dämmerung genutzt, den ihnen am helllichten Tag die Sitte und der Anstand verwehrt hätten, da die Geschäftigkeit des Marktgeschehens vielerlei Pöbel und lasterhaftes Volk auf die Straßen trieb. Nun standen sie beisammen auf der beinahe schon menschenleeren Gasse, kein halbes Dutzend an der Zahl, sie lachten und schwatzten und hörten sich von Ferne an wie ein Schwarm aufgebrachter Drosseln und Spatzen in der Frühe bei Sonnenaufgang. Sie genossen die aufkommende Brise des Abends, dessen Frische sie innerhalb der Mauern ihrer Palazzi während des gesamten Tages hatten entbehren müssen. So erblickte Niclas Berlinger sie zum ersten Mal.

Von diesem Augenblick an aß und schlief Niclas kaum noch und war dem Kaufmann Johann Stüren ein billiger Gast. Gleichzeitig war er ihm aber auch ein schlechter Gehilfe, denn er sah nur noch das schöne Mädchen vor sich, verlor sich in Träumereien von ihrem liebreizendem Gesicht, ihren bezaubernden Augen, die so groß und funkelnd blaugrün waren wie das Meer im Sonnenschein. Er dachte unentwegt an ihren anmutigem Gang und ihren süßen Mund. Es war ihm, als hörte er ihr Lachen, wie es leicht von der marmornen Brücke zu ihm hinüber geweht kam, als vernahm er ihre weiche Stimme, die vertraut seinen Namen flüsterte, als sah er ihr Lächeln, das sie nur ihm zu schenken schien. Niclas begann, seine Arbeit zu vernachlässigen, müde und fahrig stand er am Pult, hielt sich mühevoll fest, seine Glieder hingen bleischwer an seinem Körper, und dennoch schien er nie so lebendig, so erregt und froh in seinem Leben gewesen zu sein wie in jenen Sommertagen in Verona.

Sie hatte feuerrotes, kraus gelocktes Haar, das zu zwei dicken Zöpfen geflochten war. Nur ein feiner, beinahe durchsichtiger weißer Schleier bedeckte ihr Haupt. Ihre Gestalt war von schlankem Wuchs, ihre weißen Arme wurden nur halb bedeckt von einem leichten Leinenkleid, über dem sie eine smaragdgrüne Surcot aus feinster, dünn gewebter Wolle trug. Sie zählte gerade sechzehn Jahre und war die Tochter eines sehr angesehenen und wohlhabenden Tuchhändlers.

Antonella hatte die Blicke des Jungen sogleich bemerkt. Zusammen mit anderen Männern, die allesamt deutscher Zunge waren, war er an ihnen vorbeigeschlendert. Während seine Begleiter aber unverständliches Zeug schwatzten und ihre Freundinnen keck anlachten, verharrte dieser hübsche, schmale Junge mit dem Knabengesicht und den langen blonden Locken nur wie erschrocken für einige Augenblicke und starrte dann benommen das schöne rothaarige Mädchen an. Auch als er seinen fröhlich scherzenden Gefährten hinterher eilte, konnte er seine Augen nicht von der anmutigen Gestalt Antonellas lösen. Rückwärts laufend, stolpernd und beinahe strauchelnd stürzte er die Gasse hinunter, seine Beine trugen ihn ungelenk bis in die Taverne, wo seine Gefährten bereits laut johlend saßen und ihn spaßend erwarteten.

„Die schöne Antonella hat's unserem jungen Freund mächtig angetan."

„Sie ist der Augenstern ihres Vaters, des dicken Bajamonte. Er hütet sie wie einen Schatz voller Gold und Edelsteine."

„Sie ist ein stolzes und kluges Fräulein. Und sie ist wirklich sehr schön."

„Sie ist dem Bernhardino Carrodino versprochen. Ihr kennt ihn doch. Er ist sehr angesehen und mächtig, und er ist mit den Scaligeri hier gut bekannt."

„Er ist vor allem aber reich."

„Das gefällt Bajamonte ja auch so gut."

„…und Antonella wird es auch gefallen."

„Jeder wird das bekommen, was er sich sehnlich erwünscht."
„Sie wird eine große Herrin hier in der Stadt werden. Bis nach Venedig und Florenz wird man von ihr sprechen."
„Aber Carrodino ist alt. Er zählt mehr als das Dreifache an Jahren wie die schöne Antonella. Der lüsterne Bock."
„Antonella wird dann seine vierte Frau."
„Wie beim alten Vincenzo Balbo. Der hat ja auch noch so lange gelebt, nachdem er seine letzte Frau genommen hatte. Die hatte zwar gehofft, dass der Alte nicht lange machen würde, aber dann lebte der noch einmal richtig auf."
„Die hatte wohl gedacht, den Alten nehm' ich mir mit in mein Bett und treib es ordentlich mit ihm, dann vergehen ihm die Kräfte und ich bin ihn los."
„Aber sie hat es doch zu ordentlich getrieben. Ein wahrer Jungbrunnen muss ihr Bett sein."
Das Gelächter der Männer dröhnte durch die Wirtsstube und bald ging das Gespräch der Deutschen in der Taverne nur noch munter über die angesehenen und reichen Herren der Stadt und deren liebestolle Dirnen. Niclas aber und die schöne Antonella waren vergessen. Gedankenverloren saß der Junge vor seinem Becher Wein, während die anderen lärmten und lachten.

Die nächsten Tage und Wochen vergingen wie im Fluge für Niclas. Er vertrödelte die Zeit, blieb viel für sich allein im Haus. Wenn die anderen loszogen, ließ er sie gehen. Er mied die Gemeinschaft der *tedeschi* und des Anton Risz, und er ging auch Konrad aus dem Weg.
An einem warmen Morgen im August stand Niclas regungslos am Schreibpult, starrte vor sich hin und hing seinen Gedanken nach. Die anderen Schreiber waren noch nicht im Kontor erschienen, sodass Niclas genug Ruhe hatte zu träumen, ohne dass ihn ihre frechen Reden in seiner Liebeskrankheit quälten.

Konrad öffnete vorsichtig die Tür zum Kontor, lugte kurz hinein und schlüpfte dann hinüber an das Schreibpult zu seinem Freund. Der hatte den Knecht nicht gehört und fuhr erschrocken zusammen, als der massige Kerl plötzlich vor ihm stand.

„Was ist los mit dir, Niclas?"

Der Junge schaute seinen Freund fragend an.

„Du hast nichts gegessen, in aller Herrgottsfrühe stehst du schon hier am Pult, aber du arbeitest nicht, sondern träumst nur vor dich hin, wie es gar nicht deine Art sonst ist."

Niclas schüttelte nur den Kopf wie ein bockiges, unartiges Kind, das bei einer Schelmerei erwischt wurde und nun die verdiente Strafe erwartet.

„Ist's das Fräulein mit dem Feuerkopf?" Konrad wartete auf eine Antwort, vergeblich.

„Das ganze Kontor zerreist sich schon das Maul. Der Anton Risz tratscht über nichts anderes mehr. Sie soll aus einer reichen und sehr angesehenen Familie hier sein und ist einem reichen Herrn versprochen."

„Oh, Konrad. Ich weiß doch, ich weiß."

„Dann vergiss sie ganz schnell. Ihr habt euch doch nur einmal kurz gesehen, auf der Brücke. Sie ist dir nicht wahrlich hold gewesen. Das ist doch noch keine echte Herzeliebe."

Niclas wandte sich ab und schaute betreten in eine nur ihm sichtbare Ferne.

„Sie ist die Herrin meines Herzens. Sie ist mir gut und hat mir in hoher Huld gestattet, ihr nah zu sein."

„Was sprichst du da, Niclas?" Der Knecht starrte den Freund verwirrt an.

Der Junge rang um Worte, er zuckte die Achseln und schüttelte den Kopf.

„Wirklich Konrad, sie ist… Antonella hat…wir waren…"

Doch dann sprudelten die Sätze aus ihm hervor, glücklich dem Kerker eines verschlossenen, dennoch liebesvollen Herzens entfliehen zu dürfen und sich dem guten Freunde anzuvertrauen.

„Ich traf sie oft auf der marmornen Brücke. Erst stand sie mit ihren Freundinnen zusammen, dann nur noch mit ihrer Base. Sie neigte den Kopf zum Gruße, aber bald schon sprach sie mich an. Konrad, glaub nur, ganz freundlich, beinahe vertraut richtete sie das Wort an mich. Ich verstand nicht alles, was sie sagte. Aber ich reichte ihr Blumen, erst Veilchen, dann Anemonen. Auch einen Kranz band ich ihr, als wir zusammen über die Wiesen draußen vor der Stadt wandelten. Sie nahm ihn und trug ihn im Haar. Sie war so tugendsam und rein, so herzelieb und gut. Wie schön ihr Haar leuchtete, geschmückt mit den Sommerblumen. Sie schlug die Augen nieder und ihre Wangen glühten rot."

Schweigend standen die Freunde beisammen.

„Was soll nun werden?" Konrads Frage hing bedrückend in der bereits schwülen, reglosen Morgenluft.

„Du leidest, ich sehe es doch. Du erlebst die schlimmsten Höllenqualen und nicht die verzückten Wonnen der Liebe." Konrad betrachtete den jungenhaften, so unglücklichen Freund, dessen blonde Locken den gebeugten Kopf wirr und ungekämmt umrahmten.

„Die Liebe hat mich in schwere Fesseln gelegt. Meine süße, geliebte Antonella aber ist ungebunden, um den Mann zu nehmen, dem sie versprochen ist."

Konrad verbrachte nun wieder mehr Zeit mit dem Freund. Die schönen Mädchen der Nachbarschaft, die Mägde und Dirnen, die ihn noch vor Wochen mit ihren lachenden Augen und ihren roten Mündern lockten, hatten nun keinen Reiz mehr für den Knecht. Wenn die beiden jungen Männer durch die Gassen der Stadt liefen, hoffte Konrad, die schöne Antonella möge ihnen nicht begegnen und den Freund mit ihrem Anblick wieder in die alte Liebeskrankheit niederwerfen. Lange Zeit wurde sein Hoffen auch erhört.

Dann jedoch sahen sie sie. Zusammen mit einigen anderen Mädchen und drei ältlichen Damen stand sie nahe der marmornen Brücke, um die erfrischende Abkühlung der abendlichen Luft zu genießen.

Erschrocken blickte sie Niclas an. Er erkannte sie auch sofort. Ihr Leib schien noch zarter und schmaler geworden zu sein. Ihre aus feinem Leinen gearbeitete, fast weiße Cotta umhüllte die schlanken Arme, den knabenhaften Körper. Um ihre Schultern hatte sie einen grünen Schal aus feinster weicher Wolle gelegt, den sie anmutig mit ihrer weißen feingliedrigen Hand über der Brust zusammen hielt. Bedrückend schön fielen die feuerroten Locken auf das grüne Tuch, gekrönt von edel glänzenden handbreiten Seidenbändern, die wie ein Schapel um die hohe Stirn und unter dem feinen Kinn gebunden waren.

Als sie Niclas bemerkte, begann die Hand des Mädchens zu zittern, welche noch eben mit vornehmer Geste die Stola gehalten hatte. Ihr Gesicht erglühte in dunklem Rot. Unwillkürlich machte Antonella einige ungelenke Schritte auf die jungen Männer zu, aber die Alte, die dessen Gewahr wurde, ergriff sie bei den Schultern und führte das Mädchen fort.

Niclas Augen füllten sich mit Tränen. Als er sich jäh dem Bilde abwandte, aus dem seine Liebe soeben verschwunden war, und auf Konrad zuwankte, blickte er seinen Freund mit verzweifelter Miene an.

Ohne ein Wort zu sagen liefen die beiden jungen Männer zurück zum Hause des Johann Stüren.

Kapitel 6

Mein geliebter Sohn,

ein Jahr bist Du nun schon weit von uns in der fremden welschen Stadt. Ich bete zu Gott, dass es dir und dem Konrad recht gut ergehe und dass ihr eure Arbeit ordentlich und fleißig verrichtet. Auch mache Gott, dass Du alles getreulich lernest in dem großen Kontor des angesehenen Johann Stüren. Deine Mutter und deine Schwestern gehen jeden Tag in die Kirche und beten, dass dir kein Unheil geschehe, denn die Zeiten sind gar schlimm. Das Brot ist so teuer wie nie. Auch die Hirse ist teuer, Linsen und Früchte habe ich schon seit Wochen nicht mehr auf den Märkten finden können. Auf dem Land hat schon der Hunger viele arme Leute dahingerafft, ihre leblosen Körper sah ich am Straßenrand liegen. Hoffentlich müsst ihr im Welschland nicht auch Hungers leiden.

Auf meiner Reise übers Land habe ich auch einen Mann getroffen, der in einem kleinen Ort auf dem Marktplatz gepredigt hat. Er trug die weiße Kutte eines Zisterziensermönchs, aber er hatte langes graues Haar, das ihn in dünnen Strähnen bis über die Schultern hing. Daran sah ich, dass es sicher kein ordentlicher Mönch mit Profess war. Er erzählte vom Grabe Christi, das noch immer in der Hand der gottlosen Heiden sei. Der Zorn Gottes darüber wird bald auf uns hernieder fahren. Auch prophezeite er, dass schwere Heimsuchungen die Christenheit erschüttern werden. Eine Vision sei vom Himmel gekommen. Er habe sie gelesen, mit Blut sei sie geschrieben auf dem lehmigen Boden einer Kirche im Königreich der Franzosen. Heuschrecken und Hungersnöte, Seuchen und Kriege würden uns peinigen, dann aber würden ein König aus dem Westen und ein König aus dem Osten kommen und uns und das heilige Grab unseres Herrn erlösen. Die Herrschaft des Antichristen aber beginne dann und das Ende der Welt käme. So war die Rede des Mönchs, mein geliebter Sohn. Dann zog er die

Kutte aus und begann sich mit einer Geißel, an deren ledernen Riemen
kleine Nägel waren, selbst den Rücken blutig zu peitschen.
Mich aber befiel eine solch große Angst, mein lieber Sohn, dass ich
sogleich niederkniete und betete. Ich flehte meinen Herrn an, dass er uns
verschone und erlöse. Ich habe noch immer große Angst. Vor allem fürchte
ich, dass dir in der Fremde Unheil geschieht. Meine Gebete mögen dich
beschützen und leiten. Behalte dich wohl. Vor allem aber verrichte deine
Arbeit mit Sorgfalt und Fleiß und bleibe gewissenhaft in deinem frommen
Glauben, mein Sohn, dann wird Gottes Segen dich schützen.
Leb wohl. Geschrieben in Christo am 6. des Monats August, im Jahre des
Herrn dreizehnhundert und siebenundvierzig, am Tage der transfiguratio
domini.

Niclas Berlinger hatte den Brief immer und immer wieder gelesen. Was sein
Vater berichtet hatte, machte auch ihm Angst. Beim ersten Lesen waren
sogar Tränen in seine Augen gestiegen und er hatte inne halten müssen.
Erst später am Abend hatte er die Zeilen wieder zur Hand nehmen können.
Dann aber begann der Brief ihn zu trösten. Es war ihm, als habe der Brief
ein unsichtbares Band zu den sorglosen Tagen seiner Jugend gewoben,
das ihn hielt, leitete und führte durch die Wirrnis der Zeit. Und es könnte ihn
auch wieder zurückführen, ging es dem Jungen durch den Kopf. Niclas
faltete das kleine Blatt sorgfältig zusammen und legte es in sein Medaillon,
das die von Engeln umgebene Jungfrau Maria zeigte und das ihm Schutz
und Trost versprach. Wann immer er nun bedrückt oder ängstlich war, griff
er zum Medaillon und las die Zeilen seines Vaters.

Auch die Arbeit bot ihm nun wieder wohltuende Ablenkung und Trost. Viele
Stunden lang stand Niclas im Kontor an seinem Schreibpult und kopierte
Briefe nach Venedig, Basel, Straßburg oder Gent. Jenen kleinen, wertvollen
Pergamentblättchen und Papierschnitzel, auf denen nur wenige Zeilen

seiner mit feiner Schrift vollführten Buchstaben Platz fanden, galt nun Niclas ganze Sorgfalt. Er war tief beeindruckt, wie mit ihrer Hilfe umfangreiche und kostbare Warenfuhren von dem Kontor in Verona aus durch ganz Europa gelenkt werden konnten, dass durch sie die Waren in fremden Städten, weit entfernt gelöscht und verkauft und die erzielten Gewinne vor Ort wieder in neue Warenfuhren umgesetzt werden konnten.

Die *mercatores* hier mit ihren vielen Schreibern und Dienern mussten nicht mehr selbst über Land ziehen, von Hof zu Hof, von Dorf zu Dorf, wie noch sein Vater es tat, um einige Fässer Flachs, Seife, Honig oder Wein zu kaufen, die er dann an seinem Stand im Kaufhaus zu Eberstein mühsam wieder an Mägde und Hausfrauen verhökern musste.

Hier war alles viel größer, reicher und brachte viel mehr Geld ein. Niclas war oft wie berauscht, wenn er die schweren Rechnungsbücher aufschlug und die langen Zahlenreihen las. Es gab ganz unterschiedliche Bücher, die jeweils verschiedene Posten verzeichneten. Matteo hatte Niclas diese Bücher erklärt. Das eine führte das Warenkonto, vermerkte die Bestände, die Kosten und Verkäufe. In dem anderen Buch war das Kassenkonto verzeichnet, das Rechenschaft ablegte über das Geld, über die Schulden und Zahlungen, über die Eingänge und Ausgänge.

Das Leben und die Arbeit in dem großen Haus ergriffen von Niclas immer stärkeren Besitz. Er ließ es zu, stand bis spät im Kontor und ging nicht mehr so oft mit Anton Risz in die Taverne zu den anderen *tedeschi*, sondern genoss den Schatten der ihm so fremdartig anmutenden Bäume im Hof des Hauses Stüren. Innerhalb der den Hof umfassenden Mauern lag ein wundervoller kleiner Garten mit duftenden Rosenbüschen, Lilienstauden und Lavendelrabatten. Wenn die Arbeit im Kontor getan war, verweilte Niclas oft noch in den Abendstunden hier. Die Gassen der Stadt mied er aus Angst, Antonellas Schönheit und Anmut ansichtig zu werden und sich wieder ihrer Liebe erinnern zu müssen. Die einsamen Abendstunden im Garten des Hauses jedoch nutzte er, um ihrer Stimme, ihrer Augen, ihres

Körpers und ihrer Liebe zu gedenken, ganz allein. Es waren Gedanken, die er mit niemand teilen wollte, denen er sich ungestört hingeben wollte.

In diesen Stunden kamen oft die Kinder des Hausherrn zu Niclas, Anna mit ihren Püppchen und der kleine Guido, der seine ersten Schritte in diesen Sommertagen machte. Margarete Stüren und die Kinderfrau schauten entzückt, wenn die Kleinen freudig auf Niclas Schoss saßen, wenn sie ihn nötigten, auf allen Vieren als ihr Reitpferdchen durch den Garten zu kriechen oder wenn er ihnen einen Ball sacht zuwarf.

Margarete Stüren war eine stille und unscheinbare Frau. Ihr Mann hatte sie vor vielen Jahren aus Frankfurt hierher gebracht, mit ihr zusammen dieses Haus erworben und das Geschäft ausgebaut. Zuerst waren Johann Stüren und ihr Vater Handelspartner gewesen. Der Junge hatte beim Alten alles Wichtige erfahren, war als Knabe schon aus Eberstein fort gegangen, um in Frankfurt die Kaufmannerei zu lernen, und schließlich hatte der Alte dem Schwiegersohn nicht nur die einzige Tochter überlassen, sondern auch den größten Teil seines Vermögens, das der Grundstock des Handelshauses Stira werden sollte.

Margaretes Kleidung war einfach, sie trug eine gerade geschnittene Cotta aus grauer Wolle mit schmalen engen Ärmeln, die unten jedoch genügend Weite hatten, um einfach hinein schlupfen und die Ärmel dann hoch krempeln zu können. Ein schmuckloser, schlichter Gürtel fasste das Kleid zusammen und verschaffte seiner Trägerin dadurch Bequemlichkeit und Eignung bei der täglichen Arbeit. Ihre Haare verbarg sie unter einer einfachen Haube aus weißem Leinen. Sie sprach nur wenige Worte zu Niclas, immer sehr leise, beinahe flüsternd, und immer nur über die Kinder und deren Spiel.

Die Kinderfrau war eine große, massige Frau, die ihre Herrin beinahe um zwei Haupteslängen überragte. Obwohl ihre dunklen Augen immer sehr mürrisch dreinschauten und sie ständig schimpfte, jammerte und nörgelte, war sie doch voller Fürsorge und Liebe, sowohl für die zwei Kinder, als auch für die Herrin des Hauses. Ständig räumte sie hinter den Kleinen her, heulte ängstlich auf, wenn der Kleine fiel, trug Spielzeug hin und her und war auch dauernd damit beschäftigt, Margarete Stüren in Decken einzuwickeln, um sie sogleich wieder aus ihnen zu befreien.

Niclas erfreute sich sehr an diesen harmlosen Szenen. Sie erinnerten ihn an seine eigenen Kindertage, an den Hof seines Vaterhauses in Eberstein und an die Spiele mit Konrad und dem alten Schalkner. Diese Erinnerungen halfen ihn über jene schlimmen Tage voller Sehsucht und Traurigkeit hinweg. An den guten Tagen, die voller Wärme, Sonnenschein und Hoffnung waren, wagte er es aber immer noch an Antonella zu denken. Denn nun hatte er erkannt, dass die Kraft und die Zufriedenheit, die er in diesem Haus gefunden hatte, ihm halfen, auch die dunkelsten Augenblicke zu überstehen.

Beinahe schien es, als habe Niclas die Traurigkeit und die Einsamkeit überwunden, als hätte er in der Familie Stüren genügend Wärme und Trost gefunden. Aber dann begann sich seine Seele wieder zu verdüstern. Sein Wesen wurde abermals verschlossen, sein Blick starr und leer.

Konrad bemerkte den Wandel und geriet in große Sorge um den Freund. Er sah es mit Unbehagen, dass Niclas sich so von den anderen abwendete, sich aus der Gemeinschaft löste.

„Komm nach dem Gottesdienst mit in die Taverne, Niclas. Du warst jetzt lang genug liebeskrank."

Aber Niclas Berlinger verblieb in seiner Einsamkeit, auch wenn er die anderen begleitete, so saß er doch nur stumm vor seinem Becher Wein und hing seinen Gedanken nach. Und wenn ihn auch die anderen verlachten, er blieb ihnen fern.

Er saß in ihrer Mitte, hörte ihre Gespräche an, redete manchmal sogar mit, wenn sie von ihren Geschäften sprachen, von den Straßenzöllen, von den Unbilden des Wetters und von ihren Privilegien, um die sie die welschen Händler dauernd beneideten. Aber er fühlte sich nur sicher und beschirmt im Kontor an seinem Pult, umgeben von den hohen Mauern des Hauses, oder geschützt unter den Bäumen, zwischen Hecken und Sträuchern im Garten. Die Gesellschaft der Rechnungsbücher und der spielenden Kinder war sein ganzer Trost.

Konrad ahnte die Traurigkeit des Freundes. Eine düstere Besorgnis erfasste ihn. Er bemerkte, dass der junge Freund zwar seine Arbeit im Kontor ordentlich und fleißig erledigte und auch zu jedermann im Hause freundlich war, dennoch aber oft mit leerem Blick, in sich versunken dastand. Auch sah er so grau und fahl im Gesicht aus wie ein dem Tode Geweihter, dass es einem den Schrecken in die Glieder jagte.

Wie jede Nacht lag Konrad wach und hörte auf das Atmen der anderen Knechte und Mägde, die alle schnell in den Schlaf fielen, wenn sie sich am Abend auf ihre Decken und Strohsäcke fallen ließen. Er aber starrte in die Dunkelheit und wagte sich nicht zu bewegen. Doch plötzlich schien es ihm, als stünde eine Gestalt neben ihm. Jedoch war dies kein menschliches Wesen, denn eine schauderhafte Kälte ging von ihm aus. Auch war Konrad umgeben von abscheulichem Gestank, der den gesamten Raum erfüllte. Schwaden widerlichster Ausdünstungen umgaben die unheimliche Kreatur, die Konrad nur schemenhaft erkannte. Dann aber trat sie aus dem Nebel hervor.

Lukas Cardo stand vor seinem Bett. Er lachte laut auf. Sein schmales zerfurchtes Gesicht war von einem schiefen Lachen zu einer fürchterlichen Fratze entstellt. Seine lange, spitze Hakennase kam geradewegs auf Konrad zu und die schmalen, kleinen Augen des Dämonischen leuchteten rot wie glühende Rubine. Er trat ganz nah an Konrad heran und schüttelte mitleidig den Kopf.

„Du glaubst, du kannst deinen Freund retten? Er gehört schon längst mir. Seine Seele ist bereits in ewige Dämmerung verfallen. Nachts kommen meine Dämonen und martern seinen Geist und seinen Körper. Hör nur, wie er sich windet in Schmerz und Pein. Die Nächte sind für ihn Höllenfahrten geworden, ohne Erholung und Frieden. Furchtbare Geister singen ihre grausamen Reime für deinen Freund. Am Tage aber schicken meine Geister ihm Trauer und Verzweiflung, auf dass er langsam der Schwermut verfalle."

Wieder erfasste Konrad ein Schwall eisigen Windes. Er lag regungslos auf seinem Bett, die schweren Glieder ließen sich nicht bewegen, obwohl er aufspringen und fliehen wollte, hinaus aus diesem Zimmer, weg von diesem der Hölle geweihten Ort.

„Wie dein Freund Niclas seid auch ihr, ihr alle verloren. Euer Gott hat sich schon längst von euch abgewandt. Jetzt habe ich eure Obhut auf mich genommen. Die Setzlinge, die ich in euch eingepflanzt habe, sind ordentlich gediehen, alles sprießt und treibt aus. Die Gier, die Bosheit, die Eifersucht und der Neid, sie alle sind in euch gut gewachsen. Ich habe sie auch wahrlich gehegt. Habe euch Hunger und Not, Heuschrecken und Unwetter geschickt, auf dass ihr euren Glauben fallen lasst und verzweifelt. Und die stärkste Pflanze meiner Zucht ist die Falschheit. Sie habe ich besonders sorgsam gepflegt. Nun trägt sie Knospen und blüht so wunderbar, dass ich mit meinem Werk wahrhaft zufrieden sein kann. Bald kann ich gute Ernte halten, dann werdet ihr alle mein sein. Eure Seelen werden mein Gärtnerlohn sein."

Cardos Fratze entspannte sich, ein zufriedenes Lächeln umschmeichelte seinen Mund. Er warf den Kopf in den Nacken und schloss genüsslich die Augen. Seine hagere, lange Gestalt strotzte vor Siegesgewissheit.

„Gott hat euch verlassen, ihr seid meine Beute. Daran kann keiner mehr etwas ändern. Ihr gehört mir, das ist bereits seit langem entschieden. Also hört doch endlich mit der ewigen Beterei und dem Wehklagen auf."

Lukas Cardo hatte die letzten Worte eher für sich gesprochen, denn an den noch immer wie versteinert daliegenden Konrad.

Mit einem Augenschlag war es im Raum wieder stockdunkel, Konrad konnte weder die Umrisse der anderen Betten erkennen, noch einen Spalt in dem geschlossenen Fensterladen ausmachen, der doch in manch einer klaren Vollmondnacht einen schwachen Lichtschein in die Kammer gelassen hatte. Auf seine Augen und seinen Geist legte sich eine schwere Müdigkeit, die ihn in den Schlaf zog, ungestört von jeglichen der Hölle entsprungenen Alpgeistern.

Früh am nächsten Morgen stahl sich der Knecht aus dem Hause fort und zog durch die noch leeren Gassen der Stadt. Der Tag war noch jung, die Sonne noch wenig über die Hügel vor den Mauern gekrochen. Die Vögel sangen schrill ihre aufgeregten Lieder, und nur hier und da war eine frühe Magd oder einige bereits emsig beschäftigte Knechte zu sehen, die Brennholz oder frisches Brunnenwasser für ihr Tagewerk holten. Ein Straßenkehrer säuberte das Pflaster mit einem Reisigbesen und Konrad begriff, dass er nun ganz in der Nähe des Domes sein musste. Hier war der Platz mit glatt gehauenen Steinen gepflastert. Bei Strafe war verboten, Mist oder Unrat abzuwerfen. Überhaupt, so fiel Konrad nun auf, war in der welschen Stadt alles viel reiner und sauberer als im dunklen, kalten Eberstein. In etlichen Gassen waren schimmernde Kieseln oder kleine Feldsteine verlegt. Die Straßen waren daher auch nicht so schlammig und stinkend wie in seiner Vaterstadt. Dort weichte der auf den Gassen verstreute Sand bei jedem Regen sofort zu einem erdigen Morast auf, vermischte sich mit dem Mist der Tiere und der Jauche aus den Häusern zu einer stinkenden Brühe, in der Stroh und Holz, Unrat und ersoffene Ratten schwammen.

In Konrad stieg ein beschwingtes Gefühl auf. Die wärmende Sonne in seinem Rücken, die prächtigen Häuser um ihn herum, alles schien ihm reiner und heller, die Enge und der Schmutz seiner Vaterstadt schienen überwunden. Die Last des schrecklichen Alps der letzten Nacht und die Drohungen des Lukas Cardo entschwanden seinem Gemüt. Hoffnung übermannte ihn. Sollte Gott sich wirklich von den Menschen abgewandt haben? Er konnte es nicht glauben. Mit langsamen, aber festen Schritten ging er auf die Pforten einer kleinen Kirche zu, die sich ganz in der Nähe des gewaltigen Domes in einer Häuserzeile drängte.

Er erinnerte sich, dass diese kleine Kirche der heiligen Helena geweiht war. Er blieb andächtig stehen, blickte zu dem Kreuz empor und betete. Er flehte und weinte, Gott möge ihn nicht verlassen. Gott möge sich nicht abwenden von ihm, von seinem Freunde Niclas, der Familie und dem ganzen Menschengeschlecht. Ergriffen rannte er wieder auf den vom Sonnenlicht durchfluteten Platz und dann weiter, die engen Gassen entlang, weiter an dem Ufer des Flusses bis zu der kleinen Kirche, die sie hier Sant'Eufemia nannten. Eine schwarzhaarige schöne Dirne, die ihn einmal vor einer Taverne angesprochen hatte und die am Flussufer sein Liebchen geworden war, hatte von den vielen Marterqualen der heiligen Eufemia gesprochen. Konrad hatte das Mädchen hinter einer niedrigen Mauer in einem verfallenen Garten am Flussufer geliebt, sie hatten sich geküsst und liebkost und nachdem er seine Wonnen erlebt hatte, hatten sie zusammen gesessen und sie hatte die Legende der schönen Märtyrerin erzählt. Weil Eufemia fest zu ihrem christlichen Glauben stand, hatten die Heiden sie auf ein eisernes Rad gebunden, das zum Glühen gebracht werden sollte, aber zersprang. Als sie auf einem Scheiterhaufen verbrannt werden sollte, hoben Engel sie empor, auf dass die Flammen sie nicht zu fassen bekamen. Die Engel bewachten sie. Als man die fromme Frau an den Haaren aufhängte, brachten Engel ihr Brot und Wasser. Schließlich war sie in die Löwengrube geworfen worden, doch die beseligten Raubtiere dienten ihr mit zusammengerollten Schwänzen als Ruhestatt. Schließlich hieb der Henker der Märtyrerin das Schwert in die Seite. Eufemia starb, ihr Mörder jedoch wurde von den Löwen zerfleischt.

Die Dirne hatte an jenem Abend, als sie ihm die Geschichte erzählte, Tränen in den Augen.

Konrad betete, auch sein Glaube und der aller guten Christenmenschen möge so stark sein, dass sie gegen alle Anfeindungen gefeit seien. Die Engel sollten sie beschützen wie sie weiland die fromme Eufemia beschützt hatten.

Als Konrad aus dem Portal nach draußen trat, sah er, dass in den Gassen nun reichlich Volk geschäftig umher lief. Der Knecht schritt mit noch immer benommenen Geist durch das Tor aus alter römischer Zeit. Wenige Schritte trennten ihn nun noch von seiner liebsten Kirche hier in Verona. Sie war dem heiligen Laurentius geweiht, dem Helfer der armen Seelen, dem Beschützer vor den Qualen des Fegefeuers. Die feierliche Stimmung des Ortes ergriff Konrad. Er schritt das Kirchenschiff hinauf zum Altar, an den Seiten geleiteten Pfeiler und Bögen den jungen Knecht nach vorn zum Allerheiligsten. Einige Male hielt Konrad inne und betrachtete die farbenfrohen Bilder an den Wänden, bis er schließlich vor dem verharrte, das ihm von allen das Liebste geworden war. Das riesige Bildnis des heiligen Christophorus zog ihn immer wieder in seinen Bann, er hatte es schon oft bewundert und er liebte es. Konrad kniete auf den nackten Fußboden aus fest getretenem Lehm nieder und betete voller Inbrunst zu dem geliebten Heiligen.

Christophorus half, er hatte den Heiland auf seinen Schultern getragen. Sein Bild bewahrte vor einem jähen Tod und betrachtete man es am Morgen, so schützte es den ganze Tag hindurch.

„Heiliger Christophorus, beschütze mich und meinen Freund, der mir ist wie ein Bruder. Der Unaussprechliche darf seine Seele nicht gewinnen. Gott und seine Heiligen dürfen sich nicht abwenden von uns. Hilf, dass uns unsere Sünden vergeben werden. Mach, dass wir die Liebe Gottes behalten. Lieber Christophorus, steh uns bei, bitte verlasst uns nicht, Ihr Heiligen, bleibt bei uns, bitte."

Wieder rannen Tränen über die rot glühenden Wangen des jungen Knechts. Müde fielen seine Augen zu und kraftlos sank er zu Boden. Die Kälte umklammerte ihn und er konnte sich nicht rühren. Seine Beine schienen mit dem harten Untergrund zu verschmelzen, seine Arme drückten sich in die Erde, sein ganzer Leib war eine Tonnenlast, die reglos auf dem lehmigen Boden der Kirche lastete.

Aber Konrad wollte sich auch gar nicht rühren, er wollte nur im Schutze des guten Christophorus liegen. Unter den wachen Augen des Heiligen ließ er seine Kräfte und seinen Geist los, alle Anstrengung fiel von ihm ab und er sank in tiefen Schlaf.

Erst als die Dämmerung über die Stadt hineinbrach, schlüpfte Konrad wieder in das Haus des Johann Stüren. Aldo, der älteste Knecht, lenkte den Jungen unauffällig in die Schlafkammer und brachte ihm heimlich einen Kanten Brot mit einem Becher Wasser, damit Konrads späte Heimkehr nicht bemerkt werde und dessen lange Abwesenheit verriete.

Einige Tage versuchte der Knecht sich so unauffällig wie möglich im Hause seines Gastgebers zu bewegen. Er hatte Sorge, für seinen heimlichen Ausgang wohlmöglich noch bestraft zu werden. Niclas dagegen war noch immer so still und abweisend wie in den Wochen zuvor. Vom frühen Morgen bis in den späten Abend hinein stand er an seinem Schreibpult im Kontor. Er schrieb fleißig all die Briefe, die der dicke Matteo ihm aufgetragen hatte, oder er stand nur träumend da.

An einem milden Abend, die Arbeit hatte den ganzen Tag über geruht, denn es war Dominica, der Tag des Herrn, saßen sie endlich wieder zusammen im Garten, an einem versteckten Ort hinter einer mannshohen Hecke nahe der Mauer. Nun wurden die Abende langsam wieder kühler, das Fest der Kreuzerhöhung war bereits gefeiert, Laubfall war nicht mehr weit.

„Früher war die kühle Abendstunde meine liebste Zeit. Konrad, erinnerst du dich, wie wir zusammen saßen, wenn der Tag ausklang und die Nacht hereinbrach?" Die zwei Freunde hatten schweigend nebeneinander auf einem niedrigen Mauervorsprung in einer hinteren Ecke des Gartens gehockt. Ihre träumerischen Gedanken hatten sie in die behütete Sorglosigkeit ihrer gemeinsamen Jugendtage geleitet.

„Jetzt graut es mir vor der Nacht. Ich liege wach auf meiner Bettstatt und fürchte mich vor dem Schlaf, der, wenn er mich dann doch übermannt hat, nur größte Pein und neue Marter bereithält."

Konrad sah den Freund sorgenvoll an. Er versuchte seiner Stimme einen heiteren Ton zu geben und bemühte sich um ein verkrampftes Lächeln.

„Was soll das bedeuten, Niclas? Was redest du für wirres, albernes Zeug?"

„Jede Nacht kommen Geister zu mir. Ja, Konrad, die Seelen der Toten holen mich heim."

Konrad, der an seine eigene grauenvolle Begegnung mit dem teuflischen Wesen in Gestalt des unheimlichen Cardo vor einigen Nächten erinnert wurde, schüttelte sich vor Grauen und Schrecken.

„Der Geist…, nein Konrad, die verfluchte Seele des toten Meister Gerhardts kommt zu mir."

„Was erzählst du da?"

„Meister Gerhardt und seine hingerichteten Gefährten aus Eberstein kommen jede Nacht und singen mir einen grauenvollen Reim."

Der Junge verstummte und starrte düster vor sich auf den Boden. Konrad erschauderte, als er plötzlich den vertrauten Freund mit fremder Stimme und unheimlichem Tone sprechen hörte:

„Für eure Herberge im welschen Land
den Preis unsere Seelen zahlen,
er ist hoch, ist des ewig lodernden Feuers Brand,
ist grausig, der finstren Hölle Marterqualen."

Dann verstummte Niclas wieder und hockte niedergedrückt neben dem Freund.

„So singen sie, jede Nacht kommen sie zu mir und singen."

„Aber du hast die Männer damals doch nie getroffen, woher willst du wissen, dass es wirklich Gerhardt und die anderen hingerichteten Meister aus Eberstein sind? Es können auch nur besonders grausame Dämonen sein, die sich einen bösen Streich mit dir erlauben."

„Nein, Konrad, es ist Meister Gerhardt. Ich weiß es. Er kommt jede Nacht zu mir. Und auch diese Nacht wird er wieder kommen, zusammen mit seinen entsetzlichen Gefährten."

Die beiden Freunde blickten einander traurig an. Konrad ahnte die Gedanken seines Freundes. Wären es wahrhaftig die Toten aus Eberstein, die den jungen Berlinger Nacht für Nacht heimsuchten, so kämen sie als Vorboten. Der Tod hätte sich durch die Erscheinungen bei Niclas angekündigt.

Traurig flüsterte der Krämersohn dem Freunde zu:

„Ich weiß, dass ich bald sterben werde. Der Herr stehe mir bei, ich sehe und ich weiß, meine Zeit ist gekommen. Der Herr hat mir gewährt zu sehen, was Menschen nur selten zu sehen gewährt ist. Mein Schicksal werde ich teilen müssen mit denen, die mir in den Nächten erscheinen. Der Tod kommt, er wird mich holen, bald."

Niclas atmete schwer, er blickte Konrad fest in die Augen und sprach dann ruhig und ernst:

„Er wird aber auch dich holen, Konrad, alle…Er wird reiche Ernte halten. Gottes Ordnung wird zerstört werden. Das Ende der Welt steht bevor… Denn Fortuna ist doch des Teufels…Alles reißt sie nieder."

Niclas nickte heftig und blickte den Freund beschwörend an.

„Was redest du da, Niclas?"

Konrad packte Niclas an den Schultern und schüttelte ihn. Verzweifelt schrie er ihn an:

„Hör auf, du redest wirres Zeug. Das Ende der Welt? Was soll das heißen? Das ist alles gottloses Geschwätz. Sei still."

Hilflos ließ er die Hände sinken und starrte den Gefährten an. Konrad erinnerte sich an jene Nacht, als der Beelzebub, der Höllenfürst und Pferdefuß, bei ihm erschienen war. Als der Antichrist in Gestalt des Lukas Cardo vor ihn getreten war und ihn verhöhnt hatte.

Es liefen ihm heiße Tränen über das Gesicht. Er wusste, dass Niclas Visionen keine Vorahnungen eines nahenden Todes waren, sondern teuflische Trugbilder, aus der Hölle gesandt, um das Gemüt des Gefährten zu verwirren und zu beschweren.

Niclas jedoch ergab sich in sein vermeintliches Schicksal und wartete auf seinen Tod. Die Liebeskrankheit, die all seine Freuden bisher vertilgt hatte, wich einem bleiernen Trübsinn. Alle Regungen des Gemüts waren schon erloschen, er fühlte keine Angst mehr, keine Verzweiflung, keine Wut und keine Ungeduld. Alles in ihm war kalt wie Stein. Schweigend sah er seinem Tod entgegen. Nachdem seine letzten Gebete gesprochen, seine letzten Fürbitten getan waren, gab er kein Wort mehr von sich.

„Er ist tot. Der Kaiser ist tot."

Die Nachricht des Boten aus Regensburg zerschnitt die stickig dicke Luft der Taverne, in der die *tedeschi* regelmäßig beisammen saßen. An diesem Abend um Martini herum waren Konrad und Niclas den Freunden aus den deutschen Landen schweigend in das Gasthaus gefolgt.

Ein aufgeregtes Gemurmel erfüllte den düsteren Gastraum, als die beiden Freunde zusammen mit ihren Gefährten eintraten. Deutsche, italienische, einige flämische und sogar böhmische Wortfetzen schwirrten durcheinander.

„Der Kaiser ist tot. Ihn traf der Schlag auf der Jagd."

„Nun sind wir dem gottlosen Ketzer Klemens im Papstpalast zu Avignon schutzlos ausgeliefert!"

„...und seinen treulosen Gefährten im Reich."

„Allen voran diesem falschen König Karl, diesem Markgrafen von Mähren."

„Ein Pfaffenkönig ist dieser Karl."

„Was soll nun werden?"

„Gott sei der guten Seele unseres Kaisers gnädig."

„Der Landfriede ist nun noch mehr in Gefahr als zuvor."

„Keinen blanken Heller ist der mehr wert!"

„Die großen Herren werden ein ruchloses Streiten und Stechen um des Kaisers Erbe beginnen."

„Keine Straße, keine Brücke und keine Furt wird jetzt im Reich mehr sicher sein vor den gierigen Herren, den Grafen und Fürsten, die keinen Herrn mehr über sich fürchten müssen."

„Gott steh uns bei."

„Amen."

Kapitel 7

„Im Jahre des Herrn dreizehnhundert und achtundvierzig, am 25. des Monats Januar, an einem Freitag, als das Fest der Bekehrung des heiligen Paulus begangen wurde, um die achte Stunde zur Zeit der Vesper, schleuderte der über die Maßlosigkeit und die Gier des Menschengeschlechts erzürnte Herrgott die Faust gegen seine sündigen und verfluchten Geschöpfe."

Niclas legte die Feder beiseite, nachdem er diese Zeilen niedergeschrieben hatte. Er schrieb bereits seit Morgengrauen an dem Brief. Für ihn war es ein Abschied vom Vater, auch wenn er dies nicht ausdrücklich so benannte. Der Brief sollte seinem Vater im fernen Eberstein die Gewissheit geben, dass der Sohn keinen Schaden genommen hatte bei dem großen Erdbeben, das ganze Teile des mittleren Europas erschüttert, das Städte zerstört und unzählige Menschenleben ausgelöscht hatte. Angestrengt versuchte Niclas, die vielen Nachrichten, die er in den vergangenen Wochen zusammengetragen hatte, in seinem Kopf zu ordnen.

Ein furchtbares Erdbeben hatte viele Städte und Dörfer in Italien und in den deutschen Landen zerstört. In Gemona, das unweit der Stadt Udine im Friaul gelegen war, am Flusse Tagliamento, und das der Herrschaft des Patriarchen von Aquileia unterstand, war beinahe die Hälfte der Häuser eingestürzt und eine große Zahl Menschen war gestorben. Unweit des Flusses Tagliamento, am Kastell Rogagna, zerbarsten zwei Türme und zahllose Menschen kamen auch hier zu Schaden. Andere Kastelle wurden zerstört und, wie das von Lemburgo im Gebirge, zehn Meilen von dem Ort, an dem sie ursprünglich gestanden hatten, fortgerissen und völlig vernichtet. Berge barsten auseinander, Flüsse wurden aus ihrem Lauf gerissen und Seen aus Blut und Wasser bildeten sich neu, wo vorher nur Sand und Kies gelegen hatten. Das größte Unglück aber traf die Stadt Villach. Hier stürzten fast alle Häuser ein. Der große Platz in der Mitte der

Stadt riss in der Form eines Kreuzes auf. In der Kirche Sankt Jakob schließlich fanden 500 Menschen den Tod, die sich in ihrer Verzweiflung dorthinein geflohen hatten.

Das Beben hatte mehrere Stunden bis in die Nacht hinein gedauert und niemand unter den Lebenden konnte sich an ein ähnlich gewaltiges und zerstörerisches erinnern.

Niclas hatte an jenem Abend ganz nach seiner Gewohnheit im Kontor seines Gastgebers Johann Stüren am Schreibpult gestanden, als er ein Donnern und Krachen hörte, der Boden unter seinen Füßen zu wanken begann und die Bücher, die Pergamentrollen und die Briefbündel von den Borden an den Wänden herab zu Boden stürzten.

Niclas wankte durch den Raum, die Stöße schlugen den Jungen hin und her.

„Nun kommt, Gevatter Tod, ich erwarte Euch. Ich bin auf Euch vorbereitet."

Doch Niclas blieb verschont. Er streckte die Arme aus, um Halt zu finden und mit letzter Kraft, ohne seine Schritte noch mit Verstandeskraft lenken zu können, stolperte er ins Freie.

Hier auf in der Gasse vor dem Hause stand bereits viel Volk, aufgeschreckt, mit verstörten Blicken und vor Angst verzerrten Gesichtern. Einige waren auf die Knie gefallen und beteten verzweifelt. Andere weinten still vor sich hin.

Niclas aber stand unbewegt und gefühllos zwischen den verschreckten Leuten.

Die Erde hatte sich aufgetan. Der Höllenschlund hatte dem Menschengeschlecht sein furchtbares Antlitz gezeigt.

An jenem Wintertag des Jahres dreizehnhundert und achtundvierzig, als das Beben viele Menschenleben auslöschte, Mauern niederriss und Angst und Entsetzen erweckte, hatte eine noch schlimmere Heimsuchung die

Küsten Italiens aber schon erreicht, die der Schrecken des gesamten Menschengeschlechts werden sollte.

Aus der Stadt Caffa, einer genuesischen Handelsniederlassung auf der Krim, waren im Oktober im Jahre des Herrn dreizehnhundert und siebenundvierzig einige Galeeren ins sizilianische Messina geflohen, den Keim einer tödlichen Seuche bereits an Bord. Sie waren der Belagerung durch die Tataren entronnen. Der Krankheit jedoch, die seit Monaten in den Reihen der Feinde grassierte, hatten die Genuesen nicht entfliehen können. Als dann die Einwohner Messinas, wiewohl zu spät, erkannten, dass, wer auch immer mit einem Mitglied der Besatzung sprach, wer auch immer von ihren Sachen kaufte oder sie berührte, von dem tödlichen Leiden erfasst und dahingerafft wurde, verjagten sie die Schiffsleute weiter in andere Häfen. So erreichte dieser unheimliche schnelle Tod bald schon Pisa, Marseille, Genua und Venedig.

Die Menschen in Verona hörten zum ersten Mal von der bedrohlichen finsteren Seuche einige Wochen nach dem großen Erdbeben.

Viele Gerüchte waren im Umlauf. Aber die waren verworren, voller Widersprüche, sodass niemand ihnen Glauben schenken mochte.

Man erzählte sich von einer rasenden Seuche, die die Menschen wie ein Feuer packte und innerhalb weniger Stunden zu vertilgen schien. In Catania habe keine Seele das Inferno überlebt. Alle Menschen hätten erst Blut gespuckt, seien dann mit schrecklichen Krämpfen zu Boden gestürzt und schließlich eines elenden Todes gestorben. Andere berichteten, die Menschen seien abends gesund zu Bett gegangen und am nächsten Morgen sei niemand von ihnen wieder erwacht.

Bald aber wurden die Gerüchte ausführlicher, die Nachrichten kamen nicht mehr aus dem fernen Sizilien, die Seuche rückte immer näher heran.

Ein Schiff aus Messina habe führerlos vor dem Hafen von Genua getrieben und von der gesamten Mannschaft sei niemand mehr lebendig gewesen, sie alle seien auf hoher See von der Seuche hinweggerafft worden.

Die Behörden von Pistoia hätten jedem Einwohner bei Strafe verboten, nach Lucca oder Pisa zu reisen und dort Handel zu treiben. Auch blieben die Stadttore von Pistoia jedem Fremden verschlossen.

In der Umgebung von Florenz hätten Wegelagerer einen Pilger überfallen und ihn all seiner Habe, seiner Kleidung und seines Beutels mit einigen Münzen und etwas Wegzehrung, beraubt. Der arme Mann starb kurz darauf noch am Ort der Freveltat, denn die Räuber hatten ihn übel zugerichtet. Sie selber aber ereilte noch in der folgenden Nacht die Strafe für ihr gottloses Verbrechen. Kaum hatte sich der eine der Räuber mit dem erbeuteten Pilgermantel ein Nachtlager gerichtet, erglühte sein Körper im heißen Fieber und es wuchsen hässliche schwarze Beulen aus seinem Körper hervor. Von schrecklichen Schmerzen gepeinigt durchlitt er die Nacht und starb am nächsten Tag. Die anderen Räuber flohen in die Wälder, als sie das Unglück ihres Gefährten erkannten, aber auch sie starben wenige Stunden später. Auf den Plätzen Veronas erklärten sich die Leute diese unheimliche Geschichte damit, dass der Pilger den Keim der Krankheit bereits in sich getragen hatte, als die frevlerische Tat verübt wurde und die Seuche dann auf unerklärliche Weise ihren Weg in die Leiber der Räuber gefunden hatte.

Es wurde auch von einer Horde Schweine berichtet, die ein Hirte durch die Gassen von Pisa getrieben hatte. Die Tiere seien von einem Haufen alter Lumpen am Straßenrand angelockt worden, den sie ganz nach ihrer Gewohnheit mit den Rüsseln durchschnüffelten. Nun hätten diese Lumpen aber einem Kranken gehört, der sie sich im Fieberwahn vom Leibe gerissen hatte. Die Schweine seien jedenfalls augenblicklich umgefallen und noch an jenem Orte verendet.

Solche und ähnliche Geschichten erzählten sich die Leute in den Gassen von Verona. Nicht wenige verbrachten die Nächte in den Kirchen, wo sie um Erlösung von dieser Strafe Gottes beteten. Andere trauten sich nicht mehr aus ihren Häusern und verschanzten sich Tage lang hinter verschlossenen Läden und Türen. Alle fürchteten sie die Ankunft dieses rasenden, wild wütenden Todes, der wie der vierte apokalyptischer Reiter auf einem fahlen, blassen Pferd, hinter ihm die Hölle aufbrausend, in die Stadt hineingestürmt kam, um tobend reiche Ernte zu halten.

Als dann aber die Pest kam, drang sie schleichend, unbemerkt und unsichtbar ein, kroch voran und setzte sich leise innerhalb der Mauern fest. Niemand hatte sich ihr stellen können. Keiner wusste, ob sie bereits von seinem Haus Besitz genommen hatte. Sie war weniger als ein Schatten, sie war ein Fluch, körperlos und unerklärlich, der sich stumm über die Stadt gelegt hatte.

Das große Sterben begann im Verborgenen.

Als Konrad darauf stieß, war es noch früh am Morgen. Zusammen mit Aldo war er durch die Gassen in Richtung der Kirche des heiligen San Zeno gelaufen, nur einen kleinen Karren hinter sich herziehend. Ganz in der Nähe des Flusses sollten sie bei einem alten Händler für die Pferde Futter und einige Ballen Stroh kaufen. Da erblickten sie plötzlich vor einigen Häusern schwarze Bündel. Von länglicher Form, ganz in dunkles Tuch gewickelt, jedes fast einen ganzen Klafter messend, lagen sie vor den Häusern. Erst sahen die beiden Knechte die Bündel nur vereinzelt, aber als Konrad und Aldo in die Nähe des Flusses kamen, zählten sie ein Dutzend in der schmalen Gasse vor dem alten Tor der Römischen Kaiser.

Auch wenn er nicht erkennen konnte, was dort in Tücher gehüllt vor ihm lag, so wusste er doch gleich, dass es Gefahr für sie bedeutete. Nur einen einzigen Augenblick brauchten beide, um in Windeseile fort zu rennen, weg von diesem unheimlichen, dem Tod geweihten Ort. Und kaum waren die beiden Knechte wieder zurück zum Palazzo des Johann Stüren geeilt, kamen auch schon zwei in Lumpen gekleidete Männer mit langen zotteligen Haaren und finsterem Blick die Gasse hoch. Ihre Haut war vom Schmutz ganz verkrustet und in ihren Bärten hingen zahllose kleine Brocken von

Unrat: vertrocknete Blätter, Stroh und Essensreste. Sie zogen einen Handkarren hinter sich und machten bei jedem Bündel halt, um es unter lautem Stöhnen und Schimpfen aufzuladen. Dann zogen die zwei unheimlichen Gestalten weiter.

Als Konrad und Aldo wieder zuhause ankamen, stand Johann Stüren in der großen Diele und schaute die Knechte erschrocken an. Offenkundig seine Anweisungen missachtend, waren sie ohne Karren und mit leeren Händen ins Haus gehetzt. Aber anstatt den Knechten eine strenge Rüge ob der vernachlässigten Arbeit zu erteilen, schritt er nur wortlos auf sie zu. Er packte den noch immer nach Luft hechelnden Aldo an den Schultern und schüttelte ihn so heftig, dass dieser beinahe das Gleichgewicht verlor und stürzte. Dann sprach der Hausherr mit eindringlicher, fast beschwörender Stimme:

„Was habt ihr da draußen gesehen? Sprich schon. Was ist da draußen?"

Nur zögernd begannen die zwei Knechte zu erzählen, was sie in den Gassen der Stadt gesehen hatten. Immer wieder musste der Hausherr sie unterbrechen und nachfragen, um ihre wirre Rede verstehen zu können. Als sie dann aber zu Ende waren, hielt Johann Stüren schweigend inne. Ganz in Gedanken versunken ähnelte er kaum noch dem stolzen und starken Kaufmann, der hoch gewachsen und vornehm gewandet in seinem Kontor stand und von dort mit sicherer Hand die vielen Warenströme lenkte wie ein erfahrener Steuermann bei schwerer See eine bedeutende Handelsgaleere. Er ging langsam und gebeugt einige Schritte, seine Gesichtsfarbe war grau und sein Blick starr.

Der dicke Kontordiener Matteo und der noch knabenhafte Anton Risz waren mittlerweile ebenfalls in die Diele getreten und sahen ihren Herrn fragend an.

Johann Stüren erhob seine Stimme, die einstmals dröhnend und befehlend gewesen war, nun aber nur dünn und zittrig:

„Die Seuche sitzt schon seit Tagen in unserer Stadt. Zuerst waren es wohl nur ganz wenige, die dieser Tod holte, so erzählte man sich jedenfalls. Vor zwei Tagen aber haben die Behörden die Leute aufgefordert, die Toten nicht mehr in den Häusern liegen zu lassen. Auf dem Marktplatz wurde ausgerufen, dass die Toten in Tücher gehüllt, am Morgen auf die Straßen gelegt werden sollen, damit sie abgeholt und verscharrt werden können."

Die hohe Stimme des dicken Matteo durchschnitt mit einem kurzen Schrei die Stille. Johann Stüren nickte nur kurz und fuhr dann fort:

„Viele sind schon an dieser schlimmen Krankheit gestorben, ganz allein, ohne Totenklage der Angehörigen und ohne Beistand eines Priesters. Der Platz in den Kirchen und auf den Friedhöfen reicht schon lange nicht mehr. Deshalb haben sie Gruben ausgehoben vor der Stadt und in der Nähe der Mauer, hinter der Santissima Trinita. Da werden die Toten hinein geworfen. Keiner weiß, welche Krankheit uns getroffen hat und welche Arznei helfen könnte. Keiner will in die Nähe eines Toten. Deshalb haben sie ein paar Bettler verpflichtet, die Toten auf Karren zu packen und zu den Gruben zu bringen. Ihr habt sie gesehen, nicht wahr?"

Johann Stüren blickte seine Knechte an. Während die anderen beiden sich aufgeregt bekreuzigten, nickten Konrad und Aldo nur traurig.

„Es sind ganz arme Männer, sie nennen sie *becchini*. Sie sind geringer noch als Totengräber. Es sind wohl mittlerweile die einzigen, die sich noch trauen, in die Nähe der Toten zu gehen."

Nach dieser Rede verstummte Johann Stüren abermals und starrte wieder vor sich hin. Dunkle Ahnungen bedrückten den Kaufmann, seit die ersten Gerüchte über eine schreckliche Seuche nach Verona gedrungen waren. Die Erzählung seiner zwei Knechte ließ diese Ahnungen nun zur Gewissheit werden. Das Strafgericht war über das sündige Menschengeschlecht hinein gebrochen und sollte Tod und Verderben bringen.

Als der Abend begann, sich sanft über die Stadt zu legen und das sich zaghaft regende Tagewerk der Menschen wieder von Trauer und Angst erstickt wurde, machten sich die Leute aus dem Hause des Kaufmanns auf den Weg in die heilige Messe. Es war nur noch eine kleine Gruppe, die der Hausherr Johann Stüren da anführte, denn außer Konrad hatten alle Knechte und Mägde das Haus verlassen, waren entweder in die Dörfer der Umgebung zurück zu den Eltern oder Geschwistern gelaufen, die sie womöglich krank und hilflos wähnten, oder sie waren vor der Seuche aus der Stadt in die Wälder geflohen. Auch aus dem Kontor hatten sich einige Diener und Schreiber weggeschlichen. Nur der dicke Matteo und der junge Anton Risz harrten neben Niclas Berlinger und Konrad noch im Hause Stüren aus. Wo hätten sie auch Zuflucht suchen sollen?

Eine kleine Menge hatte sich in der Kirche San Giovanni in Valle bereits versammelt. Keiner sprach, jeder tauchte in die Dunkelheit des Kirchenschiffs unter. Weder blickten sie sich an, noch grüßten sie einander. Wo vor wenigen Tagen noch ein aufgeregtes und lärmendes Getöse geherrscht hatte, wo man froh einander getroffen und begierig Neuigkeiten ausgetauscht hatte, lag jetzt Schweigen. Die Männer hatten die Kapuzen ihrer Mäntel weit über ihre Köpfe gezogen, die Weiber hatten sich in dicke Schals und dunkle Schleier gehüllt. Alle verbargen ihre Gesichter vor den Nachbarn.

Niclas erblickte in einer dunklen Ecke ein Weib aus der Nachbarschaft, deren verhüllte Gestalt nur schwach von einigen Kerzen erhellt wurde, die auf einem kleinen Seitenaltar vor dem Bild des heiligen Laurentius aufgestellt waren. Sie kniete regungslos am Boden und murmelte ein leises Gebet. Plötzlich jedoch erbebte ihr kraftloser Körper und lautes Jammern und Flehen schallte durch den hohen Raum.

„Gebt mir meine Söhne wieder. Ich will meine Söhne wieder. Mein Mann. Wieso? Ihr Heiligen,…oh, bitte, bitte…oh, heiliger Christophorus, heiliger Sebastian… heiliger Laurentius, warum habt Ihr sie nicht beschützt? Sie starben so elendig, so elendig sind sie gestorben… meine Söhne, mein guter Gemahl."

Wieder sank das Weib auf den Boden und blieb regungslos liegen. Nun drangen kein Laut, kein Wimmern und kein Jammern aus dem ermatteten Körper mehr. Erschrocken wichen die Umstehenden einige Schritte zurück, als ein Mönch durch das Kirchenschiff eilte. Sein energischer Gang und seine kräftige Gestalt stachen neben den gebeugten, dunkel verhüllten Leuten nur noch deutlicher hervor. Geradewegs schritt er auf den leblosen Körper zu. Mit der Fußspitze drehte er das starre Bündel um, das noch eben die Toten betrauert hatte. Nun war sie selbst der fürchterlichen Krankheit erlegen, das konnten alle sehen. Aus ihrem vom letzten, schon lautlosen Schmerzenschrei aufgerissenen Mund sickerte Blut. Ihr Schal war auf die Schultern gerutscht und gab den Blick auf den Hals frei. Dicke, apfelgroße Beulen saßen unter ihrem Kinn, blauschwarze Flecken bedeckten ihr Gesicht und ihren Hals. Als der Mönch mit dem Fuß vorsichtig auch noch die weiten Ärmel ihres Mantels von den weißen Händen bis zum Ellenbogen hochschob, erkannte jeder auch hier die schrecklichen, den Tod bringenden Flecken.

Hastig sprang der Ordensmann einen Schritt zurück und bekreuzigte sich. Dann schlug er das Kreuzzeichen über der Toten und seine Lippen formten tonlos ein kurzes Segensgebet. Die Umstehenden aber wandten sich eilig ab und liefen, so schnell ihre Füße sie trugen, auf die Gasse hinaus. Sogar der Mönch, vom Schrecken kreidebleich im Gesicht, war aus der Kirche geflohen. Für einen kurzen Augenblick vergaßen die Versammelten die Angst um ihr eigenes Wohl. Das Entsetzen über den plötzlichen Tod, der soeben an ihrer Seite neue Ernte gehalten hatte, vereinigte sie.

„Sie starb so schnell."

„Ja, sie starb ohne die Sakramente, ohne Ölung, ohne Beichte."

„Sie starb im Hause Gottes. Das wiegt vieles auf."

„Sie ist verdammt, wie die ihrigen."

„Wir sind alle verdammt und ohne Hoffnung."

„Die Seuche ist eine Strafe für unsere Sünden. Uns kann kein Sakrament mehr helfen."

„Die Geldsäcke tragen Schuld an dieser Seuche. Ihre Gier und ihre Falschheit haben Gott erzürnt."

„Ich habe gehört, dass die Seuche vom Gift kommt."

„Welches Gift soll das denn sein?"

„Wer weiß das schon genau? Vielleicht gaben uns die Reichen, diese Geldsäcke, das Gift."

„Ja, oder die Pfaffen."

„Jedenfalls ist die Pestilenz ein furchtbares Strafgericht, das über uns gekommen ist."

„Jawohl, und die Pfaffen werden uns auch nicht mehr helfen."

„Schweigt still, wollt ihr, dass noch größere Strafen für euer gottlos sündiges Geschwafel auf uns niederfahren?"

So schwatzten sie alle verworren und unbedacht durcheinander. Der Mönch aber stand schweigend dabei und lauschte dem Gerede mit verlorenem Blick. Keiner konnte ihm ansehen, welche Gedanken ihm nach diesem Erlebnis durch den Kopf gingen. Dann richtete er seinen Blick hoch und herrschte die anderen mit strenger Miene an:

„Los, geht nach Hause, alle miteinander, bevor ihr euch mit eurem dummen Geschwätz versündigt. Niemand weiß, woher der Tod kommt. Niemand kennt eine Medizin dagegen. Eure Einfalt aber macht alles noch schlimmer."

Die Weiber und Männer drehten sich weg und gingen in kleinen Gruppen in ihre Häuser zurück.

Die Familie Stüren hatte es nicht weit zu ihrem Haus, nur wenige Schritte mussten sie zurücklegen und konnten dann hinter die vertrauten Mauern schlüpfen. Margarete Stüren war voller Angst zu ihren beiden Kindern geeilt. Die Männer aber verweilten noch in der hohen Diele. Es hatte sich eine lähmende Stille über sie ausgebreitet.

Johann Stüren hatte beschlossen, dass sie von nun an im Haus bleiben sollten, lediglich Konrad und Aldo liefen morgens schnell zum Brunnen, um frisches Wasser zu holen. Die Essensvorräte reichten noch einige Tage. Das Wetter war warm, so dass Brennholz auch nicht benötigt wurde, der kleine Vorrat an Scheiten und Spänen sollte für das tägliche Kochen genügen. Das Futter für die Tiere ging zwar zur Neige, aber niemand wagte es, durch die Stadt zu laufen um neues zu holen. Die Gefahren, die auf den Gassen lauerten, schreckten jeden ab.

Die Familie Stüren saß beisammen und verzehrte ihr armseliges Mahl. Margarete Stüren hatte die letzte Hirse mit einer Hand voll Gerste vermischt und daraus einen zähen Mus gekocht. Stunden hatte das im Mörser zerstoßene und mit Wasser aufgefüllte Getreide gestanden und war gequollen, immer wieder hatte die Hausfrau es aufgekocht. Nun löffelten die wenigen, die noch im Haus verblieben waren, aus der großen Schüssel in der Mitte des Tisches das einfache und ungewürzte Essen.
Der dicke Matteo schaute traurig vor sich her und auch Anton Risz betrachtete jeden Bissen, den er sich eher widerwillig in den Mund schob, zuvor so feindselig an, als säße auf seinem Löffel eine Horde kampfwütiger Franzosen. Seufzend legte er den Löffel ab und erklärte den anderen mit verklärtem Blick:
„Ich denke gerade an die herrliche Gratonata vom Huhn, die wir zum letzten Osterfest verspeist haben. Und erinnert ihr euch noch an die Sardamone mit Hammelfleisch? Lange geschmort und dann gut gewürzt mit Safran, Koriander und Minze? Die Pastringa, die die Köchin immer gekocht hat, war doch auch wunderbar, so schön fettig mit dem Käse und dem Speck, und

dann mit Eiern und Mehl zu einem schönen weißen Teig, nicht wahr? Für die knusprige, warme Kruste hätte ich mein Hemd gegeben. "

Der junge Anton Risz grinste über das ganze Gesicht, doch dann fiel sein Blick wieder auf die Schüssel, in der das Getreidemus dampfte, und sein Mund verzog sich angeekelt.

„Junge, sei still, denk nicht an Fleisch, Wurst oder Käse. Sei dankbar, dass wir überhaupt noch etwas zu essen haben." Johann Stürens Rede war streng, aber er schaute den Jungen dennoch mitleidig und wohlwollend an. Er wusste nur zu gut, dass die Jugend sich schwer bescheiden konnte. Auch tat es ihm leid, dass der gute Anton Risz hier in der Fremde solch Schrecken und Gefahren ausgesetzt war, zumal sie für jeden auch den Tod bedeuten konnten. Die ganze Familie konnte ein Opfer dieser Seuche werden, jederzeit, egal ob jung oder alt.

„Damit ist es nun aber auch vorbei. Das war die letzte Hirse, die ich in der Küche finden konnte. Die Gerste hab ich von den Tieren genommen", flüsterte Margarete Stüren zaghaft.

„Johann, morgen muss einer in die Stadt gehen und versuchen, etwas zu Essen zu kaufen. Ich flehe Euch an, die Kinder werden immer schwächer und schmaler bei dieser kargen Kost."

„Weib, sei unbesorgt. Matteo und Konrad werden Morgen in aller Frühe gehen."

Die Sonne war gerade über den Horizont gekrochen, als der Knecht Konrad und der dicke Matteo sich aufmachten. Wie schon vor Tagen, als Konrad und Aldo die ersten Opfer der Seuche in Tüchern gehüllt in den Gassen gesehen hatten, lagen auch an diesem Morgen die Toten der Nacht vor den Häusern. Nur waren es jetzt weit mehr.

„Bringt eure Toten heraus! Bringt die Toten heraus!" Der Ruf des Pestknechts schallte durch die Gassen. Es war der einzige Laut, der zu den beiden Männern drang. Matteo fasste Konrad fest am Arm. Erschrocken hetzten sie weiter.

Plötzlich aber waren dort unheimliche Geräusche.

„Woher kommt das?" Matteo war unvermittelt stehen geblieben.

„Ich weiß es nicht. Was ist das?"

„Das kommt aus der Kate dort."

Die beiden gingen vorsichtig einige Schritte auf das kleine Haus zu, das etwas eingerückt in der Gasse vor dem alten Portal der römischen Kaiser stand. Die Fensterläden waren nur angelehnt. Aus dem Fensterschlitz drang ein heiseres, fast unmenschliches Stöhnen. Als die beiden Männer näher traten, wurde das Stöhnen lauter. Dann schrie plötzlich jemand hinter den Läden, laut und unbändig.

„Es klingt wie ein wildes Tier."

„Schnell, wir müssen weg hier!"

Konrad war schon einige Schritte die Gasse hinunter gerannt, als die Schreie verstummten und ein elendes Schluchzen aus der Kate drang. Zögernd kehrte er noch einmal um und schlich auf das kleine Haus zu. Konrad und Matteo lauschten angestrengt, da hörten die beiden Männer schließlich Worte, zuerst nur einzelne Fetzen, abgerissen, unverständlich.

„Wasser…Wasser… verbrenne…Feuer…in meiner Brust…Feuer in meiner Brust."

Matteo trat noch einen Schritt näher an die angelehnten Läden heran.

„Wer seid Ihr?"

„Ich…Bartholdo, der Steinmetz…mein Weib und meine Söhne sind fort…ich habe Durst…ich verbrenne…sie sind geflohen, als sie die schwarzen Beulen an meinem Körper sahen…Sie brennen wie glühende Kohlen unter meinen Armen…Mein Weib hat mir einen Krug Wasser hergestellt…der ist seit zwei Tagen leer…habt Erbarmen…kommt hinein und gebt mir Wasser…lasst mich nicht allein." Das Gestammel des Kranken wuchs sich wieder in wildes Schreien und Stöhnen aus.

„Feuer…in meiner Brust…Feuerqualen…die Dämonen…hinfort, ihr Feuerdämonen…verschwindet…helft mir doch…Warum hilft denn niemand?"

Der Mann in dem kleinen Haus musste mittlerweile vor Durst und Schmerzen halb wahnsinnig geworden sein. Matteo und Konrad rannten so schnell sie konnten weiter. Die Schreie des Kranken wurden immer schwächer, je weiter sie seine Kate hinter sich ließen.

Als sie wenig später wieder an dem kleinen Haus vorbei kamen, drang kein Laut mehr durch die noch immer nur angelehnten Fensterläden zu ihnen auf die Gasse. Alles darin war still.

Matteo und Konrad trugen ihre spärliche Beute, etwas Hirse, ein Brot und eine schmale Seite alten, ranzigen Specks mit eiligen Schritten nach Hause.

Kapitel 8

Seit einem Monat wütete die Pestilenz in Verona. Die Leichenzüge rissen nicht mehr ab. Andauernd wurden verhüllte leblose Leiber von armseligen Totengräbern und Pestknechten eingesammelt und mit Karren durch die Gassen zu jenen eilig ausgehobenen Gruben geschafft, die die längst überfüllten Friedhöfe an den Kirchen ersetzten sollten. Die Räder dieser Leichenwagen waren mit Lumpen umhüllt, um den Lebenden ihr unheilverkündendes, beängstigendes Klappern und Scharren auf den Straßen zu ersparen.

Auch die Totenglocken wurden nicht mehr geläutet, waren es doch zu viele der Seelen, die eines Geläutes bedurft hätten, und zu wenige, die sich dieser Arbeit noch annehmen konnten. Die Lebenden waren dafür auch dankbar, denn so wurden sie von einer weiteren Mahnung an den allgegenwärtigen Tod verschont.

Die Familie Stüren harrte während dieser Wochen in ihrem Hause aus. Die Hausherrin Margarete hatte sich zusammen mit ihren Kindern, dem jungen Anton Risz, Niclas und Konrad in der Küche verschanzt. Der dicke Matteo aber lag seit zwei Tagen in dem hinteren Schuppen neben dem Stall, wo in früheren, guten Zeiten die Karren und das Spanngeschirr eingelagert wurden. Dort wartete der altgediente Kontordiener auf seinen Tod, seit Margarete jene Unheil verkündenden Beulen an seinem Hals entdeckt hatte. Seine Schmerzensschreie wurden seitdem immer spitzer und greller. Sie drangen bei Tag und bei Nacht über den Hof in das Haus, durch die hohe Diele in die großräumige Küche, wo die Familie in einer Ecke neben dem nur noch kläglich befeuerten Ofen auf dem Boden hockte.

Konrad schlich sich nur noch selten hinaus, um Essenvorräte und Brennholz zu besorgen. Meist hockte die Familie nur beisammen und starrte benommen vor sich hin.

Nun stand der Hausherr zitternd in der Türe. Er hatte die Küche noch vor Sonnenaufgang verlassen und war allein durch das Haus gestreift. Während die anderen in einem leichten Dämmerschlaf gefallen waren, hantierte Johann Stüren angestrengt im Haus herum. Er schrieb im Kontor einige Zeilen, las nochmals die letzten Briefe, die vor Wochen eingetroffen waren, packte Decken und Wasserkrüge zusammen und betrat dann zögerlich die Küche. In der Türe blieb er stehen und rief mit heiserer Stimme sein Weib an.

„Margarete, wacht auf!"

Die Hausherrin blinzelte verwirrt ihren Gatten an.

„Was steht Ihr da? Johann, was ist mit Euch?"

„Ich gehe nun auch in den Schuppen zu Matteo. Ich habe die Pestilenz. Seit gestern Abend schmerzen mein Kopf und meine Glieder und es wachsen mir jene todbringenden Beulen."

„Nein, Johann, Ihr irrt, das ist nicht die Pestilenz, nein, nein", das Weib schrie schrill auf, so dass die beiden Kinder mit einem Schrecken aus dem Schlaf gerissen wurden und ängstlich weinten.

„Doch, Margarete, ich habe die Beulen. In den Achselhöhlen, an den Lenden und hier am Hals. Sie sind zwar noch nicht so groß und nicht so schwarz wie bei Matteo, aber es sind Pestbeulen."

Margarete Stüren schluchzte laut auf. Nun waren auch die drei jungen Männer erwacht. Niclas, Konrad und Anton richteten sich verschlafen auf und schauten sich fragend an.

„Ich habe alles vorbereitet. Mein Testament ist beim Notar hinterlegt, eine Abschrift davon liegt im Kontor auf meinem Pult. Ich habe auch Anweisungen für mein Begräbnis getroffen. Vielleicht findet ihr einen Priester, der meinen Leichnam in geweihter Erde beisetzt wie es einem Christenmenschen gebührt? Nach meinem Tod aber möchte ich, dass ihr die Stadt verlasst. Geht fort, versucht euch bis nach Erbezzo durchzuschlagen. Wenn ihr hier bleibt, bedeutet das auch für euch den sicheren Tod."

Margarete schaute ihren Gatten erschrocken an. Angst und Unglaube spiegelten sich auf ihrem Gesicht wider.

„Nein, nein, Johann, ich gehe da nicht hinaus, nein!" rief sie. Sie schüttelte verzweifelt den Kopf und einige Haarsträhnen klebten auf ihrem verschwitzten Gesicht.

„Ihr könnt mich nicht einfach hier allein lassen. Was soll ich denn machen?" Margarete sprach in vorwurfsvollem Ton mit ihrem Mann, als habe sie die Bedeutung seiner Worte nicht erfasst.

„Wenn Ihr zu Matteo geht, sind wir verloren. Denkt doch an die Kinder, was soll aus ihnen werden? Was soll aus mir werden? Wohlmöglich springt die Krankheit am Ende von Matteo noch zu Euch hinüber." Margaretes schaute empört, ihre Stimme klang höher als gewöhnlich.

Johann Stüren hob hilflos die Schultern und schlug sich die Hände vor das Gesicht. Nur ein leises Schluchzen war von dem einstmals so stolzen und mächtigen Kaufmann noch zu hören. Dann betrachtete er noch einmal zärtlich seine beiden Kinder, die unter den liebevollen Blicken des Vaters aufhörten zu weinen und ihn erwartungsvoll anlächelten. Johann Stüren nickte den jungen Männern mit ernster Miene zu.

„Beschützt meine Kinder und mein Weib. Gott sei mit euch", meinte er heiser und drehte sich ab. Mit schwerfälligem Gang, die Schritte fielen ihm unter den Schmerzen und der Trauer sichtlich schwer, wankte er aus der Küche hinaus und schloss die schwere Holztüre hinter sich.

Margarete Stüren saß regungslos am Boden und starrte ihrem Mann mit weit aufgerissenen Augen nach. Dann begann ihr Körper zu beben. Sie schüttelte immer wieder heftig den Kopf, als wolle sie die Worte ihres Mannes aus dem Gedächtnis schütteln, als seien sie nur Trugbilder, deren Täuschung sich ihr wacher Geist zu erwehren hatte. Endlich raffte sie sich auf. Es schien, als durchflössen nun neue Kräfte die Frau. Kerzengerade stand sie im Raum, das Kinn kühn nach vorn gereckt, die schmalen Schultern erhoben. Ihre ganze Gestalt strotzte vor Entschlossenheit und Tatendrang.

„Er hat Recht, wenn wir hier bleiben, sterben wir alle. Wir müssen fort, jetzt. Los, Konrad, Anton, Niclas steht auf. Packt die wenigen Vorräte zusammen, die wir noch haben. Ein paar Decken werden wir auch mitnehmen. Morgen sind wir in Erbezzo. Morgen kann uns diese Pestilenz nichts mehr anhaben."

„Frau Stüren, werte Herrin, wir können nicht so gehen und den Herrn hier liegen lassen. Sie wissen doch, er wollte, dass sie ihn christlich begraben", sagte Anton Risz mit flehender Stimme.

„Er stirbt. Und wir werden auch sterben, wenn wir nicht gehen."

„Aber…"

Margarete fiel dem Jungen ins Wort.

„Was soll die Narretei mit dem Begräbnis? Ob er in geweihter Erde liegt oder an der Mauer verscharrt wird, er ist tot und nichts kann ihn noch retten. Aber wir können uns retten."

„Sobald wir fort sind, werden Diebe kommen und alles stehlen. Euer Besitz…sie werden alles mitnehmen. Die Armen streifen durch die Gassen auf der Suche nach leeren Häusern. Sie räumen sie aus, wenn sie sehen, dass die Hausherren tot oder geflohen sind", erklärte Konrad nun aufgeregt.

„Ich will hier nicht sitzen und auf den Tod warten. Ich will nicht meinen Kindern zusehen, wie sie elendig sterben wie mein Mann."

Margarete Stüren sprach jetzt eher zu sich selbst als zu den Männern. Sie zerrte den Jungen und das kleine Mädchen hoch und lief durch die Küche zur Tür, an jeder Hand ein Kind mit sich schleifend.

„Wir können den Herrn hier nicht so liegen lassen", flüsterte Anton Risz und seine Stimme bebte, Tränen stiegen dem Jungen in die Augen.

Konrad nickte, doch dann entschied er:

„Wir gehen mit ihr. Wir dürfen sie nicht mit den Kindern allein lassen. Ihr wisst doch. Er hat uns aufgetragen, dass wir sie beschützen."

Eilig rannte Konrad der Hausherrin hinterher und beschwor sie zu warten. Immer wieder rief er ihren Namen. Trotzdem rannte die Frau wie von Sinnen weiter auf die Gasse, weiter bis zur Kirche San Giovanni in Valle. Auch die beiden Kinder, die hilflos an ihren Händen hingen und wieder zu schreien angefangen hatten, hinderten sie nicht an ihrer Flucht. Konrad wusste nicht mehr, wie er die Rasende aufhalten sollte. Wenn er schon den letzten Wunsch des Herrn Stüren nach einem christlichen Begräbnis nicht erfüllen konnte, wollte er wenigstens dieses Weib und ihre Kinder retten. Doch er kam nur schleppend voran, stolperte eher als dass er lief. Außer einigen Kanten Brot und ein wenig Hirsebrei hatte er schon seit Tagen nichts gegessen. Er hatte alle Kraft verloren. In seinem Kopf drehte sich alles. Seine Beine zitterten und fühlten sich merkwürdig weich an. Seine Schritte waren kurz und seine Bewegungen langsam.

Margarete Stüren dagegen lief kraftvoll und ungestüm dem Stadttor entgegen. Eine wirre Angst ergriff Konrad.

Er spürte plötzlich aber auch ein schmerzvolles Mitleid mit diesem kleinen, zarten Weib. Er wollte sie beschützen, jedoch nicht weil sein Hausherr ihm das aufgetragen hatte, sondern weil er tief in seinem Herzen das Verlangen spürte, sie zu führen und ihr beizustehen, ihr ein Trost und eine Stütze zu sein. Auch wenn innerhalb der Stadt die Pestilenz wütete, außerhalb ihrer Mauern lauerten noch schlimmere Gefahren, deren sich ein unbändiges Weib nicht erwehren konnte. Er konnte sie nicht aus Verona hinaus laufen lassen, er musste sie zurückhalten.

Endlich sah er, wie sie mitten in der Gasse, unweit des Stadttores halt machte und entkräftet nieder sank. Der Junge schrie laut auf, warf sich auf den Körper der Mutter, schüttelte ihn und hämmerte verzweifelt mit seinen kleinen Fäusten auf ihren Rücken. Das kleine Mädchen aber stand regungslos neben der am Boden kauernden Mutter und gab keinen Laut von sich. Erst als Konrad auf wenige Schritte an die drei heran gekommen war, sah er, dass ihr ganzes Gesicht von Tränen überströmt war und ihr Mund tonlose Worte formte. Als Konrad schließlich ganz nah bei der kleinen Gruppe stand, hörte er es. Das Kind wimmerte leise vor sich hin:

„Tot. Alle sind tot. Mutter ist tot. Tot."

Er nahm das Mädchen und sprach tröstend auf sie ein, der Junge kam ebenfalls zur Ruhe und schließlich blickte auch Margarete auf. In ihrem Blick lag nur noch Trauer und Müdigkeit, von der Raserei, die sie soeben noch durch die Stadt getrieben hatte, war nichts mehr zu erkennen.

„Werte Frau, kommen sie zurück. Bitte, wir wollen alle gemeinsam nach Erbezzo gehen. Heute noch. Aber, ich bitte sie, warten sie auf uns, warten sie auf Niclas und Anton."

Nur wenig später machten sie sich gemeinsam auf den Weg nach dem kleinen Ort Erbezzo, in dessen Nähe Johann Stüren vor Jahren ein kleines Gehöft gekauft hatte. Es sollte ihnen nun den rettenden Unterschlupf geben.

Jeder von ihnen trug nur ein kleines Bündel mit wenigen Stücken Brot. Konrad hatte in aller Eile einen Packgaul mit einigen notwendigen Gepäckballen beladen, Decken, Geschirr und Vorräten. Das Tier war zwar mager, schien ihm aber von allen Packgäulen noch das stärkste zu sein. Die anderen Pferde waren schon so abgemagert, dass sie es kaum bis zum Stadttor schaffen würden. Margarete Stüren ritt auf ihrem schönen Apfelschimmel, der auch in den letzten Tagen sein Futter bekommen hatte und noch recht kräftig wirkte. Die Kinder saßen auf einem kleinen Handwagen, den der junge Anton Risz zog. So hielten die beiden Kleinen die Erwachsenen nicht noch mehr auf. Die kleine Reisegruppe aber kam nur langsam voran. Die geschwächten jungen Männer schleppten sich müde durch die Gassen des schönen Veronas, der stolzen Stadt Dietrichs von Bern.

Viel Elend und Tod, großes Leid und ungezählte Kriege hatten die alten Mauern schon gesehen. Hier waren Bezwungene beweint und Sieger gefeiert worden. Die alten Kaiser Roms waren durch die Straßen entlang der Etsch gezogen und hatten großartige Bauten errichtet. Niclas Berlinger hatte, als er das erste Mal die Ruinen der Arena aus alter römischer Zeit betrachtet hatte, vor Rührung und Verzückung am ganzen Leib gezittert. Er war staunend durch die alten Tore und Bögen geschritten und hatte die mächtigen Brücken bewundert.

Und bald schon hatte sich sein Staunen in Liebe gewandelt. Er begann die Gassen, die Häuser und Gärten, die Plätze und Brücken zu lieben, er genoss es, die leutseligen Menschen zu sehen, ihre wohlklingende Sprache zu hören, ihre lebensfrohen Bewegungen zu beobachten, vor allem aber liebte er den Gedanken, dass in dieser Stadt seine angebetete Antonella lebte, atmete, aß und schlief. Wenn immer die schrecklichen Alpträume ihn quälten, wenn furchtbare Ängste sein Gemüt bedrückten, lief er auf die Gassen und betrachtete die Stadt, sog ihre Luft, ihren Duft und ihre Geräusche ein.

Jetzt aber war dieser Zauber verflogen. Nichts erinnerte mehr an die Lebensfreude und den Glanz dieser Stadt. Die Alpträume hatten über die Schönheit gesiegt. Die Ängste waren Wahrheit geworden. Der Tod hockte fett und gefräßig auf den edlen Palästen der Bürger und lauerte gierig auf seine Beute. Die Schrecken seiner Nächte hatten in den letzten Wochen immer größere Macht über Niclas gewonnen. Teuflische Dämonen hatten ihn wieder und wieder heimgesucht und weder die Gedanken an die Schönheit Antonellas, noch der erhabene Anblick der Stadt hatten sie schließlich vertreiben können. Oft hatte er an nichts anderes denken können als an diese Alpträume. Jeden Tag hatte er die schrecklich entstellten und gepeinigten Leiber der Toten gesehen, die ihn nachts im Schlaf riefen.

Als Niclas nun nach Wochen das erste Mal wieder vor die Tür ins Sonnenlicht trat, dachte er an die Finsternis der letzten Tage. Er erinnerte sich an den Schrecken seiner Träume. Er war sich gewiss, dass diese Pestilenz auch ihn ergreifen würde. Sein Ende war nahe. Er wusste, dass er bald sterben musste. Die Toten waren ihm erschienen, das war ein sicheres Vorzeichen.

Seine Beine trugen ihn noch etwas zaghaft und kraftlos. Niclas schaute sich nicht um. Sein Blick war starr auf den Weg gerichtet und er nahm nichts wahr, er sah weder den Unrat, den Dreck, noch den Kot und die Lachen von Urin und Blut der verendeten Tiere, über die sie stolperten, da sie ihnen viel zu spät auswichen. Niemand sorgte sich in diesen Tagen mehr um die Reinlichkeit der Stadt.

Aber dann bemerkte Niclas, dass Margarete Stüren plötzlich ihr Pferd zum Stehen brachte, langsam zu Boden glitt und inne hielt. Er sah, wie Konrad eilig zu der schmalen Frau stürzte und sie sanft umfasste. Margarete aber sank nieder und schluchzte. Zitternd erhob sie den Arm. Niclas betrachtete ungerührt das erbärmliche Bild. Ein kleines schmächtiges Weib, schluchzend, am Boden kauernd und blass. Ihr Gesicht und ihr Arm waren bleich. Sie zeigte zur Stadtmauer, die nur wenige Schritte vor ihnen lag. Dabei war ihr Blick so verstört und voller Angst, als habe sie den leibhaftigen Satan erblickt.

Sie jammerte und stöhnte. Und immer wieder zeigte sie zu der Mauer, die vor ihnen lag. Niclas Blick folgte der Richtung, die Margaretes Arm wies. Niclas Berlinger wusste nicht, dass sie sich an jener Stelle befanden, an der sein Freund Konrad die Hausherrin vor wenigen Stunden aufgelesen hatte. Aber langsam begann er zu verstehen, was jenes seltsam anmutende Feld vor der Mauer bedeutete, auf das der bleiche Arm Margaretes wies. Die Erde dort war frisch zerwühlt. Niclas ging einige Schritte auf das Feld zu. Die Erde war schwarz. Dann sah Niclas die Hunde. Sie winselten erschrocken, einige kläfften empört und sprangen hastig fort. Niclas begriff, dass er die Tiere aufgeschreckt hatte, als sie auf dem seltsamen Feld vor der Mauer gruben. Wie gebannt starrte er auf die aufgewühlte Erde. Einzelne Kleiderfetzten waren deutlich zu erkennen. Wie verdorrte Baumstümpfe ragten Knochen und Glieder empor, als griffen sie aus den düsteren Abgründen der Hölle durch die Erdkruste gen Himmel. Der Krämersohn wollte dieses grausame Bild nicht betrachten, er wollte sich umdrehen, wegschauen, fortrennen, aber eine unsichtbare, mächtige Hand schien ihn dorthin zu ziehen. Seine Teilnahmslosigkeit wandelte sich allmählich in Schrecken.

Konrad war zu ihm getreten.

„Hier liegen die Toten."

„Die Hunde haben sie ausgegraben."

„Sicher war nicht viel Erde über sie geschüttet."

Die beiden Freunde schauten sich an. Dann aber wurden ihre Blicke wieder von dem abscheulichen Bild angezogen.

Niclas trat noch einige Schritte näher an das Feld heran. Jetzt konnte er es genau erkennen. Unzählige Leiber waren hier verscharrt worden. Die Hunde hatten sie aber wieder ausgegraben und nun lagen die Arme, Beine und Köpfe lächerlich verdreht vor ihm. Einige Teile waren noch immer mit einer dünnen Schicht Erde bedeckt, sodass Niclas nicht erkennen konnte, welches Glied zu welchem Körper gehörte. Ekel stieg in ihm auf. Ein schreckliches Würgen umklammerte seine Kehle. Kalte Schauer liefen über seine Arme. Das Wasser in seinem Mund zog sich zusammen und die Augenlider wurden ihm schwer. Er wusste, dass er sich jeden Augenblick erbrechen würde.

Und dann sah er sie. Sein Kopf war augenblicklich klar. Sein Mund war trocken.

Rotes Haar. Es lag ausgebreitet auf der schwarzen Erde. Nicht weit davon entfernt ragte ein Arm mit einer schmalen weißen Hand aus dem Erdreich. Antonellas Hand. Antonellas Arm. Antonellas Haar.

„Sie haben sie hier hingeworfen. Meine schöne Antonella. Sie wurde hier
einfach hingeworfen."

Niclas Stimme war so schwach und zitterte so heftig, dass nur Konrad, der
wenige Zoll entfernt stand, sie hören konnte.

„denn auferstehen wird nicht, wer unbestattet geblieben ist. Wenn der Herr
kommt zu richten die Lebendigen und die Toten, wird nur der ins Leben
zurückkehren, dessen Grab unversehrt geblieben." Niclas blickte den
Gefährten verzweifelt an. Dann schrie er sein Entsetzen heraus:
„Konrad, sie ist verloren. Ihre Seele ist verdammt!"

„Das kannst du nicht wissen, Niclas. Das ist nicht Antonella. Sie ist sicher
auf einem Landgut ihres Ehemannes. Das hier ist wahrscheinlich eine arme
Dirne, eine Maid, die mit deiner Antonella nur die Farbe ihrer Haare gemein
hat. Antonella ist die Frau eines reichen und angesehenen Mannes. Die
wird nicht hier verscharrt."

Niclas schaute verzweifelt auf das Feld. Es war offensichtlich, dass er den
Worten des Freundes keinen Glauben schenkte.

Für einen kurzen Augenblick rissen Trauer und Wut den jungen Berlinger
aus seiner Leblosigkeit. Der Schmerz um die geliebte Frau erwärmte
flüchtig sein taubes Herz. Er harrte seit Wochen des Todes, schweigend
und duldend. Er hatte sich auf das Sterben vorbereitet, nun aber hatte der
Tod sich ihm von einer ungeahnten, schrecklichen Seite gezeigt. Diesen
Tod verstand er nicht

„Niclas komm weiter. Antonella ist in Sicherheit. Glaube mir. Hier liegen nur
arme Schlucker. Bedauernswerte, unglückliche Seelen."

Konrad packte den Freund am Arm und zog ihn fort von jenem
schrecklichen Ort. Willenlos trabte Niclas hinterdrein, ließ sich ziehen ohne
Kraft und ohne Gegenwehr. Dann setzte die kleine Gruppe um Margarete
Stüren ihre Flucht aus dem einstmals so stolzen und herrlichen Verona fort.
Zuerst ging ihr Weg an Feldern und Hainen entlang und hätte die kleine

Gruppe Halt gemacht, um sich umzusehen, hätten sie noch lange das erhabene Bild der Mauern und Dächer der Stadt erkennen können.

Als die Dämmerung begann, erreichten die Flüchtlinge einen dichten Wald. Am Fuße einer Hügelkette verschloss dichtes Buschwerk und Gehölz den Fliehenden den Weg. Konrad begriff schnell, dass sie an jenem Abend nicht mehr nach Erbezzo kommen konnten. Der Abendhimmel war klar und die Luft hatte sich abgekühlt. Schroff zeichneten sich die scharfen Gipfel der fernen Berge ab. Letzte Sonnenstrahlen erleuchteten die mächtigen weißen Gipfel, die so nah schienen und doch, das wusste Konrad nur zu gut, einen Tagesmarsch entfernt waren. Daher entschied er, sich hier am Rande des Dickichts einen Ort für ihr Nachtlager zu suchen und nicht weiter in den Wald hinein zu laufen. Er hatte bereits einige schwere Holzknüppel gesammelt, mit denen er Wildschweine und andere gefährliche Bestien vertreiben wollte.

Suchend zogen die Reisenden nun entlang jenes Waldes, stumm und mit schleppendem Gang. Anton Risz ging an der Spitze des Zuges und zog den Handkarren mit den beiden schlafenden Kindern. Hinter ihm ritt Margarete und Konrad führte den Packgaul, beide starrten gedankenverloren nach unten auf den Weg. Nur wenige Male erhob Konrad seinen Blick und suchte das Gelände nach einer Schlafstatt ab. Hinter den Gefährten schlich Niclas Berlinger. Seine Schultern hingen schlaff herunter, seine Beine schlürften kraftlos über den Boden. Tränen liefen ununterbrochen über sein Gesicht. Er schluchzte nicht und jammerte auch nicht mehr. Aber der Fluss seiner Tränen, der ihm unaufhörlich über die flaumigsanften Wangen rann, kam nicht zum Versiegen. Als die Gefährten schließlich unter einem Felsvorsprung, der beinahe schon eine kleine Höhle genannt werden konnte, einen guten Ort für ihre Rast gefunden hatten, dicht gedrängt zusammen saßen und ihre kläglichen Essensvorräte verspeisten, weinte Niclas noch immer einen Strom heißer Tränen.

Die Klänge des Waldes waren verstummt, das Mondlicht drang nur schwach durch das Blätterdach zu den Gefährten, die Nacht war über sie hineingebrochen. Anton war wie die Kinder in einen tiefen Schlummer gefallen. Niclas hockte noch immer reglos da und stierte in die Finsternis. Margarete hatte sich, als die Dämmerung begann, der Nacht zu weichen, in eine Decke gehüllt und neben ihre Kinder gelegt. Sie versuchte die Augen zu schließen, aber es gelang ihr nicht. Sie konnte auch nicht ruhig liegen bleiben. Die Gedanken in ihrem Kopf wirbelten umher, sie dachte an ihren Mann, sah vor sich die Toten, erinnerte sich an deren Hände und Füße, wie sie aus der Erde ragten. Sie wälzte sich auf ihrem Lager. Schließlich erhob sie sich langsam und ertastete den Boden, dann stand sie vorsichtig auf und streckte suchend die Hände aus. Langsam setzte sie einen Fuß vor den anderen, vorsichtig trat sie in die Finsternis.

„Konrad! Konrad! Wo bist du?"

Margaretes Stimme zischte durch die Nacht.

„Werte Herrin, hier drüben. Seien sie nur vorsichtig, hier liegen überall meine Knüppel. Ich habe sie mir hier bereit gelegt."

Margaretes Fuß trat zögerlich auf. Unter ihrem federleichten Gewicht knackte es.

„Konrad, sag etwas. Wo bist du?"

„Hier werte Herrin, stolpert bitte nicht."

Der Knecht horchte gespannt in die Nacht hinein, um die Schritte seiner Herrin aufzuspüren.

„Kommt hierher, werte Frau, Ihr seid schon ganz nah."

Auch Konrad war nun aufgestanden, auch er regte die Hände nach vorn. Sicher griff er schließlich in die Finsternis und bekam den Arm der zarten Frau zu fassen. Sein Gehör hatte ihm wie schon so oft gute Dienste erwiesen. Er hatte Margaretes Stüren genau aufgespürt.

Sie schrie erschrocken auf. Schnell hatte sie sich aber wieder beruhigt und setzte sich auf den nackten Felsboden. Konrad ließ sich neben ihr nieder und hüllte sie behutsam in seine Decke.

Margarete lehnte ihren Kopf an seine Schulter. Wie hatte sie in den letzten Tagen solch einen Moment der Ruhe gesucht? Wie hatte sie sich danach gesehnt, sich fallen zu lassen und von starken Armen aufgefangen und gestützt zu werden? Sie drückte ihren Leib an den Konrads. Ihr Mund suchte sein Gesicht. Sie fand seinen Hals und bedeckte ihn mit Küssen. Sie küsste auch seinen Nacken. Sie strich mit fahrigen Händen seine langen Locken nach hinten und suchte seinen warmen Körper zu ertasten. Sie spürte unter ihren hastigen Fingerspitzen die festen Muskeln. Sie umklammerte seine breiten Schultern und drückte ihr Gesicht an seine breite Brust.

Konrad verstand die Regungen der Frau. Er begehrte ihren zarten Körper. Schon seit einiger Zeit betrachtete er bewundernd ihre Bewegungen und ihre Gesten, ihre schmalen Schultern, ihre schlanke Hüfte und ihren weißen Nacken. In schlaflosen Nächten sah er oft ihren liebreizenden roten Mund, ihre weißen, perlmuttfarben schimmernden Arme und ihre voller Leidenschaft glühenden braunen Augen.

Sie jedoch hatte ihn immer als den Knecht behandelt, der er war; ganz, wie die Ordnung es gebot. In der Finsternis dieser Nacht jedoch schrieen ihre Regungen als lautlose Wehklagen dem Knecht entgegen. Stumm flehte sie ihn an. Sie flehte um seine Stärke und seine Lebendigkeit.

Konrad fasste ihr Gesicht mit beiden Händen. Seine Lippen liebkosten ihr Gesicht. Ihr Mund war leicht geöffnet, willig ließ sie seine Zunge gewähren. Seine Hände glitten an ihrem Kleid entlang. Er umfasste ihre wogenden Brüste. Margarete war erregt und atmete schnell. Mit sanfter Kraft schob Konrad ihre Cotte hoch und ergriff den festen Oberschenkel, seine Hand glitt das Bein der Frau hinunter zum Knie. Mit geübtem Griff schob er das Strumpfband über die Wade und weiter über den Fuß. Der Knecht befreite die erregte Haut Margaretes von wunderbar leichten Strümpfen feinsten Leinens und drückte schließlich ihre Beine auseinander. Die Frau streckte sich neben dem Knecht auf dem Boden aus. Seine Finger strichen auf ihrer nackten Haut entlang, dabei umklammerte er immer wieder mit festem Griff ihre Schenkel, bis er seine Hand nach oben wandern ließ und in ihrer Wollust vergrub. Margarete stöhnte leise auf. Konrad wälzte sich auf die zarte Frau. Hart stieß es ihr erst gegen die Hüfte, sie fühlte es dann hart an ihrem Oberschenkel und schließlich drang es hart in sie ein. Ein warmer Schauder ergriff sie, sie fühlte, wie eine berauschende Lebenskraft ihren Körper beben ließ und sie weit von Tod und Trauer wegtrug.

Der nächste Morgen gaukelte den Menschen mit dem satten Blau des Himmels und seiner klaren, kalten Luft Lebendigkeit und Frische vor. Man hätte meinen können, Gott habe seinen Frieden mit dem Menschengeschlecht gemacht.

Verschlafen blinzelten die Flüchtlinge in den strahlenden Morgenhimmel. Sie räumten ihre wenigen Habseligkeiten zusammen und ohne ein Morgenmahl einzunehmen machten sich auf nach Erbezzo. Anton kannte den Weg und führte die Gefährten aus dem Dickicht hinaus, an Feldern vorbei, die grün bewaldeten Hügel vor Augen. Abwechselnd zogen er oder Konrad den Karren mit den Kindern, Margarete ritt unmittelbar dahinter. Niclas aber schlich noch immer schweigend und mit gesenktem Kopf einige Fuß hinter der kleinen Gruppe einher. Sein Blick war hohl, er blickte nicht hoch, wenn laut ein Vogel schrie und zeigte keine Regung, wenn einer seiner Gefährten ihn ansprach. Er war wie ein stumpfes Holzscheit.

Die Reisegefährten folgten dem verwinkelten Lauf eines Baches und kamen oft an Gehöften, Feldern und Äckern vorbei, doch nie sahen sie eine Seele. Das Land schien ausgestorben. Nirgends arbeiteten Bauern, auf den Höfen trafen sie keine Magd und keinen Knecht an.

Als die Sonne hoch am Himmel stand, kamen die Gefährten zu einem Gutshof, der ordentlich und wohlhabend aussah. Sicher, so dachte Konrad für sich, hat ein reicher Geldsack aus einer der prächtigen Städte die ganze Herrschaft hier gekauft und verprasst jetzt darin sein Geld. Auch Margarete stellte sich einen vermögenden Hausherrn innerhalb der Hofmauern vor, der über Berge von Leckereien gebot.

Der Hunger quälte die Flüchtlinge schon seit Stunden und so verfielen sie schnell auf denselben Gedanken.

„Konrad!" herrschte Margarete den Knecht an, „lauf hinüber in das Haus, und erbitte für uns etwas zu essen. Hier hast du meinen Ring, aus purem Gold. Er kostete meinen Vater mehr als einen Florin." Mit hastigen Bewegungen zog sie sich das Schmuckstück vom Finger und reichte es dem Knecht.

„Geh, Konrad, geh und tausche ihn für einige Kanten Brot, ein wenig Käse oder eine Schale Grütze. Meine Glieder sind vor Hunger schon ganz kraftlos. Ich werde den Weg nach Erbezzo sonst nicht schaffen. Und auch meine Kinder brauchen etwas zu essen. Los, Konrad, lauf!"

Konrad sah wohl ein, dass dieser Hof mit seinem prächtigen Herrenhaus die letzte Hoffnung für die Gefährten war. Ohne Essen waren sie verloren. Der Weg nach Erbezzo war nicht mehr weit, aber die Reisenden waren hungrig und schwach. Ohne Essen würden sie an diesem Tag keine zwei Meilen Weges mehr schaffen. Aber eine weitere Nacht unter freien Himmel wollte Konrad nicht wagen. Dass sie nicht von Wölfen oder Wildschweinen angefallen worden waren auf ihrem Nachtlager im Wald, verdankten sie Gottes unermesslicher Güte. Mit den paar schweren Holzknüppeln, die er sich bereitgelegt hatte, hätte Konrad gegen wilde Tiere in der Nacht nichts ausrichten können, dessen war sich der Knecht gewiss.

„Vielleicht", so schoss es dem Knecht durch den Sinn, „haben wir Gottes Huld doch noch nicht ganz verloren."

Vorsichtig schlich er über den Hof, kein Geräusch war zu hören, keine Menschenseele und kein einziges Tier waren zu sehen. Leblos lag das Gehöft in der Landschaft, nur einige Fliegen tanzten in der heißen

Mittagsluft, die schwer auf die Ebene drückte. Konrad ging ganz langsam auf das Portal des Herrenhauses zu. Zaudernd zog er an dem gewaltigen Riegel und öffnete das schwere Tor nur einen Spalt weit, der ihm aber genügend Platz bot, hinein zu schlüpfen. Wachsam schauten die Gefährten dem Knecht nach, doch es dauerte nur wenige Augenblicke, da sahen sie ihn in panischer Angst aus dem Haus hinaus stürzen. Stolpernd rannte Konrad über den Hof, den Weg entlang und schließlich eine kleine Böschung hinauf, in einen Hain, in dem, hinter Büschen kauernd, die anderen warteten.

„Wir müssen fort von hier."

„Was meinst du? Konrad, was ist da?"

Die Gefährten riefen aufgeregt durcheinander.

„Warum bist du weggerannt?"

„Weshalb hast du nichts zu essen geholt?"

„Werte Frau. Sie sind alle tot dort. Sie sind alle gestorben…an der Pestilenz. Ich habe die schwarzen Beulen gesehen."

„Mutter Gottes! Jesus Christus beschütze mich und meine Kinder."

Margarete Stüren fiel weinend auf ihre Knie.

„Ich bitte Euch, steht auf, werte Frau. Wir müssen weiter. Weg von hier."

Hastig zog er Margaretes zarten Körper hoch und stieß die Gefährten grob an, sich aufzurichten und endlich weiter zu ziehen.

Schleppend machten sie sich auf den Weg, angetrieben von Konrads erbarmungslosen Mahnungen.

Die Dämmerung war schon über das Land gezogen, als sie endlich das Landgut des Johann Stüren erreicht hatten. Hier wurden sie nicht von einer leblosen Einöde empfangen wie auf den anderen Gehöften zuvor. Als sich die Flüchtlinge dem prächtigen Herrenhaus näherten, an den Gesindehütten und Scheunen vorbei, sprangen ihnen drei aufgeregt bellende Hunde von erschreckender Größe entgegen. Sie waren größer und kräftiger als Wölfe und ihr Fell war tiefschwarz. Die Tiere knurrten böse und fletschten ihre gewaltigen Zähne, die scharf und bedrohlich den erschrockenen Gefährten entgegen blinkten. Konrad hob eilig seinen Holzknüppel, den er vorsorglich behalten hatte, und richtete ihn gegen die angriffslustigen Tiere. Es gelang ihm, die Hunde in Zaun zu halten, aber solange die wütend kläffenden Tiere auf der Lauer lagen und jeden anzufallen drohten, der sich dem Gebäude näherte, war Konrad und seinen Reisegefährten der Zugang zum Herrenhaus verwehrt, das doch so nah vor ihnen lag, kein Dutzend Ruten entfernt. Konrads Kräfte erlahmten langsam, denn er musste den schweren Holzknüppel mit beiden Händen halten. Seine Zuversicht schwand, sich der tobenden Hunde noch länger erwehren zu können, als die Tiere unvermittelt, wie von einem Blitz niedergestreckt, nur noch leise wimmernd am Boden kauerten.

Der Knecht schaute sich verwirrt nach seinen Gefährten um. Dann entdeckte er in der Tür einer Gesindehütte einen krumm gebeugten Alten. Der stand dort ganz ruhig und beherrscht. Offenbar hatten die Hunde auf ein Zeichen dieses Alten von ihrem wütenden Gebell abgelassen.

"Che cosa volete?"

Die Frage des Alten hallte über den Hof. Die Hunde blickten die Gefährten zornig an und warteten auf einen Anlass wieder losschlagen zu dürfen. Der Alte aber achtete nicht auf die Tiere, sondern starrte nur misstrauisch zu den Fremden auf seinem Hof. Nun zeigte sich auch ein junges Weib in ärmlichen Lumpen an seiner Seite.

Ihr Gesicht war dreckverschmiert, ihr Körper schmal und knabenhaft, sodass es schwer fiel, zu entscheiden, ob sie noch ein Kind oder schon ein Weib genannt werden konnte.

„Signora Stira?" fragte sie aufgeregt und schlüpfte an dem Alten vorbei. Mit hastigen Schritten lief sie hinüber zu den Hunden, rief den am Boden kauernden Tieren lauthals einige kurze, unverständliche Sätze in ihrer Bauernsprache zu und trat dann zögerlich auf die Flüchtlinge zu. Konrad sah verwundert, wie die wütenden Hunde mit gesengten Köpfen hinter die

Hütte schlichen, während das junge Weib sich unermüdlich vor Margarete verbeugte.

Wenig später fand sich die erschöpfte Gruppe um Margarete Stüren an einer bescheiden gedeckten Tafel wieder, die ihnen nach den Entbehrungen der letzten Tage jedoch wie ein Festschmaus erschien. Das junge Weib, das sie so ehrerbietig begrüßt hatte, war tüchtig umhergelaufen und hatte eine stattliche Seite Pökelfleisch, zwei Brote und einen halben Laib Käse herbeigeholt. Dann stellte das Mädchen einen Topf voll guten dicken Mus aus Bohnen und Zwiebeln vor die Gäste hin.

„Verzeiht Herrin, das ist nur ein armseliges Brot, aus Roggen. Das gute Herrenbrot aus Weizen, das haben wir nicht."

„Es geht wohl an, Weib, mit diesem Brot", sagte Margarete Stüren gönnerhaft.

„Aber sag mir, bist du die Köchin? Ich erinnere mich nicht, dich hier schon einmal gesehen zu haben."

„Verehrte Herrin, ich bin nur die Schweinemagd. Mein Name ist Ghita. Früher hab ich mit meinem Vater und meinem Bruder im Stall gewohnt. Aber jetzt sind die anderen alle weg, und ich muss kochen."

„Seid ihr ganz allein auf dem Hof?"

„Ja, Herrin. Nur ich, mein Bruder und mein Vater sind noch da. Meinen Vater habt Ihr gesehen. Mit seinen Hunden, da ist er ganz närrisch."

Die Gäste verstanden nur einen Bruchteil dessen, was die Schweinemagd ihnen in ihrem Bauerndialekt erzählte. Dennoch nickten sie stumm und aßen zufrieden die wohlschmeckenden Speisen.

Satt und mit dem tröstlichen Gefühl, nun sicher vor all den Schrecken des großen Sterbens zu sein, ließen sich Konrad, Anton und Niclas danach in einer geräumigen Kammer im hinteren Teil des Hauses auf eilig bereitete Decken zur Nacht fallen.

Die Kinder waren schon längst in einem dicht am Ofen aufgestellten Bett eingeschlafen, behütet von dem jungen Weib. Margarete Stüren aber ging allein, mit stolz erhobenem Haupt in eine eigens für sie hergerichtete Kemenate.

Die Finsternis der Nacht war durch das gesamte Haus gekrochen und hatte die Schlafenden eingehüllt. Konrad war in einen tiefen, traumlosen Schlaf gesunken, doch plötzlich fuhr er erschrocken hoch. In der Dunkelheit konnte er nichts erkennen, auch hörte er keinen Laut außer leise, gleichmäßige Atemzüge.

Gerade wollte er sich wieder auf die Seite legen, da war ihm, als sei ein schwaches Zischen neben seinem Ohr.

„Konrad, Konrad! Wach auf!"

„Anton? Bist du es?"

„Sag mir, Konrad, was hast du in dem Haus gesehen?"

„Anton, wieso schläfst du nicht? Geh und leg dich hin. Wir können morgen reden."

„Nein, Konrad, sag' mir, was hast du gesehen? In dem Haus mit den Toten?"

„Wir sprechen morgen darüber."

„Nein, Konrad, bitte."

Konrad hielt inne, mit Schaudern dachte er an dieses Haus, das ihm an jenem Morgen erst Hoffnung auf Rettung, dann aber Schrecken und Gefahr verheißen hatte.

„Es waren Männer und Weiber dort herdrinnen. Alle waren sie tot. Sie sahen nicht aus wie Bauern, eher wie reiche Leute aus der Stadt. Hatten sich wohl dort verstecken wollen vor dem Tod. Feine Kleider habe ich gesehen. Ganz bunt und glänzend. Zwei Tote lagen auf Bänken an der Wand, die anderen auf dem Boden. Überall waren Töpfe und Schalen voller feiner Speisen verstreut. Brote lagen umher. Und überall standen Krüge voller Wein. Einige waren umgestoßen und ausgelaufen. Es stank ganz fürchterlich. Nach verdorbenem Essen. Verwestem Fleisch, ranzigen Fett, Wein. Und es stank nach Blut und nach Tod. Als seien es Ausdünstungen gerade aus der Hölle. Und die Beulen. Als erstes sah ich die Beulen auf den Leibern der Menschen dort. Schwarze Beulen. Die Pestilenz. Mehr wollte ich nicht sehen. Da bin ich rausgelaufen."

„Glaubst du, dass wir hier sicher sind? Was, wenn die Seuche auch hierher kommt?"

„Ich glaube ganz fest an die Gnade Gottes. Er wird uns nicht schlagen mit dieser Plage. Er hat uns nicht verlassen."

„Sie sagen, die Pestilenz ist die Strafe Gottes für unsere Gier und unsere Hoffart. Der Herr schickt uns die Seuche, damit wir büßen für unsere Sünden."

„Sie sagen aber auch Gottes Liebe ist unermesslich, dass er unsere Rettung ist."

Obwohl er das Gesicht seines Gefährten in der Finsternis nicht ausmachen konnte, erkannte Konrad, dass der junge Anton Risz seinen Worten nicht traute. Beide saßen schweigend beieinander und dachten an all die grauenhaften Bilder, die sich ihnen in den letzten Tagen offenbart hatten. Flüsternd raunte Konrad schließlich dem Gefährten zu:

„Der Alte hat mit seinen Hunden bis jetzt jeden Fremden vom Hof ferngehalten. Ich glaube, dass die Seuche, deshalb noch nicht hierher getragen worden ist. Ich weiß nicht, was die Pestilenz weiter trägt, wie sie von den Kranken auf die Gesunden übertritt, aber vielleicht hängt sie an den Leuten."

„An welchen Leuten?"

„Das weiß ich nicht. Vielleicht sind es die Ketzer, die den rechtgläubigen Christen Übles wollen. Oder die vielen Bettler und Aussätzigen, die Juden vielleicht, oder die Heiden in den fernen Ländern über dem Meer…ich weiß es nicht."

Kapitel 9

„Vielleicht ist es das Ende der Welt", flüsterte der Heilige Vater und erhob
sich von seinem Gebet. Seit Wochen schon war er in seinen Gemächern
eingesperrt, als säße er im achten Kreis der Hölle gefangen. Er atmete die
heißen Rauchschwaden ein, die durch seine Kammern zogen. Die Hitze der
Feuer in den Nachbargemächern und auf den Fluren vor seinen Türen war
kaum noch zu ertragen. Papst Klemens Hände fassten sich an die Brust
und rissen die Kleider herunter. Angstvoll keuchte der Heilige Vater nach
Luft.

Endlich öffnete sich ein kleiner verborgener Durchlass, der kaum sichtbar in
der Wand eingelassen war, und ein groß gewachsener Mann mit langem
schwarz gewelltem Haar und großen klugen Augen stand vor dem Haupt
der Christenheit, vor Papst Klemens. Der Arzt Guy de Chauliac war ein
schön gewachsener Mann, mit edlen Gesichtszügen und liebenswürdigem
Lächeln, dabei aber von ernstem und gewissenhaftem Gemüt. Vielen
Gelehrten und Mächtigen galt er als der beste seines Standes.

„Doktor, wollt Ihr mich umbringen? Wollt Ihr, dass ich vertrockne und
schrumpfe in der Hitze und dem Rauch wie ein Stück Dörrfleisch?"

Der Heilige Vater war atemlos zu seinem Leibarzt hingeeilt.

„Den ganzen Sommer über sitze ich hier schon in der Hitze Eurer Feuer,
eingesperrt in diesem Kerker, den ich einmal meinen Palast genannt habe.
Ich erfahre nichts von dem, was draußen in den Straßen geschieht. Wütet
die Pestilenz noch immer? Habt Ihr etwas aus den Städten Italiens gehört?
Ist die Seuche ins Kaiserreich eingefallen? Gibt es neue Kunde aus dem
Königreich Frankreich?"

Der Heilige Vater umfasste die Schultern des Arztes und konnte sich nur mit
großer Mühe beherrschen, sie nicht grob zu schütteln, bis er die ersehnten
Antworten erhalten hatte.

„Diese Briefe hier", Papst Klemens zeigte mit müder Geste auf ein Bündel, das sorgfältig verschnürt auf einem zierlichen Tischchen neben dem Bett lag, „ist mein einziger Ausguck in die Welt".

Der Papst seufzte schwer und ließ von dem Gelehrten ab.

„Der Tod hält weiterhin reiche Ente, Euer Heiligkeit. Nicht nur hier in Avignon, auch in den anderen Städten Frankreichs und Italiens reichen die Friedhöfe schon lange nicht mehr aus. Überall liegen die Toten in den Straßen, sie werden in Gruben außerhalb der Kirchhöfe beerdigt, in ungeweihter Erde, ohne geistlichen Beistand. Manchmal legen sie fünf oder sechs Tote in ein Grab hinein. Hier in unserer Stadt werfen sie die Leichen in den Fluss."

Nun begannen sich die Eindrücke des Arztes zu überschlagen, seine Worte sprudelten hastig hervor.

„Aus allen Teilen der Christenheit kommen die Klagen über Geistliche, die sich weigern die Häuser der Sterbenden zu betreten und die Kranken auf ihren Tod vorzubereiten. Die Leute sterben ohne Beichte und ohne Absolution, verlassen und verdammt. Kein Priester kommt mehr zu den Elenden, und wenn sich doch einer traut, so wird er noch am Sterbebett von der schrecklichen Seuche hinweggerafft. Es gibt Priester, die nur noch zu den Reichen gehen und sich ihre Dienste so hoch bezahlen lassen, dass sie selbst wohlhabend werden. Ich flehe Euch an, Heiliger Vater, helft den armen Seelen."

„Auch zu mir ist solch Kunde gedrungen, mein werter Chauliac. Mir scheint fast, die Pestilenz ist eine Geißel Gottes, die den Klerus am härtesten trifft. Die Priester stellt sie vor die Wahl sich entweder frevelhaft und feig vor den heiligen Pflichten ihres Standes zu drücken oder furchtlos zu den Kranken zu gehen, ihnen die Sakramente zu spenden, auf dass als Lohn auch sie der Tod ereilt, bisweilen schneller als die Kranken selbst, allein durch den Körperkontakt und wegen des Pesthauchs. Ganze Landstriche sind schon ohne Priester."

Der Papst griff das Bündel, hielt es fest in beiden Händen und betrachtete es mit trauerndem Blick, aber er ließ davon ab, die sorgfältig gefalteten Papiere aufzumachen. Er kannte die Botschaft all dieser Briefe bereits.

„In San Vigilio starben vierzig Kleriker, die dort ihre Pfründe hatten, darunter vierzehn Kanoniker. In Trient sind fast alle Priester und alle Bettelmönche der Pestilenz erlegen. In Bayeux starben der Bischof und die meisten Mitglieder des Domkapitels. Hier in Avignon starben alle Karmeliterbrüder. Als man sie tot fand in ihrem Haus, dachten die Bürger noch, die Brüder hätten sich gegenseitig umgebracht, bis man dann jedoch die Ursache der Katastrophe erkannte und sie mir vor wenigen Tagen berichtete. Ich kann Euch unzählige Nachrichten aus allen Teilen der Christenheit berichten. Jeden Tag erreichen mich Briefe mit solchen Unglücksbotschaften. Was ich aber wissen will, verrät mir kein Gelehrter, kein Gesandter schreibt es mir in seinen Briefen. Was kann ich tun? Was können die Ärzte und Gelehrten tun? Was wissen wir über diese Seuche?"

Die beiden Männer standen sich schweigend gegenüber, als plötzlich ein heftiger Husten den Papst schüttelte und ihn taumeln ließ. Benommen ließ er sich auf einen Klappsessel fallen, der neben dem kleinen Tischchen stand.

„Euch fällt nichts Besseres ein, als andauernd Feuer vor meinen Gemächern aufzustellen. Mein Hals schmerzt von dem Rauch, der Gestank der Kräuter, die Ihr verbrennen lasst, macht mich ganz schwindlig, meine Augen tränen. Was soll das alles? Wenn ich wenigstens in die Gärten dürfte und die frische, kühle Abendluft einatmen könnte."

„Nein, Heiliger Vater, ich bitte Euch, haltet ein. Es ist bald ausgestanden. Ihr dürft keinesfalls die Räume hier verlassen. Ihr habt Recht, keiner weiß, was die Pestilenz befördert und wie sie sich verbreitet. Aber alle großen Gelehrten der Vergangenheit sind sich einig, dass die Fäulnis der inneren Organe aus der schlechten Luft kommt. Auch wenn wir nicht wissen, woher diese gefährlichen Ausdünstungen kommen, müssen wir doch dagegen angehen. Der Rauch ganz besonderer Kräuter hilft dabei, Euer Heiligkeit. Duftstoffe, wie Balsam, Weihrauch und Sandelholz, Essigessenzen, sie alle helfen gegen die verpestete Luft. Gefährlich sind die Ausdünstungen von verdorbenem Fleisch, toten Tierleibern. Aber auch die Luft über stehenden Gewässern und über Sümpfen könnte die Ausdünstungen befördern. Ganz gefährlich ist zweifelsohne der Atem der Kranken. Er verpestet, so kann man wohl sagen, besonders die Luft, durch die die innere Fäulnis des Körpers angeregt wird. Ich selbst habe vor einiger Zeit einen Bericht eines italienischen Gelehrten aus der Stadt Perugia gelesen und glaube, dass dieser Arzt das Geheimnis der Pestilenz ergründet hat. Darin beschreibt er eine sehr ungünstige Planetenkonstellation von Mars, Jupiter und Saturn, die vor einiger Zeit, im Jahre des Herrn 1345, am 20. des Monats März krankmachende Ausdünstungen aus dem Meer gesogen hat. Vielleicht haben aber auch jene Gelehrten Recht, die meinen, die faulig riechenden Dämpfe und Nebel aus dem Erdinneren seien durch das große Erdbeben freigesetzt worden. Die schwefligen Ausdünstungen werden schon bei Galen und Avicenna beschrieben. Die *professores* nennen sie Miasmen. Ich vermute, die schlechte Stellung der oberen Planeten im Haus des Wassermanns hat die Miasmen erhitzt und sie als verdorbenen Wind, der Gelehrte aus Perugia nennt ihn *aer corruptus*, auf die Menschheit geschleudert. Es ist ganz offensichtlich, schreibt er, dass dieser verdorbene Wind, wenn er von einem einzelnen Menschen eingeatmet wird, die inneren Organe vergiftet, wird er aber von diesem einzelnen wieder ausgeatmet, so auch die ihm umgebenden Menschen vergiften kann. Wird der Pesthauch eingeatmet *per inspirationem*, sammeln sich die *vapores venenosi*, sie verdichten sich zu einer *materia venenosa* im Körper und diese bedrückt Herz und Lunge, *pestilentiam generat*, und löscht schließlich die eingepflanzte Wärme des Herzens aus."

Der Papst schaute lächelnd auf seinen Leibarzt. Der hatte sich in Begeisterung geredet. Klemens kannte das von Guy de Chauliac. Die medizinische Kunst erregte den Gelehrten, sobald er begann darüber zu dozieren. Keine wissenschaftliche Frage war dem Arzt zu nichtig, keine Krankheit zu abstoßend, um nicht leidenschaftlich über sie disputieren und referieren zu können.

„Die *doctores* und *magister* der medizinischen Fakultäten haben bereits viele Geheimnisse der Pestilenz entschlüsseln können", ereiferte sich der päpstliche Leibarzt weiter.

„So hat man beobachten können, dass eher junge, schöne Frauen von der Pestilenz befallen werden und sterben. Wir wissen auch, dass Aderlass und Theriak sehr wirksame Mittel gegen die Krankheit der Pestilenz sind, sowie saure Speisen, denn zweifelsohne hemmt Angesäuertes die Fäulnis. Pestbeulen werden mit Feigen, gekochten Zwiebeln und Pistazien behandelt. Es gibt Ärzte die geben den Kranken Nieswurz, Bärlapp mit Honig, Wolfsmilchpflanzen, die in Ziegenmilch gelöst werden."

Mit flehendem Blick stand Guy de Chauliac vor dem Heiligen Vater. Er wusste, dass all die Mittel, die seine Kunst den Menschen im Kampf gegen die Pestilenz darreichen konnte, von nur begrenzter Wirkung waren und dass die einzige Hoffnung, dem Pesthauch entgehen zu können, in der Flucht lag. Er selbst hatte schon oft erwogen, aus Avignon zu fliehen. Er lebte in ständiger Angst sich bei den Kranken, die er besuchen musste, anzustecken. Ebenso mächtig wie seine Angst vor der Pestilenz und dem Großen Sterben war aber auch seine Furcht vor der Schande, die schließlich obsiegte und ihm die Flucht verbot.

Der Papst hatte den leidenschaftlichen Worten seines Leibarztes gelauscht und nickte verständig. Behäbig schritt er auf eine mit aufwändigen Schnitzereien verzierte Verbindungstür zu und öffnete sie angestrengt. Gemeinsam verließen die zwei Männer das Schlafgemach des Heiligen Vaters und betraten das angrenzende Hirschzimmer. Augenblicklich veränderten sich die Haltung und der Gesichtsausdruck des Papstes, sein Blick war nicht mehr so traurig, sein Gang nicht mehr niedergeschlagen. Er lief mit langen kraftvollen Schritten durch den Raum und blieb vor dem Fresko an der Westseite stehen. Hier hatte er vor Jahren bereits seinen Freund Karl und dessen Vater, den alten, blinden König Johann herumgeführt. Er hatte ihnen jene prächtigen Jagdszenen gezeigt. Klemens erinnerte sich daran, wie ergriffen der junge Böhme von dem Anblick der kämpfenden Tiere gewesen war, wie er ganz berückt den tobenden Jagdhund bestaunt hatte, der im Blutrausch den Hirschen riss.

„Wie mag es dem Kaiser bisher ergangen sein?" fragte der Papst unvermittelt.

Der Arzt blickte erstaunt auf.

„Wie ich hörte, befindet sich Kaiser Karl unversehrt in Prag, Euer Heiligkeit."

„Lieber Chauliac, sind dies nicht ganz besondere Meisterwerke? Sagt an, diese Fresken, sie anzuschauen ist eine Wonne."

Der Arzt erkannte, dass der Heilige Vater tief in Gedanken versank. Dann rief der höchste Bischof der allgemeinen Kirche, Papst Klemens, offenbar mit neuer Kraft und für den Leibarzt völlig überraschend aus:

„Ich werde eine Generalabsolution erteilen, damit keine christliche Seele, die bereut und um Ablass von den Sündenstrafen bittet, mehr ohne Absolution ins Grab fahren muss. Ich ordne aber auch an, dass die Doctores und Magister der medizinischen Fakultäten, die Krankheit noch genauer studieren und eruieren mögen. Sie sollen sich die Leiber der Toten sorgfältig beschauen, sie sollen die schwarzen Beulen untersuchen und auch das Innere der Körper gründlich betrachten. Den gelehrten Männern muss es doch gelingen, die Ursache der schrecklichen Seuche zu verstehen."

„Euer Heiligkeit! Ihr meint die Leichen sollen geöffnet werden?"

„Mein werter Chauliac, jawohl, ich meine, die Toten sollen geöffnet und sorgfältig untersucht werden."

Der Leibarzt betrachtete den Heiligen Vater voller Hochachtung, aber auch mit einiger Verwirrung.

„In den medizinischen Fakultäten von Bologna und Salerno bemühen sich die Magister schon seit einiger Zeit, die Geheimnisse des menschlichen Körpers zu verstehen. Man hat Schweineleiber geöffnet und die Anordnung der Knochen, der Organe und der Körpersäfte mit den alten Schriften des Galen und des Hippokrates verglichen. Ich hörte sogar von Lehrern an den medizinischen Fakultäten Italiens, die es gewagt haben, eigenhändig tote Menschen zu sezieren."

Guy de Chauliac genoss es sichtlich in dem gelehrten Kirchenmann einen geduldigen Zuhörer seiner medizinischen Erläuterungen zu haben. Nun aber erhob sich Papst Klemens, ging auf seinen Leibarzt zu und klopfte ihm anerkennend, aber auch ein wenig besänftigend auf die Schultern. Dann schlich er müde durch die Verbindungstür hinüber in sein Schlafgemach, ließ sich dort schwerfällig auf sein Bett fallen und murmelte:

„Lasst es genug sein, mein lieber Chauliac, es ist genug. Ich danke Euch für Eure Erklärungen, nun aber bin ich müde und brauche etwas Ruhe."

Ehrerbietig verbeugte sich der Arzt und drehte sich ab.

„Das Haupt der Christenheit ist ein alter Mann geworden", dachte der Arzt, der selbst schon die fünfzig Jahre erreicht hatte.

„Die Schrecken der letzten Monate haben tiefe Furchen in das Gesicht des Heiligen Vaters gegraben. Seine wachen Augen sind trüb geworden. Als ich ihn das erste Mal traf, war er ein lebendiger und wissbegieriger Mann, ein wenig ungeduldig zwar, aber auch von heiterem und gesundem Geist. Die Angst und der Schrecken der Seuche haben nun jedoch aus Papst Klemens einen müden Greis gemacht."

So sprach der bedeutende Arzt Guy de Chauliac zu sich selbst, als er die Gemächer des Heiligen Vaters verließ. Draußen in der Halle wandte er sich gedankenverloren den Feuern zu, die er vor der Kemenate des Pontifex maximus in großen Kesseln hatte entfachen lassen. Er fingerte an seinem Gürtel nach einem kleinen Leinensäckchen und beförderte einige Büschel getrockneter Kräuter hervor. Die warf er in die lodernden Feuer. Einem

Diener, der nahe dem Kessel stand, rief er bestimmend einige Anweisungen zu, über das Feuer zu wachen und zu verhindern, dass ein Fremder die Gemächer des Papstes betrete.

Drinnen blieb das Haupt der Christenheit allein zurück. Er versank in düsteren Grübeleien. Ahnungen überfielen ihn. Die Hitze in seiner Kemenate war kaum noch zu ertragen. Der Rauch nahm ihm fast den Atem. Der Heilige Vater wischte sich das schweißnasse Gesicht mit den feuchten Tüchern aus feinstem Leinen, die sein Diener ihm bereitgelegt hatte. Aber auch sie brachten ihm keine Erfrischung. Wieder erbebte sein Körper von einem schmerzhaften Husten. In seinem Kopf begannen Bilder umherzuwirbeln.

„Die Hitze…die Hitze ist nicht mehr zu ertragen…Feuer, überall nur noch Feuer…", der Papst saß auf seinem Bett und röchelte schwach, als ihn Visionen von Feuer und Brand, Mord und grauenhaftem Elend überkamen. Er sah gebrochene Körper, von wütenden Flammen verschlungen. Weiber warfen die Leiber ihrer neugeborenen Kinder in die Feuersbrünste und sprangen dann selbst hinein. Er hörte schrille, verzweifelte Schreie, Schreie voll Angst und voll Schmerz. *„Adonai, Adonai"*, so schallten die Rufe der Gequälten.

Und der Papst hörte fromme Gesänge. Überall um sich herum glotzten ihn Fratzen an, in deren Augen Irrsinn glomm, mordlüstern und hasserfüllt. Er sah auch die Augen der Opfer voller Furcht und Verzweiflung auf sich gerichtet. Von allen Seiten blickten sie ihn an. Schutzsuchend, flehend. Es waren die leuchtenden, klaren Augen von Kindern, die sich anklagend auf ihn richteten. Es waren die glutvollen braunen Augen von jungen, schönen Mädchen mit langen schwarzen Haaren unter fein gewebten Schleiern. Weit aufgerissen erflehten diese Augen ungeduldig von ihm Rettung. Und es waren die müden, glasigen Augen alter Männer mit langen Bärten, hohen Hüten und langen schwarzen Gewändern. Darauf prangten gelbe Sterne. Klemens hob zögernd den Kopf, als tausend Stimmen ihm zuriefen:

„Höre Israel, der Ewige unser Gott, der Ewige ist einzig!"

Kapitel 10

Von der Papststadt Avignon aus zog die Seuche weiter. Zuerst nach Norden, dann weiter nach Osten und schließlich den Rhein hinab ins Reich. Ihr voraus jagte Monate zuvor aber bereits die Kunde vom Großen Sterben durch die Lande. Sie erreichte um Mariä Geburt auch die Stadt Eberstein.

Auf dem Markt vor dem Münster standen die Leute beisammen und beschauten sich die Waren der Händler, stritten über die Preise – vor allem das Brot war in jenen Tagen teurer als jemals zuvor – und schließlich ängstigte das Wetter die Gemüter und regte zu ausgelassenen Disputen an. Schwere dunkle Wolken zogen von Osten heran. Auch strich seit dem frühen Morgen ein kalter Wind über das Land, von den fernen Hügeln herab in das Tal. Jeder wusste nur zu gut, was dies zu bedeuten hatte:

„Wie sich's Wetter an Mariä Geburt verhält,
so ist's noch weiter vier Wochen bestellt."

Diese Sorge wurde jäh verdrängt von dem Bericht eines Händlers, der die Tage den Rhein hinab gefahren war und seine Ware nun auf dem Markt von Eberstein feilbot. Er war von stattlichem Alter. Seine Haut war gebräunt und faltig, wie die eines greisen Bauernknechts, und auf seinem Haupt lugten unter einer Bundhaube nur wenige Strähnen dünnen, weißen Haares hervor. Aufgeregt erzählte der Alte, was er meist nur vom Hörensagen wusste. Zahlreiche Frauen und Männer, einfache Mägde und Knechte, Tagelöhne, aber auch einige vornehme Bürger, hatten sich um ihn gescharrt und lauschten.

Der Händler erzählte von den Leuten in den welschen Landen, die seit Monaten dem Wüten einer schrecklichen Seuche anheim fielen. Er berichtete, wie sie wohl und unversehrt aus ihren Häusern traten und jäh von der Pestilenz hinweggerafft wurden, auf dass sie noch auf der Straße tot zusammenbrachen. Er beschrieb Berge voller Leiber, die sich in den Städten Italiens und des Königreich Franziens auftürmten. Die Toten könnten dort nicht mehr christlich bestattet werden. Und an jeder Ecke hockten die Menschen in den Gassen und warteten, dass der Tod sie hole. Dietrich Berlinger ging geradewegs über den Marktplatz zum Kaufhaus, wo er seinen Verkaufsstand mit neuer Ware bestücken wollte. Es fröstelte ihm wie an einem Herbstmorgen, obwohl sie doch noch immer Sommer hatten. Die Kiepe auf seinem Rücken schmerzte ihn. Sie war bis an den Rand mit kleinen Leinensäckchen voller Schwefelbrocken, Kienspänen und Sandelhölzer beladen. Außerdem zog er eine kleine Handkarre, auf der einige Fässchen mit Honig, Rosinen, Hirse und Pfirsichkernen verstaut waren. Als er an den Ständen auf dem Neuen Markt entlang strich, bemerkte er neben einer kleinen Bude, in der eine Krämerin Täschnerware und Handschuhe feilbot, eine Menge bunten Volks, die sich um den alten Händler geschart hatte.

Zögernd trat Berlinger hinzu. Schon als er nur wenige Worte des Alten vernommen hatte, stockte ihm der Atem.

„Ich hörte von einem Bürger der reichen, stolzen Stadt Genua, der sich, als er merkte, dass auch er mit der Seuche befallen war, in die Umgebung der Stadt begab. Dort suchte er einen Mann auf, der ihm in Freundschaft verbunden war und ihn unter Tränen in seinem Hause aufnahm. Dort legte sich der Genuese zum Sterben nieder. Kurze Zeit später jedoch starb auch der Freund mit seiner ganzen Familie und vielen Nachbarn an der Seuche. So breitete sich die Pest weiter aus, sie erreichte Piacenza, Florenz, Verona, das ihr hier wohl das welsche Bern nennt, nicht wahr? Und auch im herrlichen Venedig sterben unzählige Leute an einem einzigen Tag. Ich selbst habe die Toten gesehen, ihre Leiber waren übersät mit schwarzen Beulen, ihre Gesichter waren zu Fratzen erstarrt. Ich sah vor Schrecken weit aufgerissene Augen in den Totenschädeln, in denen konnte man noch die Schmerzen ablesen, die sie im Todeskampf erlitten. Sie sterben auf den Strassen und in den Gassen. In Verona fehlt nun schon der Boden für Gräber. Man hebt deshalb in der ganzen Stadt Gruben aus, unter

Laubengängen, an Häusermauern und in den ärmeren Gassen, wo niemals zuvor Begräbnisse stattgefunden haben.

Ihr fragt sicher nun, woher die Seuche kommt, was sie bewirkt? Ich kann euch nur sagen, die Gelehrten, die Doctores und Magister der Universitäten wissen es nicht."

Die Stimme des Alten schwoll nun an und überschlug sich. Voller Wut donnerte er die Worte den Leuten entgegen.

„Der Zorn Gottes fährt auf uns herab. Er straft unsere Sünden, unsere Habgier und unsere Hoffart. Ein Pfaffe aus der Sündenstadt Avignon erzählte mir, die Pestilenz sei im fernen Indien ausgebrochen. Dort habe es Frösche, Schlangen, Eidechsen und Skorpione geregnet, tags darauf, während eines unvorstellbaren Unwetters, habe ein schrecklicher Hagelschlag beinahe alle Menschen und Tiere vernichtet. Die wenigen Überlebenden hätte schließlich am dritten Tag ein vom Himmel fallendes Feuer verbrannt. Dieses Feuer habe einen undurchdringlichen Rauch entwickelt, dass für Wochen Dunkelheit im fernen Indien war. Die Rauchsäule war so gewaltig, dass jeder, der sie erblickte, nach einem halben Tag starb. Der Gestank der Leichen aber stieg hinauf und wehte in die Nachbarländer. Von dort zog er als Pesthauch auch an die Küsten des Schwarzen Meeres und nach Italien.

Das ist Gottes Strafgericht.

Der Allmächtige legt den Pesthauch nun auch über unsere Länder, überall ist die Luft und das Wasser vergiftet. Deshalb hütet euch vor der Sündhaftigkeit und den Verlockungen des Satans, hütet euch vor seinen Einflüsterungen und den Giftpfeilen der Gottlosen. Die Heiden und die Gottlosen werden eure Seelen verderben und sie werden eure Brunnen vergiften."

So erschall die keifende hohe Stimme des Alten noch lange über den Markt von Eberstein. Dietrich Berlinger aber wandte sich ab und lenkte seine Schritte zum Kaufhaus hin. Elsina Berlinger stand ungeduldig in der

Verkaufsbude. Sie erwartete die begehrten Waren, bereits mehrmals hatten Kunden an jenem rauen Tag nach Kienholz, Honig und Rosinen gefragt. Allmählich begann sich die Krämersfrau Sorgen um den Mann zu machen. Furchtsam ließ sie ihren Blick streifen, als sie plötzlich seine vertraute Gestalt auf sich zuwanken sah.

Er fühlte sich schwindlig, in seinem Kopf hämmerten Schmerzen, die ihn beinahe das Bewusstsein raubten. Seine Kräfte waren beinahe aufgezehrt, als er endlich die Verkaufsbude erreichte. Ihm wurde schwarz vor Augen und langsam ließ er sich auf den Boden gleiten.

„Was ist Euch? Heilige Maria, Mutter Gottes, steh mir bei! Dietrich, was ist Euch?"

„Die Welschen…sie haben die Pestilenz in der Stadt…Niclas, mein Sohn… die Pestilenz ist unter den Welschen ausgebrochen!"

Dietrich Berlinger röchelte angestrengt. Gestützt auf sein Weib erhob er sich mühevoll und wankte in seine Verkaufsbude, in der er sich auf einen Schemel fallen ließ. Dann erzählte er von dem Alten und von der Pestilenz. Der greisenhafte Krämer blieb aber nicht der einzige, der in jenen Tagen die Kunde von dem großen Sterben in die Stadt trug. Überall hörte man von jenem ungeheuerlichen rasenden Tod erzählen, der die Menschen unerwartet packte und mit sich schleifte. Die Angst vor der nahenden Pestilenz trieb alle umher.

Bei den Notaren wurden eifrig Testamente aufgesetzt, überall bereitete man das eigene Begräbnis vor, aber zuallererst sorgte beinahe ein jeder sich um sein Seelenheil. Fromme Stiftungen und reuige Bußübungen sollten dem hässlichen, dem unerwarteten Tode seinen Schrecken nehmen. Niemand wollte sich ihm unvorbereitet entgegenstellen.

Nur wenige meinten angesichts des nahenden Todes ihr Heil in Völlerei und Hurerei zu finden. Nur vereinzelt hörte man aus den Tavernen die anstößigen Sauflieder der sündigen Prasser und Zecher dringen. Sie wurden immer lauter von den frommen Gesängen der Betenden übertönt, je näher die Seuche kam.

Täglich zogen Leute in Bittprozessionen durch die Gassen Ebersteins. Einige waren barfuss, andere nur in Lumpen und Säcke gekleidet. Dietrich Berlinger stand in der Türe seines Hauses und sah den Zug durch die Neue Gasse hin zu Sankt Cyriacus ziehen. Er gedachte seines Sohns in den fernen Landen. Sicher war der schon ein Opfer dieser neuen Seuche geworden. Ohne zu begreifen, was er eigentlich tat, streifte der Krämer Dietrich Berlinger plötzlich seine Schuhe ab und lief, so schnell er vermochte, den Betenden hinterher. Ergriffen reihte er sich ein in den Zug. Seine Lippen formten die Worte nach, die der Anführer der Prozession laut vortrug:

pro evitanda mortalitate

Die Menge bewegte sich durch die Gassen, und Berlinger war ihr einverleibt. Er konnte an nichts denken. Er sah nicht die Gesichter der Leute, die staunend am Rand der Gasse standen und dem frommen Treiben zusahen. Er spürte nur die warme Geborgenheit in der betenden Menge.

Vor dem Gotteshaus knieten die Menschen nieder und erhoben ihre klagenden Stimmen, um Gott und den heiligen Sebastian um Hilfe vor der wütenden Seuche anzuflehen. Einige weinten und jammerten. Alle bebten sie vor Angst. Berlinger sah nur zwei Armlängen entfernt eine Frau am ganzen Leibe zittern. Sie gab keinen Laut von sich, aber ihr schmaler Körper zuckte unablässig und ihre dürren Arme schlenkerten in der Luft. Dabei hielt sie die Augen fest verschlossen. Immer wieder schoben sich andere fromme Beter zwischen die verstörte Frau und Berlinger. Der Blick auf ihren Taumel war ihm vielmals verstellt.

„Heilige Jungfrau, hilf!"

„Heiliger Sebastian, steh uns bei!"

Hunderte hatten sich versammelt und schickten ihre Gebete gen Himmel. Gemeinsam schworen sie schließlich allem Laster und allem sündigen Treiben ab und versprachen fromme Umkehr, wenn sie doch nur von der Strafe der Pestilenz verschont blieben, als unversehens einige der Betenden sich die Hemden vom Leib rissen und mit Gürtel und Riemen begannen, ihre nackten Oberkörper zu geißeln. Dietrich Berlinger sog jede Regung, jeden Laut dieses frommen Schauspiels um ihn herum auf. Er spürte die Schmerzen und die Verzweiflung, die ihm umgaben, er hörte das Jammern und Stöhnen und ohne nachzudenken, riss auch er sich die Kleider vom Leib und griff eine Geißel, die ein Gefährte in diesem Zug ihm reichte. Berlinger besah sich das Marterwerkzeug nur kurz. An einem kurzen, einfachen Stock waren Lederriemen befestigt, an deren Enden kleine Nägel steckten. Damit peitschte der Krämer Dietrich Berlinger nun seinen Rücken vor den Augen seiner Mitbürger, im Kreise Gleichgesinnter, um Rettung für sich und die Seinen zu erlangen. Schnell platzte seine Haut unter den Schlägen der Geißel auf und dünne Rinnsale dunklen Bluts liefen seinen Leib hinab.

Neben ihm begannen einige lauthals zu singen und bald schon stimmte auch Berlinger mit ein:

Nu tretet herzu, die büßen wollen,
Fliehen wir die heißen Höllen.
Luzifer ist ein böser Geselle,
will, dass jede reine Seele ihm verfalle.
Nu hebet auf eure Hände,
dass Gott dies große Sterben wende.
Nu reckt auf eure Arme,
dass sich Gott über uns erbarme.
Jesus, durch deinen Namen drei,
Du machst uns, Herr, von Sünden frei.
Jesus, Durch deine Wunden rot,

behüte uns vor dem jähen Tod.

Den Schmerz spürte Dietrich Berlinger nicht. Bilder drehten sich wild in seinem Kopf. Er blickte zum gewaltigen Kirchenschiff des heiligen Cyriacus vor sich empor, doch eilig schloss er seine Augen. Wie in einem ausgelassenen Reigen tanzten der Turm des Gotteshauses und die Wolken dahinter. Berlinger war es, als fiele er in eine wohltuende Dunkelheit, Stille hüllte ihn ein. Er spürte nur Hoffnung, die sich warm durch seinen geschundenen Körper ergoss. Die Geißel zerschnitt unablässig den Rücken des Krämers, so wie sie ehedem den Leib Jesu gemartert hatte. Laut sang seine Stimme zum Ruhme Gottes und sie versiegte erst, als der Krämer ohnmächtig zusammenbrach und auf dem Pflaster vor der Kirche des heiligen Cyriacus liegen blieb.

Das Landgut in Erbezzo blieb noch viele Monate ein sicherer Zufluchtsort für Margarete Stüren, den Knecht Konrad, Anton Risz und Niclas Berlinger. Schnell hatten sich die Flüchtlinge dort eingerichtet und jeden Tag verstand es die junge Schweinemagd Ghita, den kargen Vorräten und der kärglichen Wirtschaft dieser Grundherrschaft von neuem eine gefällige Mahlzeit abzugewinnen.

Als die Tage grau und kürzer wurden, begann Konrad jedoch zu ahnen, dass ihr Aufenthalt auf dem Land nicht mehr sehr lange dauern würde. Die Vorräte waren knapp und reichten nicht aus, sie alle durch den Winter zu bringen. Es hatte dieses Jahr keine gute Ernte gegeben. Die Schweinemagd und ihr alter Vater hatten einige Früchte, etwas Getreide und nur wenig Gemüse, Zwiebeln, Rüben und Kohl, angebaut. Die großen Äcker, die das Herrenhaus umgaben, blieben jedoch brach liegen. Es fehlten die fleißigen Hände.

Eisiger Wind fiel bereits von den Bergen und kündete den Winter an. Von den Städten aber kam die neue Kunde, dass die Seuche vorbei sei und der Tod von den Menschen abgelassen hätte.

Leise sprach der Knecht Konrad die Hausherrin an:

„Werte Frau, wir sollten nach Verona zurückkehren. Der Winter naht und die Vorräte gehen hier zur Neige. Wenn wir bleiben, wird es eine harte Prüfung."

Margarete Stüren überlegte lange, bevor sie eine Entscheidung traf.

„Du hast Recht, Konrad. In Verona ist der Winter leichter zu bestehen. Auch erzählt der Alte, dass das große Sterben in den Städten aufgehört habe. Er hat es wohl von einigen Leuten gehört, die hier durch die Felder gezogen sind. Auf der Flucht vor der Pestilenz wie wir."

Um sich selbst die notwendige Bestätigung für die eigene Entscheidung zu geben, nickte Margarete Stüren eifrig mit dem Kopf und verkündete dann mit fester Stimme:

„Die Schweinemagd kommt aber mit. Ich kann sie für die Kinder gut brauchen."

So machten sich die Flüchtlinge an einem frostigen Morgen auf den Weg zurück nach der Stadt Verona. Alle schwiegen betreten, denn es grauste sie vor der Rückkehr in die Stadt, in der sich solch Grauen offenbart hatte. Einzig Niclas Berlinger trottete mit einem seltsam gleichgültigen Gesicht der Gruppe hinterher. Ghita hatte sich bereits an den sonderbaren Jungen gewöhnt, der nie ein Wort sprach und stundenlang regungslos auf einem Klotz hockte. Er schien nicht die Regungen eines Menschen zu haben, die junge Schweinemagd hatte ihn nie traurig oder heiter, nie wütend oder ängstlich gesehen. Er schaute immer nur mit kaltem Blick teilnahmslos und schweigend in die Ferne.

Diesmal blieben die Reisenden auf der Straße und als sie am Abend ein kleines Dorf erreichten, wagten sie es, dort um Unterkunft für die Nacht zu bitten. Konrad klopfte an einer kleinen Hütte an und eine armselig gekleidete Frau wies ihnen den Weg zu einer Herberge am Rande des Dorfes.

Nachdem Margarete Stüren einen ihrer goldenen Ringe hergegeben hatte, führte der Wirt sie in einen großen hohen Raum, in dessen Mitte, über einer nur noch schwach glimmenden Feuerstelle, ein schwerer Kessel an einer Kette von der Decke hing. Der Wirt ging darauf zu, entfachte das Feuer von neuem und rief den Gästen grimmig zu, sie könnten sich von der Mahlzeit im Kessel nehmen, soviel ihnen beliebe. Auch könnten sie sich in dem Raum niederlegen, wo auch immer es ihnen passte. Platz sei schließlich genügend. Und wahrhaftig, außer den Flüchtlingen aus Erbezzo war kein anderer Gast in der Herberge.

Es war *omnium sanctorum*, Anno Domini dreizehnhundert und achtundvierzig, am Festtage aller Heiligen, dem Ersten des Monats November, als Margarete Stüren und ihre Begleiter wieder das Haus des verstorbenen Johann Stüren in Verona nach Monaten des Exils betraten. Die Dämmerung brach schon über die Stadt hinein, aber in den Gassen zogen die Leute umher, sie brachten Lichter, Blumen und Brote zu den Gräbern ihrer Toten und hielten Fürbitten.

Am Vortag von Allerseelen wollten sie durch gute Taten, Gebete und fromme Gaben die Leiden der armen Seelen im Fegefeuer lindern. Einige Priester besprenkelten die Gräber mit Weihwasser, auf dass die gequälten Seelen in der Hölle Kühlung erfuhren, und sie beteten mit den Menschen für die Seelen der Toten.

„In paradisum deducant te Angeli"

Margarete Stüren fand in ihrem Haus alles so vor, wie sie es verlassen hatte. Zögernd betrat sie die Diele. Wie in den guten, vergangenen Tagen standen einige leere Fässer, ein Haufen ordentlich aufgewickelter Seile und eine kleine Truhe in dem hohen Raum. Sonst zeugte nichts von den Schrecknissen der Zeit. Der Hausherrin war es auf einem Mal, als sei um sie herum wieder alles wie früher, als höre sie die Knechte und die Diener munter bei der Arbeit rufen, als klapperten die Gespanne über den Hof und als käme endlich ihr Gemahl durch das Tor auf die Ankömmlinge zu, sie zu begrüßen.

Aber alles blieb leer. Margarete trat in den Hof. Einsam lag er vor ihr. Ihr schauderte, als sie zum Schuppen hinüber blickte. Schnell wandte sie sich ab und lief zurück in die Diele. Zusammen mit Anton und Konrad ging sie ins Kontor. Auch dort verriet nichts die lange Abwesenheit der Hausbewohner. Alle Papiere lagen geordnet und gebündelt an ihren Orten, die Bücher waren unangetastet, die große Schatulle unter dem Pult des Herrn Stüren war unversehrt.

Erleichtert schleppte sich die Frau in die Küche, wo die junge Magd bereits damit begonnen hatte, ein Feuer anzufachen und einige mitgebrachte Vorräte für eine karge Mahlzeit herzurichteten.

Das letzte Tageslicht war bereits der Dunkelheit gewichen, man wollte gerade die heruntergebrannten Lichter löschen und sich nach einem anstrengenden Tag zu Bett gegeben, als ein entschlossenes Pochen am Tor die Hausbewohner aufschreckte. Konrad ging vorsichtig in die Diele und öffnete ein kleines Guckloch in dem bereits verriegelten Tor. Draußen stand in einer abgewetzten grauen Kutte ein Priester. Sein Gesicht war von einer tief hinab gezogenen Kapuze verdeckt. Auch die Gestalt des Mannes war nur schwer zu erkennen, denn das Talglicht in seiner kleinen runden Laterne war fast hinunter gebrannt und spendete kaum noch genügend Licht. Der spätherbstliche Abend hatte sich bereits schwer über die Gassen der Stadt gelegt und die Umrisse des Mannes verschwammen mit der sie einhüllenden Dunkelheit. Konrad erkannte den späten Gast dennoch. Vor der Pforte des Palazzo Stira stand Monsignore Guiscardo. Er gehörte zur Kirche San Giovanni in Valle und hatte dort eine kleine Pfründe.

Ohne ein Zögern ließ der Knecht den Priester hinein und führte ihn zu seiner Herrin in die Stube. Dort verbeugte sich der Geistliche demütig vor der vornehmen Frau, die zur Begrüßung würdevoll nickte.

„Ihr kommt spät in mein Haus. Draußen ist der helle Tag bereits ganz der dunklen Nacht gewichen und dennoch habt Ihr den weiten Weg über den Fluss zu unserem Haus auf Euch genommen. Ich hoffe es sind keine schlechten Neuigkeiten, die Ihr mir bringt. Denn gewöhnlich dulden diese selten Aufschub, hingegen gewähren die guten Botschaften dem Überbringer meist nachsichtig Mußezeit."

„Werte Frau. Ich komme um Euch jene Antworten auf Eure Fragen zu geben, ohne die Ihr sicher nicht zur Ruhe kommen und auch gewiss nicht in einen friedvollen Schlaf fallen könntet."

Margarete Stüren sah den Geistlichen verwirrt an. Die Talglichter flackerten nur noch schwach. Nur der Schein des Ofenfeuers schenkte noch etwas Licht. In dieser Nacht auf Allerseelen sorgte die junge Magd dafür, dass es nicht erlösche. Die Seelen der Toten, die im Fegefeuer die kalte Pein zu erleiden hatten, konnten sich so am Feuer wärmen.

Die Hausherrin winkte Ghita herbei und befahl ihr leise zischend, neue Lichter zu holen. Dann wandte sie sich wieder ihrem unerwarteten Gast zu.

„Ich fürchte, Ihr müsst Euch mir genauer erklären."

Der Priester kam zwei Schritte näher. Nun erkannte die Frau das schmale, fein geschnittene Gesicht des Geistlichen. Er hatte eine weiße Haut wie ein junges Mädchen, blaue Augen und sein kurzes gelocktes Haar war von einer rot-blonden Farbe, wie sie sie sonst nur von den Nordländern kannte.

„Ich meine Euren Mann, werte Frau. Euer Herz ist sicher vor Sorge ganz wund. Ich sah, wie Ihr heute in Euer Haus zurückgekommen seid und konnte mir den Schrecken denken, der Euch in die Glieder fuhr, als Ihr alle Zimmer verwaist vorfandet. Daher kam ich sogleich hinüber, nachdem die Messe gesungen war, um Euch zu berichten, was geschehen war, nachdem …, wie soll ich sagen?… Ihr, wohlüberlegt und alle Seiten sorgsam abgewogen, das Wohl der Kinder über das des Mannes stellen musstet und, sicher schweren Herzens, den geliebten Gatten verließet."

Mit einem kurzen Wink ihrer zierlichen Hand forderte Margarete den Monsignore Guiscardo auf, weiter zu reden.

„Ich habe ihn beigesetzt auf dem Friedhof unserer Kirche San Giovanni in Valle. Ich kann Euch morgen zu seinem Grab führen. Die Nacht bis dahin müsst Ihr wohl noch ausharren."

Wieder verbeugte sich der Geistliche ehrfürchtig vor der schönen jungen Frau.

„Nachbarn haben die Schreie Eures Mannes gehört, es war wohl noch am Tage Eurer Abreise, dass ihn die Seuche so schwer bedrückte. Am nächsten Morgen war dann sein Leiden unaussprechbar groß. Er jammerte und rief Euren Namen. Die Leute in der Umgebung hörten ihn den ganzen Tag und die ganze Nacht. Ein barmherziger Bruder des Konvents der Minoriten von San Fermo Maggiore kam dann am zweiten Tag in Euer Haus und spendete Eurem Mann die Sakramente. Er nahm ihm auch die Beichte ab und stand ihm in der Stunde seines Todes bei. Ihr könnt also unbesorgt sein. Euer Mann hatte erkannt, dass der Tod ihm bevorstand und dass er ihm eine Erlösung von vielerlei Plagen und Leid sei. Daher ging er leichten Herzens, denn er war vorbereitet und hatte Absolution seiner Sünden erhalten."

Der Geistliche schaute Margarete Stüren eindringlich an.

„Wie Ihr sicher wisst, ist heute Allerheiligen, *omnium sanctorum*, und auch morgen gedenken wir der armen Seelen, *in commemoratione omnium fidelium defunctorum*. Jeder Christ, der mit frommer Gesinnung an die Gräber seiner Toten tritt und für sie betet, sei es auch nur still im Geiste, hilft den armen Seelen im Fegefeuer und verschafft ihnen Linderung in ihrer Qual. Ihm selbst sei für diesen Dienst von der heiligen Kirche jedoch ein Ablass gewährt. Ich bitte Euch, werte Frau, nehmt diesen Allerseelenablass an."

Beide schwiegen bedrückt, bis Margarete Stüren sich würdevoll erhob. Die Dunkelheit der Nacht hatte nun fast völlig den Raum durchdrungen, die junge Magd war noch immer nicht mit den neuen Lichtern erschienen. Die zwei Gestalten standen sich unbeweglich und wortlos gegenüber, sie schienen beinahe unversöhnlich. Keiner sprach ein Wort, keiner von beiden ging auf den anderen zu. Endlich kam die junge Magd in die Stube hinein und brachte die Talglichter. In ihrem Schein sahen die Frau und ihr Gast nunmehr jedoch freundlich und galant aus, als seien sie einander geneigte Freunde. Der Priester verabschiedete sich, wie es sich gegenüber einer hoch stehenden Frau gebührte und Margarete Stüren entließ ihn mit wohlwollenden Worten.

Ghita aber, als sie vernahm, dass der späte Gast sich zur Tür wandte, um sich auf den Heimweg zu begeben, kreischte schrill durch die Diele und griff mit zittrigen Händen nach dem Gewand des Geistlichen.

„Herr, Ihr dürft da nicht hinaus. Nein, nicht raus ins Dunkel. Ihr findet da nur den Tod. Die bösen Dämonen sind da draußen. Stockdunkel ist's. Geister, böse Geister. Spuk ist da, überall, in dieser Nacht!"

„Was redest du für ein gottloses Zeug? Willst du dich an unserem Herrn Jesus Christus versündigen mit deinem heidnischen Geschwätz?"

Der Priester Guiscardo schaute das Mädchen streng an.

„Das ist kein Geschwätz, das wisst Ihr genau. Der Herr stehe uns bei in dieser Nacht!"

Mit flatteriger Hand bekreuzigte sich die junge Magd. In ihren Augen standen Tränen. Verzweifelt fiel sie auf die Knie und umklammerte die Beine des Geistlichen. Sie fasste den Saum seines Gewandes und küsste ihn.

„Ich bitte Euch, aber in dieser Nacht drohen Spuk und Zauber in den Gassen. Überall tanzen die bösen Geister und Dämonen wild durch die Luft. Das wisst Ihr so gut wie jeder. Es ist die Nacht auf Seeltag. Gefahr droht überall den guten, frommen Christenmenschen, die es wagen, hinaus in die Gassen zu treten. Ich flehe Euch an, Herr, die bösen Geister toben draußen erbarmungslos. Dämonen. Sie werden Euch fangen und töten. Heilige Mutter Gottes steh uns bei!"

„Ich vertraue der Macht unsres Herrn. Sie wird mich leiten und schützen vor allen bösen Geistern. Das solltest du auch tun, anstatt solch heidnischem Zeug anzuhängen. Jesus Christus steht über all den Geistern und Dämonen dieser Nacht. Er besiegt sie und wird uns leiten und beschützen, wenn wir fromm im Geiste sind."

Damit drehte er sich ab und tauchte ein in die Dunkelheit dieser unheimlichen Nacht. Nur das fahle, zappelnde Licht seiner kleinen Laterne blieb noch für einige Augenblicke als ein kleiner heller Punkt zu erkennen. Die Magd sah ihm nur kurz nach. Eilig verriegelte sie die Tür und sprach ängstlich ein Vaterunser. Dann hastete sie rasch zum Herdfeuer, um noch einige Scheite aufzulegen. Sie entfachte auch eine kleine Lampe, die jedoch nicht mit Öl gespeist wurde, sondern in die sie Tierfett und Butter tat.

„Oh, ihr armen Seelen, steht uns bei. Kommt und kühlt hier eure Wunden. Ruht euch aus am Herd, ich lasse ihn für euch brennen."

Geschäftig huschte das junge Mädchen durch die Küche. Sorgfältig schaute sie sich um, dass nicht Messer oder heiße Pfannen umher lagen, auf die sich die Toten versehentlich setzten könnten und so weitere Schmerzen erleiden müssten. Sie stellte auch eine Schüssel mit in Milch eingeweichten Brotkrumen bereit, an denen sich die Toten laben konnten.

Als alles zu ihrer Zufriedenheit hergerichtet war, begab auch sie sich zur Ruhe. Unter der Treppe, gleich neben der Küchentür, hatte sie sich einige Decken bereitgelegt, die ihr eine geziemende Bettstatt waren.

Die Wochen vergingen und bald schon meinte man in der Stadt, die Seuche sei überstanden.

„Das große Sterben ist zu Ende", raunten sich die Leute in den Gassen zögerlich zu. Es wurde ein harter, kalter Winter, aber sie hielten ihn geduldig, beinahe schon freudig, aus, denn bald schon jauchzten einige lauthals, Gottes Zorn habe von ihnen abgelassen. Die wenigen Lebenden genossen es, dem Tode ausgewichen zu sein. Sie schlenderten durch die leeren Gassen und suchten Zerstreuung in den Tavernen. Dort jedoch, wo zuvor zwei Dutzend geprasst und gesoffen hatten, saßen sie nun oft nur zu zweit oder dritt.

Margarete stand jeden Tag zusammen mit Anton im Kontor über den Büchern gebeugt. Bald schon hatte sie gute Kenntnisse über die Geschäfte ihres Mannes gewonnen, kannte die noch vorrätigen Warenmengen, wusste von den Außenständen und hatte Einblick in die Handelsbeziehungen des Hauses Stüren in Verona mit Kaufleuten im fernen Flandern und in Köln. Sie begann Briefe an Schuldner und Gläubiger zu verfassen, sie schrieb auch an einen Kompagnon ihres Mannes in Brügge, den ehrenwerten *mercator* Peter Bonis, und wies jenen an, dem Kaufmann Duccio di Bencivenni jene 9 Florin zu zahlen, die sie bei diesem aufgenommen hatte, wofür sie auch eine Bürgschaft gestellt und einen Brief mit dem Siegel ihres Mannes gegeben hatte. Sie orderte eine größere Menge englischen Tuches, die in Brügge zu 70 Livres gekauft werden sollte und die der befreundete *mercator* Peter Bonis auf dem Landweg über die Alpen noch in diesem Winter nach Italien schicken sollte.

Edles Tuch und schöne Kleider waren beliebt in diesen Zeiten und Margarete Stüren wusste, dass der Verkauf dieser Stoffe einen guten Gewinn abzuwerfen vermochte.

Dieser Weisung folgten noch viele andere. Die werte Frau Margarete stand beinahe jeden Tag im Kontor und diktierte weitere Handelsbriefe. Ein neuer Kontorschreiber war auch angestellt worden. Ein Junge aus der Stadt, der bei seinem Vater, einem Krämer und Höker wie Dietrich Berlinger in Eberstein einer war, rechnen und schreiben gelernt hatte und dem Kontor der Frau Stüren nun gute Dienste leistete. Lange hatte die Witwe suchen müssen, bis sie jenen Jungen gefunden hatte, der willens und fähig war, in ihrem Haus zu arbeiten.

Die Nächte aber lag sie oft schlaflos im Bett, vor ihren Augen tanzten dann noch immer jene schrecklichen Bilder der Pesttoten, die zu Bergen aufeinander gestapelt in den Gassen gelegen hatten. Sie erinnerte sich an die von Angst und Pein verzerrten Gesichter und die schwarzen, eitrigen Beulen, die über die Leiber verteilt waren. Wenn die Bilder zu quälend wurden, schlich sich die Frau hinunter in die Küche, wo sich Konrad, seit der erste Frost die Stadt mit hartem Griff hielt, seine Lagerstatt nahe der Herdstelle errichtet hatte, und suchte seinen Trost und seine männliche Kraft.

Die Arbeit und die täglichen Sorgen verdrängten aber bald wie in jedem Haus der Stadt so auch in Margaretes die schmerzlichen Eindrücke des Großen Sterbens. Umso gewaltiger war der Schrecken, als zusammen mit den Wochen des Hornung auch wieder das Elend der Pestilenz über die Länder strichen. Die Seuche war zurückgekehrt eben in dem Augenblick, als, eingehüllt in die wärmende, duftende Luft des Frühlings, die Felder und Wiesen, alle Mark und Flur aus einer tiefen Winterstarre erwachten.

Auch über dem Hause Stüren brach dieses erneute Entsetzen unvermittelt hinein. Die Hausherrin Margarete hatte sich in ihre Kemenate zurückgezogen, um sich von den Mühen des Tages zu erholen, als die Magd Ghita mit ihren Fäusten wild an die schwere Holztür hämmerte.

„Die Pestilenz, die Pestilenz ist wieder da. Werte Frau, bitte, fort von hier, helft uns doch…wir müssen fort."

Verwundert erhob Margarete ihren schönen Kopf.

„Was willst du, alberne Gans? Was schreist du hier herum?"

„Da liegen Tote. In den Gassen. Wie damals. Mit Beulen. Schwarze Beulen…überall!" Ghita war völlig aufgelöst, ihre Haare standen wild verzaust von ihrem Kopf ab, ihre Augen waren schreckensvoll aufgerissen.

„Dumme Dirne! Was schreist du da!"

Träge schleppte sich Margarete Stüren zur Türe und öffnete sie langsam. Sie war nicht verwundert, als sie das mit Tränen überströmte Gesicht der

Magd sah. Sie hatte sich daran gewöhnt, dass Ghita zwar gut und hart arbeiten konnte, jedoch alle Mühen und Arbeiten mit lautem Gezeter begleitete. Auch vermutete die Hausherrin, dass das junge Ding wieder bei einer dieser alten Weiber gesessen hatte, die in ihren Katen heidnischen Zauberkram abhalten. Sie hatten wohlmöglich wieder zusammengehockt und irgendeinen Wiederbringzauber oder eine Liebeshexerei ausgesprochen. Darüber war dann das junge Ding wie schon so oft zuvor ganz rappelköpfig über drei Tage.

„Gleich morgen werde ich zum *palazzo del comune* laufen und dort den *capitano* darum ersuchen, dem Zauberwerk endlich ein Ende zu bereiten. Die Kräutersude und Kristalle der gottlosen Hexer machen das arme Kind ganz närrisch", sprach Margarete ärgerlich zu sich selbst. Ghita jedoch begann wieder mit ihrem wilden Geschrei.

„Herrin, edle Herrin, die Pestilenz ist wieder da. Schaut selbst…überall liegen sie wieder, diese fürchterlichen Leiber…und alle voll mit schwarzen Beulen."

Noch vor Sonnenaufgang machten sich Margarete Stüren und ihre Hausgenossen wieder auf den Weg nach Erbezzo. Auch bei dieser Flucht hatten sie die notwendigen Dinge auf die Karren und Packgäule geladen. Diesmal nahmen sie aber auch die Bücher aus dem Kontor, die Geschäftspapiere, Briefe und Abschriften mit. Margarete Stüren hatte einige Kleidungsstücke eingepackt, auch einigen Hausrat und einiges Geschirr hatten sie aufgeladen. Es würde auch dieses Mal eine lange Zeit werden, die sie auf dem Gut verbringen sollten, fern ab der Städte und Straßen, der Gefahren und des Schreckens und in diesen Wochen wollte Margarete Stüren nicht wieder auf die Annehmlichkeiten ihres städtischen Haushaltes verzichten.

Kapitel 11

Anno Domini dreizehnhundert und fünfzig, man ging auf Sankt Martini zu, erreichten Niclas Berlinger und der Knecht Konrad nach vielerlei Mühen und Anstrengungen wieder die Stadt Eberstein. Die große Seuche der Pestilenz hatte erneut ihren schrecklichen Würgegriff gelockert und die Christenheit schöpfte Hoffnung, das Strafgericht eines erzürnten Gottes überstanden zu haben.

Auch Margarete Stüren hatte es gemeinsam mit ihrem Hausstand gewagt, abermals in die Stadt Verona zurückzukehren. Nach wenigen Wochen der Eingewöhnung hatte Konrad die Hausherrin jedoch gebeten, ihn und Niclas ziehen zu lassen. Er wollte den noch immer schwermütigen Gefährten nach Hause bringen.

„Hier, bei den Welschen, in der Fremde, wird sein Gemüt sich nicht wieder aufheitern, lasst uns gehen, werte Herrin, damit Niclas noch einmal seine Leute sehen kann."

Margarete gab dem Anliegen des Knechts nur allzu gern nach, denn seitdem das große Sterben über sie gekommen war und Niclas Seele sich verfinstert hatte, war mit dem Krämersohn nichts mehr anzufangen. Der Knecht Konrad allein konnte gar nicht genug arbeiten, um die Herberge und das Brot für beide zu verdienen.

So machten sich die zwei Deutschen auf den Weg vom welschen Land über das Gebirge nach Schwaben und schließlich den Rhein hinab nach Eberstein.

Regenschwere dunkle Wolken hingen über Eberstein. Die Unwetter der letzten Wochen hatten für wenige Tage ausgesetzt, aber auf den schlammigen Straßen zogen bereits wieder Scharen von Händlern, Pilgern, Handwerkern und anderen bunten Volks, zu Fuß, auf Karren oder hoch zu Pferd. Auch unten am Fluss, im Hafen von Eberstein, war das gewohnte

Leben neu erwacht. Am Steg landeten Nachen und Kähne an und spieen müde ans Land torkelnde Reisende aus.

Unter ihnen waren auch zwei Männer, die in ihrer zerschlissenen Kleidung zwar bettelarm aussahen, die sich dennoch die kostspielige Reise auf dem Fluss hatten leisten können. Der größere von beiden stützte seinen Gefährten, der sich nur schwach auf den Beinen halten konnte. Beide hatten sie die Kapuzen bis tief in das Gesicht gezogen, die Cappa des Großen reichte fast bis zu den Knien und auch der Schwächere war in einen langen, dunklen Mantel gehüllt.

Gemeinsam machten sie sich auf den beschwerlichen Weg zur Neuen Gasse. Nur langsam kamen sie voran, denn immer wieder sanken sie tief ein in den Schlamm der Straßen.

Schließlich aber standen beide Gestalten erschöpft vor dem Haus des Krämers Dietrich Berlinger. Dreimal klopfte der Große an das verriegelte Tor. Endlich regte es sich im Haus, ein Junge öffnete mit großer Anstrengung. Er war fast noch ein Kind, keine zehn Jahre alt. Ein halbes Dutzend kurzer Büschel rabenschwarzer Haare stand von seinem kleinen Kopf ab, das Gesicht war spitz und weiß. Mit großer Anstrengung stemmte er seinen schmächtigen Körper gegen das Tor, um es noch ein weiteres Stück aufzustemmen. Ohne Argwohn schaute er die Fremden an.

„Ja? Was wollt Ihr?"

„Wer bist du? Wir kommen zu Dietrich Berlinger, dem Herrn dieses Hauses."

„Der ist schon lange nicht mehr. Der ist hin."

Der Junge schaute gleichgültig drein.

„Was ist nun? Was wollt Ihr?" fragte er.

Konrad ging einen Schritt auf ihn zu und fasste ihn fest am Arm.

„Wer bist du? Was ist hier geschehen? Wo sind die Leute des Hauses?"

Aus der Diele erschallte streng eine hohe Stimme.

„Nyesel! Wer ist da?"

Aus dem Dunkel des Hauses trat eine schmale Gestalt hervor. Katherine Berlinger schritt auf sie zu. Als sie ihren Bruder und den Knecht Konrad erkannte, stieß sie einen spitzen Schrei aus.

„Mutter, Mutter! Kommt rasch! Der Niclas, er ist wieder da!"

Die Krämerin Elsina Berlinger hatte nicht mehr gehofft, ihren Sohn in dieser Welt noch einmal sehen zu können. Sie wähnte ihn tot, hinweggerafft von der Pestilenz, die über die Christenheit hinein gebrochen war und schließlich auch in der Stadt Eberstein sechs Monate ein fürchterliches Blutgericht gehalten hatte. Nun stand die Krämerin ihm gegenüber. Zitternd. Tränen liefen ihr über das faltige Gesicht. Dabei lachte sie und schluchzte. Dann fiel sie ihrem Sohn um den Hals und drückte ihn so lange an sich, als wolle sie ihn nie wieder loslassen. Endlich ließ sie von ihm ab und führte die beiden Ankömmlinge schluchzend und lachend in das Haus hinein.

Der Haushalt, dem Elsina Berlinger seit einem Jahr vorstand, war nicht mehr groß. Nur sie und ihre Tochter Katherine hatten die Seuche überlebt, Dietrich Berlinger dagegen war ihr genauso erlegen wie seine älteste Tochter Greda, der alte Diener Schalkner und Anna, die Magd. Dieses Leid hatte die Krämerin ruhig ertragen. Sie hatte bei ihrem Mann gesessen, als dieser vor Schmerzen schrie. Sie hatte seine schwarzen eitrigen Pestbeulen mit Zwiebeln bestrichen und gemeinsam in seinen wachen Stunden mit ihm gebetet. Sie hatte ihn getröstet, als er erkannte, dass der Tod nahe war und hatte ihn auch nicht verlassen, als er schließlich sein Leben aushauchte. Sie hatte danach Gredas Hände gehalten, als die Unheil bringende Krankheit auch diese niederwarf. Im Fieber hatte das Mädchen wild um sich geschlagen. Die Mutter hatte die Lippen der Kranken mit Wasser benetzt, drei volle Tage und drei Nächte lang, bis auch die Tochter starb. Allein hatte die Alte die leblosen Leiber dann vor das Tor geschleppt. Dass Katherine ihr dabei zur Hand ging, hatte sie verboten. Das junge Mädchen durfte, solange die Kranken auf ihren Betten in der

Schlafstube lagen, die Küche nicht verlassen. Das alles war geschehen um Sankt Christophorus, im Monat Juli, oder wie das Volk ihn nannte im Heumond des Jahres dreizehnhundert und neunundvierzig.

Nun waren die beiden Frauen allein. Nur Nyesel, ein Junge, der eines Tages elternlos durch die Gassen gestrichen war und halbverhungert die Krämerin um einen Kanten Brot angebettelt hatte, half als Knecht im Hause mit.

„Wie gehen die Geschäfte, Herrin?" fragte Konrad und blickte die alte Berlinger sorgenvoll an.

„Ach, die! Seit das große Sterben ein Ende genommen hat, kaufen die Leute wieder ordentlich viel auf dem Markt. Im Kaufhaus läuft auch viel Volk umher. Sie haben ja jetzt alle Geld, von den Toten und so. Es kommen auch viele von weiter weg. Wollen hier ihre Waren verkaufen. Hier sind nicht mehr so viel Leut' wie früher. Sind viel gestorben, alle tot."

Tränen liefen der Berlinger noch immer über das Gesicht. Sie war wieder ruhiger geworden und strahlte ihren Sohn an. Der jedoch hockte auf der Bank in der Küche und starrte auf den Fußboden, ohne dass seine Miene irgendeine Regung zeigte.

Sie saßen beisammen und erzählten davon, wie es ihnen ergangen war, in der Fremde und hier im vertrauten Eberstein. Als die Dunkelheit ins Haus kroch, machten sich alle fertig für die Nachtruhe. Konrad nahm ein paar Decken und richtete sie zu einer Bettstatt unter der Treppe ein, so wie er es früher immer gehalten hatte, als sei er nie fort gewesen. Zuvor aber führte er Niclas noch in die Schlafstube der Familie und half dem Gefährten, sich zu entkleiden. Wortlos zog er Niclas Beinlinge und die Cotta aus und schließlich führte Konrad den Freund zu dem Spannbett, in dem dieser schon früher zusammen mit seinen Schwestern geschlafen hatte.

Am nächsten Morgen trat die Jungfer Katherine mit sorgenvollem Gesicht auf den Knecht zu. Sie flüsterte kaum hörbar.

„Ich sah gestern, wie du meinen Bruder zu Bett gebracht hast. Man könnte meinen, er sei ein kleines Kind und du seiest seine Mutter. Konrad, was ist mit ihm? Er hat noch kein Wort gesprochen, seit er wieder hier im Hause ist. Er starrt nur vor sich hin. Ist er krank? Oder ist er vom Teufel besessen, dass er nicht spricht und nur stumm dasitzt?"

„Ich kann Euch nicht sagen, was er hat. Ich weiß es nicht. Ich weiß nicht, ob der Satan in ihn gefahren ist, ob böse Geister in seiner guten Seele hocken. Ich weiß nur, dass er viel Schreckliches gesehen und erlebt hat und dieses Elend hat der Teufel über uns alle gebracht. Sicher wird er wieder gesund, hier in der Stadt, in seinem Haus. Wenn wir für sein krankes Gemüt beten, wird der Herr Erbarmen mit ihm haben und ihn heilen. Wir müssen beten für ihn."

Sie standen noch einige Augenblicke zusammen und schauten sich stumm an. Katherine dachte über Konrads Worte nach. Der Knecht aber sann darüber, dass das Mädchen noch immer so schön und rein war wie vor dem großen Leid.

Die Wochen und Monate vergingen. Es bedurfte großer Mühsal und Arbeit, die Berlingersche Verkaufsbude regelmäßig und gehörig mit guter Ware zu bestücken. Die Jungfer Katherine und ihre Mutter hatten das Geschäft ein ganzes Jahr lang allein geführt, nun aber waren sie froh mit Konrad wieder einen kräftigen Knecht als Gehilfen zu haben.

Niclas jedoch saß tagaus, tagein in der Küche und starrte stumm vor sich hin, als warte er ergeben auf ein nur ihm bekanntes Schicksal. Fürwahr ein Unheil bedrohte das Haus, das erkannte auch die Krämerin Elsina Berlinger. Um in diesem bedrohlichen Zustand Abhilfe zu schaffen, rief sie in ihrer Not den Franziskanerpriester Ulrich von der Kirche des heiligen Cyriacus. Er wüsste bestimmt einen Rat und könnte die gemarterte Seele des Sohnes retten. Er kam auch sogleich, und von da ab jeden Abend, befragte Niclas, besah sich sein Wesen, auch den Zustand seiner Augen, seiner Haare und seiner Zähne untersuchte der Geistliche und begann endlich die Exorzismen zu lesen, denn Niclas war vom Teufel besessen, das hatte der Franziskanerbruder sogleich erkennen können.

Zuerst hielt er nur Niclas Kopf in seinen Händen und rief den Satan mit lauter Stimme an:

„Fahre aus, du unreiner Geist, und gib Raum dem Heiligen Geist."

Er umschlang auch den Hals des Besessenen mit seiner Stola und begann, den Dämon über sein Wesen und sein Wollen auszufragen.

„Ich muss wissen", flüsterte er leise der Berlinger zu, „von welcher Art der böse Geist ist, der in Euren Sohn gefahren ist."

Als diese Behandlung nicht wirkte, begann er, den Erkrankten auszukleiden, dann ließ er ihn in einen Zuber mit eiskaltem Wasser legen. Langsam regte sich Niclas Leib und ein leises Ächzen, ganz schwach erst, entfuhr ihm.

Auch versuchte der Franziskanerbruder, der Dämonen Herr zu werden, indem er Niclas Haare schor, denn alle bösen Geister nisten sich besonders gern in Haare und Kleider ein, wie er der Berlinger erklärte. Niclas musste nun zur Vorbereitung auf die allabendliche Austreibung streng fasten. Elsina Berlinger brachte ihrem Sohn kein Essen mehr und reichte ihm zu den Mahlzeiten nur noch wenige Schluck Wasser in einem einfachen Holzbecher. Schon bald schien es, als habe der Franziskaner mit seiner Behandlung Erfolg, denn wann immer dieser die Küche betrat, stieß aus Niclas Munde leises Wimmern und Stöhnen hervor.

„Der Dämon erkennt mich, hört nur Weib, wie er jammert. Gleich werde ich ihn noch um ein Weiteres martern, auf dass er endlich weiche."

Wieder wurde Niclas entkleidet und in den Zuber mit kaltem Wasser gelegt. Der Priester trat an ihn heran, Elsina Berlinger, die Jungfer Katherine und auch Konrad umringten sie, angespannt warteten sie ab. Wieder rief der Geistliche den Dämon an:

„Weiche, Satan, im Namen des Sohnes, des Vaters und des Heiligen Geistes."

Dann beteten alle Umstehenden das Vaterunser. Elsina hatte die Hände so fest gefaltet, dass die Knöchel leichenweiß waren. Ihre Augen aber waren blutrot, Tränen sammelten sich darin und rannen schließlich dieses zerfurchte graue Gesicht hinab, das einmal so schön gewesen war. Niclas lag noch immer im kalten Wasser, seine Augen waren weit aufgerissen, dennoch waren sie so verdreht, dass nur die weißen Augäpfel zu sehen waren. Er zitterte am ganzen Körper, bisweilen bebte sein Leib so heftig, als durchzuckten ihn wütende Blitze. Donnernd erschallte die Stimme des Geistlichen, als er Zeilen eines heiligen Psalms gen Himmel rief:

"Iudica, Domine, iudicantes me;

impugna impugnantes me.

Apprehende clipeum et scutum et exsurge in adiutorium mihi."

Der Geistliche hielt inne und nickte den Umstehenden zu, dann wiederholte er die Psalmworte in der Volkssprache. Die Verwandten erhoben die Hände und sprachen dem Priester nach:

"Streite, Herr, streite mit denen, die wider mich streiten;

kämpfe mit denen, die wider mich kämpfen.

Ergreife Schild und Waffen und erhebe dich, mir zu helfen."

Der Franziskanerpriester hielt dabei ein goldenes Kreuz über den Kopf des Besessenen.

„Denn grundlos legten sie mir heimlich ihr Netz,

gruben sie mir eine Grube.

Möge ihn jäh das Verderben überfallen,

möge ihn sein Netz fangen, das er mir heimlich gelegt:

Ins Verderben stürze er hinein!"

Der Franziskanerbruder besprenkelte Niclas auch mit Weihwasser und träufelte ihm exorziertes Salz in den ausgetrockneten Mund.

„Sie verspotten und verhöhnen mich,

wenn sie ihre Zähne fletschen.

Oh Herr, willst Du noch länger zusehen?

Erquicke meine Seele.

Befreie sie von ihrem Gebrüll."

Mutter und Schwester beteten inbrünstiger als jemals zuvor, dabei hielten sie sich fest umklammert. Bisweilen jedoch mussten sie innehalten im Gebet, denn Schmerz und Pein über den geliebten Sohn, über den teuren und innig verbundenen Bruder überwältigte sie und ließ nur noch stilles Weinen und Seufzen zu.

Niclas entfuhr auch bei dieser Behandlung ein wirres Stöhnen, eine Heilung seiner Seele aber stellte sich nicht ein. Weitere Tage fastete er, trank kaum einen Schluck und immer wieder versuchte sich der Franziskanerbruder Ulrich darin, den Teufel aus dem Leib Niclas auszutreiben.

Aber Niclas bedrückte Seele hellte sich nicht wieder auf, auch als die Tage begannen, länger und wärmer zu werden, ließ die teuflische Schwermut nicht von ihm ab. Die Krämerin hatte ihm wieder etwas zu Essen gereicht und der ausgemergelte Körper des Krämersohns erholte sich etwas.

Trotzdem stand er noch immer nicht freudig in der Rechenstube wie ehedem, er bot auch nicht mehr die guten Waren zum Verkauf an. Sein trüber Blick und sein bedrückter Geist taugten nicht mehr zum Handeln und Feilschen. Einzig einfache Knechtsarbeit konnte er noch verrichten. Zusammen mit Konrad belud er den Wagen, stapelte er die Ballen und schleppte er die Fässer.

Der Franziskaner Ulrich beriet mit der Berlingerschen zusammen, ob es nicht heilsamer sei, den Besessenen zu einem Priester nach Speyer zu bringen, der vom Volk wegen seiner exorzistischen Fähigkeiten gerühmt wurde. Diesem Geistlichen könne kein Dämon widerstehen, erzählte man sich im Lande. Dem Satan bereite der ehrwürdige Mann regelrecht Angst und großen Schrecken.

Elsina Berlinger stimmte dem Franziskaner schließlich zu. Es wurde beschlossen, nach der Pfingstwoche mit dem Besessenen nach Speyer zu reisen und ihm dort den Teufel austreiben zu lassen.

Einstweilen mussten die Berlingers ihr Tagewerk meistern und die Waren feilbieten, die dicht gedrängt im Haus lagerten. Eine einfache Arbeit, mit der Niclas sein tägliches Brot verdienen könne, würde sich bis dahin sicher finden lassen. So nahm sich Konrad wieder des Freundes an.

„Der Niclas kommt mit mir. Ich kann ihn beim Einladen gut brauchen, nicht wahr Niclas? Hilfst mir? Bist doch mein Freund?"

Der Knecht packte den Krämersohn an der Hand und zog ihn sanft hinter sich her. Stumm schlurfte der Schwermütige wie ein zahmer Hund dem großen Gefährten hinterdrein. Im Hof setzte Konrad den Freund auf jenen Baumstamm, der ihnen schon in Knabentagen eine Ruhestatt gewesen war und belud flink den Handkarren mit allerlei Waren; Fässer mit Heringen, Bier und Honig, Ballen mit Flachs, Säcke mit Seife, Lederriemen und getrockneten Gewürzen. Endlich zog Konrad den schweren Karren mit nur einer Hand zum Tor hinaus auf die Neue Gasse. An der anderen Hand führte er seinen Freund Niclas Berlinger. Schwach und gebeugt stolperte der hinter dem starken Knecht einher, die dünnen Beine vermochten kaum den schwachen Leib zu tragen. Verhungert und dürr sah er aus wie ein Knochenmann.

Der Weg von der Neuen Gasse zum Kaufhaus der Stadt am Markt war beschwerlich, denn jeden Tag drängte neues Volk in die Stadt. Bald war Eberstein voller an Leuten als vor dem großen Sterben. Es war für die beiden Berlingerschen Männer mit ihrem Warenkarren beinahe kein Durchkommen möglich. Einfache Bauern vom Lande, abgerissen und ohne Arbeit, Handwerksburschen, aber auch feine Herren und lose Weibsbilder, sie alle drängten in die Stadt auf der Suche nach einem Verdienst.

An einer Hauswand, nahe dem Münster, stand ein edler Herr in vornehmer, bunter Kleidung aus treurem Stoff, der jedoch an einigen Stellen geflickt werden musste. Gelangweilt betrachtete der Edle das Treiben vor sich auf dem Markt. Sein Gesicht war von einer langen Narbe gezeichnet, die auf der rechten Wange vom Nasenflügel zum Ohr verlief. Seine Nase ähnelte einem verbogenen Haken, in vergangenen Kämpfen war sie wohl etliche Male gebrochen und verunstaltet worden.

Plötzlich weckte etwas, das er erblickt hatte, seine Aufmerksamkeit. Er straffte seinen muskulösen Körper und kniff die Augen zusammen, um auch gegen den Sonnenschein besser sehen zu können. Auf der südlichen Seite des Marktes trat eine Gestalt unter den Laubengängen des Rathauses hervor, nach der er schon lange Zeit Ausschau gehalten hatte. Der Edle grinste erleichtert. Er machte einige Schritte und ein gewissenhafter Beobachter hätte bemerken können, dass der Edelmann sein Bein leicht nachzog. Vorsichtig folgte er der großen hageren Gestalt. Es war unverkennbar ein Kaufmann, dem der Edle Andres von Eltzau nachging. Die Reisekleidung des Mannes war aus kostspieligem Stoff, jedoch von bescheidener, wie auch nützlicher Machart und von schlichter, dunkelgrauer Farbe. Der Kaufmann lenkte seine Schritte vom Rathaus fort zum Stephanstor.

Derweil mühte sich Konrad zusammen mit Niclas über den dicht bevölkerten Marktplatz. Verbissen zog er den schwer beladenen Handkarren. Immer wieder mussten beide jäh anhalten und der Knecht beachtete dabei sorgsam die schweren Fässer, auf dass sie nicht hinunterrollten.

Plötzlich jedoch stieß Niclas einen lauten Schrei aus und stotterte erst unverständlich, dann aber immer klarer und deutlicher ganze Sätze.

„Der Teufel. Leibhaftig. Nun sind wir verloren. Er ist wiedergekommen. Jetzt holt er mich. Mein Ende naht. Oh, alle Heiligen, steht mir bei. Herr, Jesus, hilf! Der Teufel ist gekommen, um mich zu holen."

Nicht, dass ihn der Schrecken des Freundes selbst erschaudern ließ. Vielmehr war dieser Schrei der erste Ton, den der Knecht seit Monaten aus dem Munde des Krämersohns vernommen hatte. Die Worte des Freundes nach solch langer Zeit des Schweigens ließen Konrad erschaudern.

Jäh verfiel Niclas Stimme in jammervolles Schluchzen. Er riss sich von dem festen Griff des Knechts los und rannte fort. Konrad rief den Freund an zurückzukommen. Der Krämersohn jedoch stürmte weiter und Konrad verlor ihn in der Menge schnell aus den Augen.

Mühevoll zog der Knecht den Karren weiter, ängstlich sich nach dem Freunde umblickend. Er suchte ihn in allen Ecken des Marktplatzes. Endlich sah er ihn, wenn auch nur kurz und nur verdeckt von Hunderten von Menschen, die alle an Konrad vorbeiströmten, um zu den Bänken und Ständen der Händler zu gelangen.

Lukas Cardo bahnte sich den Weg über den Marktplatz von Eberstein und zerteilte die Menschenmenge wie weiland Moses das Rote Meer. Der Hüne überragte beinahe alle Leute, die feilschend oder schreiend, schimpfend oder lachend um die Bänke und Stände zogen. Der Kaufmann war zufrieden mit sich. Er hatte gut mit den Ratsmännern hier verhandelt, mittlerweile standen sie offen zum Reich und zu Kaiser Karl. Nichts erinnerte mehr daran, dass die Stadt einmal auf Seiten des Bayern gestanden hatte. Fluch und Bann hatten sie hier eher ertragen, als ein Bündnis mit den Anhängern des Papstes in Avignon beizutreten. Ein mitleidiges Grinsen huschte über das lange, kantige Gesicht des Kaufmanns. Welch zögerliche Kleingeister die Ratsmänner hier gewesen sind. Sie hatten Angst vor einer Horde wütender Handwerker gehabt, dass sie es nicht gewagt hatten, sich von dem Ketzer Ludwig zu lösen und dem neuen Friedenskaiser Karl zu folgen. Dabei hatte es nur einer kleinen List gebraucht, um die Edlen hier im Rat von den Zänkereien der Meister zu befreien. Ein kurzes Lachen entfuhr dem Kaufmann, als daran zurückdachte, wie einfach alles gegangen war. Gott sei dank, die Zeiten der

Zwietracht waren überstanden. Es herrschte wieder Frieden und Ordnung im Reich.

Er erreichte das Stephanstor und nickte dem Torwächter kurz zu. Er war so tief in seine Erinnerungen versunken, dass er nicht bemerkte, dass er verfolgt wurde.

Konrad hatte den Karren eilig in der Verkaufsbude verstaut und überhörte die wütenden Rufe der Berlingerschen Krämerin, die den Knecht dafür schalt, dass er allein und zu spät kam.

„Wo willst du nun wieder hin? Lässt mich hier allein mit all dem Kram? Wo ist Niclas? Komm sofort zurück!"

Aber Konrad rannte so schnell er konnte wieder fort in die Richtung, in die Niclas verschwunden war, bis er endlich vor dem Stephanstor stand. Von seinem Freund war nirgends etwas zu sehen. Zögernd trat Konrad durch das Stadttor, er lief an den Stadtgräben und den Palisaden vorbei und erreichte schließlich den kleinen Stadtforst.

Sollte er weiter laufen? Hinüber zu den Feldern und Wiesen der Bauern? Er besann sich und machte kehrt, zurück zur Stadt, an den Vorbauten vorbei, durch das Tor, schließlich bog er in die enge dunkle Gasse, die dicht neben der Mauer verlief und in der nur niedrige Holzkaten standen. Die Leute nannten sie die Rote Grabengasse. Arme Tagelöhner hausten hier, Hafenarbeiter und Fuhrleute, Lastenträger und Schlepper, Pflasterer und Totengräber. Daneben gab es aber auch einige üble Spelunken, in denen gesoffen und gehurt wurde. Dirnenhäuser oder Schandhäuser seien das, so raunten sich die ehrbaren Leute zu, die es nicht wagten, die Rote Grabengasse zu betreten. Die Armen aber, die hier lebten, waren doch glücklich genug, von ihrem kargen Lohn eine Bude oder auch nur eine dürftige Schlafstatt mit zwei Decken in einer finstren Ecke hier in den Katen und Hütten bezahlen zu können.

Konrad zog es immer weiter diese Gasse hinab. Die hohe Stadtmauer neben ihm verbarg das Sonnenlicht und versenkte alles um ihn herum in einen kalten Schatten. Die Holzkaten standen dicht gedrängt. Konrad hätte sie und die gegenüberliegende Stadtmauer mit den Fingerspitzen berühren können, hätte er nur seine Arme zu beiden Seiten ausgestreckt.

Im Dunkel sah er endlich die vertraute Gestalt. Niclas stand in der schmalen Gasse wie eine steinerne Säule, reglos und kerzengerade. Er starrte wie verhext in eine Kate hinein, deren Fensterläden weit offen standen. Schweigend trat Konrad neben den Gefährten und folgte dessen Blick. Noch im selben Augenblick erkannte er Lukas Cardo und erschrak. Der gefürchtete Mann stand inmitten des niedrigen Raumes, ihm gegenüber erblickte Konrad eine zweite Gestalt. Einen Edelmann wohl, obgleich es schwer war, die beiden in der dunklen Kate genauer auszumachen.

Konrad hörte, wie der Edle laut auf Cardo einredete. Er rief ihm drohend zu: „Du bist mein Feind. Feindschaft habe ich dir angesagt und Feindschaft werde ich an dir üben. Du bist der Mörder meines Vaters, der Verderber meines Hauses."

Konrad meinte die wohlklingende Stimme schon einmal gehört zu haben. Auch die Erscheinung, der Wuchs und die Art des Edelmannes kamen Konrad bekannt vor.

An seiner Seite gab Niclas ein schwaches Stöhnen von sich. Der Knecht drückte dem Freund blitzgeschwind die Hand auf den Mund und riss ihn zu Boden. Ängstlich drückten sie sich gegen die schiefe Holzwand der Kate. Wie damals, als der alte Dietrich Berlinger ihn geschickt hatte, dem Gast Lukas Cardo nachzulaufen und ihn auszukundschaften, kauerte Konrad wieder unter einem Fenster und lauschte den Worten des finsteren Kaufmanns.

„Ihr seid ein stolzer Edelmann geworden, habt wohl manchen Kampf gestritten? Die letzten Jahre habt Ihr gewiss sagenhafte Abenteuer bestanden. Sicher wart Ihr in fernen Ländern. Seid Ihr an den prächtigen Höfen der geheimnisvollen Herren im Osten gewesen? Habt Ihr auch einen Knappen, wie es sich für einen Eures Standes gebührt?"

„Ich bin allein. War bei meinem Oheim im Meißenland. Jedoch bin ich nicht gekommen um mit dir zu schwatzen."

„Sicher, edler Herr Andres von Eltzau. Ich bin nicht würdig, Euch mit läppischen Fragen zu bedrängen. Womit kam ich dem jungen Herrn nur dienen?"

Obwohl Cardo seine Worte mit ganzer Kraft hinaus presste, war in seiner Rede deutlich eine Furcht zu hören, die jeder Gegenwehr trotzte. Beinahe unmerklich zitterte seine Stimme, er klang wie ein gehetztes Tier, atemlos und mit rauer, trockener Kehle.

„Du bist nur ein gemeiner Mann, ohne Stand und Ehre. Dennoch bist du ein Feind meines Hauses. Dein Herr hat uns ins Verderben getrieben - mit deiner Hilfe. Du bist sein Werkzeug, seine schärfste Waffe, sein schnellstes Schwert. Wenn ich deine Spitze breche, wenn ich dich zerschmettere, dann verliert der ruchlose Erzbischof einen wertvollen Helfer bei seinen gottlosen Räubereien. Ich werde dich schlagen und den frevelhaften Räuber Balduin treffen, so habe ich es geschworen am Grabe meines Vaters. Als meine Mutter aus unserem Land vertrieben wurde, schwor ich dem Missetäter Balduin Feindschaft. Diesen heiligen Eid werde ich heute, endlich nach langer Zeit, an dir einlösen."

Konrad lockerte sachte den Griff, mit dem er noch immer Niclas Mund verschlossen hielt. Der Gefährte hatte sich beruhigt. Gleichmäßig gingen seine Atemzüge, kein Laut war mehr von ihm zu hören, regungslos lehnte er an der Holzwand unter dem Fenster.

„Ich habe dich verfolgt, viele Jahre. Als junger Mann bin ich nach Trier gegangen, um den Erzbischof Balduin zu stellen. Ich bin auch dir gefolgt. In dieser Stadt - erinnerst du dich? – ich stand dir gegenüber und sagte dir

Feindschaft an, aber du hast nur gelacht. Wahrscheinlich hast du mich dann eilig vergessen. Ich, Andres von Eltzau aber, habe dich nie vergessen. Dich nicht, nicht die plündernden Totschläger, nicht die brennenden Kriegsknechte, die du befehligt hast, und auch nicht deinen Herrn, den raubgierigen, gottlosen Erzlump Balduin."

Konrad schloss die Augen, um die Bilder von damals in seinem Geiste wachzurufen. Deutlich sah er vor sich die hoch gewachsene Gestalt des jungen Edelmanns, den er vor etlichen Jahren einmal vor dem Berlingerschen Haus in der Neuen Gasse bemerkt hatte. Den schönen Wuchs, die prächtigen Kleider und den kostbar verzierten Dolch des edlen Herrn, der auf der anderen Seite der Gasse gestanden hatte und zu warten schien. Einen solch herrschaftlichen Herrn, vornehm gekleidet und von edlem Geblüt, hatte er noch nie zuvor gesehen.

„Was ist mit dieser schwachsinnigen Kreatur? Dieses arme Geschöpf, das dir wie ein Hund gefolgt ist und alles für dich tat, was du ihm befohlen hast? Ich weiß noch, es lief wie ein Tier auf Händen und Füßen, hatte lange zerzauste Haare und gab immer nur ein unheimliches Grunzen von sich. Hast du ihn noch?"

„Sandro? Nein, Sandro ist nicht mehr bei mir. Tot. Sandro ist tot." Cardos Stimme drohte zu versiegen.

Konrad erinnerte sich an jenes unheimliche Wesen, das auch er gesehen hatte, damals, als er Cardo in den Stadtforst gefolgt war. Ein düsteres Bündel aus Lumpen und zerzausten Haaren hatte dort am Wegesrand gekauert und leise gewimmert. Cardo war an das Wesen herangetreten und hatte ihm in einer fremden Sprache Anweisungen entgegen geschrieen. Konrad wusste noch, wie er sich hinter einer abgestorbenen Baumwurzel versteckt gehalten hatte und die nackte Angst seine Körpersäfte in Wallung gebracht hatte.

Die Erinnerungen wurden jäh unterbrochen von einem dumpfen Poltern. Konrad konnte aus der Kate ein schwaches Stöhnen und plötzlich einen gedämpften Schrei hören. Vorsichtig richtete er sich auf, bewegte seinen Kopf langsam zum Fenster und versuchte zu erkennen, was in der finsteren Kate vor sich ging. Obwohl die beiden Freunde im düsteren Schatten der Gasse gehockt hatten, mussten sich Konrads Augen erst an die Dunkelheit in der niedrigen Stube gewöhnen. Zu spät merkte er dabei, dass auch Niclas sich aufgerichtet hatte und neben ihm durch das Fenster in das lichtlose Innere der Kate lugte.

Endlich konnten die beiden etwas erkennen und erschraken darüber augenblicklich. Der edle Andres von Eltzau lag am Boden und wand sich nur schwach unter dem Griff des Lukas Cardo, der auf ihm kniete und mit jenem prachtvollen Dolch, den Konrad einst von Ferne bewundert hatte, auf den massigen Körper des Edlen einstach. Der Edelmann ruderte mit einem Arm, doch sein Angreifer ergriff ihn und hielt ihn mit eiserner Faust umklammert.

Allmählich wurde die Gegenwehr des Edlen von Eltzau schwächer. Nur ein kurzes, blutersticktes Röcheln stieß aus seinem gemarterten Leib noch hervor.

Lukas Cardo richtete sich langsam auf und plötzlich blickte er hastig zum Fenster. Erschrocken schaute er an Konrad vorbei. Hinter dem Knecht stand Niclas, mitten auf der Gasse, und heulte laut wie ein kleines Kind. Konrad stürzte auf den Freund zu und hielt ihn umklammert. Er sprach beruhigend auf ihn ein, drückte seine Hand auf den verzerrten, jammernden Mund, aber es half nichts. Niclas wehklagte und weinte, er ächzte und schluchzte lauthals. Schließlich ließ er sich zu Boden fallen und murmelte nur noch unhörbare Laute. Sein zarter, dürrer Körper zitterte. Schaum stand vor seinem Mund. Die weißen Hände waren zu Krallen geballt.

Hilflos beugte sich Konrad über den Freund. Er hatte alles um sich herum vergessen. Er dachte nicht mehr an Lukas Cardo und auch nicht an den toten Edelmann in der finsteren Kate. Er dachte nicht darüber nach, wo sie waren und welche Stunde des Tages angebrochen war. Es waren nur noch sie da, Konrad und Niclas - Niclas Berlinger, der in diesem Augenblick in Konrads Armen starb.

Kapitel 12

Lukas Cardo war an die beiden herangetreten. Konrad hockte am Boden und hielt den leblosen Leib des Freundes in den Armen. Er erkannte den Schatten, der neben ihm auf den angetrockneten Schlamm fiel.

„Seid Ihr gekommen ihn zu holen, Ausgeburt der Hölle?"

Konrad hielt den Blick starr auf das Knabengesicht des Freundes gerichtet. Gelöst von aller Pein und Not schien es endlich friedvoll zu schlafen.

„Du meinst, ich sei der Teufel in Person? Nun, das bin ich nicht. Ich bin nur ein einfacher Kaufmann, ein Höker, der mit allem Handel treibt, was gut und teuer ist. Sei es mit Safran, sei es mit Seife oder auch mit dem Treueid auf den König." Lukas Cardo sprach ruhig wie ein gutmütiger Vater zu seinem aufgebrachten Sohn.

„Oder mit einer fromme Seele?" Konrad blickte den großen hageren Mann, der neben ihm hoch aufgerichtet stand, feindselig an.

„Ich verstehe, du glaubst mir nicht. Wenn ich dir aber gestehe, dass ich selbst die größte Angst vor dem Leibhaftigen habe? Glaubst du mir dann, dass ich nur ein einfacher Christenmensch bin, der versucht, sich durchzuschlagen in diesen verworrenen Weltläufen."

„Ihr habt Euch dem Teufel verschrieben!"

„Vielleicht ist er ein Teufel…" Cardo schien ernsthaft über diese Möglichkeit zu sinnen. Dann wischte er jedoch mit einer schnellen Handbewegung diesen Gedanken fort.

„Ich diene vielen Herren und bin doch ein freier Mann. In diesen Tagen ist Treue ein kostbares Gut, mit dem ein tüchtiger Kaufmann viel Geld verdienen kann. Und meine Geschäfte gehen gut."

„Ihr wechselt die Seiten, nur um ein gutes Geschäft zu machen? Ihr haltet treu zu unserem Kaiser Ludwig, Gott erbarme sich seiner Seele. Dann wieder zieht Ihr im Gefolge König Karls umher. Ihr seid ein Gesandter Eurer

Stadt Speyer und gleichzeitig, so erzählt man sich an jeder Ecke, steht Ihr im Dienst des Erzbischofs von Trier."

„Ich mag viele Sünden in diesem Leben begangen haben, der Herr sei mir gnädig, aber ich war dem hochwürdigen Erzbischof immer in Treue ergeben." Cardo schaute Konrad ernsthaft an, dann lachte er schallend. „Ich wäre ein Narr, sollte ich versuchen, den Erzbischof zu hintergehen. Er ist ein hochherziger und ehrwürdiger Herr in seiner Gunst, aber gefährlich in seinem Zorn. Die Geschäfte, die ich für ihn getätigt habe, waren manches Mal verworren, das ist wohl wahr. Vielerlei Ränke mussten geschmiedet werden, und es tat sich für unsere Seite kein einziger gerader Weg auf."

„Ich verstehe Eure Rede nicht." Konrad ließ den Gefährten los und richtete sich auf. Mittlerweile sammelte sich einiges Volk um die beiden und schaute neugierig auf den Leichnam am Boden.

„Ist das nicht der Konrad, der Knecht von der Berlingerschen?"

„Ja, und dort am Boden? Ist das nicht der Berlinger? Der Sohn von der Elsina Berlinger?"

„Er ist wohl tot, nicht wahr?"

„Besessen vom Teufel soll der gewesen sein."

„Schnell, fort von hier! Der Gestank des Leibhaftigen steht ja noch immer in der Luft."

So raunte man sich zu, während Cardo und Konrad sich feindselig gegenüber standen.

„Wir sollten ihn von hier wegbringen. Ich werde dir helfen." Cardo wies mit einem kurzen Nicken auf Niclas und dann hinüber zu der finsteren Kate, in der er gerade den Edlen Andres von Eltzau erstochen hatte.

"Bringen wir ihn erst einmal hier in die Hütte der alten Fyncke. Ihre Kate dient bereits als Totenschrein. Noch einen Leichnam kann sie gut aushalten und die alte Wirtin wird ihn mir nicht zu teuer anrechnen."

Lukas Cardo fasste Niclas unter die Schultern und hob den knochigen Körper hoch.

„Los", herrschte er Konrad an, "fass seine Beine und hilf mir."
Gemeinsam brachten sie ihre bescheidene Last in die Kate der alten
Fyncke, einer bekannten Herbergswirtin, Hökerin und Kupplerin im Viertel
um die Rote Grabengasse.

„So ist es wahr? Ihr seid ein Mann des Erzbischofs Balduin? Weshalb aber
habt Ihr Euch dann mit den Meistern hier gegen unseren Rat
verschworen?"

Konrad stand in der Mitte der niedrigen, finsteren Bude, in der auf einem
Tisch an der Wand die leblosen Leiber des Edlen Andres von Eltzau und
des Krämersohns Niclas Berlinger einträchtig nebeneinander lagen. Seine
Worte hatte er in die Dunkelheit hinein gesprochen, Lukas Cardo war in
dem unheimlichen Raum nicht zu erkennen.

„Du hast doch an jenem Morgen alles genau mitangehört. Habe ich nicht
deutlich genug gerufen, damit du alles verstehen konntest? Meister
Gerhardt und die ganze Handwerkerbande versprachen mir und dem
armen Brunner ein Bündnis, wenn wir ihnen halfen bei ihrer Verschwörung
gegen den Rat. Sie wollten einen Aufruhr, Unfrieden hier in der Stadt. Sie
wollten die reichen Familien vertreiben und selbst im Rat sitzen." Cardo trat
aus der Finsternis hervor. Nun konnte Konrad ihn im fahlen Licht eines
kleinen Talglichtes sehen, das der unheimliche Kaufmann entzündet und
neben die zwei Toten gestellt hatte.

„Ihr wusstet, dass ich lauschte? Dass ich Euch gefolgt war und alles hören
konnte?"

„Weshalb wohl habe ich mich damals ans Fenster gestellt und mit lauter
Stimme in die Nacht hinaus gerufen? Die Meister und auch dieser einfältige
Brunner haben sich nicht wenig darüber gewundert. Aber ich musste doch
sicher sein, dass du alles genau verstehst."

„Ihr habt in Absicht gehandelt? Ich verstehe nicht."

„Du hast getan, was man von dir erwartete. Dein Herr, der alte Krämer
Berlinger hat auch alles so getan, wie wir es wollten. Man berichtete mir

später, deine Aussage vor dem Stadtgericht gegen die Meister war ein Glanzstück. Gerhardt war da schon so gut wie tot."

Cardo grinste schief. Konrad sah weniger dessen teuflische Bosheit, als dass er sie spürte. Sie füllte den Raum und verband sich mit der eisigen Kälte der zwei Toten.

„Du hast alles genau verstanden und dem Gericht davon erzählen können. Man war sehr mit dir zufrieden, aber das weißt du ja."

„Ich weiß nichts. Ich verstehe auch nicht, wovon Ihr redet."

„Italien. Meinst du, eine achtbare, reiche und mächtige Familie wie die des Johann Stüren nimmt einen erbärmlichen Krämersohn und dessen Knecht so einfach bei sich auf und lehrt ihm alles Wissenswerte des Handels?"

„Was meint Ihr?"

Konrad fragte nur zögerlich, denn er erkannte die Wahrheit.

„Es war ein Lohn. Ein kleiner Lohn für deine Dienste. Wir haben uns erlaubt, einen kleinen Mummenschanz aufzuführen, eine *comedia*, wie die Welschen sagen, nicht wahr? Du kannst doch nun ganz fleißig mit welscher Zunge parlieren?"

Stolz klang in Cardos Stimme mit.

„Wie ich schon gesagt habe, wir konnten nie den geraden Weg nehmen. Aber das Reich war in Unordnung geraten. Die Deutschen waren vom Papst mit dem Bann belegt. Ein ganzes Land war aus der Kirche ausgestoßen und sein König war ein Gottesleugner, der sich seine Krone erschwindelt hatte. Wir mussten die Ordnung wieder aufrichten."

Konrad bemerkte, dass Cardo, während er sprach, sein Bündel zum Aufbruch packte. Der unheilvolle Fremde wollte fort. Konrad musste ihn aufhalten, wollte er erfahren, in welchem Ränkespiel er damals gespielt hatte. Das Talglicht flackerte und warf seinen Schein zuckend durch den finsteren Raum. Konrad sah vor dem Tisch, auf dem die zwei Toten lagen, einen glänzenden Gegenstand flüchtig aufblitzen. „Der Dolch des Andres von Eltzau", murmelte er beinahe tonlos. Wirre Gedanken schossen ihm durch den Kopf. Geschwind ergriff er die Waffe und stellte sich vor Cardo auf.

„Sagt an, was ist das für ein ungerader Weg gewesen, auf den Ihr mich gestellt habt, ohne dass ich es wusste?"

Wieder erschallte Cardos boshaftes Lachen.

„Mein Herr, der Erzbischof, suchte im Reich nach Anerkennung für seinen Neffen Karl. Dieser sollte zum König gewählt werden und den gottlosen Bayern ablösen. Überall fühlten wir vorsichtig vor, ob man willens sei, vom Lager des Kaisers in unser Lager zu wechseln. Wir fragten Fürsten, Herren und Grafen. Ich reiste durch die Städte und verhandelte mit den Ratsmännern."

Cardo hielt inne. Offensichtlich überlegte er angestrengt, wie er aus der Kate fliehen könnte. Aber Konrad drängte ihn weiter zu erzählen.

„Hier in Eberstein musste ich mit Bedacht vorgehen, denn es herrschte Feindschaft und Aufregung. Die Meister waren erbost gegen die Reichen. Die Geldsäcke hier in eurer Stadt fürchteten einen Aufruhr der Zünfte mehr als den Bann des Papstes. Sie konnten sich des erzürnten Pöbels aber nicht erwehren. Hätten sie die aufrührerischen Meister vertrieben oder hinterrücks erschlagen lassen, wäre noch größerer Zorn aus den Gassen der Handwerker erwachsen."

Konrad versperrte dem Kaufmann noch immer den Weg. Angstschweiß stand auf seiner Stirn. Er hielt den Dolch des toten Andres von Eltzau so fest umklammert, dass die Knöchel seiner Hand weiß hervortraten. Er hatte nur den Wunsch fortzulaufen. Fort aus dieser stickigen Kate, aus dieser dreckig engen Gasse, aus dieser Stadt. Trotzdem verharrte er. Regungslos starrte er dem großen, hageren Lukas Cardo ins Gesicht. Beide Männer waren sich an Körperlänge ebenbürtig, der Knecht übertraf den Kaufmann jedoch an Kraft und Geschick. Mit dem Dolch in der Hand war er für Cardo ein unüberwindliches Hindernis.

„Weiter", fuhr Konrad den Kaufmann an, „Weiter! Erzählt weiter! Weshalb sollte ich Euch folgen und belauschen?"

Lukas Cardo zeigte abermals sein teuflisches Grinsen.

„Die edlen Ratsherren dieser Stadt brauchten gute Zeugen, um den aufgebrachten Meistern den Prozess vor ihrem Stadtgericht machen zu können. Also gab ich vor, zusammen mit Brunner ein doppeltes Spiel zu treiben. Offen verhandelten wir mit dem Rat über ein Bündnis der Städte. Gegen die Fürsten und Herren im Reich und für den ketzerischen Bayern. Im Geheimen aber ließ ich es so aussehen, als unterstützten wir den Aufruhr der Zunftmeister."

Cardos Stimme war nun schmeichlerisch ruhig, als spräche er tröstend zu einem trotzigen Kind.

„Wir trieben sie sogar noch ein wenig weiter, auf dass sie sich mit einem heiligen Eid auf die Reliquie des Thomas gegen die Obrigkeit verbanden. Und du? Konntest doch alles gut verstehen, hab ich nicht recht?"

Cardo schritt auf Konrad zu, der noch immer den Dolch gegen ihn gerichtet hielt.

„Nur mit deiner Zeugenaussage konnten sie diesen Gerhardt und den anderen Pöbel loswerden. Niemand wagte danach noch einen Aufruhr. Die Zünfte hatten ihre zornigsten und ihre mutigsten Meister verloren."

„Ich kann nicht glauben, dass Balthasar Brunner bei diesem Spiel mitmachte. Ich glaubte immer, dass er ein treuer Anhänger Kaiser Ludwigs gewesen war und ein aufrichtiger Streiter für einen Städtebund."

„Das war er auch, dieser Tropf. Er machte bei meiner kleinen *comedia* mit, weil er mir glaubte, ich sei auch ein Anhänger des Ketzerkaisers. Dabei war diese ganze Posse schon mit zweien eurer edlen Ratsherren verabredet worden, lange bevor wir das Stadttor hier zum ersten Mal durchschritten hatten. Der alte Halsabschneider Stüren und dieser hochmütige Finke, sie haben damals alles mit meinem Herrn, dem Erzbischof Balduin eingefädelt. Mit Brunner an meiner Seite vertrauten diese schäbigen Handwerker mir dann blind. Brunner war mir ein eifriger Helfer, denn er stritt ganz ehrlich für diesen Bund aller rheinischen Städte. Erst als der arme Dummkopf bemerkte, dass alles nur ein Gaukelspiel war, wurde er eine Gefahr für mich."

„Was habt Ihr nur getan?" fragte Konrad bestürzt.

„Ich ließ ihn beseitigen. Gott lob, habe ich tüchtige Helfer, die mir flink beispringen, sobald ich ihrer bedarf." Cardo antwortete gleichgültig und beinahe etwas stolz.

„Nun lass mich gehen. Leg den Dolch weg, Kerl, und geh aus der Tür! Ich habe den Herren deiner Stadt einen kleinen Dienst erwiesen und dafür haben sie sich unserem Friedensherrscher Karl angeschlossen. Ich habe nichts Schlimmes getan. Ich sorgte nur dafür, dass die erzürnten Meister dieser Stadt laut aussprachen, was sie zuvor im Geheimen verabredet hatten. Sie wollten den Aufruhr. Sie wollten die heilige Ordnung, wie sie von Gott aufgerichtet worden ist, niederreißen. Ich habe nur dafür gesorgt, dass du dem Stadtgericht dies bezeugen konntest. Nicht zu deinem Schaden, wie ich erfahren durfte. Und auch für diese Stadt ging alles gut aus. Sie sagte sich von diesem Bayern los und stellte sich auf die richtige, die siegreiche Seite, auf meine!" Nun lachte Cardo laut auf.

Bei diesen Worten entschwanden Konrad alle Körperkräfte, er sackte in sich zusammen und ließ sich auf den Boden niederfallen. Der Dolch glitt ihm aus den erschlafften Fingern. Er hockte nur noch regungslos auf dem Stroh am Boden, ohne sich noch darum zu kümmern, dass sein Widersacher eilig aus der Tür schlüpfte.

Langsam begann er zu begreifen. Er rief sich die Bilder aus jener Nacht ins Gedächtnis zurück, als er den beiden Gästen durch die Stadt gefolgt war, als er unter dem Fenster in der Fischergasse gehockt und die Verschwörung im Hause des Fassbindermeisters Gerhardt belauscht hatte. Alles war nur eine Gaukelei gewesen. Eine Falle des Lukas Cardo, in die die Meister, Balthasar Brunner und auch er gegangen waren. Konrad erschauderte. Die Männer jener Nacht waren alle nun bereits tot; der Kaufmann Brunner aus Straßburg, Meister Gerhardt und die anderen Mitverschwörer aus den Zünften. Der Knecht war der einzige Überlebende jener Hinterlist.

Konrad hob den Blick und betrachtete die zwei leblosen Körper auf dem schweren Tisch. Andres von Eltzau, Spross eines alten, edlen Rittergeschlechts, ruhte neben Niclas Berlinger, Sohn eines Hökers und Krämers. Beide lagen sie ausgestreckt in Frieden und Eintracht. Einmal mehr scherte sich der Tod weder um irdische Güter und Gaben noch um die göttliche Ordnung der Welt.

In Basel hatte Konrad einmal einen alten Dominikanerbruder gehört, der vor der Mauer des Kirchhofes dem umher eilenden Volk gepredigt hatte. Der Knecht versuchte sich an dessen Worte zu erinnern, aber es wollten nur noch einzelne Bruchstücke jener Verse aus der Vergessenheit auftauchen.

Es ist einer gleich dem anderen gemachet.

Hierum so nehmet alle wahr

Wir müssen allesamt in die Erde gar.

Kommt ein armer Bettler des Weges,

will kein einziger zum Freunde ihn.

Der Tod jedoch verschont nicht Klein und Groß

Er nimmt den Armen mit dem Reichen hin.

Konrad betrachtete die friedlichen Gesichtszüge seines toten Freundes und begriff nunmehr die Worte jenes Predigers. Die Ordnung Gottes, in der jeder Mensch seinen festen Platz vom Schöpfer zugewiesen bekam, sie galt für den Tod nicht. Aber eben von jener Ordnung in der Welt und im Reich hatte Lukas Cardo gesprochen. Sie hatte er schützen wollen vor dem Aufruhr und der Empörung der Handwerker und vor der Herrschaft des gebannten Kaisers Ludwig.

Jedoch, so schoss es dem Knecht Konrad durch den Sinn, bestand die göttliche Ordnung überhaupt noch? War sie nicht schon längst vom Teufel ausgehöhlt und durchlöchert? Oder hatte Gott seine Pläne mit dem Menschengeschlecht geändert angesichts des sündigen Treibens hier auf Erden?

Niclas erhielt ein gutes Begräbnis. Schon zur Totenwache waren Brüder der Krämerzunft im Hause Berlinger erschienen und hatten gemeinsam mit dem Franziskanermönch Ulrich die Stundengebete und die *recommendaces* gesprochen. An der Seite von Elsina und Katherine wachten sie lange beim Toten. Nachdem Niclas Leichnam dann in ein Tuch eingenäht und in einen schweren Holzsarg gebettet worden war, versammelten sich die Anwesenden und geleiteten ihn in einer feierlichen Prozession zur Kirche des heiligen Cyriacus. Auch ein Dutzend Arme aus dem Spital schloss sich dem Trauergeleit an. Sie waren von Elsina Berlinger in Trauerkleider gewandet und großzügig entlohnt worden. Mit feierlich ernster Miene, ein jeder eine große Kerze in den Händen haltend, schritten sie hinter den Priestern, die den Sarg trugen, einher. Niemanden in der Stadt blieb es verborgen, alles Volk in den Gassen erfuhr vom Tode des Krämersohns Niclas Berlinger, den ein gnädiger Gott von seinen Qualen erlöst und in sein Reich heimgeholt hatte.

Als nun der Sohn christlich bestattet war und die Witwe Elsina Berlinger die Geschäfte wieder in alter Weise aufnahm, erschien eines Abends kurz vor Dämmerung der Aldermann der Krämerzunft Bernhard Schöpfelin in der Neuen Gasse. Die Krämerin führte den Gast die Treppe hinauf in die Stube und gemeinsam setzen sie sich auf die schwere Holzbank, auf der der alte Berlinger so oft gehockt und über den Weltenlauf sinniert hatte.

„Eure Krame läuft gut? Ich merkte wohl an, dass sie mit Ware gut bestückt ist und die Leute bei Euch viel kaufen."

Elsina Berlinger lächelte schwach. Das Leid der letzten Jahre hatte die Erinnerung an ihre jugendliche Schönheit beinahe aus allen ihren Gesichtszügen getilgt. Ihre Haut war runzelig und grau geworden, ihre Lippen waren nur noch zwei dünne faltige und farblose Striche. Unter ihrer

Haube kroch eine feine Haarsträhne, weiß und strohig, hervor. Aber ihre Augen schienen noch immer warm und hell. Sie verrieten den einstigen Glanz, der diese Frau umgeben und Verehrer scharenweise angelockt hatte.

„Unsere Bruderschaft sorgt sich dennoch um Euer gutes Einkommen. Nach dem Tode des alten Dietrich Berlingers hattet erst Ihr und dann Euer Sohn das Zunftamt inne. Er war uns ein guter Zunftbruder, der Herr sei seiner Seele gnädig. Nun ist aber auch er hinfort gegangen."

Beide schwiegen.

„Elsina Berlinger, Ihr seid eine tüchtige Krämerin. So Gott will, werdet Ihr Euer Kramgut noch viele Jahre feilbieten. Aber sagt an, Ihr müsst nun wieder in unsere Zunft eintreten wie Ihr es schon nach dem Tode Eures Mannes gewesen wart. So weit ich weiß, hatte jedoch Euer Vater das Amt nicht inne. Ihr müsstet also eine Mark Silber in unsere Kasse zahlen, um in unsere Bruderschaft zu kommen. Eines Leumundes, der beeidet, dass Ihr ein ehelich, frei und unbescholtenes Weib seid, bedarf es in Eurem Fall wohl nicht."

Gönnerhaft lächelte der Aldermann der Krämerzunft auf die Witwe hinab.

Elsina Berlinger schaute ihn durchdringend an.

„Ihr kennt Euch wahrlich gut aus. Mein Vater war ein wohlhabender Kaufmann in Basel. Mit dem Krämerhandel hier hatte er nichts zu schaffen. Ich bin seine eheliche, freie und unbescholtene Tochter."

Plötzlich lachte die alte Berlinger bitter.

„Ihr seid wahrhaftig ein schlauer Fuchs, Berthold Schöpflin. Erkennt auch noch dort eine Geldquelle, wo doch gar keine ist. Ich kenne die Satzungen der Bruderschaft. Ein Krämerweib, dem der Mann gestorben ist, behält dessen Amt, bis sie sich einen neuen Mann genommen hat. Dann fällt das Zunftamt an die Kinder. Sie muss dafür nichts zahlen. Und ich verspreche Euch, ich werde keinen Mann mehr nehmen in diesem Leben."

Bernhard Schöpfelin verneigte sich gespreizt vor der Witwe.

„Ich bitte Euch, verehrte Elsina Berlinger, es sind einige Männer in unserer Zunft, die eines treuen, tüchtigen Weibes ledig sind. Es sind gute Männer, mit denen zusammen Eure Krame ein blühendes Geschäft sein könnte."

Die Berlinger lächelte nur schwach und schüttelte den Kopf.

„Kein Grund zur Sorge, werter Schöpfelin, ich und meine Tochter können gemeinsam gut zurecht kommen. Auch haben wir ja noch den Konrad, unseren Knecht."

Bernhard Schöpfelin fiel ihr nun doch etwas ungeduldig ins Wort.

„Ihr braucht einen Mann. Ein Knecht ist ja schön und gut. Doch, ich frage Euch: Wer geht für Euch auf Handelsfahrt und kauft all das gute Kramgut, das Ihr feilbieten wollt? Und wenn es im Kaufhaus Streitereien gibt? Wer vertritt Euch dann vor dem Marktgericht?"

„Ihr habt wohl ein Paar Hosen aushängen? Sucht wohl ein Weib, nachdem Euch das alte gestorben ist an der Seuche? Vielleicht habt Ihr aber sogar Recht, werter Schöpfelin. Ein Mann täte meiner Krame gut."

Der Zunftvorsteher schaute die Witwe hoffnungsvoll an. Die aber lachte und winkte müde ab.

„Nein, nicht wie Ihr es wünscht. Ich werde keinen von Euch zum Mann nehmen."

Bereits am nächsten Morgen fasste Elsina Berlinger ihre Tochter am Arm und nahm sie für ein ernstes Gespräch zur Seite.

Als die None geläutet wurde, saßen die zwei Frauen noch immer zusammen, besprachen sich und gingen erst zur Vesperstunde auseinander, gerade als Konrad in die Küche trat. Verwundert schaute der Knecht die Hausherrin an.

„Kein Mittagsmahl heute? Habt Ihr den ganzen Tag hier beisammen gehockt? Ist Euch nicht wohl? Seid Ihr krank?"

„Konrad, du kommst gerade recht. Ich habe mit dir was zu bereden" meinte die Alte gebieterisch und winkte ihn zu sich auf die Holzbank. „Katherine, du mach etwas zu essen, ist spät am Tage und wir haben heut noch nichts Richtiges im Kessel gehabt."

„Ist es etwas Schlimmes, was Ihr mir sagen wollt?" Konrad hatte gelernt, dass es immer Unheil bedeutete, wenn die Herren den Knechten statt knapper Anweisungen lange Erklärungen gaben.

„Ich bin nun mit Katherine allein. Nur wir zwei Weibsbilder. Ich kann die Krame zwar gut führen mit Katherine und deiner Hilfe. Aber ich bin schon alt. Dem Herrn kann's nun bald gefallen, mich zu sich zu rufen. Kurz und gut. Die Katherine muss heiraten. Allein kann sie als Weib den Krämerstand nicht führen."

Die Alte schaute den Knecht ungeduldig an. In seinen Augen suchte sie nach Anzeichen dafür, ob er sie verstanden hatte.

„Du kannst dir denken, dass einige Krämer hier am Ort gerne die Katherine zum Weibe nehmen wollen. Sie ist sehr anmutig und klug, sie ist ehrbar und von freiem Stande, eines achtbaren Krämers Tochter, mit Besitz und gutem Leumund."

Konrad spürte, wie seine Kehle trocken und kratzig wurde. Er hustete. Doch das raue Gefühl blieb.

„Zwar sind diese Freier alle ehrbare Krämer aus der Zunft, jedoch sind sie auch alt. Ihre Weiber sind allesamt tot gegangen beim großen Sterben." Katherine arbeitete bei diesen Worten ihrer Mutter ungerührt weiter. Konrad starrte sie bewundernd an. Sie blieb auch jetzt jenes engelgleiche Wesen, das sich so sanft bewegte, als schwebte es durch den Raum. Ihre weiße Haut schimmerte. Ihr feingliedriger Körper strahlte in der dunklen Küche heller als die Talglichter, die nun bereits wieder aufgestellt werden mussten.

„Es ist freilich auch ein Junger dabei, der sie freien will. Der Karl Rincklin, der Sohn vom alten Kaspar Rincklin. Der kam schon gelaufen, als der Niclas noch lebte. Meinte der sei eh besessen und tauge nichts für unsere Krame. Aber er sei der richtige Mann für Katherine und unsere Bude." Die Witwe wies grob mit dem Kopf zu ihrer Tochter hin.

„Der will nur die Krame. Wie die Alten. Ist ja auch ein gutes Erbe. Für den Mann ist die Ehe mit meiner Katherine ein gutes Geschäft. Aber was nutzt der ihr? Und was nutzt der meiner Krämerbude drüben im Kaufhaus mit den ganzen guten Kramwaren?"

Die Alte schüttelte den Kopf. Sie sprach nun ganz zu sich selbst, als wolle sie sich ihrer eigenen Worte nochmals versichern. Den Knecht schien sie völlig vergessen zu haben. Der aber lauschte wachsam.

„Neidisch sind sie alle auf unsere guten Geschäfte und missgünstig. Ein jeder der Brüder aus der Zunft will sich doch nur meine Krame unter die Krallen reißen und sie zu seiner eigenen Bude schlagen. Dann ist er der reichste und beste Krämer am Ort. Nein, Konrad, nein. Du wirst sie heiraten."

Als er seinen Namen hörte schüttelte den Knecht ein eiskalter Schauder. Alles drehte sich in seinen Kopf. Was verlangte die Alte da von ihm?

„Ich kann Eure Tochter nicht zum Weibe nehmen. Ich bin doch nur ein Knecht. Mein Vater war, so ich weiß, nur ein Straßenfeger. Meine Mutter kenn ich nicht einmal. Die starb bei meiner Geburt. Keine Zunft wird mich nehmen."

„Du bist hier am Ort geboren, Konrad, ehelich und frei. Das können sicher einige Leut' mit Eid bezeugen. Mehr braucht's nicht. Als Mann der Katherine brauchst nicht mal was zu zahlen, um im's Amt zu kommen. Wir werden ein großes Festmahl den Zunftbrüdern geben bei eurer Hochzeit und damit ist's abgemacht. Es sind eh zu viele tot. Gibt zu wenig Krämer in der Zunft. Die nehmen dich. Du wirst sehen."

Zufrieden saß die Alte auf ihrer Bank und nickte dem Knecht zu.

„Du weißt am besten Bescheid über meine Krame, kennst dich doch aus mit meinem ganzen Kramgut."

Katherine wand sich den beiden zu und lächelte schwach, dann widmete sie sich wieder ihrer Arbeit. Konrad jedoch war es, als säße er in einem Traum, als habe sich alles Wirkliche und Fassbare aufgelöst und schwebe nur als ein Schein um ihn herum. Grelles Licht blendete ihn von allen Seiten. Benommen schlich er hinaus und atmete die kalte Luft ein. Es waren nicht mehr viele Wochen bis zum Osterfest, es roch nach Frühling und er würde bald die Jungfer Katherine heiraten, Tochter des wohlhabenden Bürgers Dietrich Berlinger, Gott sei seiner Seele gnädig.

Am Donnerstag in der heiligen Osterwoche Anno Domini dreizehnhundert und einundfünfzig sammelte sich viel buntes Volk vor der Kirche des heiligen Cyriacus und bestaunte, wie ein einfacher Knecht die Tochter eines Bürgers und wohlhabenden Krämers zum Weibe nahm.
Der Priester Ulrich von Sanctus Cyriacus hatte seit dem Sonntage, an dem Judica gesungen ward, dreimal die Heirat der beiden im Gottesdienst angekündigt und niemand hatte einen guten Grund gegen diese Verbindung vorgebracht. Nun stand der Geistliche vor dem Portal des Gotteshauses, bereit die Ehe des Konrad und der Katherine zu segnen.
Eine kleine Gruppe junger Burschen stand keine zehn Klafter vom Kirchenportal entfernt und feixte.
„Seht nur, da steht der Konrad!"
„Er macht ein ganz sauertöpfisches Gesicht."
„Er soll sich freuen, dass er die junge Berlinger heiraten soll und nicht die alte!"
Es waren die Saufkumpanen des Bräutigams, die dort auf Konrads Kosten ihren Spott trieben und noch am Abend zuvor in der Taverne mit ihm gebechert hatten.
Auf der anderen Seite der Gasse standen drei junge Weibsbilder und warteten auf die Braut.
„Da kommt sie endlich! Welch Kleid! Schau nur!"
„Das ist ganz feines Leinen. Und lang ist es. Die vielen Falten! Und die Ärmel sind auch so lang."

„Sie schaut aus wie eine edle Frau von Hofe. Der Gürtel ist sogar mit Perlen bestickt."

„Sie ist wohl sehr froh. Schau nur, wie sie lieblich lächelt. Ihr weißes Gesicht strahlt richtig unter dem Jungfernkranz."

„Sind das schon Immortellen, die darin eingeflochten sind?"

„Ja, es sieht ganz so aus. Rosmarin und blühende Immortellen. Wie eine Königin, die Jungfer Berlinger."

„Nur, das sie keinen König bekommt, sondern nur einen Knecht!"

Die Weiber lachten laut, und kurz schauten Braut und Bräutigam zu ihnen hinüber.

„Wer hat sie denn da eigentlich dem Konrad übergeben?"

„Ihr Oheim, ein Bruder der alten Berlinger. Der ist aus Basel gekommen, um sie heute zu verheiraten."

Das versammelte Volk beobachtete neugierig, wie der ehrbare Kaufmann Anton Brand aus Basel seine Nichte zur Kirche des heiligen Cyriacus geleitete und dem Konrad zur Frau gab. Nur wenige jedoch standen nah genug und konnten seine Worte hören.

Anton Brand der Jüngere, Kaufmann aus der achtbaren Stadt Basel hielt die Jungfer Katherine an der Hand und führte sie zum Kirchenportal, wo bereits ihr Bräutigam Konrad wartete. Der hatte sich seine Haare beim Bader über den Ohren schneiden lassen, wie es seit Neuestem die feinen Herren und Ritter zu tragen pflegten. Auch war der Bart ordentlich geschoren. Einigen der Umstehenden fiel auf, dass der Knecht eine neue Cotta trug, aus feinem blauem Barchent, sie war eng geschnitten und reichte beinahe bis zu den Knöcheln.

Nur ein kurzes Nicken genügte dem Kaufmann zur Begrüßung des Bräutigams. Er wollte nur rasch seiner Pflicht genügen, die ihm augenscheinlich so lästig wie auch gleichgültig war. Katherine war sein Mündel, er hatte die Muntgewalt über sie, denn Dietrich Berlinger hatte bei seinem Tode keinen Anverwandten hinterlassen. So war die Vormundschaft über die Nichte an den Oheim im fernen Basel gefallen, verbunden mit der Pflicht, sie dereinst der Muntgewalt eines Ehemanns zu übergeben.

Anton Brand betrachtete den Bräutigam nur kurz, als er die Hand seines Mündels in dessen Hände legte. Ein niederer Knecht entsprach überhaupt nicht seinen Vorstellungen von einer vorteilhaften Ehe. Aber seine Schwester hatte vor Jahren ebenso unter ihrem Stand geheiratet und damit hatte er sich schließlich abgefunden. So fügte er sich auch jetzt und sprach Konrad an:

„Wollt Ihr die Jungfer Katherine Berlinger, Tochter des Dietrich Berlingers, Bürger der Stadt Eberstein, zur Ehe nehmen, so sagt Ja."

Konrad schrie beinahe sein „Ja" hinaus, sodass das umstehende Volk in lautes Gelächter verfiel.

Dann wandte sich Anton Brand seiner Nichte zu:

„Wollt Ihr den Konrad gern zum Mann nehmen?"

Auch Katherine rief laut „Ja". Das Volk jubelte und grölte, dass fast die nächsten Worte des Oheims im Radau unterzugehen drohten.

„Ich übergebe diese Jungfer als Weib in Eure Muntgewalt."

Und zum Zeichen dafür trat Konrad seinem Weibe auf die Füße, ganz so, wie es die alte Sitte verlangte.

Der Priester Ulrich segnete die beiden und streifte der Braut ein Ringlein an den Finger.

„So wie dieser Ring weder Anfang noch Ende hat, so soll auch euer Ehestand und euer Bund mit Gott ewig sein."

Da fingen alle an zu singen und folgten dem Paar froh in die Kirche, wo sie gemeinsam die heilige Messe feierten.

Noch am Abend dieses Hochzeitstages gab der Bräutigam ein ausgiebiges Mahl für alle Brüder der Krämerzunft. Die feierten bei gebratenen Gänsen und gefüllten Hühnern, bei Spanferkeln und feinem Linsenmus die Hochzeit und ihren neuen Bruder Konrad. Der Wein und auch gutes Bier flossen ohne Unterlass, nur unterbrochen von den heiteren Trinksprüchen auf den Krämer Konrad Berlinger und sein junges, schönes Weib.

Katherine Berlinger ging derweil ruhelos in der engen Kemenate umher. Früher hatte sie gemeinsam mit ihren Eltern und ihrer Schwester in jenem Bett dort neben dem Ofen geschlafen. Dann waren nur noch sie und die Mutter übrig. An diesem Abend aber war die Alte in die enge Kammer unter dem Dach gezogen, die bisher für Gäste vorbehalten war, für befreundete Krämer von außerhalb wie auch für jene unheimlichen Fremden, die seinerzeit von Speyer und Straßburg nach Eberstein gekommen waren, um mit den Herren der Stadt zu verhandeln und mit denen doch nur Unheil ins Haus gekommen war.

Katherine Berlinger zitterten die Hände und die Knie. Sie setzte sich auf einen kleinen Hocker und zwang sich ruhig das flackernde Licht ihrer Kerze zu betrachten. Ihre Hände lagen in ihrem Schoß, die Fingerspitzen sprangen unstet auf und nieder, trommelten auf das weiße Linnen ihres Unterhemdes, das ihr knapp bis unter das Knie reichte. Sie stand auf, ging drei Schritte zum Bett und zog die Wolldecke glatt. Sie zupfte ihre Haube zurecht.

Sie könnte sich nun niederlegen, ging es der Braut durch den Sinn, jedoch fände sie sicher keinen Schlaf und lauschte auf alle Geräusche in der Dunkelheit, wartend und bangend.

Wieder saß sie auf dem Hocker, wieder sprang sie auf und schritt umher. Die mondlose Nacht umhüllte die Stadt, deckte die Häuser zu, schluckte jeden Laut. Die Kerze war beinahe abgebrannt. In dem kleinen Raum verschwammen die Umrisse der Möbel. Katherine konnte die Truhe neben der Tür schon nicht mehr erkennen. Die Finsternis kroch zu ihr, wälzte sich in jeden Winkel der Kemenate.

Sie hörte, wie Konrad die Treppe hinaufstieg. Er bemühte sich nicht einmal darum, seine Schritte zu dämmen. Schwerfällig stemmte er die Tür auf und ließ sie polternd ins Schloss fallen.

Konrad wollte, dass sie ihn hörte. Er wollte ihr die Gelegenheit geben, sich auf ihn vorzubereiten, sich ihm zu stellen. Er wollte sich nicht anschleichen, sie nicht überrumpeln, sie wohlmöglich aufwecken.

Beide standen sich gegenüber. Sie waren einander wie Bruder und Schwester gewesen, all die Jahre. Nun begegneten sie sich in ihrer Kemenate als Mann und Weib. Sie waren einander vertraut. Doch im dämmerigen Licht dieser Nacht erkannten sie sich kaum. Die Kerze erlosch. Dunkelheit hüllte sie ein.

Konrad fasste suchend Katherines Hand und zog seine Braut hinüber zum Bett. Sie kniff die Augen zu, sie zitterte, ihre Zähne schlugen aufeinander und schließlich versagten ihr die Beine den Dienst. Sie spürte, wie die Kraft aus ihrem Körper wich. Sie sackte zusammen. Konrad fasste ihren Arm, griff in der Finsternis nach ihrem schlaffen Körper und zog sie auf das Bett. Suchend umfassten seine Arme ihren regungslosen Leib. Ihm fröstelte. Katherine kam langsam zu sich. Sie saß auf dem Bett, an die Kissen gelehnt. Sie riss ihre Augen auf, konnte aber nichts sehen. Konrad saß neben ihr, ohne sie zu berühren. Er roch nach Bier und Schweiß wie die Karrenschieber, die Kahner und die Träger unten an der Mole. Sie hörte seine Worte. Er redete auf sie ein. Er sprach von den welschen Städten, die er gesehen hatte, er erzählte von den Bergen und von Niclas. Sie gab sich seinen Worten hin, lauschte und drückte sich wohlig in die Kissen. Konrads vertraute Stimme trug sie durch diese Nacht. Schließlich stand er auf und ging hinüber zum Fenster. Er stieß die Läden auf und ließ die kalte Morgenluft hinein. Ein dünner Lichtstreifen am Himmel versprach einen neuen Tag.

Katherine konnte endlich ihren Mann erkennen, wie er hünenhaft stand im einfallenden Schimmer des anbrechenden Morgengrauens. Er trat auf sie zu, setzte sich neben sie und schloss sie in die Arme. Sie spürte seinen festen Körper. Seine Arme drückten sich hart um ihren Leib. Sie regte sich nicht. Er wälzte sich auf sie und legte seine großen Hände auf ihre Brüste.

Er küsste ihren Hals, ihr Gesicht und schließlich fanden seine Lippen ihren Mund. Katherine regte sich noch immer nicht. Seine massigen Hände lösten sich von ihren Brüsten und umfassten ihre Schenkel. Kraftvoll drückten sie sie auseinander. Konrad schob sich zwischen ihre Beine. Katherine schrie unter seinen Küssen kurz auf.

Als das Sonnenlicht des jungen Tages die Schlafkammer durchflutete, hatte sich Katherine schon angekleidet. Sie trug ihre braune Wollcotta, die für die tägliche Arbeit gut taugte. Ihr prächtiges weißes Leinenkleid mit den weiten Ärmeln und der langen Schleppe, das sie am Tag zuvor getragen hatte, hatte sie schon tief in ihrer Truhe verstaut. Sie flocht sich die langen dunkelbraunen Haare zu einem Zopf und band sich dann das Gebende straff um das Kinn und die Ohren. Über dieses fest anliegende Leinenband legte sie ein an den Rändern leicht gekräuseltes Tuch, die Rise.

Konrad erwachte. Gegen das einfallende Morgenlicht musste er blinzeln.

„Du bist fürwahr ein prächtiges Weib nun, kleidest dich, wie es einer ehrbaren, verheirateten Hausfrau ansteht."

„Geschwind, Konrad, steh auf und zieh dir deinen Kittel an. Die Hochmesse wird gleich beginnen und dann wartet ein neuer Tag voller Arbeit auf uns. An den letzten Tagen ist allerhand liegen geblieben."

Die neue Hausherrin Katherine Berlinger schlüpfte durch die Tür und ging bedächtig die Stiege hinab. Konrad aber blieb noch einen kurzen Augenblick auf dem breiten Bett sitzen. Ein Lied ging ihm durch den Sinn, das er so oft schon gehört hatte. Gaukler und Spielleute sangen es auf den Plätzen und die jungen Mägde machten es ihnen in den engen Gassen kichernd nach.

„Under der linden
an der Heide,
da unser zweier Bette was,
da möget ihr finden
wie wir beide

gebrochen haben die Blumen und das Gas.

Vor dem Walde in einem Tal,

tandaradei,

schön sang die Nachtigal.“

Konrad sprang auf und zog sich die braune Wollcotta über. Er zog die Beinlinge über und schlüpfte in seine derben Schuhe. Er schaute an sich hinunter. Noch immer sah er aus wie der Knecht Konrad. Doch der Herrgott hatte ihn an einen neuen Platz gestellt. Der Hausherr Konrad Berlinger verließ die Kemenate und folgte seinem Weib hinunter in die Küche. Müßiggang war seine Sache nicht und die besten Geschäfte ging man vor der Mittagsstunde an.

Epilog

Dieser Tag war ungewöhnlich heiß gewesen. Konrad Berlinger stand an der Mole und starrte auf den Fluss. Schon in den letzten drei Wochen hatte die Sonne unbarmherzig auf das hügelige Land gebrannt. Die Bauern sorgten sich um die Ernte, die zu verdorren drohte. Der Rhein führte so wenig Wasser, dass seit Tagen kein Lastkahn mehr den kleinen Hafen der Stadt Eberstein angelaufen hatte. Auch erzählte man sich, dass der Fluss zwischen Straßburg und Basel an einigen Stellen sogar durchwatet werden konnte. Das Viertel Korn wurde für fünf oder sechs Schillinge verkauft, aber das Brot wurde für einen Pfennig gegeben und war nur mäßig, weil die Mühlen das Getreide nicht zu mahlen vermochten. Guter Wein war im Überfluss vorhanden und wurde zu geringen Preisen verkauft, weil er auf dem Rhein nicht verladen werden konnte.

Konrad Berlinger erinnerte sich an die schweren Regengüsse in seiner Jugendzeit. Er dachte an die Wochen, die sie im Hause Berlinger eingeschlossen saßen, der alte Berlinger und sein Weib, Niclas, Greda, Katherine und er. Ewig hatte es damals geregnet. Das Land war von unzähligen Schlammbächen aufgewühlt worden, niemand hatte hinaus auf die morastigen Straßen treten können, und nach und nach waren das Brot und die Früchte knapp geworden.

Konrad war mittlerweile zu einem bedeutenden Bürger gereift, wohlhabend und angesehen. Auch war er ein Herr im Rat der Stadt geworden, denn die Seuchen und Plagen der vergangenen Jahre hatten zu viele alte Geschlechter ausgelöscht. Unzählige edle Herren waren gestorben; der alte Berthold Finke und Bürgermeister Laurentius Schottgen samt seinen beiden Söhnen waren gleich in den ersten Tagen des großen Sterbens der Seuche erlegen, Moritz Stüren hatte die Pestilentia nicht überstanden und auch den reichen Johannes Klüpfel hatte man eines Morgens zusammen mit seinem Weibe zu den anderen Pesttoten auf die Gasse geworfen. Den alten Jakob

Starke hatte der Tod geholt. Sein Sohn aber, der Lorenz Starke, hatte die Seuche als einziger seiner Familie auf wundersame Weise überstanden und so nicht nur das ansehnliche Vermögen seines Vaters geerbt, sondern auch noch die Reichtümer, die zwei Brüder seiner Mutter ihm hinterließen.

Die Sessel im Rathaus blieben ebenfalls nicht lange verwaist. Es fanden sich genügend junge Männer, die dem Tod von der Schippe gesprungen waren und Ämter wie auch Reichtümer erbten. Konrad Berlinger war einer dieser neuen Herren.

Aber die Menschheit wurde noch immer von einem wütenden Gott gegeißelt. Seit Niclas Tod hatte das große Sterben das Land noch zweimal heimgesucht und nun schien es, als käme sie zum dritten Mal über die Menschheit. Gerade vor wenigen Tagen hatte Konrad Berlinger von einem Reisenden erfahren, dass die Seuche ganz Limburg und auch die Stadt Mainz verheeret hatte.

Der Herr hatte aber noch weitere Plagen geschickt. Ein schlimmes Erdbeben hatte die Stadt Basel zerstört, im Jahre des Herrn 1356, am Dienstag vor Allerheiligen, dem Lucastag im Oktober, kurz nach dem Vesperläuten. Das Münster, alle Kirchen der Stadt, Türme und Befestigungen, aber auch unzählige Burgen in der Umgebung waren zerstört worden. Einige Häuser waren in den Fluss gerutscht und ihre Trümmer hatten den Lauf des Gewässers verstopft, sodass sich eine furchtbare Sintflut über die Stadt ergossen hatte. Nachdem der Herr die Erde noch zwei weitere Male hatte erbeben lassen, war in der Stadt schließlich ein Feuer ausgebrochen, von dem einige berichteten, es hätte acht Tage gewütet. Andere dagegen erzählen, es sei ein halbes Jahr lang durch die Gassen Basels gerast. Die Bürger Straßburgs, Kolmars und Mühlhausens hatten Karren, Pferde und allerlei Gerätschaften zur Hilfe geschickt, der Rat Ebersteins aber ließ einen Abgesandten Geld nach Basel überbringen. Das alles war geschehen, als Konrad Berlinger das erste Jahr als edler und weiser *consul* dem Rat der Stadt angehört hatte. Oft hatte

Konrad und sein Weib dem Herrn dafür gedankt, dass die alte Elsina Berlinger von dem Unglück, das über ihre Geburtsstadt gekommen war, nichts mehr hatte erfahren müssen, denn sie war im Sommer vor dem Beben friedlich heimgegangen.

Hunger, Not und Elend, Heuschrecken und Unwetter hatte Konrad Berlinger in den letzten Jahren viel gesehen. Drei Kinder waren ihm gestorben und im letzten Winter hatte der Tod auch sein Weib Katherine von ihm gerissen.

Auf seinen Fahrten nach Flandern und in die welschen Lande hatte Konrad Berlinger unzählige verbrannte Dörfer und die zerschundenen Leiber elender Bauern gesehen, die mordlüsterne Ritter und Kriegsknechte mit Feuer und Schwert erschlagen hatten. Der Tod war ihm ein vertrauter Gefährte geworden.

Seit einigen Wochen aber erzählte man sich nur noch von jenen Räuberbanden aus den Welschenlanden, die das Elsass und die Lande entlang des Rheins und der Mosel unsicher machten. Sie hießen die böse Gesellschaft oder auch nur die Engländer. Ein stolzes Aufgebot edler Herren war, so wurde an allen Ecken geredet, zu Mittsommer um *Sanct Johannis misse baptisten* nach Kolmar gezogen, um jene Räuberbande zurück in die welschen Lande zu verjagen. Herr Cone von Falkenstein, erwählter Erzbischof zu Trier und Herr Gerlach, Erzbischof zu Mainz, und dazu die hochgeboren Fürsten von dem Bayernlande, Herr Pfalzgraf Ruprecht und alle die Grafen, Herren, Freien, Ritter und Knechte vom Rhein, von der Mosel, von der Lahn und vom Main waren mit glänzenden Rüstungen und edlem Geschmeide aufgebrochen, um sich den elenden Räubern zu stellen. Nun seien diese Mordbrenner und Missetäter alle fort, alle zwanzigtausend Räuber seien zurück ins welsche Land geflohen, so rief bald das ganze Volk im Elsass und entlang des Rheins.

War das furchtbare Strafgericht Gottes nun vielleicht zu Ende? Ließ der Herr von seinen Geschöpfen endlich ab und versöhnte sich wieder mit seinen sündigen Kindern?

Trotz all der Plagen und Heimsuchungen fühlte sich Konrad Berlinger jedoch gesegnet. Er war ein wohlhabender Kaufmann, ein ehrbares Mitglied des Rates. Zwei stattliche Söhne waren ihm geblieben. Die waren nicht so schwach wie Niclas, nicht so zart und blass wie sein Weib und nicht so kränklich wie seine toten Kinder, die er wenige Tage nach ihrer Geburt hatte begraben müssen.

Tilo und Herbold waren nach ihm gewachsen. Obwohl noch im Knabenalter, waren sie beide groß mit breiten Schultern und starken Armen. Auch ihre Gesichter waren breit und hatten jenes kantige Kinn, das die Jungfern auch schon immer an Konrad Berlinger so reizend fanden.

Der Fluss rann träge dahin. Konrad Berlinger drehte sich ab. Obwohl der Tag bereits dämmerte, trieb sich noch viel buntes Volk in den Gassen umher. Er dachte an seine erste Reise über die Berge in die welschen Lande zurück, als er und Niclas seinerzeit eine Herberge in Trient gesucht hatten. Auch damals war viel prächtiges Volk unterwegs gewesen. Vor allem Bittsteller aus nahen und fernen Landen, hoch stehende und auch niedere, aber auch Händler und Gaukler, die sich gute Geschäfte versprachen, drängten sich durch die schmalen Gassen.

‚Il gobetto’ war das erste welsche Wort, das er damals auf seiner ersten Reise über das Alpengebirge gehört hatte. Es war durch die schmalen Gassen geflogen, es war in allen Ecken geflüstert worden. Derbe Knechte hatten es polternd gegrölt und liebreizende Jungfern schamhaft gekichert. Er hatte dicke Marktweiber gesehen, die es frech gekreischt hatten hinter ihren reich bestückten Ständen. Und nur die edlen Herren in ihren feinen Mänteln aus Brokat und Pelz hatten es verstohlen hinter ihren mit prächtigen Ringen geschmückten Händen geflüstert.

‚Il gobetto’ hieß in deutscher Sprache ‚das Buckelchen’. „Carolo, il gobetto.“ So hatten die Welschen den Kaiser genannt, als dieser noch von nur wenigen als König anerkannt wurde. Es waren die schlimmen Zeiten, als Kaiser Ludwig im Streit mit dem Papst gewesen war und alle Welt eine

Aussöhnung der zwei Feinde erreichen wollte. Karl von Mähren war damals nach Trient gekommen, und die Menschen waren ihm dorthin gefolgt.

Carolo, il gobetto.

Konrad lachte. Der Kaiser war fürwahr ein kleiner, buckeliger Mann mit schwarzem Bart und dünnem Haar. Konrad hatte ihn an diesem Morgen gesehen. Am Vortage des Festes des heiligen Jakobus, im Jahre des Herrn 1365 war der Herrscher am Morgen durch das Stephanstor in Eberstein eingeritten und die edlen Herren des Rates hatten ihn im Rathaus ehrenvoll begrüßt. Konrad hatte ihm dabei ganz nahe gegenüber gestanden und war schließlich vor ihm niedergekniet.

Beinahe hätte Konrad Berlinger jedoch seinen Kaiser dabei nicht erkannt. Karl war einfach gekleidet, ohne Schmuck oder teuren Stoff. Kein Pelz und kein Samet war an ihm zu entdecken gewesen. Er war in den großen Saal gehumpelt und hatte keinen der Ratsherren auch nur eines Blickes gewürdigt. Als Bürgermeister Gotfried Sperhacke feierliche Worte an den Kaiser richtete, schaute der nur wie träumend umher, und als jeder einzelne der Herren unter den Hochrufen des Volkes hervortrat und niederkniete, beachtete der Kaiser sie kaum, sondern schnitzte mit einem kleinen Messerchen sorgfältig an einem Weidenzweig.

Der Besuch des Kaisers hatte Eberstein in ein fröhliches Gewirr gestoßen, die Hitze des Tages hatte die Menschen eher noch angespornt und auch jetzt noch, als schwülschwer die Abendluft auf der Stadt lag, lief das Volk atemlos umher. Manch Handel wurde abgemacht und Verabredungen getroffen, an jeder Ecke wurde gefeilscht und schließlich eingeschlagen. Der furchtbare Streit zwischen dem Kaiser und dem Papst war dank Gottes barmherziger Fügung beigelegt. Es herrschte Einigkeit im Reich und auch der Frieden wurde von den edlen Herren, den Rittern und Kriegsknechten wieder mehr geachtet.

Vielleicht brechen nun wirklich bessere Zeiten an, hoffte Konrad im stillen Gebet. Er kniete auf dem harten Steinboden in einer dunklen Ecke der

Kirche des heiligen Cyriacus. Er dankte seinem Gott für die Gnade, die er ihm erteilt hatte. Dann erhob er sich schwerfällig und schlich durch das lichtlose Kirchenschiff. Konrad Berlinger bekreuzigte sich und sprach ein Vaterunser. Als er aus dem Portal auf die Straße trat, stieß ihn die warme Luft, die noch immer zwischen den Häusern der Stadt hing, beinahe um. Wie eine unsichtbare Wand hatte sich die Hitze vor ihm aufgetürmt und nur mühevoll kämpfte der Kaufmann Berlinger dagegen an. Müde betrat er sein Haus in der Neuen Gasse.

Der Kaiser begab sich an diesem Abend erst spät zur Ruhe. Die Unterkunft, die sein Tross in dem kleinen Eberstein gefunden hatte, war auch nicht schlechter als die Herbergen, mit denen sich der Kaiser schon in Worms, Speyer oder Hagenau hatte zufrieden geben müssen. Das Haus eines edlen Ratsherrn der Stadt, *mercator* Lorenz Starke geheißen und wohlhabend vom Handel mit englischem Tuch, war wohl allemal besser als manch eine Feste, durch die der eisige Wind pfiff und durch die die Hühner und Ziegen rannten. Auch die Köche der edlen Herren hatten in ihren Kesseln oft nur karge Kost anzubieten.
Karl saß am Fenster und sog die Abendluft begierig ein. Seit seiner Rückkehr aus Avignon schmerzte sein Kopf und die Hitze des Tages hatte ihm auf die Brust gedrückt. Er schloss die Augen. Er zwang die Erinnerung an gelbreife Felder herbei, die im Sommerwind unter einem sattblauen Himmel Frankreichs wiegten und die gesäumt waren von mannigfarbigen Blüten. Jedoch gelang es ihm nicht. Er sah nur die Moore, die schwarzen Wälder und die schroffen Berge Südböhmens, über die stets ein eisiger Wind ging und an denen regenschwere Wolken hingen.
Schwer seufzend drehte er sich ab. Im Halbdunkel der kleinen Kammer stand ein nicht mehr ganz junger Edelherr und schaute grimmig drein. Nur widerwillig stand er dort und wartete, das war deutlich an seiner Haltung und seinem düsteren Blick zu erkennen.

„Graf, gleich morgen werdet Ihr die Kosten für diese Herberge bei dem braven Wirt hier im Hause begleichen."

Der Kaiser schaute seinen Kammermeister nicht an, sondern ließ seinen Blick umherschweifen, wie es auch seine Gewohnheit war bei jeder Audienz. Immer vermied er es, einen Bittsteller, der vor ihm auf die Knie gesunken war, anzublicken. Immer wirkte er auf jeden, der ihn beobachtete, als achte er überhaupt nicht auf die Petitionen, die ihm vorgebracht wurden.

„Ich denke, wir werden drei Tage in dieser Stadt bleiben und dann weiter ziehen nach Speyer. Bereitet alles dazu vor."

Potho von Czastolowitz, kaiserlicher Kammermeister und Spross eines edlen böhmischen Geschlechts war auf sein Knie gesunken und nahm die Weisung seines Herrn schweigend an. Gerade wollte er die kleine Kammer verlassen, als der Kaiser ihn harsch anrief.

„Haltet ein, Graf. Den ganzen Tag schon schaut Ihr grimmiger als ein Wolf. Was ist es, das Euch so erzürnt. Es verdrießt mich, wenn solch ein übellauniger Geselle wie Ihr in meiner Umgebung herumlungert."

„Herr, mein ehrwürdiger Kaiser, es liegt mir fern Euch zu verärgern, nur ich mag diesen Ort nicht."

„Eberstein? Ein kleines Städtchen, nicht sehr reich und recht klein. Die Krämerseelen, die sich hier Ratsherren schimpfen, sind ohne politisches Geschick. Was stört Euch daran? Es liegt doch sehr schön. Wir haben schon garstigere Orte gesehen."

„Es ist das schäbige Volk hier. Gottlose Mörderbanden."

„Das müsst Ihr mir erklären, Czastolowitz, Ihr erhebt eine schwere Anklage."

„Vor Jahren wurde ein Verwandter hier erschlagen. Ein junger Herr, der Neffe einer hochgeborenen Edlen aus Thüringen, die in die Familie meiner Mutter geheiratet hat."

Der Kaiser schloss die Augen und schüttelte verwirrt den Kopf.

„Ich weiß nicht, wovon Ihr redet, Czastolowitz, was meint Ihr?"

„Mein verehrter Kaiser", der Kammermeister fiel erneut auf sein rechtes Knie und schaute betroffen zu Boden. Mit zittriger Stimme, die einem Schwall unaufhaltsamer Tränen nichts entgegen zu setzen hatte, flehte er seinen Herrscher an.

„Ich bitte Euch, gewährt den Totschlägern hier keine Gnade. Sie haben den edlen Andres von Eltzau erschlagen und als seine Familie eine Sühne für den Frevel verlangte, weigerte sich diese Räuberbande hier zu zahlen. Sie stritten alles ab. Meinten, unschuldig an diesem Mord gewesen zu sein. Der Oheim des edlen Andres, ein ehrwürdiger thüringischer Graf und Schwager einer Base meiner Mutter, sagte schließlich den Mördern in dieser gottlosen Stadt ab und führte einen Krieg gegen sie. Er überfiel einige Händler der Stadt. Aber diese armseligen Krämerseelen riefen ihre Verbündeten zu Hilfe, Kriegsknechte aus Speyer, aus Worms und Straßburg. Sogar Euer Oheim, der Erzbischof von Trier, schickte Truppen. Mein Verwandter wurde schließlich als ein Friedensbrecher gescholten und gezwungen, von seinem Tun abzulassen. Obwohl er doch nur Sühne für das erlittene Unrecht verlangte."

Potho von Czastolowitz liefen die Tränen über das Gesicht. Noch immer kniete er vor dem Kaiser und bemerkte dabei nicht, dass Burchard, Burggraf von Magdeburg und kaiserlicher Hofmeister, in die Kammer getreten war. Der beleibte, groß gewachsene Mann war ganz nah an den Kammermeister getreten. Mit einem sanften väterlichen Lächeln in seinem runden Gesicht sprach er ihn an.

„Erhebt Euch Graf, ich kann bezeugen, dass es stimmt, was Ihr erzählt. Auch ich kannte den jungen Andres von Eltzau und hörte von seinem Unglück. Jedoch vernahm ich auch, dass es stimmte, was die Ratsherren dieser Stadt damals erklärt hatten. Es war wohl ein Agent des Erzbischofs Balduin gewesen, der den jungen Andres hier erschlagen hat."

Der massige Mann verneigte sich kurz vor seinem Herrscher und sprach dann sehr gefasst:

„Euer Oheim Balduin, mein erhabener Kaiser, schickte in jenen friedlosen Tagen manch einen zwielichtigen Kumpan durchs Reich. Einer von denen wird wohl dem edlen Andres den Kopf eingeschlagen haben. So erzählt man sich's jedenfalls."

„Es ist wohl wahr, was Ihr sagt, Burggraf. Man erzählt sich allerhand über meinen Oheim. Der Erzbischof Balduin war ein frommer Kirchenfürst und ein tüchtiger Helfer. Er war in seiner Art klug und gottesfürchtig, sein Handeln aber war oft hart und grausam. Jedoch war er ein kostbarer Streiter für unser Königtum. Seit der Herrgott ihn zu sich gerufen hat, vermisse ich ihn sehr."

Die drei Männer bekreuzigten sich. Kaiser Karl bedächtig, Burchard, der Burggraf von Magdeburg hastig und der Kammermeister Potho von Czastolowitz zögerlich und mit verhaltener Geste. Beklommen schwiegen sich die Männer an, bis der Burggraf endlich die stumme Anspannung durchriss:

„Herr, ich bin gekommen, um Euch den Pfalzgraf Ruprecht zu melden."

„Der will sicher wieder nur Geld. Dabei habe ich ihm gerade erst auf meine Zölle in Mainz und Oppenheim 4000 Gulden zugewiesen."

„Mein Herr, verehrter Kaiser, er erhebt weitere Ansprüche wegen des Zuges nach Avignon, auf dem er Euch begleitet hat. Ihm sind hohe Kosten dabei entstanden. Und auch auf dem Kriegszug gegen diese Räuberbande hier, diese Engländer, hat er teilgenommen. Ich fürchte, ich muss Euch sagen, dass er seine Forderungen zu Recht hervorbringt."

„Dieser Zug nach Avignon kommt mich noch teuer zu stehen. Ich sehe, dass nur Unkosten bisher herausgesprungen sind."

„Mein Kaiser, Ihr seid überall in den welschen Landen vortrefflich empfangen worden. Und Eure Krönung in Arles war ein einzigartiges Glanzstück. Seit Kaiser Friedrichs Zeiten ist kein Herrscher mehr zum König des Arelats erhoben worden. Ihr steht nun ebenbürtig neben den großen Kaisern der Vergangenheit."

Karl nickte nur ungeduldig und winkte abfällig mit der Rechten ab.

„Jaja, Burggraf, teurer Tand, diese Krone des Arelats. Geld wollen sie nun noch mehr von mir. Und bringt mir nichts ein."

„Verehrter Kaiser, neben all den Ehren, die Ihr empfangen habt auf Eurer Reise, habt Ihr doch auch ein päpstliches Versprechen bekommen, das Ihr sicher bald in bare Münze umzuwandeln vermögt. Ich hab's gehört, Czastolowitz hat's gehört", der Burggraf schaute fragend zu den Kammermeister hinüber, der eilig nickte.

„Auch Bolko von Oppeln hat genau gehört, was Papst Urban Euch versprochen hat, und der Johann von Pappenheim stand auch dabei, als seine Heiligkeit Euch verabschiedet hat. Die Worte klingen mir jetzt noch in den Ohren. ,Wir können nur sagen, Herr Kaiser, dass wir alles gern nach Eurem Belieben und Eurem Willen künftig tun werden.' So sprach der Papst, und dieses Versprechen ist mehr wert als Gold und Silber. Dieser Papst Urban kann ein ebenso treuer Mitstreiter werden wie es ehemals Papst Klemens gewesen ist."

„Gott sei seiner Seele gnädig." Der Kaiser bekreuzigte sich bei dem Gedanken an seinen guten Freund und Lehrer. Er stand am Fenster und wandte den beiden Edlen den Rücken zu. Wieder erhob er nur schwerfällig die knochige Hand und winkte ab. Ehrfürchtig verneigten sich die zwei und verließen wortlos die Kammer.

Groll regte sich in Burchards Brust. Wie einen Lakaien schickte der Kaiser ihn umher, ohne seinen Ratschlägen leidlich Beachtung zu schenken. Darin jedoch irrte sich der Burggraf.

Der Kaiser sann noch lange über die Worte seines Hofmeisters nach. Einen weiteren Romzug hatte er versprochen. Er sollte das Papsttum aus dem Exil in Avignon herausführen, es aus der babylonischen Gefangenschaft befreien und zusammen mit dem Heiligen Vater am Grabe Petri beten. Er war Friedensfürst und weltliches Haupt des christlichen Volkes, Mehrer seines Reiches, *Carolus semper augustus*. Und dennoch bedrückte den von der wunderbaren Güte des allmächtigen Gottes gesegneten Kaiser vor allem anderen das Geld, das ein jeder von ihm verlangte und das er immer und überall in seinem Reiche aufzutreiben suchte. Er tauschte Zölle und Städte gegen Münzen, verhökerte Privilegien, und dennoch forderte ein jeder seiner Fürsten nur noch mehr Geld.

Geld, so fuhr es dem Kaiser durch den Sinn, Geld, darum dreht sich die Welt.

Der Kaiser war doch nur ein Krämer. Das Heilige Römische Reich war seine Kramware, verhökert und verpfändet.

Seine zittrige, knochige Hand wischte die Tränen aus dem Gesicht und dann rief der erhabene, von Gott erwählte und gekrönte Kaiser Karl nach dem wartenden Pfalzgraf Ruprecht, um ihm weitere 5000 Gulden auf die Zölle zu Mainz und Oppenheim für seine treuen Dienste zuzusagen.

Herstellung und Verlag: BoD – Books on Demand,
Norderstedt
ISBN: 9783754318256